亂世宏圖

卷三・點絳唇

酒徒——著

【第一章】

初見

大漢乾佑元年春正月乙卯，劉知遠崩於福寧宮。臨終前遺命誅杜重威滿門，並委任史弘肇、郭威、楊邠、王章、蘇逢吉五人為顧命大臣。

乾佑元年二月辛巳，周王劉承佑即位於劉知遠柩前。壬辰，後蜀入寇，大散關告急。鳳翔巡檢使王景崇領兵前去相救，在途中豎起反旗。李守貞、趙思綰兩人相繼應之。殺原永興節度使侯益、田令方等二十餘將，陷陝州、虢州，兵鋒直指洛陽。

原河中節度使趙匡贊聞訊，急火攻心，暴卒於汴梁。其麾下爪牙以其橫死故，俱在駐地扯旗造反，起兵與趙思綰遙相呼應。

一時間，剛剛建立沒多久的大漢國，風雨飄搖。

剛剛登上皇位十幾天的劉承佑，哪裡知道該如何應付這種緊急情況？連忙將史弘肇等五位顧命大臣招入宮中問策。誰料還沒等五位顧命大臣決定由誰領兵前去平叛，國舅李業又氣急敗壞地送來了另外一個不幸的消息，魏國公、平盧、天平、泰寧三鎮節度使符彥卿，與留守鄴都的高行周日前在博州郊外春獵，賓主各展雄風，射殺猛虎五頭、熊羆十餘隻，其他豺狼野獸無數。

「轟！」地一聲，劉承佑身體前撲，將御書案推了個四腳朝天。白馬高行周和老狼符彥卿兩人手中的戰力加在一起，少說也超過了六萬，並且其中大部分都是上過戰場多次的精銳。而朝廷這邊，將駐紮在汴梁的禁軍和附近的歸德軍、忠武軍、義成軍全都加起來，也不過才十萬。並且還要分出一半去支援西京洛陽，以防李守貞和王景崇等輩趁虛而入。

「陛下勿慌，有我等在，天塌不下來！」史弘肇手疾眼快，一個箭步竄上前，從地上拉起了劉承佑。隨即，又飛起一腳，將笨重的書案踢出半丈遠，圓睜虎目，大聲斷喝：「都楞著幹什麼？先皇留我等顧命，難道就是這種顧法？楊老兒，你和蘇逢吉兩個，且去想辦法安撫百官，穩定軍心民心。王孔目，該你出力的時候到了，國庫裡還有多少錢糧，全都給老夫拿出來！明天一早，老夫與郭家雀兒各領一哨人馬出征，管他什麼李守貞、符彥卿，凡是膽敢圖謀不軌者，統統給陛下抓過來抄家滅族便是！」

「史樞密切莫著急，即便出兵，也得有個具體方略才是！」宰相楊邠聽得直皺眉，上前數步，一邊彎腰收拾掉落在地上的奏摺，一邊小聲說道，「符彥卿和高行周兩個人雖然行事不合禮法，卻未曾擺明了旗號要造反。充其量，只是想試探……」

「試探個屁！今天試探，明天就該揮師南下了！」史弘肇狠狠瞪了他一眼，兩腮處的鬍鬚根根倒豎，「如今之際，陛下只能快刀斬亂麻，無論誰敢動歪心思，都先發兵討了。接下來才能將其他有歪心思的傢伙們鎮住。否則，昨天是李守貞，今天是高行周和符彥卿，等明天，就不知道有多少節鎮一起趁火打劫了！」

「那也不能兩線作戰！」楊邠又皺了下眉頭，耐著性子補充，「首先，倉卒之間，國庫未必能拿出那麼多的錢糧。其次，你和郭樞密使兩人都離開了汴梁，又帶走了大部分禁軍。萬一有宵小之徒趁機作亂，陛下身邊只有我等文官，如何能應付得來！」

「不是還有李業他們幾個嗎？打仗不行，對付些雞鳴狗盜之輩，難道也要抓瞎？」史弘肇根本聽不進去別人的意見，撇了撇嘴，大聲反問。

國舅李業冷不防挨了「一磚頭」，臉色頓時漲得一片紫紅。抬起眼想要向自家侄兒討要說法，卻看見劉承佑這個皇帝，居然呆楞楞地站在了原地，兩隻眼睛裡頭一片茫然，心思早就不知道飛去了什麼地方。

無奈之下，他只好硬著頭皮，低聲插言：「樞密大人，平章大人，末將，末將倒是還堪一用。只是，只是如果樞密大人將禁軍也都帶走了，屆時，屆時末將怕是巧婦難為無米之炊！」

「這沒你什麼事情，你只要聽著就行了！」史弘肇揮動胳膊將他推到一旁，大聲呵斥。隨即，又將目光轉向郭威，「老郭，你呢，你到底支持誰？楊老兒向來謹小慎微，可現在，哪是謹小慎微的時候！」

「此事，此事，我等不妨先謀劃出幾個方略，一併交與陛下，再由陛下做最後決斷！」郭威先迅速向史弘肇眨了一下眼睛，然後不緊不慢地回應。

「陛下不過是個小孩子，他知道個什麼？」史弘肇氣得雙眉倒豎，揮舞著胳膊大聲反駁。

失禮的話都說出口了，他才意識到老兄弟郭威剛才在向自己使眼色。匆匆扭過頭，看了看劉承佑的面部表情，趕緊鬆開緊握著對方手腕的另外一隻手，後退兩步，躬身致歉，「陛下，請恕老臣一時心急。老臣，老臣心裡頭，一直拿，拿你當自家晚輩看待。」

「不妨！」劉承佑將目光從天外收回來，笑著搖頭。「朕本來就是諸位叔父的晚輩，這帶兵打仗之事，朕原本也不在行。所以，史樞密和楊相剛才說的那些話，朕聽得是滿頭霧水。連弄清楚都來不及，怎麼可能注意到您老失禮未失禮！」

「老臣愧殺了！」史弘肇聞聽，臉色頓時一紅。再度躬身下去，抱拳致歉。

劉承佑趕緊上前幾步，雙手托起了他的胳膊，「史叔父這是幹什麼？且不說父皇有遺命要你輔政在先，即便沒有父皇的遺命，朕也拿你當大漢國的擎天巨柱，怎麼會在乎幾句言辭上的閃失？趕緊平身，平身，來人，給史樞密和諸位顧命大臣，把綉墩搬得距離朕近一些。朕要與幾位叔父當面求教！」

「遵命！」門外當值的鎮殿禁衛答應一聲，衝進來，七手八腳將五個留給顧命大臣的專座挪到原本擺放御書案的位置，圍成圓弧狀，與劉承佑的龍椅對了個正著。

見小皇帝如此禮賢下士，史弘肇臉上的表情更加窘迫。晃動著大手連連辭謝，無論如何不敢就坐。劉承佑卻愈發恭謙，親手上前拉住他，將他按在了正中央的綉墩上。然後又陸續將郭威、楊邠等人，逐一請到兩側的綉墩上就坐。待五名顧命大臣都有了座位之後，才緩緩走回龍椅，欠著身體坐了半個屁股，再度虛心問策。

這回，史弘肇終於不敢再獨斷專行了。非常客氣地請楊邠、郭威、王章、蘇逢吉等人，跟自己一道商討對策。五個人穩住心神，根據眼前形勢和朝廷真正掌握的實力，幾番探討之後，終於找出了一系列相對穩妥的辦法。

西側李守貞、王景崇和趙思綰三個雖然來勢洶洶，並且取得了後蜀的明確支持，但畢竟各自的能力和實力都非常有限，短時間內，未必對汴梁構成威脅。所以朝廷也沒必要過分驚慌，先徵調常思、白文珂、郭從義三個，帶領各自麾下兵馬前去平叛，努力將戰線穩定下來，再根據具體情況，重新調整部署。

東側的老狼符彥卿和白馬高行周兩個，因為尚未豎起反旗。所以朝廷的策略最好暫時以震懾為主，輔以高官厚祿以示安撫。由郭威領軍五萬，進駐黃河南岸的濮州。同時朝鄴都和青州兩個方向發出威脅。然後，再由朝廷下旨，加封符彥卿為太保、高行周為太尉，向二人發出入朝輔政之邀請，但具體入朝日期，由二人自行決定。另外，高行周和符彥卿的幾個兒子，也都拜為節度使，賜予開府建衙之權。

至於其他蠢蠢欲動者，五位顧命大臣則一致建議劉承佑暫時裝作沒看見。待最大的兩個火頭被撲滅之後，再騰出手來，將這些宵小之輩挨個繩之以法。

「陛下，此乃先前所述幾個方略，請陛下做最後定奪！至於其他細節，可以在方略實施之時，根據當時情況，再另行補充。」副宰相兼刑部尚書蘇逢吉字寫得最好，資歷在五位顧命大臣當中也最淺。因此主動承擔了書吏的差事，起身走到一旁，將一系列方略文案按照記憶謄寫一遍，親手捧到了劉承佑面前。

劉承佑在乎的是大臣們眼裡到底有沒有自己這個皇帝，至於該怎麼決策，倒不是太關心。見五位顧命大臣終於很識趣地把決策權留給了自己，也不吹毛求疵。笑著點點頭，直接命人拿去蓋上了天子之印。

軍情緊急，五位顧命大臣不敢過多耽擱，立刻告辭出宮。劉承佑起身親自送大夥到了宮門口，非常有耐心地目送最後一匹駿馬在長街上消失，然後才緩緩轉過身，緩緩穿過春日下寂靜的皇宮，緩緩走向自己灑滿陽光的龍椅。

五個顧命大臣專用的綉墩，還擺在龍椅的對面兒，隱隱圍成了一道弧線。

有這五個綉墩擋著，外邊的任何危險，都要先越過弧線，才能抵達龍椅處。而龍椅處所發出的任何聲音，恐怕也要先越過那條看不見的弧線，才能傳出宮門，傳到全天下子民的耳朵裡。

忽然，劉承佑好像懂了，父親為何給自己留下五個顧命大臣，而不是六個！

笑了笑，他快步上前，將綉墩挨個踢倒。

龍有逆鱗。

即便三寸長的幼龍，觸之也必招致血腥報復。

這片逆鱗，便是帝王的權柄。

劉承佑知道自己現在還很弱小，所以今天他強迫自己在五個顧命大臣面前，表現出足夠的恭謙。但是，這並不代表著他會永遠忍受權臣們的「欺凌」。他今年只有十九歲，還有的是時間蟄伏，有的是時間慢慢長出牙齒的利爪。而顧命五大臣中，年紀最小的郭威也將近半百了。人的年紀一大，精力和體力就必然會衰退，當他們出現疏漏的時候，便是幼龍騰淵之機！

還有一個原因讓劉承佑願意暫時隱忍的是，此刻的他，還離不開那道無形弧線的保護。史弘肇的確囂張跋扈，郭威的確老奸巨猾，可再囂張跋扈，再老奸巨猾，也比不上外邊的李守貞和符彥卿。留著獵犬和獵鷹，便不畏懼外邊的狐狸和豺狼。等哪天狐狸和豺狼都被殺光了，獵犬和獵鷹自然就可以放血、剝皮、丟進湯鍋。

既然還需要鷹犬們替自己賣命，劉承佑就不會吝嗇幾塊「肉乾兒」。第二天一大早，他又在朝堂上，當著文武百官的面兒，賜予兩位樞密使每人良田三百畝、三位宰相每人良田兩百畝，以答謝顧命五大臣在自家父親病重期間，操勞國事之德。隨即，又宣布自己要在皇宮中吃齋禮佛三個月，為故去的父皇和皇兄祈福。在此期間，國事無論大小，皆由五位顧命大臣做主，其他文武官員務必全力遵從！

顧命五大臣自然連聲辭謝，奈何劉承佑打定了主意要替劉知遠誦經盡孝，任誰勸諫都不肯改口。無奈之下，史弘肇、郭威等人只好退而求其次，跟劉承佑約定，每隔半個月，召開一次朝議。五大臣只將涉及到軍隊調動和四品以上官員任免等重要事情交於皇帝聖裁，其他瑣碎事務，則皆由樞密院和三省自行定奪。

君臣之間劃分清楚了各自的職權範圍，整個大漢國便以最快的速度運轉了起來。半個月之後，副樞密使郭威先從濮州送回了喜訊。天雄軍節度使高行周和魏國公符彥卿二人分別接受了太尉和太保的顯職，承諾在最快時間內趕赴汴梁拜祭先皇在天之靈。

又過了三日，洛陽方面也傳回了捷報。常思、白文珂、郭從義三人，聯手擊潰了李守貞部前鋒，陣斬叛軍兩萬。李守貞、王景崇和趙思綰三賊在洛水河畔站不穩腳跟，連夜退向了陝州。

轉眼間，大漢國就從瀕臨滅亡的邊緣，又被顧命五大臣硬生生地拉了回去。雖然叛軍還牢牢地控制著潼關天險和陝、虢二州，偏遠地區，眼下也還有一些地方豪強在趁機渾水摸魚。但都已經不是致命之疾了，可以用「針石、火齊」慢慢調理！注一

警訊一解除，朝野上下，凡是飽嘗過亂世之苦的人，無不歡呼雀躍。然而，卻也有那麼一小撮「英雄好漢」們，痛惜得連連扼腕。恨不得向蒼天替李守貞借十萬精兵，直搗汴梁，將中原大地攪個底朝天。

亂世出英雄，英雄需要亂世。至於亂世當中有多少百姓無辜枉死，多少城市村莊化作一堆土丘，多少書卷典籍被燒成一堆青灰，「英雄」們是不在乎的。他們只在乎，自己心中的「壯志」得沒得到伸展，只在乎腳下的白骨壘得夠不夠高，夠不夠將自己送上雲端。

定州和泰州之間的鷹愁嶺上，便住著這樣的一小撮「英雄豪傑」。

上一輪大動盪中，豪傑們在出手之前稍微猶豫了一下，就被南面的鄰居，狼山堡的孫氏兄弟給搶了先。結果如今人家孫氏兄弟分別受封為節度使和巡檢使，麾下的一干嘍囉也變成了吃朝廷飯的義武軍。而他們這些江湖同行，卻依舊蹲在荒山野嶺裡頭喝西北風！

所以，無論如何，鷹愁嶺上的眾「英雄」，這次都要狠狠撈上一票。哪怕撈完了之後，朝廷派人前來招安，至少大夥已經闖出了名頭。逃到了遼國那邊，一樣能被大遼南樞密院待為上賓。

注一、針石、火齊，出自《韓非子．喻老篇》，又名《扁鵲見蔡桓公》，「疾在腠理，湯熨之所及也；在肌膚，針石之所及也；在腸胃，火齊之所及也。」

「就這麼定了，一樣是吃刀頭飯的，咱們不能光看著別人青雲直上！哥幾個，馬上回去傳令給各自麾下的兄弟，讓大夥帶上足夠乾糧，收拾好兵器，明天一早，咱們全體出山。拿不下易縣，誓不罷休！」理清了未來的去向，鷹愁嶺大當家邵勇用力一拍桌案，大聲做出決斷。

「噢，大哥威武！」

「早就該這麼幹了，大哥，您以前就是太仁義了，才被孫氏兄弟騎在了脖子上！」

「大哥，您儘管山上坐著。殺人放火的事情由兄弟我來幹。三天之內，桑乾河兩岸，保證無人不曉咱們兄弟的名號！」

「大哥，咱們兄弟，也該出一次頭了！」

「是啊，輪也輪到咱們了！總不能……」

眾「英雄」們歡呼雀躍，都為大當家邵勇的殺伐果斷感到榮幸。

唯獨山寨中軍師，只剩下一個眼睛的吳老狼，並沒有跟著其他人一塊叫好。而是小心翼翼湊到邵勇身邊，用充滿河東味道的聲音提醒：「界（這），界，大哥，易縣照，照理，屬義武軍，義武軍地面兒。咱們，咱們拿了易縣，孫氏兄弟恐怕不會答應！」

「不答應，他們也得答應！老子還巴不得他不答應呢！倘若他敢來爭，老子正好拿他們兄弟的人頭祭旗！」邵勇撇了撇嘴，對義武軍的實力很是不屑。

義武軍節度使孫方諫，巡檢使定州孫行友兩兄弟，原本都是打家劫舍的「豪傑」。上一次天下大亂，定州守軍逃散一空，兄弟倆果斷出手，搶下了空蕩蕩的州城。隨即兄弟兩個又先接受契丹招安，再拐帶契丹人發給的兵器馬匹「舉義」，才最終洗清了身份，成了大漢國的地方諸侯。

然而身份雖然洗清了，兄弟二人手底下的軍隊，卻依舊是原來那幫嘍囉兵。作為近鄰，邵老大根本不怕孫氏兄弟帶兵來征剿自己。相反，如果能在戰場上殺掉那兩兄弟，他本人的名頭無疑會愈發響亮，愈發能得到遼、漢兩國上層人物的重視。

「界，界，孫家哥倆未必是您的對手，可，可界，可界違背了呼延瓢把子給所有綠林同道定下的規矩。內，那斯向來，向來喜歡多管閒事兒。萬一過後找上門來……」

「眼下呼延老匹夫自己都顧不上自己的，哪有功夫再管咱們？」邵勇再度撇嘴聳肩，七個不服八個不忿，「甭說他未必能從劉崇手下逃離生天。就算他僥倖逃過了劉崇的追殺，手底下一起逃出來的內營老弟兄，能剩幾個？沒了手下內營精銳，咱們兄弟憑什麼聽他滿嘴跑舌頭？」

「可不是嗎，上次要不是顧忌著呼延琮那老匹夫的面子，咱們早就殺進定州城裡去了，怎麼會便宜了孫家哥倆兒？」二當家張子輝也湊上前，滿臉不忿地補充。

「反正咱們拿下易州之後，立刻向遼國和漢國同時派出信使，請求招安。他呼延琮管得再寬，也沒膽子跟一國之君扳手腕子！」

「就是，軍師，你可真夠婆婆媽媽。都準備去當官了，還顧忌什麼狗屁綠林規矩！」

「就是，就是……」

其他幾個當家人，也紛紛轉過頭來，對軍師吳老狼的膽小大加鄙夷。

為了豎立綠林好漢們的形象，同時也為了不至於涸澤而漁。太行山第一大當家，北方綠林道總瓢把子呼延琮，曾經在數年前頒發過一道江湖密令。凡是吃綠林飯者，第一，不能主動進攻有官兵駐守的城池。第二，對過往商販，最多只能收取三成保護費，不准殺雞取卵。

這兩條江湖規矩，雖然令眾多英雄豪傑們非常不滿，但總體上，大夥卻基本都給了呼延琮面子。無他，占山為王是為了吃香喝辣，不是為了自尋死路。攻打城池，事後肯定會遭到官兵的瘋狂報復。而保護費收得太狠，則必將導致商路斷絕，最後一文錢都收不上來。

但是今天，鷹愁嶺上的眾山賊頭目們，卻不打算繼續給呼延琮面子了。他們已經錯過了一次機會，他們，不能再錯過第二次。

「界，界……」軍師吳老狼嘴巴不停地囁嚅，卻發不出更多的聲音。連續兩次勸阻，都被大夥無情地駁回了，再勸阻下去，沒有任何意義。諸位當家們，已經被孫氏兄弟的神奇崛起經歷，晃花了眼睛。他們都一門心思地想著功成名就，一門心思想著殺人放火受招安。誰也沒閒暇再考慮，一旦招安這條路，在遼國和漢國都走不通，大夥將何處容身？

「你啊，想得就是太多！」二當家張子輝跟吳老狼平素關係不錯，悄悄地走到他身邊，單手用力摟住他的肩膀。「想得越多，活得越累！這是亂世，亂世出英雄，懂不？易縣那地方，咱們不下手，早晚也有別人下手！下去收拾東西吧，別婆婆媽媽的了。萬一賭贏了，你也少不了一個刺史之位。」

「嗯，嗯！」吳老狼被摟的肩膀一陣陣發疼，咬咬牙，連聲答應向外走去。在出門的剎那，他的目光卻快速朝聚義廳上的牌匾處掃了過去。

夕陽下，「替天行道」四個字，被照得格外分明。

替天行道，幾乎是每一個綠林山寨必掛的牌匾。

哪怕是張金稱、朱粲這種歷史上有名的吃人魔王，在他們自家的聚義廳房頂，都會掛上同樣的四個字。

至於他們心中的天道是什麼，就不得而知了。反正老天爺從不會開口說話，誰都可以隨便替他發言。注二第二天一大早，鷹愁嶺的「好漢」們，傾巢而出，直撲易縣。沿途中，凡是遇到活人，無論對方是過往的商販，還是本地的放羊娃，全都一刀砍翻在地。以免後者察覺出「英雄」們的來意，主動給易縣的守軍通風報信。

可憐那易縣周圍的百姓，好不容易才過上幾個月的安寧日子，哪曾經想到自己已經窮到吃糠咽菜地步了，依舊會有土匪打上門來？猝不及防之下，被殺了個屍橫遍野。直到「好漢」們殺得手軟，不得不停下來吃酒吃肉補充體力的時候，才有七八個腿腳麻利的年輕人逃出了生天，哭著喊著去城內向官府求救。

誰料他們的雙腿剛進了縣城西門，「呼啦啦」，城頭上守軍已經做鳥獸散。任那當值的百人將，喊破了嗓子都收攏不住。

「鷹愁嶺的山大王們殺下來了！」

「山賊進城啦！」

「山賊進城啦！」

……

百人將約束不住麾下的兵卒，卻令土匪即將攻城的消息，不脛而走。轉眼間，街道上的百姓商販，就像秋風中的樹葉般，從西往東翻捲而去。身背後，徒留下一地的乾貨野菜，草鞋氈帽、鍋碗瓢盆。消息傳到縣衙，指揮使孫方定丟下正摟在懷裡的美妾，跳上戰馬，撒腿就走。緊跟著，三班衙役、捕快牢頭、胥吏白員，皆加入了逃難大軍。待縣令何晨從震驚中回過神來，再想組織人手抵抗的時候，

注二、張金稱、朱粲都是隋末有名的好漢。前者喜歡生吃人心，後者喜歡將人蒸熟了下酒。李淵曾經派使者招降朱粲，朱粲先打算投降，後來又因一言不合，將使者和隨從全部蒸熟了分給左右食之。

他身邊已經只剩下了六十五歲的師爺和十二歲的書童，縱使每人都是南霽雲轉世，也無力回天。注三

「也罷，何某好歹也吃了幾個月的民脂民膏，不能臉都不要！」在空蕩蕩的縣衙大堂裡轉了幾個圈子，縣令何晨嘆了口氣，淒然道。

指揮使孫方定可以逃，三班衙役和各科胥吏們可以逃，唯獨他不能。指揮使孫方定乃是節度使孫方諫的族弟，只要其兄手中還緊緊握著義武軍的兵權，朝廷就不敢動他一根寒毛。衙役和胥吏們算不上朝廷的正式官員，土匪走後，朝廷想再恢復易縣的秩序，也離不開他們這群地頭蛇。而他何晨，卻是整個易縣乃至泰州，唯一一個由吏部委派的文官，若是敢在百姓遭難時棄城逃命，事後非但自己本人會被揪出來砍掉腦袋以安撫民心，父母妻兒恐怕也在劫難逃。

「東家，不，不妨先，先去東門口看看。說不定……，這季節正是商販出塞的時候，說，說不定能找到些刀客和夥計，為了貨物跟土匪捨命相拚！」見縣令已經準備閉目等死，師爺曹參蹣跚著走到他身邊，結結巴巴地提議。

已經到了他這般年紀，即便逃出城區，也是餓死在半路上的結果。所以唯一的出路就是想辦法幫東主守住縣城，說不定還能絕處逢生。

「東，東門口兒？為，為啥！」縣令何晨聽得滿頭霧水，掛著滿臉的眼淚低聲追問。

「易縣城只有兩個門，這麼多人亂哄哄地往外跑，一時半會兒怎麼可能全出得去？東翁，您反正大不了是個死，就拚著性命去喊上一嗓子，說不定死馬還能當活馬醫呢！」師爺曹參急得滿腦袋是汗，狠狠推了何縣令一把，大聲補充。

「死馬，死馬，哎呀——！」何晨被推得接連向後退了數步，尾椎骨撞在了柱子上，疼得齜牙咧嘴。

痛過之後，他反而給刺激出了幾分野性來。把心一橫，大聲道：「你說得對，大不了是一個死。老

子說不定還能史冊留名呢！三兒，走，去東門。就不信整個縣城裡，就沒一個帶把的男兒！」

「嗯！老爺！」書童何三兒抬手抹了一把鼻涕眼淚，啞著嗓子回應。與師爺曹參一樣，他也是即便活著逃出縣城，也得餓死在外邊的貨。所以只能留下來，和自己的東主一起賭命。

整座縣衙裡僅有的三個男人互相攙扶著，跌跌撞撞抄近路，穿胡同，直奔東門。果然，在靠近門口兒半里遠街道上，看到了已經堵成了疙瘩的逃難人流。

三、四輛翻在地上的馬車，將城門塞得滿滿當當。一些手腳麻利的壯漢已經爬過了車廂，正在為了搶先一步出城而你推我擠。一些心裡頭著急上火卻死活擠不到城門附近的衙役和軍漢，則揮舞著鐵尺和兵器，對著周圍的爭路者大打出手。

「哎呀，直娘賊，你敢打老子！」

「狗娘養的，沒膽子殺賊，卻敢朝老子身上招呼。老子今天跟你拚了！」

「白眼狼，把平時吃大夥拿大夥的，全給吐出來！」

「打，打死他。大不了大夥一起死在這兒！」

「揍他，揍他，打得好……」

其他堵在門口的百姓，也不全是逆來順受之輩。見軍漢和衙役們，這個時候還想騎在自己頭上拉屎，頓時怒不可遏。抄起挑著細軟的扁擔和防身用的解手刀，就跟軍漢衙役們對戰了起來。一時間，打得城門四周哭喊連天，越發亂得不成模樣。

「別，別打了，自己人打自己人算什麼本事。有種的，跟我去殺賊守城門！」縣令何晨羞得面紅過

注三、南霽雲，張巡麾下愛將。與張一起守睢陽，殺敵無數，最後因缺乏食物被叛軍抓住殺死。

耳，扯開嗓子，朝著酣戰中的雙方大聲招呼。

沒有人肯接受他的動員，周圍的環境太嘈雜，他拚盡全身力氣所發出的聲音，轉眼就被吞噬得一乾二淨。

「你們，你們幫我喊，喊啊！是男人的，別窩裡橫，一起去殺賊守城門！」何晨急得滿眼是淚，一手扯住自己的師爺，一手扯住自己的書童，大聲請求。

「別打了，窩裡橫算什麼本事？這麼大個縣城，難道就找不到一個男人嗎？」話音剛落，耳畔忽然響起一聲炸雷。有個八尺來高，卻做商販打扮的漢子，縱身跳上一輛裝滿貨物的馬車，大聲奚落。

正在惡鬥中的雙方都楞了楞，手腳不約而同地慢了下來。還沒等眾人想好該如何還嘴，不遠處，又有人冷笑著奚落道：「嘿，都說燕趙多慷慨悲歌之士，我還專門找人問荊軻的廟在哪？結果，結果荊軻的廟沒找到，卻看到了一城的孬種！」

幾句話，聲音算不得太高，卻是難得地清晰。非但把正在交戰的雙方注意力都吸引了過去，連已經爬過馬車的逃命者當中，都有人停住了腳步，訕訕地回頭。

「怎麼，趙某說錯了嗎？這麼多男人，卻跟婦孺爭相逃命，不是孬種又是什麼？」質問的聲音，還是來自同一個位置。說話者是個二十出頭，面皮白淨的公子哥。身邊站著一名輕紗遮面，修身細腰的同伴。看到把大夥的注意力成功吸引了過來，二人笑了笑，齊齊朝馬車上商販打扮的漢子拱手。

站在馬車上做商販打扮的漢子微微一楞，隨即心領神會，先拱手迅速還了個禮，然後扯開嗓子向四周大聲提議：「大夥這麼亂哄哄的逃，全都得被土匪堵在城裡頭。何不留一部分人去關了西門，拖住匪徒。讓老弱婦孺，先從容地打東門離開？」

「對，年輕力壯的，跟本官去守住西門，拖住土匪。讓老幼先從東門離開！」縣令何晨如即將渴死者忽然喝到了甘霖般，精神大振。揮舞著胳膊，朝周圍的子民發出動員。

他的聲音又尖又高，身上的官袍也很是醒目，然而，卻依舊沒有得到任何響應。擠成一團的人群中，大部分百姓都繼續拚命地朝門口擠去。只有七八個身穿長袍的行商，轉過頭，向著站在馬車上的漢子喊道：「柴大郎，你說得好聽。你是男人，你自己帶著夥計去給我等斷後啊！別糊弄著我等去守西門，你自己先從東門走了！」

「柴某當然要親自去斷後！」站在馬車上的漢子笑了笑，絲毫不以同行們的擠兌為意。「不信爾等且看，柴某手下的夥計，有哪個擠在了門口？」

聞聽此言，眾商販立刻舉頭四下張望。果然，亂哄哄的人團中，未曾看到一個屬柴氏商隊的面孔。而自己麾下的夥計和刀客，卻不是擠丟了帽子，就是被扯破了外衣，一個個像個叫花子般狼狽不堪。

「柴某此行帶了十車茶餅，還有其他雜貨二十餘車。現在柴某願拿出五車茶餅來，招募壯士。不想被土匪堵在城裡頭當羊殺的，跟我去城西。只要挺過了此劫，五車茶餅，柴某願與大夥均分！」趁著大夥東張西望的功夫，站在馬車上的柴大郎繼續高聲喊道。身上沒有披著鐵甲，手中也未曾握著刀劍，卻如百戰之將一般沉穩。

剎那之後，四下裡回應聲響成了一片。外地來的夥計、刀客還有當地的鄉勇、衙役、青壯，紛紛轉過頭，湧向柴大郎的身側。

「我去！」

「我不要你的茶餅！」

「我去，你一個外地人都敢拚命，我們這些土生土長的，總不能全都是怕死鬼！」

「走，去西門，去西門，死則死爾！」

擠在城門口的人團頓時為之一鬆，許多年輕力壯的漢子，雖然沒有足夠的勇氣回過頭來殺賊。卻也不好意思跟老弱婦孺們爭搶道路了。紛紛側著身體向外躲避，把逃命機會讓給更需要的人。

然而，也有些天生的賤骨頭，看不得別人比自己高尚。一邊繼續拚命往城外擠，一邊陰陽怪氣地叫嚷：「嘿嘿，說得好聽，拿大夥當傻子嗎？誰不知道，你們這些販貨的財主，跟山賊都是一夥的。他們抓到你們，頂多是拿走三成的貨物。抓到我們這些沒錢的，卻是兜頭一刀！」

「可不是嗎？你自己有錢能買命，可別拉著我們去送死。」

「走啦，走啦。傻子才聽他瞎忽悠！」

「別擋道，別擋道，土匪馬上就殺進來啦！」

「跑啊，再不跑就來不及啦！」

……

轉眼間，柴大郎好不容易才穩定住的局面，就被幾個地痞無賴們攪了底兒朝天。縣城東門口，又亂成了一個大粥鍋。已經回頭準備跟柴大郎並肩而戰的漢子們，也猶豫著紛紛停住了腳步。

「放屁，土匪都攻打縣城了，怎麼可能還守著往日的規矩？」就在此時，先前那個給柴大郎幫忙的方臉公子哥，再度開口。一句話，就粉碎了所有人心中的幻想。「明明就是想豁出去幹一票大的，然後逃去遼國。你們不信就儘管跑，看看能不能跑得過山中的那群虎狼！」

「跟他們拚了！」

「抄傢伙，跟他們拚了！」

「沒活路了，大夥拚了算！」

「拚了，他們不讓咱們活，咱們也……」

堵在門口的百姓，特別是過路的行商和夥計們，個個紅了眼睛，咬牙切齒地轉身。土匪很少攻打縣城，除非他們已經豁出去了跟官軍拚個魚死網破。而豁出去了性命不要的土匪，自然也不會守什麼「不涸澤而漁」的規矩。將商販們堵住之後，肯定殺光搶淨，人伢不留！

「要拚你們去，爺爺恕不奉陪！」

「跑啊，快跑啊！再不跑真的來不及啦！」

「快跑啊，誰不跑誰傻！」

「讓開，讓開，老子……」

擠在門口處的地痞無賴們，卻叫嚷得愈發大聲。唯恐秩序不夠混亂，耽誤了自己渾水摸魚。

正叫嚷得歡暢間，忽然，半空中掃過來一道閃電。

「噗！」有把冷森森的斧子從人群外圍呼嘯而至，將叫嚷得最大聲的地痞頭目，砍得踉蹌數步，當場氣絕！

「啊呀——！」

「娘咧——！」

「殺人啦，殺人啦！」

眾地痞嚇得大聲尖叫，抱著腦袋就朝城外鑽。還沒等他們將身體鑽進城門洞，耳畔又傳來「怦！」的一聲巨響，第二把明晃晃的斧頭又呼嘯而至，砍在老榆木做的城門上，深入數寸。

「敢妖言惑眾替土匪張目者，死！」有一個略顯稚嫩的聲音緊跟著在眾人頭頂炸響，硬邦邦寒氣四溢。

眾地痞流氓瞬間全都變成了啞巴，癱在城門口，雙腿瑟瑟發抖。他們當中，有一部分人純屬想趁火打劫，另外一部分人卻是鷹愁嶺眾匪徒專門安插在城裡的眼線，試圖替自家山寨製造混亂。後者原本以為按照常理，只要自己身份不暴露，即便在城中由著性子折騰，倉促之間，也沒人敢拿自己怎麼著。誰料想恰恰就遇上一個根本不打算講道理的，上來二話不說拿起鐵斧子就朝大夥腦門兒上掄。

「沒種留下來殺賊衛家室的，自己走。別大呼小叫，也別胡亂擁擠。否則，休怪某家拿你當山賊的奸細！」散發著寒氣的聲音再度傳來，一下一下地敲打著眾人的腦袋和心臟。

眾地痞流氓如蒙大赦，連滾帶爬逃之夭夭。原本堵在城門口的人團也瞬間為之一鬆，膽小怕事和捨不得父母妻兒者，低著頭，匆匆出城逃難。有些膽子稍大或無牽無掛的漢子，則紛紛讓開出城的通道，掉頭朝柴大郎與何縣令身邊走去。

一邊走，大夥一邊拿眼睛偷偷尋找先前飛斧殺人者。這才發現，有個身材魁梧高大，臉色卻非常白淨的少年鏢師，手裡頭拎著一把寒光四射的鐵斧子，正對著城門口虎視眈眈。毫無疑問，若是哪個心思齷齪的傢伙敢再鼓動唇舌擾亂民心，這把斧子就會毫不客氣地飛過去，直接劈開他的腦門兒！

「這是誰，是跟郭大郎一夥的嗎？」幾個主動留下來殺賊的商隊夥計按捺不住心中好奇，一邊用眼角的餘光朝少年鏢師身上逡巡，一邊壓低了嗓子交頭接耳。

「好像不是，我昨天入城的時候，在一夥行腳商販的隊伍裡見到過他。應該是那邊商販臨時湊錢雇的刀客，沒想到居然雇到了一個絕頂高手！」一名土黃色臉孔的大夥計正巧從旁邊經過，四下看了看，快速搭腔。

「怪不得下手如此狠辣，原來是個走單幫的獨行客！」周圍的夥計們恍然大悟，紛紛點著頭嘟囔。

易縣地處中原與遼國的邊界，非但南來北往的商販會選擇在此歇腳，一些江洋大盜，有案在身的惡徒，以及在權力傾軋或者搶地盤戰爭中輸光了所有本錢的將門子弟，也會把此處作為逃命的一條重要通道。只要平安渡過了城北面的淶水河，就算徹底逃出了生天。無論是中原官府，還是諸侯麾下的私兵，都絕對沒有膽子追到河對岸的遼國去喊打喊殺。

當然，逃到了遼國之後，是投奔遼國軍隊，給契丹人帶路。還是從此隱姓埋名，在平淡中終了殘生，就要看個人的選擇了。在這個皇帝和諸侯爭相給契丹人當兒子的時代，「禮義廉恥」早就成了傳說。

然而，無論是江洋大盜、背負命案的惡徒，還是落難的將門子弟，想要去遼國，肯定都得有人給指路。所以，把自己打扮成刀客鏢師，接受行腳商販們的雇傭，就成了這類人的最好的選擇。一則行腳商販們為了逃避官府的厘卡，出城後往往走得全是鄉間隱密小徑，輕易不會被官差堵在半道上。二來行腳商人們大多都是臨時搭伴兒，彼此間並不是很熟悉，更不會多嘴互相過問隱私。

所以使飛斧的少年鏢師，很自然地就被商販和夥計們，默認做了大盜、惡徒或者將門子弟三者之一。這類人性子最惡，脾氣也最古怪，所以大夥一般都會「敬而遠之」。

然而，使飛斧的少年鏢師，卻對周圍的異樣目光渾然不覺。只是繼續一眼不眨地盯著城門口，隨時準備將第三把斧子丟在搗亂者的腦袋上。直到城門口的人團徹底鬆動了，緩緩形成了人流。才搖頭笑了笑，策馬前行，從城門和門洞下的屍體上，將自己丟出去的兩把飛斧一一回收。

正在出城逃難的百姓們，紛紛主動側身讓開一條通道。唯恐自己哪個動作不對勁兒，惹惱了這位亡命江湖的殺星。少年鏢師這才察覺到眾人對自己的態度怪異，又笑了笑，把飛斧插入馬鞍後的皮囊裡收好，然後緩緩走向最先提議抵抗土匪的柴大郎。

那柴大郎正與趙姓公子哥兩個一道，協助縣令何晨將自願留下來的壯士整隊備戰，見到少年鏢師走近，立刻轉過身，主動迎了數步，抱拳施禮：「在下柴榮，多謝小哥方才仗義援手。若不是小哥你出手果斷，柴某差點就著了那些歹人的道！」

「柴大官人客氣了！」少年鏢師飛身下馬，非常禮貌地拱手還禮，「其實沒有某出手，大官人也肯定能收拾得了他們。在下寧，在下鄭子明，自問還粗通武藝，願留下與大官人並肩殺賊！」

「求之不得，求之不得！」柴大郎喜上眉梢，上前數步，一把拉起寧子明的手，「小兄弟，不瞞你說，柴某剛才就想過去邀你。只是怕你還有要事在身，不敢耽擱了你的行程而已。走，趕緊跟我去見過縣令，咱們想守住此城，肯定少不得他全力支持！」

話音未落，那趙姓公子哥也帶著他的細腰同伴走到了近前。笑呵呵地抱了抱拳，大聲自我介紹：「涿郡趙元朗與舍妹韓晶，在此有禮了！小哥剛才那兩斧子，劈得可真叫利索！若不是顧忌著情勢，趙某真的想給你大聲喝采！」

「在下，在下太原鄭子明，見過趙兄，韓，韓姑娘！」寧子明猶豫了一下，將鄭字咬得更為清晰。他不願給常思招禍，離開澤州後，就不敢再用「寧」這個姓氏。而對於石敬瑭的「石」姓，他又打心底裡頭有一種抵觸。所以想來想去，乾脆就換了石延寶當初的封地為姓。反正後者曾經遙領過鄭州刺史，即便自己真的跟他是同一個人，也不算辱沒了他的身份。

那趙元朗怎麼能猜測得到，寧子明的身世竟然如此之複雜？見少年人說話時有些口吃，還以為是不習慣跟女性打招呼。便笑了笑，大聲補充：「舍妹雖然是女兒身，卻也弓馬嫻熟。等閒土匪蟊賊，對付十幾個不在話下。所以我們兄妹兩個，見到柴大官人肯帶頭，就想留下來助他一臂之力！」

「鄭某，鄭某不是，不是，不是那個意思！韓，韓姑娘英姿颯爽，一看，一看就知道是巾幗不讓鬚眉！」寧子明臉色頓時一紅，趕緊又朝著趙元朗身邊的細腰同伴拱手。禮施了一半兒，他忽然又覺得自己當面恭維一個女人未必合適，楞了楞，兩條胳膊全都僵在了半空中。

「噗哧！」見少年人如此緊張，韓晶被逗得抿嘴而笑。雖然隔著一道防塵的面紗，卻依舊如牡丹初綻，令周圍的日光，都頓時為之一暗。

寧子明被笑得愈發尷尬，匆忙將頭轉開，朝著柴榮問道：「賊人距離此城有多遠？大概多少人？咱們這邊呢，肯留下一起殺賊的壯士全加起來有多少？」

「一概不知！到目前為止，只知道賊人是從鷹愁嶺上下來的。大頭目姓邵，是個殺人不眨眼的混世魔王！」柴榮搖搖頭，滿臉苦笑，「至於咱們這邊，大概能有兩百人上下。但其中至少一半兒以上連牛羊都沒殺過！不過據縣令說，武庫裡長短兵器倒是很充足，駐守在此城的一整營義武軍將士，全都跑光了。留下來的傢伙，剛好可以給咱們使用！」

「這——？」寧子明又是一楞，頓時就忘記了先前的尷尬。

好歹也是個帶過兵，有過數月剿匪經驗的底層武將，他當然知道兩軍交戰，不能光憑著一腔熱血。然而，眼下除了一腔熱血之外，他卻沒有任何可憑。

兩百餘沒摸過兵器的民壯和夥計，十幾個刀客鏢師，一個書呆子縣令，再加上自己、柴榮和趙元朗兄妹，卻要面對一夥已經破釜沉舟的慣匪，這仗，無論怎麼算，都算不出贏！

「士氣可鼓不可洩，你先跟我去見了縣令，明了身份和位置再說！」柴榮的眼神非常敏銳，僅僅憑著寧子明臉部表情的瞬間變化，就猜到了他心中的大致想法。以極其輕微的動作搖了搖頭，低聲叮囑。「我的想法是，把人分成三隊。你、我、趙壯士兄妹各帶一隊。然後咱們就埋伏在城門口，殺賊人一個出其不意！」

「你的意思是，不憑牆死守？」寧子明的眼神頓時就是一亮，壓低了嗓子，快速追問。

僅憑著兩百民壯，死守城牆肯定守不了多久。而以義武軍先前那個營的表現，恐怕賊人不走，孫方諫兄弟也不會露面。所以，大夥唯一的取勝機會，就是放棄城牆，主動出擊，趁賊軍原來不備，殺其一個措手不及。

「不能死守，兩座城門，四面城牆，護城河還早就廢棄多年了。死守，等同於尋死！」通曉兵略的，不止是柴榮和他兩個。趙元朗也壓低了聲音，快速插嘴。

「的確，眼下主動出擊，是唯一可行之策！只是……」柴榮看看他，又看了看年齡明顯不到弱冠的寧子明，眉頭緊鎖成了一個疙瘩。

他自問熟讀兵書，也得到了自家義父郭威的幾分真傳。可眼下這種情況，著實是巧婦難為無米之炊。除非，除非等會戰事剛一開始之時，自己趁著士氣尚在，帶隊直接衝擊匪徒中軍。可那樣取勝的機會固然會大增，失敗的風險，也一樣成倍增加。並且萬一不能將敵酋快速陣斬，自己這一邊，恐怕就是全軍覆沒的下場。

他此刻能想到的，寧子明恰恰也能想到。略作斟酌，便低聲提議，「等會兒，咱們只能速戰速決。柴兄帶人在城門口坐鎮，鄭某可以……」

一句話沒等說完，趙元朗卻又搶先插嘴，「有了！擒賊先擒王！咱們這邊人少，訓練也沒有，只能靠將領之勇力。趙某算得上個將門子弟，在槍棒拳腳上頗有些心得。等會兒若是看到機會，趙某就立刻策馬殺出，直取匪徒中軍。兩位若是能帶著弟兄們跟在後面給趙某壯一壯聲勢，則感激不盡！」

「這是什麼話？」柴榮聞聽此言，立刻一改先前謙謙君子模樣。倒豎起雙眉，大聲抗議，「你是笑柴某武藝不如你嗎？那就戰場上見。等會兒你策馬直衝中軍，柴某願意與你並肩而行！」

「柴兄誤會了。趙某與你素昧平生，怎麼可能知道你身手如何？」趙元朗也不生氣，立刻笑著拱手謝罪，「既然柴兄已經把話說到這個份上了，那等會兒咱們兩個就一起上，有你這樣的豪傑相伴，勝算至少又多了三分！」

「好！」柴榮用力點了下頭，隨即又將目光轉向寧子明，「鄭小哥，等會兒勞煩你帶領刀客與民壯……」

「兩位既然要並肩衝陣，鄭某怎麼好落在後面？」寧子明被趙元朗和柴榮兩個的舉動，燒得熱血沸騰。毫不猶豫地擺了下手，笑著打斷，「吶喊助威，干擾敵軍視聽的任務，有縣令大人與韓姑娘就足夠了。鄭某今天就跟著兩位，一道去稱稱這夥土匪的斤兩！」

「好！」柴榮與趙元朗兩個，沒想到鄭子明小小年紀，卻有如此膽魄。齊齊眼睛發亮，異口同聲說道：「那就同去，只要柴某（趙某）今日僥倖……」

話說了一半兒，二人卻又同時發現對方跟自己想表達的意思居然一模一樣。頓時不約而同地停住了嘴巴，然後互相看了看，哈哈大笑。

笑過之後，趙元朗忽然大聲提議：「我們三人今天同日被困在此城，又俱不願做那望風而逃的沒膽鼠輩，也算彼此有緣。不如乾脆結個兄弟，哪怕同年同月同日死了，黃泉路上，也能一道喝酒吃肉耍子！」

「柴某正有此意！」柴榮心中此刻，對能否克敵制勝毫無把握。聽趙元朗明知道九死一生還要跟自己相交，也頓時熱血上湧，拱起手，大聲回應：「好教兩位兄弟知曉，柴某本姓柴，後隨了義父姓郭。今年已經二十八歲，應該長兩位甚多。兩位兄弟叫我一聲柴大哥，郭大哥，俱可，俱是某的榮幸！」

「在下趙匡胤，表字元朗！」趙元朗接過話頭，大笑著重新做自我介紹，「今年已經二十有二了！比柴兄略小，但是應該比鄭兄弟大上許多！」

「小弟鄭子明，見過兩位哥哥！」寧子明自打從死人堆裡爬出來那時起，幾曾見過如此慷慨豪邁男兒？頓時心中被燒得一片滾燙，紅著臉，彎下腰向柴榮和趙匡胤二人行禮。

他並非有意相瞞，可自己到底姓什麼，多大，卻是一筆糊塗賬。所以還不如就先糊塗著，今後有了機會弄清楚之後，再向兩位兄長謝罪。

柴榮和趙匡胤兩個，卻只以為他臉紅是因為少年人面子嫩，再度哈哈大笑。然後跑到路邊一家已經沒有人的雜貨店裡，取了三根粗香。直接插在了地上，拉起寧子明的手，學著折子戲裡的說辭做派，朝天而拜，「我等三個雖然異姓，卻一見投緣。今日在此結為兄弟！從今往後同心協力，福禍與共。皇天后土，實鑑此心，背義忘恩，天人並棄！」

三拜之後，又互相拉著手站起身。跟早已目瞪口呆的縣令何晨交代了一下戰術安排，隨即各自取了兵器，跳上戰馬，沿著空蕩蕩的街道向西門而去。

縣令何晨與眾刀客民壯等人，雖然也明白此乃唯一的取勝辦法。卻更清楚，三人此番一去，恐怕沒多少機會能活著殺出重圍。頓時心中凜然生寒，一個個站在長街上，肅立相送。

那韓晶身為女子，早已淚透輕紗。卻咬著牙，始終不肯說一句挽留趙匡胤的話。待三個背影已經快走得看不見了，才忽然衝進路邊的店鋪中，取了一面鼙鼓出來，奮力敲響。

「咚咚咚，咚咚咚，咚咚咚……」激越的戰鼓聲，瞬間響徹全城。眾刀客鏢師們聽了，一個個愈發熱血澎湃。也紛紛取出兵器，跳上戰馬，朝著三人身後尾隨而去，再不旋踵。

須臾，鼓聲漸熄，空曠的街市上，卻隱然有一陣陣戰馬的嘶鳴縈繞不散。

風乍起。

旗獵獵。

馬嘶聲若隱若現。

風蕭蕭兮，易水寒！

易縣在秦漢之時隸屬於上谷郡，城外有一座荊軻山，相傳乃為猛士荊軻與燕太子丹送別之所。在隋代和唐代，此地俱為軍事重鎮，城高池闊，堅固無比。然而世事難料，滄桑易變。自打安史之亂爆發後，易縣就屢屢遭受戰火，舊的城牆和樓臺，很快就全都化作了瓦礫堆。廢墟上重新建立起來的縣城，規模連原本的四分之一都不及。城門也只剩下了兩座，一東一西，被城內唯一的一條鋪石街道，簡陋地穿在了一塊兒。

就這麼一個彈丸之地，卻不小心成了中原和燕雲之間的商路咽喉，怎麼可能不招來土匪的窺探？鷹愁嶺的眾好漢，只是其中動手最果斷的一波而已。再晚些時日，恐怕還有其他「綠林豪傑」，會對著這塊肥肉張開血盆大口。

「都給我打起精神來！拿下了易縣後，永不封刀！」鷹愁嶺大當家邵勇，也知道自己不可能長久占據縣城。所以乾脆做起了一錘子買賣，拿破城之後隨便燒殺搶掠的承諾，作為鼓舞士氣的籌碼。

「嗷！」「嗷！」「嗷！」跑得氣喘吁吁的大小嘍囉們，興奮地舉起長槍短刀，一雙雙暗紅色的眼睛裡充滿了飢渴。

按照綠林道規矩，每當攻破大戶人家的堡寨，嘍囉們都會獲得一定長短的肆意燒殺淫掠時間。一方面可以威懾其他不願按期繳納保護費的莊主和堡主，另外一方面，也可以讓嘍囉們以最快速度忘記戰死的同伴。而時間一到，土匪的大當家就會下達「封刀令」，結束嘍囉們的任性狂歡，給被攻破的堡寨留下幾分「人根」，以方便下一次「收割」！

但是今天，鷹愁嶺的好漢們，卻從大當家邵勇嘴裡，聽到了「永不封刀」四個字。那意味著他們可以搶走自己看到的任何東西，姦淫視線所能觸及的任何女人，殺死城中任何一個來不及逃走的老弱，直到整個易縣城，徹底化作一座巨大的墳冢。

「但是，爾等一會兒攻城時必須傾盡全力！」在震耳欲聾的歡呼聲裡，大當家邵勇雙手下壓，紅光滿面，「化龍化虎，還是繼續躲在山溝裡做泥鰍，就看這回了。誰要是膽敢往別人身後縮，休怪邵某人手狠！」

……

「大當家放心，小的們等知道怎麼做！」

「大當家，您就等著聽好吧，小的們一口氣就把縣城給您拿下來！」

「可不是麼，義武軍算什麼東西？當年咱爺們橫著走的時候，孫家哥倆還要飯吃呢！」

眾嘍囉七嘴八舌，不停地向大當家邵勇表態。

彈丸大的易縣，裡邊只駐紮了四五百鄉勇。而自家這邊，所有兵馬加在一起穩穩超過了三千。甭說盡全力，就是每個人都把一隻手藏在褲襠裡，也能輕鬆將城門給拿下來。

拿下來之後，就是大當家兌現承諾的時候了。春天正是商販們結伴北去塞上的時節，城裡邊此刻肯定聚集著數不清的金銀細軟。而周邊很多大戶人家的女兒媳婦，也會趁著這個時候由家人陪著走進城內，採購一年用的胭脂水粉，頭面首飾。城破之後，金銀細軟誰先搶到就是誰的，細嫩女人誰先按倒就算誰的，即便過後少不得要拿出一些來上供，至少大夥還能嘗個新鮮！

想著此行的收穫，大小嘍囉們的雙腿就充滿了力氣。才剛剛過了正午，易縣城那簡陋的土牆，已經出現在眾人的視野裡。

守軍肯定是聽到信兒不戰而逃了，整個西側的城牆上，根本看不到任何旗幟。狹窄破舊的敵樓裡，也沒響起任何警報聲。只有兩面黑乎乎的戰鼓豎在城門正上方位置，孤單而又淒涼。倉皇而去的守軍，甚至連城門都沒顧得上關，任由其四敞大開著，猶如一張黑咚咚的嘴巴！

「報，大當家，百姓們正從東門逃命！根本沒人管他們！」幾名搶先一步抵達的斥候騎著快馬，從城北繞了回來，向大當家邵勇高聲彙報。

「咱們的眼線說守軍早跑光了，但是有幾個不自量力的商販和刀客留在了城裡，想替其他人斷後！」

「刀客裡頭有個會扔飛斧的，據說還有幾分真本事！」

「縣令何晨沒逃，那人是個書呆子，準備以身殉，殉城！」

「嗯——！」大當家邵勇擺擺手，沉吟著打斷斥候的彙報。有商販和刀客留在城裡抵抗，這個消息並未出乎他事先的預料。畢竟敢去燕雲和遼地做買賣的商販，膽子都不會太小。在拚命和傾家蕩產之間，有人會果斷地選擇前者。

但書呆子縣令沒跟守軍一起逃走，就讓他感到有些意外了。印象中這些大頭巾向來是嘴巴上英雄，行動上的侏儒。平素一個個高喊士可殺不可辱，真的到了要命的時候，卻跪得比誰都利索。

「都楞著幹什麼！趕緊跟我去把那縣令抓來給大哥當書童！」沒等大當家邵勇消化完斥候們帶回來的情報，身後三當家王旗已經迫不及待。猛地一抖戰馬韁繩，搶先衝向了城門。

幾個刀客和商販能頂個屁用？自己這輩子，不知道殺了多少刀客和商販。與其在城門外磨磨唧唧，還不如先衝進去，刀子底下見真章！

「殺！」「殺進去，永不封刀！」大小嘍囉們見有人帶頭，立刻邁動雙腿緊緊跟上。從城西到城東，最近的路徑就是穿城而過。想追上那些逃難的肥羊，想搶金銀和女人，就無論如何不能落在同夥的後邊。

「殺！」「殺進去，永不封刀！」剎那間，三千多嘍囉，就像爭食的飛蝗般，黑壓壓地直奔易縣的西城門而去。六千多隻發紅的眼睛，寫滿了罪惡與瘋狂。

「嗯？」大當家邵勇皺了皺眉，心中湧起了一團怒火。居然不等他這個寨主發令，就一擁而上。這幫小兔崽子心裡還有沒有規矩了？不過，這樣也好……

忽然，他又笑了笑，將目光投向空蕩蕩的城門。衝在最前面的，未必每次都能喝到頭湯。有人肯豁出性命去探路，倒也省了他再費力氣去安排。

在空蕩蕩的城門口，他看到三當家王旗和山寨中最野性難馴的十幾個頭目，大呼小叫地策馬狂奔。他看到數以百計的嘍囉兵，在城門外的空地上跑出了一個巨大的黑色三角。他看見更多的弟兄，螞蟻般前湧，人頭攢動。他看見四敞大開的城門洞下，有三個年輕的身影並轡而出，逆著三千多弟兄的進攻方向，不閃不避，彷彿個個身後都帶著千軍萬馬……

「嗡！」半空中忽然響起了一陣微弱的弓弦震顫聲。一排稀稀落落的箭雨，迅速從敵樓中落下來，前衝的人流中，濺起了數點紅煙。

沒有用！這種程度的傷亡，根本阻擋不了綠林好漢們的腳步。三當家王旗身邊和身後，都有頭目中箭墜地。然而他自己，卻毫髮無傷。狂笑著舉起手中的長刀，狂笑著堵向逆勢而出的三個年輕身影，力劈華山！

「噗！」血光猛地竄起了半丈高，紅煙亂竄！

三當家王旗的屍體被戰馬帶著繼續向前衝了十幾步，才軟軟的栽倒，寫滿恐懼的眼睛，對著天空瞪得滾圓。

柴榮微微楞了楞，平端著騎槍從屍體旁疾馳而過，雪亮的槍鋒直奔下一個綠林好漢的哽嗓。

他沒想到鄭子明會用飛斧替自己開路，但是也不覺得後者這麼做是看輕了自己。以往的生活閱歷和姑父郭威的言傳身教，讓他早就練就了一副「聞驚雷而不懼」的心態，明辨是非的能力和反應速度，也遠逾常人。

跑在第二順位的綠林好漢劉方，卻被打了個措手不及。按照常理，三當家王旗即便拿不下對手，至少也能逼得此人手忙腳亂。而他趁機策馬衝去，正好可以撿個現成便宜。

誰料現成便宜沒撈到，他卻要同時面對一桿疾刺而來的騎槍和一把隨時都可能劈向腦門兒的鐵斧。如此巨大的落差，讓劉方倉卒間如何能夠適應？高舉著鋼刀的右手，本能地就開始下落回護，另一隻左手也果斷地扯動戰馬繮繩，試圖避開騎槍和利斧的左右夾擊。

哪裡還來得及？總計不到十步的距離，還是兩匹戰馬高速對撞，任何臨時改變主意的行為，都等同於找死！柴榮手中的騎槍，直接刺中了他的小腹，將他迅速提上半空。槍桿因為槍鋒與人體相撞而產生反衝力，瞬間彎曲如弓，又瞬間彈了個筆直。將劉方的屍體像乾草捆子一般彈飛出去，熱氣騰騰的血漿灑了沿途的其他「好漢」滿身滿臉。

衝在第三順位的綠林好漢共有兩人。其中一個與趙匡胤的戰馬恰恰相對。後者毫不猶豫地掄圓了包裹著熟銅的大棍，砸向綠林好漢的腦袋。綠林好漢舉刀招架，刀飛，頭碎，戰馬帶著無頭的屍體前奔數步，轟然栽倒。

另外一個綠林好漢正對著寧子明，雙手將騎槍舞得如同風車般，護住他自己的頭顱和上半身。寧子明嘴裡發出一聲斷喝，第二把斧子脫手而出，借著戰馬高速奔跑的慣性，砍在了此人的膝蓋處，將大小腿一分為二。

「啊——！」失去平衡的綠林好漢慘叫著落地，另外一隻腳卻套在了馬鐙中，被倒拖著四下亂竄。斷腿處的血液如同噴泉般，一股股直沖雲霄。

奔在第四順位的綠林好漢，加起來有十七、八個，跑動中形成了彎彎曲曲的一道折線。柴榮擰槍刺穿了其中一人的咽喉，趙匡胤用長棍打折了另外一人的坐騎前腿，寧子明高高舉起韓重贇贈給自己的鋼鞭，奮力斜抽，將第三名好漢連同其手裡的兵器一併擊落於馬下。

兄弟三個從折線的正中央，透陣而過。被打落下坐騎的綠林好漢淒聲慘叫，沒與三兄弟在正面相撞的其餘十四五個好漢，卻既不繞上前救援，也不再吶喊著衝向城門。只是遲疑著放緩馬速，貼著廢棄多年的護城河，進退兩難。

能混上戰馬騎的好漢，都是精英。他們的性命，遠比普通嘍囉金貴。繞過去救援自家落馬的同夥，很可能會被蜂擁而至的自己人活活踩死。而繼續衝向城門的話，誰知道會不會再遇到另外三個殺星？

他們的判斷，非常「準確」。城門口兒處果然又有寒光閃動，「的的的，的的的，的的的……」馬蹄敲打青石路面兒的聲音震得人髮根倒豎。

不是三個殺星，而是一大群，至少有二十！沿著最前面三個殺星蹚出來的血路，風馳電掣。如同一把巨大的鐮刀，將血路兩側的綠林好漢們，像割高粱般一一割倒。

「風緊！」一名騎著馬的綠林「精英」瞪圓了雙眼，開始左顧右盼。自家人知道自家事，綠林好漢們打仗，向來靠得是一股子「氣兒」。而今天，這股「氣兒」，顯然沒有吹起來！衝在最前方，有戰馬代步的精英，被人家從隊伍正中央給鑿了個口子。跟在精英身後的其他嘍囉，已經跑了小半天的路，根本沒有多餘體力去阻擋戰馬的衝擊。

事實也正如他所料，柴榮、趙匡胤和寧子明三個，轉眼已經各自殺掉了第四、第五、乃至第六名對手。第七順位與他們前進方向正對的綠林好漢，已經有了充足時間調整戰術，不敢硬逆其鋒，紛紛撥轉坐騎躲避。騎槍、長棍和鐵鞭找不到目標，帶著濕漉漉的血漿繼續加速向前。被甩在三匹戰馬身後的通道筆直修長，紅艷艷扎得土匪們不敢凝視。

三人眼前忽然一空，再無任何騎兵阻擋。馬蹄踩在早春的地面上，帶起三道筆直的紅烟。紅烟高速的向土匪的步卒隊伍靠近，而步卒們卻跑得三一群五一夥兒，氣喘如牛。柴榮果斷將騎槍下壓，將不幸擋在自己去路上的土匪步卒，接二連三地挑飛。趙匡胤揮舞包銅長棍，左劈右砸，手下沒有一合之敵。寧子明手裡的鋼鞭短，只能將身體斜向下探，手臂前後抽打。已經跑起性子的遼東馬揚起前蹄，將躲避不及的土匪紛紛踩倒。冰冷的鋼鞭借助戰馬的速度抽在人的頭頂，沾死碰亡。

「啊——！」

「娘咧——！」

「風緊，風緊……」

正對著三匹戰馬前進方向的土匪們，大聲尖叫著逃命，兩條腿卻軟得如同麵條，根本提不起任何速度。柴榮的騎槍、趙匡胤的銅棍，寧子明的鋼鞭，毫不猶豫地從他們身上高速掠過，血肉飛濺，哭嚎聲此起彼伏。

三匹戰馬過後，僥倖沒死的土匪步卒們，呆呆地站在血色通道旁，滿臉難以置信。獵物們居然敢主動與大軍對衝！三個人敢硬撼三千！三個人居然真的就鑿穿了自家上百名充當前鋒的騎兵，然後又刺進了中軍，長驅直入。三個人直奔大當家的帥旗下去了，渾身上下淌著不知道是他們自己的，還是綠林同道的血！而大當家，大當家居然開始躲閃，居然主動放倒了帥旗……

「的的的，的的的，的的的……」還沒等好漢們緩過神，恐怖的馬蹄聲又至。這次，騎在馬背上的殺星更多，攻擊面兒也更寬。不幸擋在戰馬去路上的嘍囉們，再度重複了先前那令人恐怖的場景，宛若時光倒流。一個又一個，接二連三地倒下，血肉橫飛。

「呵，呵，呵——！」靠近血肉通道處，沒被戰馬踏倒的嘍囉們驚呆了，張大嘴巴，發出斷斷續續的聲音。有人忽然高高地跳起，朝著身邊疾馳而過的戰馬揮刀。兵器在半空中劃出了一道漂亮的閃電，落下來時卻一無所獲。

他的動作太慢了，根本追不上戰馬的移動速度。沒等他再度鼓起勇氣舉刀，耳畔又傳來了「怦」地一聲悶響，另一匹高速衝來的戰馬與他相撞，將他整個人直接撞到了半空中。

「啊——！」終於，有人嗓子裡叫出了聲音，哭喊著向遠處逃去。周圍的土匪們如夢初醒，你推我擠，不求跑得最快，只求不是擋在戰馬必經之路上的最後一人。

擋不住，勉強為之，等同於送死。高速奔馳的戰馬，只有結成硬陣的長槍才能對付。而他們，事先卻根本沒想到城裡的獵物敢直接衝出來發起對攻。

他們預先所設想的最激烈戰鬥，不過是在弓箭手的掩護下，搬著臨時打造的雲梯攀爬城牆。而此時此刻，所有人還沒跑到城牆根兒底下，大部分弓箭手連弓弦都沒來得及拴緊。

不能結陣，就只能躲閃。本領再高明的好漢，也沒辦法獨自一人正面攔截住高速飛奔的戰馬，更何況，戰馬的背上，此刻還騎著三名絕世猛將。這種情況下，想要力挽狂瀾，唯一的辦法，就是以命換命。豁出自己一方的性命去堆，用數以百計的死士，將馬背上的猛將活活累死。所有擋在戰馬前面的死士，都義不旋踵，都心甘情願地被八百多斤的戰馬活活壓成肉泥！

然而，鷹愁嶺的眾好漢們卻既找不到義不旋踵的理由，也鼓不起犧牲自我的勇氣！

他們只敢躲，從上到下，從幾個當家到普通小卒，都想方設法地躲，盡一切可能地躲。躲開急衝而至的槍鋒，躲開高高揚起的馬蹄。躲開那筆直寬闊的紅色煙塵。

起初，只是柴榮的槍鋒所指位置，綠林好漢們像朽木一樣左右開裂。很快，開裂的速度就遠遠超過了馬蹄奔行，並且裂口越來越寬，越來越寬。當幾名身上披著厚牛皮甲的親兵，被騎槍、長棍和鋼鞭變成孤魂野鬼之後，人群忽然發出了「轟」地一聲悶響。整個土匪隊伍，沿著城門所對方向，一分為二！

「嗯，哼哼哼哼——！」戰馬嘴裡發出輕蔑的咆哮，緩緩收攏四蹄，緩緩轉身。

柴榮、趙匡胤、鄭子明，不約而同地撥轉了坐騎！

他們三個從前素不相識，今天，卻幸運地並肩而戰。

他們相視而笑，朝彼此挑了挑大拇指，然後再度策馬站成了一排。

更多的男人從敵軍中央出來，撥轉坐騎，跟他們三個彙集在一處，排成一條三列縱隊。

每個人身上都被血染得通紅，每個人眼睛裡，都寫滿了驕傲。

他們把土匪的隊伍鑿穿了。

他們來路上，躺滿了土匪的屍骸。

他們周圍，已經沒有任何敵軍，隨時可以揚長而去。

然而，他們卻不會再選擇逃避！

「諸君，可敢跟我再衝一次？」柴榮單臂將騎槍高舉，槍鋒遙遙地指向土匪最密集處。那裡，有一桿歪歪斜斜的帥旗。帥旗下，幾名騎著戰馬的土匪當家聚成了一團，正焦急地商量著對策。

土匪的數量，依舊是這邊的百倍。勝負，依舊尚未分明。

「願唯大官人馬首是瞻！」二十幾名漢子，七嘴八舌地回應。聲音既不高亢，又不整齊，卻如悶雷般，砸向眾土匪的頭頂。

「好男兒，殺賊！」柴榮不再多說半個字，再次用雙膝夾緊馬腹。

「殺賊！殺賊！」剎那間，二十幾個男兒再度變成一道閃電，劈向土匪的頭頂，無堅不摧。

「咚咚咚咚，咚咚咚，咚咚咚咚，咚咚咚！」城頭上，戰鼓聲如潮，韓晶雙手掄動鼓槌，衣袂飄飄，敲出這世間最激越的旋律。

書呆子縣令何晨、老師爺曹參，還有小書童何三兒，並肩衝出了城門。

二十幾名商隊夥計，十幾個行腳商人，拎著長槍和扁擔，緊隨三人之後。

幾十名不知道從哪裡鑽出來的鄉勇，上百名當地熱血男兒，手裡舉著長刀短刃，吶喊向前，無所畏懼。

這裡是燕趙舊地。

這裡是大將軍李旭立馬橫刀的戰場。

這裡有霍去病、衛青北擊匈奴的糧倉。

這裡，荊軻與高漸離所別之所。

這裡的天空和大地上，從沒有寫下過屈服。

風蕭蕭兮，易水寒！

【第二章】

重逢

花褪殘紅青杏小。

一雙晚歸的燕子，在屋簷下忙忙碌碌，時而銜泥補巢，時而低聲私語。

天已經暖起來了，空氣裡透著新雨後淡淡的花香。微風輕拂，吹動蟬翼般的紗窗。印在紗窗上的影子立刻搖曳了起來，影影綽綽，彷彿一簇翠竹，佇立於寂靜的水畔。

「小蟲子，這麼好的天氣不去外邊走走，整日悶在樓裡綉嫁衣嗎？」寂靜與寧謐，瞬間被玩笑聲給打破。有團大紅色的影子拔地而起，於半空中輕巧地彎了下腰，單手推開二樓的紗窗，飄然而入。

「啊，大姐，妳又翻窗子！我這裡又不是沒有門？下次再這樣，我就去告訴咱娘！」二樓中臨窗做針線的常婉瑩被嚇了一跳，站起身，迅速將手裡竹綳子藏在背後，紅著臉抗議。

一身紅衣，性子也像火炭般熾烈的常婉淑卻毫不在乎，伸出一隻手，探向自家妹妹的背後，「還真是在綉嫁衣啊！趕緊給我瞅瞅，綉的是鴛鴦還是並蒂蓮花？」

「妳才急著綉嫁衣呢！」常婉瑩側身閃避，動作宛若一隻受驚的梅花鹿般靈活，「要嫁也是妳先！我只是閒著沒事兒幹，綉只帕子打發光陰。別搶，再搶我就去告訴姐夫！妳訂親時，媒人拿給他娘看的綉活，全是從翠錦坊買來的。妳，妳那雙手只會舞槍弄棒！」

常婉淑張牙舞爪，餓虎撲食般追著自家妹妹蹦來跳去，「告去，告去，告去。我還怕了他家退婚不

成？亂世中能娶到我這種能上馬掄刀的媳婦，是妳姐夫幾輩子修來的福分！真給她娶個立莫搖裙的病秧子，才有他哭的時候！」注四

繡樓裡畢竟空間不夠寬闊，很快，常婉瑩就被堵在了角落裡，無法移動分毫。常婉淑則用自家腦門兒頂著妹妹的腦門兒，空出兩隻手來，抓緊綳子邊緣用力向外拉扯。「快給我看看，快給我看看麼！不然，今後無論聽到什麼消息，我都不來知會妳。我那個妹夫……」

竹蔑綁成的綳子，怎麼可能受得了如此大的力，忽然「哢嚓」一聲，徹底散了架。兩根纖細的蔑條，直接將綢布刺了個對穿。

這下，常婉淑可傻了眼。將雙手半舉在空中，連連後退，「我，我不是故意的。小蟲兒，妳別生氣！姐姐馬上出去買個新的來賠妳。妳把紙樣給我，我去翠錦坊找最好的繡娘重新繡了給妳！」

「不過是個竹綳子罷了，又不值什麼錢！」常婉瑩先是楞了一小會兒，忽然搖頭而笑。「沒紙樣，我自己胡亂繡著玩的，妳不用往心裡頭去！」

說著話，將綳子上被刺破了的繡件快速取了下來，先捲成條狀，然後又快速對折，繫了幾個死疙瘩，順手丟到了床頭。

常婉淑縱身追了幾步，終是覺得心裡有幾分內疚。轉過頭，訕訕地說道：「那我就賠妳一匹蘇綢吧，想往上繡什麼，妳儘管隨意。正好家裡的商號從江南進了新貨來，無論顏色和質地，都比去年的舊貨又好上了許多！」

常婉瑩不想讓姐姐難堪，想了想，笑著回應：「那我可不客氣了！正好我想裁幾件新衣呢！光是一匹的話，顏色可能太單調了些。妳不妨給多我買幾匹回來，每種顏色一件兒！」

「小奸商，妳不去做生意可真屈才了！」常婉淑立刻大聲抗議，隨即，又無奈地攤手，「好吧，算便

宜妳了。誰讓我先弄壞了妳的東西呢！我得走了，趁著天還沒黑派人去鋪子裡打個招呼。否則一旦今年的新綢賣斷了貨，可就又要被妳壓在舌頭底下了！」

朝自家妹妹詭秘一笑，她邁步就朝門口走。這次，卻是溫良賢淑得很，每一步都只邁到寸許長短，半晌都未踏下樓梯。

「姐姐——！」明知道對方是故意在賣關子，常婉瑩卻無法讓自己拒絕上當。叫喊著追了過去，雙手抱住自家姐姐的肩膀，「我不要妳賠了，不要妳賠了還不行嗎？妳先別走，咱們姐妹好幾天沒坐在一起說話了。我這裡有剛剛買來的新茶。秋竹，趕緊給我阿姐煮一壺茶來！」

「哎——！」一直躲在樓梯口偷聽動靜的丫鬟秋竹，大聲答應著去準備茶湯。常婉瑩雙手抱著自家姐姐胳膊輕輕的搖了搖，繼續低聲挽留，「姐姐妳請上坐，我最近得了一本唐傳奇，是關於平陽公主和駙馬柴紹的……」

「真的！」常婉淑立刻原形畢露，轉身抓住自家妹妹的胳膊，連聲催促，「在哪，在哪？趕緊拿來我看。妳這妮子，有好東西也不早說，就知道藏著！虧得我還費勁心力幫妳打探寧子明那廝的消息！」

「妳哪曾給我說話的機會？」常婉瑩看了她一眼，笑著反問。隨即轉身走向床邊的櫃子，從裡面拿出一套精緻的繪本，雙手遞給自家姐姐。常婉淑迫不及待伸手去搶，卻發現妹妹的手指遲遲不肯鬆開。想了想，搖頭而笑，「死妮子，心眼兒全長到這裡了。給妳，錢貨兩清！」

說著話，快速從腰間摸出一份整整齊齊的信紙，狠狠地拍在繪本封面上。常婉瑩立刻騰出一隻手，抓起信紙。然後將另外一隻手也鬆開，走到窗子旁，借著外邊的日光默默而讀。

注四、「立莫搖裙」，出自《女論語》，乃為唐代宋氏姐妹所著，其中淑女的規範是「行莫回頭，語莫掀唇。坐莫動膝，立莫搖裙。」後世所謂「行不動裙」，便是出於此書。

常婉淑則如獲至寶地捧起繪本，到窗子旁與她並肩而立。姐妹兩個一個紅得如同盛夏牡丹，一個淡若春柳，在瀲灩的夕照裡，相映成趣。

信紙上，是一段專門謄抄下來的邸報。裡邊所描述的內容，則為半個多月前發生在邊塞小城易縣的一件壯舉。說當日有山賊邵勇，聚眾三千攻打縣城。守軍自認不敵，一哄而散。城中仕紳百姓爭相出奔，哭嚎聲不絕於道。危急時刻，忽然有一名叫做郭榮的富商挺身而出，大呼「殺賊衛家」。涿郡良家子趙元朗、太原鏢師鄭子明慨然從之。又有縣令何晨，聚集民壯差役鏢師百餘人，持械聚集於市，準備與城俱亡。大夥佩服郭榮義薄雲天，乃推其為帥。郭榮見賊軍勢大，便與趙元朗、鄭子明三人，策馬直取賊酋。縣令何晨帶領眾鏢師、差役、民壯緊隨其後。群賊氣奪，紛紛走避。三人透陣而過，再帶眾鏢師民壯轉身殺回，如是者三。賊軍大潰，其酋邵勇被柴榮追上當場陣斬，餘者或死或降，全軍盡沒……

看著看著，常婉瑩的眉頭就蹙在了一起。但是很快，她的嘴角處，便又浮現了笑意。隱隱還帶著幾分自豪，幾分讚賞。

常婉淑從繪本上抬起眼，偷偷看她，隨即輕輕撇嘴：「那廝從來就不是個安生的！阿爺費了九牛二虎之力，才讓朝廷暫時忘了他。他可好，生怕別人想不起自己來，又跑去易縣出了個大鋒頭！」

「不是迫不得已嗎？總不能眼睜睜地看著闔城百姓被山賊屠戮！」常婉瑩立刻睜圓了眼睛，大聲辯護，「況且他報的又不是本名。鄭子明，鄭子明，天底下姓鄭的人那麼多，誰還能聯繫到他頭上！」

「妳倒是跟他一樣想得簡單！」常婉淑撇了撇嘴，滿臉不屑，「改個名字別人就不知道他是石小寶了，那以後江洋大盜全都改個名字算了，官差就是迎面遇見，也不上前盤問捉拿！」

「他救的是全城百姓，又不是殺人放火！」常婉瑩聽得大急，紅著臉跺腳，「妳怎麼能把他與江洋大盜往一起比？」

「汴梁城裡那位小皇帝，還有符老狼、高白馬、李豺狗他們，才不會在乎死多少無辜百姓呢！把全易縣連同周圍十里八村的所有父老鄉親都加在一起，也比不得上他石小寶一個人重要。老百姓在那些人眼裡就像韭菜，割完了一茬還能再長一茬。而他，卻是闖出的名頭越響亮，越必須儘快除掉！」

「啊——！這，這……」常婉瑩急得眼睛通紅，咬了咬牙，起身就準備往樓下衝。常婉淑卻一把拉住了她，笑著數落：「喲！這會兒妳著急了。剛才是誰穩坐繡樓，就像女諸葛亮一般？晚啦！這是半個月前發生的事情，等妳去了，黃花菜早就涼了。告訴妳吧，這小子傻人有傻福……」

「姐姐——！妳，妳就知道欺負我！」常婉瑩這才察覺自己上當，抓住常婉淑的一隻胳膊，不停地來回搖晃。

「那小子，我真不知道到底哪點兒好，值得妳如此待他？」常婉淑伸出手指朝自家妹妹頭上戳了一記，滿臉溺愛，「妳不用替他著急了，有人把這事兒給捂蓋住了。那個趙元朗，是護聖都指揮使趙弘殷的兒子。祖父是涿州刺史趙敬，叔叔是吏部侍郎趙弘毅。那個富商郭榮更不得了，乃是樞密副使郭威的養子。郭、趙兩家聯手，將小胖子的真實身份硬是給瞞了過去。眼下朝廷只知道他是個給商隊做護衛謀生的刀客，還破格賞賜了他一個易縣縣丞的官銜，就等著接印上任呢！除了咱們和郭、趙兩家的有限幾個知情者外，其餘的人，根本不知道此鄭子明，就是當年的石延寶！」

「這樣做的話，真的可行嗎？是不是讓阿爺又欠了郭家和趙家好大的人情？」常婉瑩對於朝堂上勾心鬥角的事情，一向不是很熱衷。故而也聽不出什麼門道來，呆立半晌，眨巴著追問。

「妳這妮子！撿了便宜還想賣乖！」常婉淑又戳了她額頭一記，笑著啐道：「這會兒知道不能給阿爺添麻煩了。當初是誰，寧可讓阿爺跟劉皇伯翻臉，也要救他？」

「姐姐，妳別打岔！我只是問，這樣做穩妥嗎？」常婉瑩再度羞得面如敷粉，躲開半步，頓著腳道。

「有什麼不穩妥的？阿爺去年就跟朝廷稟報過，說石延寶已經死在亂匪手裡了。即便朝廷過後追究，郭伯父和趙家，也能用一時失察的藉口糊弄過去。」常婉淑笑了笑，非常肯定地剖析，「況且這件事對朝廷又沒啥壞處！日後再有人拿石延寶說事兒，朝廷甚至可以一口咬定是假冒的，真的前朝二皇子早就死了好幾年了！反正真真假假，還不是誰刀子硬誰說的算！」

「哦——！」常婉瑩依舊是滿頭霧水，低聲沉吟。實在無法理解，這些高高在上的大人物們，肚子裡到底轉的是哪根筋。不過能確定情郎不會遭到朝廷兵馬的追殺，便讓她覺得心裡頭安寧了許多。低下頭沉默了片刻，繼續追問，「那，那他現在到了什麼地方？姐姐妳有消息嗎？契丹，契丹人那邊，會不會猜出他的真實身份？」

「沒消息，但是契丹人肯定不會這麼快就知道他的真實身份！」常婉瑩想了想，不屑地搖頭，「他是扮作刀客出的飛狐關，每年差不多這個時候，跟著商販一道去燕雲和塞外的刀客，沒有一千也有八百，契丹人根本查不過來，也沒那個耐性去一個一個地核實身份。況且除了咱們這些知根知柢，並且時刻留意著他的動靜的，誰還能把一個刀客跟前朝皇子往一起聯繫？即便再用心，至多能查到這個叫鄭子明的刀客武藝很好，曾經在易縣跟別人一道擊殺山賊而已！」

「嗯！」常婉瑩裝出一臉輕鬆模樣，轉身走回書案旁，開始整理上面的筆墨紙硯。然而雙眉之間，卻終究有一抹擔憂，遲遲不肯散去。

做姐姐常婉淑的看見了，免不了就有些心疼。快步追過去，雙手攬住妹妹的肩膀，低聲安慰道：「事情已經是這樣子了，妳現在擔心也沒用！妳姐夫說得好，他這次不告而別，說不定還能多闖出一條生路來。趁著眼下新皇帝剛剛登基，四下裡叛亂紛起，誰也顧不上他。真的等到李守貞、王景崇這些人的叛亂都被平定下去，他再想做些什麼，恐怕就來不及了！畢竟，畢竟他是個男子漢大丈夫，不可在岳父的羽翼下躲一輩子！」

「嗯！唉——！」常婉瑩再度輕輕點頭，然後又低低的嘆氣。

一個手中無一兵一卒的前朝皇子，除了躲，還能做些什麼？總之不過是掙扎求活而已！可那些手握重兵的英雄豪傑們，卻偏偏就容不下他。偏偏非要親眼看到他的屍體才會放心！

「妳姐夫還說過，如果他聽了親娘老子落難的消息卻無動於衷，就跟禽獸沒什麼兩樣了。這種人，絕對相交不得，也不值得任何人掛念！」常婉淑對於自家未婚夫韓重贇，卻是推崇得很。也不管有用沒用，只顧著將後者的分析一股腦地往外倒，「而即便他去了遼東，見到了後晉的亡國皇帝，結果也不過是求個心安而已。以對方的閱歷和見識，絕對不會跟著他偷偷跑回中原來，更不會再起什麼不切實際的念頭！」

這幾句話，特別是最後兩句，對於常婉瑩來說，又有些過於深奧了。令少女又眨巴了好半天眼睛，才勉強笑了笑，低聲道：「姐夫果然是慧眼如炬，不枉了阿爺在他身上下了那麼大的力氣！不過，小寶他此去，也不僅僅只是為了求個心安！」

「那他還求什麼？」常婉淑立刻嚇了一大跳，柳眉倒豎，杏眼圓睜，「他不是真的想借兵復國吧？那他可真的是與虎謀皮了！」

「肯定不會！」常婉瑩笑了笑，自豪地搖頭，「他的性子，與他阿爺倒有幾分相似，卻一點兒也不似他的祖父大晉高祖。寧可拚個魚死網破，也不肯認賊作父。我們倆在一起的時候，他也從沒說過復國的打算。他甚至，甚至對大晉的滅亡，都不是太在乎。」

「那他到底是怎麼想的？妳趕緊說啊！妳這死妮子，別說話只說一半兒？」常婉淑急得額頭冒烟兒，抓著她的手用力搖晃。

「還能怎麼想？他這輩子，不能連自己是誰都不知道吧？」常婉瑩笑了笑，用反問的語氣回應。

這次，輪到當姐姐的滿頭霧水了。同樣是眨巴了眼睛好半晌，才狠狠甩開了對方的手，憤懣地說道：「真不懂你們兩個到底想什麼？虧了妳姐夫還拚命地幫他！他如果不是石延寶，又能是誰？他若不是石延寶，妳怎麼肯如此死心塌地地維護他？」

「問題是，他自己始終不能確定啊！」常婉瑩又嘆了口氣，幽幽地道。

「這……」常婉淑徹底無話可說了，只是再度張開雙臂，將自家妹妹抱得更緊。彷彿只有這樣，才能將自己身體裡的力氣多借給妹妹幾分，才能將妹妹的心臟裡的酸澀多少趕走一些。

姐妹兩個靜靜地站著。

擺在桌案上的銅鏡子裡邊，照出兩張雅致的面孔。一熾烈一寧靜，俱是青春洋溢，卻俱已經帶上了幾分與年齡不相稱的哀愁。丫鬟秋竹端著一壺煮好的茶湯，快步走上綉樓。敏銳地察覺到氣氛不太對勁兒，嚇得偷偷吐了吐舌頭，躡手躡腳地將茶壺和茶盞放在桌案上，悄悄行了個禮，隨即又躡手躡腳地逃之夭夭。

姐妹倆都將她的動作看在了眼裡，卻誰也沒有心情開口挽留。許久之後，常婉瑩從姐姐懷裡掙脫出來，笑著搖搖頭，低聲問道：「阿姊，妳覺得，他真的是石延寶嗎？」

「這還用問？」常婉淑皺了下眉，快速回應。隨即，卻又沉吟了片刻，用很低，很緩慢的聲音補充，「老實說，最開始，我並沒認出他來。但那時候妳姐夫重傷在身，楊重貴和折賽花夫妻兩個擺明了要袖手旁觀，如果我說他不是石延寶，他肯定立刻就會死在郭允明手裡。他剛剛救了妳姐夫的命，我不能將他往絕路上推！」

「不過，後來……」對著銅鏡觀察了一下自家妹妹的臉色，她又低低的補充，「倒是越仔細看，他越像石延寶了。並且很多小地方，也都能對得上！妳怎麼忽然問起這個問題來了？妳不會，不會至今也沒確定他到底是不是石延寶吧？」

「開始第一眼看見，我的確相信他是！」常婉瑩的眼神忽然一亂，低下頭，用手將一張白紙反覆折疊，「但後來接觸多了，我反而不那麼確定了。他長得的確像小時候的石延寶，如假包換。但很多時候，他。他給我的感覺，就像石延寶的皮囊裡，套了另外一個人。雖然，雖然師父說過，這是因為他受到的磨難過重，得了離魂症，想把自己變成另外一個人的緣故。可，可我心裡頭，卻總是不踏實！」

「啊！怪不得在阿爺把他收歸麾下之後，你們之間的往來反倒少了！」常婉淑恍然大悟，上下打量著自家妹妹，低聲道。「我還奇怪呢，以妳的性子和本事，即便被阿爺禁了足，也不可能真的有誰能看得住妳。怎麼居然一下子就變成了阿爺的乖女兒了？輕易連家門都不出？原來根子在這呢！」

說罷，又覺得自家妹妹好生可憐。張開雙臂，第三次將對方緊緊摟在懷裡，嘆了口氣，憂心忡忡地問道：「那妳可怎麼辦呢？萬一他此番去了遼陽那邊，發現自己真的跟石延寶沒任何關係？」

「那我就當認了個義兄，然後去找石延寶，活要見人，死要見屍！」常婉瑩卻遠比其姐姐想像得堅強，咬了咬嘴唇，笑著回應。

常婉淑聽得微微一楞，另外一種假設脫口而出：「可，可他要是確定了自己是石延寶，卻依舊不肯相信，依舊什麼都想不起來呢？」

常婉瑩溫柔地笑了笑，剎那間，目光變得無比的堅定，「如果他始終不願意想起來，那就忘了便是！說老實話，做前朝皇子沒任何好處？只要他身份確定無疑，那我就用一輩子時間陪著他。讓他永遠忘記那些磨難，哪怕連我們當年的事情一塊都忘記了，只要以後一起活得開心就好！」

第十二回

「真弄不懂你們倆！」常婉淑的胳膊緊了緊，喟然說道。

「就這樣！」

「就這樣？」

內心深處的某一個瞬間，她甚至感覺自己有一點點嫉妒。雖然她自己跟韓重贇兩個婚期已近，並且稱得上是郎才女貌，琴瑟和諧。然而彼此之間的感情，卻從沒像妹妹與石延寶之間那樣熾烈，熾烈到可以完全沒有理性，可以不問成敗得失！

「何必非得要懂？人生境遇原本就各不相同！」常婉瑩卻好像忽然變成了姐姐般，拍了拍常婉淑的手，笑著說道。

「美得妳！」常婉淑瞬間意識到了自己的失態，像受了驚嚇的　一樣後退數步，張牙舞爪，「希望他此刻的想法跟妳是一樣的吧！這小子，連告別的話都沒過來跟妳說一句就跑了，虧了妳姐夫還特地告訴他，咱們兩個都在太原呢！」

常婉瑩淡然一笑，低聲道：「有些話，心裡知道就行了，又何必當面說？」

「嘴硬，將來有妳哭的時候！」做姐姐的受不了她這種自我陶醉，撇著嘴啐了一句，快速將頭轉向了窗外。

窗外，已經是暮春時節，褪盡了顏色的杏花，紛紛揚揚宛若雪落。

落英繽紛，綠柳如織。

潞水河畔，寧子明一手拉住一匹戰馬的韁繩，沿著淡白色的沙灘緩緩而行。已經過了幽州，韓晶的家據說就在身背後二十里遠的那座巍峨的堅城內。但是，她偏偏要追著多送大夥一程，並且遲遲不肯揮手告別。

一路上行事素來乾淨利索的趙匡胤，此刻也變得有些婆婆媽媽。站在官道旁的樹蔭裡，把客套話車軲轆般說了一遍又一遍，卻始終狠不下心來直接跳上馬背。

柴榮是過來人，所以隨便用眼睛一掃，就知道這對義兄義妹，恐怕彼此之間早已情愫暗生，乾脆跟寧子明打了個招呼，先帶著麾下的夥計們去河邊給牲口餵水。而寧子明雖然閱歷少，卻也一點就透，默默地牽著馬跟上了隊伍。不像柴榮，此刻的他，沒有任何心思去管別人之間有沒有情愫。他只想找到足夠的藉口，儘快一個人北行。

對他而言，接下來的路，一個人走，反而更好。

兩位新結識的兄長都很仗義，在得知他有可能就是前朝二皇子石延寶之後，非但沒有立刻跟他割席斷交，反而使盡了渾身解數，幫他遮掩身份，幫他躲避可能出現的風險。

所以，將心比心，他也不想再給兩位兄長增加更多的麻煩。父親被圈禁的地點遠在遼東，距離此刻身背後的幽州城，還有近千里路。萬一驚動了沿途的契丹官府，兄弟三個即便渾身是鐵，恐怕也很難逃出生天了。注五

但是，他又不知道該如何拒絕兩位兄長的好意。柴榮已經在私下裡很明白地告訴他，此番帶領商隊北行，除了賺錢替其義父補貼家用之外，另外一個目的，就是偷偷探查幽州乃至遼東的地形、道路，乃至各部契丹兵馬的虛實。即便途中未曾跟他結拜，也會親自往遼陽一行。

趙匡胤更加乾脆，直接宣布，他自己是因為在汴梁城內亂管閒事兒，不小心打斷了國舅爺家大公子的一條腿，才跑到外邊避風頭的。短時間內，跑得越遠就越安全。至於韓晶，則是他在半路上又管了

注五、幽州，位於現在的北京一帶。此刻又名幽都，是遼國的陪都，軍事重鎮。

一次閒事兒的結果。將人救下來之後，想想自己反正也有家不能回，索性就好人做到底，決定一路將此女送回幽州。

「可我這件閒事，和前兩件畢竟大不相同！」回頭朝那雙身影望了一眼，寧子明悶悶地想。

直覺告訴他，自家結義二哥說的不是假話。愛替人打抱不平，是這位趙公子最大的毛病。若非如此，兄弟三個也沒有機會在易縣並肩殺賊。然而打折了國舅李業家大公子的腿，以趙家的實力和人脈，多賠些金銀，多花費些心思，總能將禍事慢慢擺平。從山賊手裡救下一個素不相識的女子護送千里，傳出去後肯定會被當作美談，對趙二哥有百利無一害。唯獨陪著自己去遼陽，純屬於惹禍上身，即便最後能平安返回中原，萬一被人咬上一口，恐怕誰都沒辦法再護得他周全。

「你儘管放心，為兄跟元朗都是明白人。真的發覺風頭不對，肯定果斷抽身！」正愁得直撮牙花子之際，耳畔卻又響起柴榮渾厚的聲音。

「大，大兄！」寧子明被嚇了一跳，抬起頭，苦著臉道，「早知道這樣，我就不告訴你們我是誰了！此去遼陽，我自己都不知道能做些什麼，該，該怎樣……」

話才說了一半兒，柴榮迅速擺手打斷，「那我們兩個當哥哥的更得跟著你了，免得你這小傢伙一時衝動，自不量力！至於對我們兩個隱瞞身份，嘿嘿，你以為你自己不說，我們兩個就永遠想不到鄭子明就是寧子明嗎？好歹我們也都是將門子弟，武勝軍中這半年來忽然出現了個擅長使飛斧的小寧將軍，我們就一點消息都聽不見？」

他說話的語速很慢，並且故意壓低了聲音，好像在談論一件極為平常的小事兒般。然而，他眼睛裡的目光，卻亮得像刀鋒一樣，讓少年人的心思根本無所遁形。

「那，那，那終究不一樣！」寧子明被柴榮銳利的目光看得頭皮發虛，低下頭，喃喃地堅持。「我，我若是及時找，找個藉口，先走一步，大哥，大哥和二哥兩個……」

柴榮又看了他一眼，再度笑著打斷，「胡扯！已經做過的事情了，哪有那麼多若是？你回頭看看，看看你二哥。再仔細看看，看看他不遠千里送回幽州那個人。你以為他是個因為心裡有了顧忌，就會輕易放棄的人嗎？那你可真的看輕了他，也看輕了我和你自己！」

「二哥他……？」寧子明聽得懵懵懂懂，依言回頭，再度仔細打量正在告別中的趙匡胤和韓晶。不得不承認，這兩個人極為相配。男的生得肩寬背闊，魁梧偉岸。女子也生得修身細腰，高挑大方。此際面對面往樹蔭下一站，就像兩株並生了千年的喬木。令任何人都不忍心將他們生生拆開。

「你別光顧著羨慕人家，你仔細看看那韓晶。她會真的如她自己所說，只是個幽州木器商人家的女兒嗎？」柴榮的話語再度傳來，隱隱帶著幾分點撥之意。「無論行走江湖，還是立身朝堂，學會觀人，是第一要務。一個人再擅長掩飾，他的話能欺騙你，眼神卻很難欺騙你，更甭提，言談舉止這些長期養成的東西。除非像你這樣，曾經徹底忘記了前塵的，否則是曾經大富大貴，還是販夫走卒，只要仔細看，用不了太大力氣，就能看得清清楚楚！」

寧子明聽得兩眼發直，遠遠地盯著韓晶的身影，喃喃發問，「你，你是說韓，韓姐她出身於官宦人家？那，那他豈不是敵國重臣之女？那，那……」

忽然間一陣頭皮發緊，他本能地就想去找斧子。柴榮卻快速上前半步，攬住了他的肩膀，「她是她，她家人是她家人。她如果對咱們有惡意，咱們幾個一進入遼國境內，恐怕就被人抓起來了。根本沒機會走到這裡！」

「噢！」寧子明紅了臉，為自己的幼稚和魯莽好生尷尬。

在他先前的見識裡頭，幽州此刻既然是敵國之土，幽州官員及其子女，無論是契丹人還是漢人，就都是自己的生死寇讎。彼此之間只要有機會，必然先殺死對方以後快。然而，他現在卻知道，自家的兩位結義哥哥，想法跟自己都不一樣。他們兩個早就猜到了韓晶的出身，他們卻彷彿此事根本無關緊要一般，既不追問，也不主動提起。

「幽州有兩家姓韓的甚受遼國皇帝器重，一支為韓延徽及其後人，另一個則是韓知古的子侄，俱是赫赫有名。你二哥既然連韓家的女兒都敢千里相送，又怎會在乎再多招惹你這個前朝皇子？」柴榮輕輕拍了拍他，然後鬆開手，笑容裡帶著不加掩飾的自信。「當初，是咱們中原的皇帝主動割讓了燕雲，而不是燕雲十六州百姓背叛了中原。所以，爭氣一些，咱們這代人就應該領大軍北伐，從契丹人手裡再把燕雲十六州收回來，而不是把燕雲百姓統統視作異族。」注六

「嗯！」寧子明如醍醐灌頂，後退半步，朝著柴榮鄭重施禮，「多謝大哥！小弟我受教了！」

「你不必多禮。我也是比你虛長了十幾歲，所以才能看得更清楚些！」柴榮笑著側了下身，然後輕輕擺手，「真的像你這般年紀的時候，見識還未必如你呢。好了，別再瞎想了，一個籬笆三個樁。咱們兄弟既然已經把頭磕在了地上，就沒有讓你自己獨闖虎穴的道理。趕緊收拾一下坐騎，準備走了。咦？奇怪，韓小姐怎麼又跟過來了？」

後一句話，他純粹是自言自語。寧子明聞聽，驚詫地轉頭，果然看見，先前還跟趙匡胤依依不捨告別的韓晶，居然牽著馬走向了河灘。發現自己成了眾人目光的關注所在，她先是柔柔地一笑，然後大大方方地說道：「我也一起去！反正已經到了家門口了，早回幾天晚回幾天沒多大區別！」

「嗯？」柴榮眉頭輕皺，看了一眼臉色漲紅的趙匡胤，再看看落落大方的韓晶，終是沒有多說一個字。轉過頭，飛身上馬。

「走啦！走啦！早回幾天晚回幾天沒啥差別，回不回其實也沒啥差別！趙公子，你們慢慢走啊。」

我們大夥先行一步了！」眾人轟笑著跳上坐騎，抖動韁繩，從潞水河上的木橋疾馳而過。

身背後，暖暖的陽光灑滿了整個河岸。

潞水過後是泃水。泃水過後是薊州。

到了薊州城，大部分商販便停了下來，將手中的貨物以最快速度賣給當地商家，然後再以最快速度收購齊當地的特產，掉頭南歸。

只有很少的一部分商販，並且以做小本生意的行腳商為主，會繼續向北，翻越燕山，進入草原深處。屆時，他們賣得早已經不是貨物，還包括自己的身家性命。因為缺乏同行競爭，他們在草原深處，往往能賺到比薊州這邊高出三到五倍的利潤。然而，他們當中每年至少都有四分之一的人，從此音訊皆無。

很多部落在能用刀子付帳時，絕對不會付錢。數不清的馬賊就藏在山區與草原的交界處，像餓狼一般瞪著通紅的眼睛。作為一名經驗豐富的「老掌櫃」，柴榮當然不會拿自己的商隊去餵那些填不滿的狼嘴。因此抵達薊州之後，就將商隊交給了副手張順，由此人負責脫手貨物，收購當地特產，然後帶著弟兄們沿原路返回。而他自己，則只帶著四名最機靈的心腹死士，一邊繼續陪著寧子明向北，一邊仔細查驗沿途的地形和軍情。

寧子明好歹也帶著弟兄們進山征剿過土匪，知道蒐集情報對於戰事的重要性。因此不用柴榮發出邀請，就主動貢獻出了自己的一臂之力。憑著常思、寧采臣和韓重贇三人的昔日所教，以及他自己

注六、韓延徽，遼國的開國功臣，深受耶律阿保機器重。他曾經逃回中原，卻不被當時的權臣所容，最後又再度返回契丹。韓知古，遼國權臣，南樞密院的締造人。其五個兒子，皆為遼國重臣。家族僅次於耶律與蕭氏，為遼國第三豪門。

的感悟總結，每每拾遺補缺，都恰恰說在了最關鍵處。令柴榮喜出望外，不知不覺間，就對自己這個結拜的三弟，又高看了無數眼。

眾人窺探遼國境內的軍情與地形，當然不能做得太明目張膽，更不能讓韓晶有所察覺。因此沿途中的每一天，都過得無比之小心。好在韓晶的一番少女心思，此刻早已完全撲在趙匡胤身上，非但一點兒都沒感覺到其他人行為古怪，反而誤認為大夥是故意在給自己和趙公子創造單獨相處機會，言談話語中充滿了感激。這種美麗的誤會，令寧子明尷尬異常。每當與韓晶接觸過之後，他都恨不能跑到沒人處，立刻挖個土坑把自己給埋進去。

他現在可以毫不猶豫地用飛斧砍人的腦袋，毫不猶豫地給對手設置陷阱，毫不猶豫地把敵人往絕路上推；可利用一個少女的單純與痴情，拉著此人一起做掉腦袋的勾當，卻無法不令他感到內疚。偏偏這種內疚，他還找不到任何人去開解。柴榮這樣做是為了漢軍日後能北上收復燕雲，理由光明正大。趙匡胤如今比任何人都尷尬，不把話挑明，好歹兄弟兩個還能繼續裝做若無其事。一旦把話說開了，無論做什麼選擇都是兩難。

「前面那座破破爛爛的城牆，就是盧龍塞。出了盧龍之後，此行的任務就徹底完成了！」作為老大哥，柴榮非常清晰地感覺出了兩位結拜兄弟的異常，在晚上紮營的時候，湊到寧子明身邊低聲告訴。

「哪？」寧子明詫異地抬頭，果然，在不遠處的山巔上，看到了一段巍峨的長城。已經廢棄了不知道多少年，大部分敵樓都已經坍塌，土石混築的牆體，也到處都是豁口。寬闊處足以並排跑過四五輛馬車，即便是狹窄的豁口，側著身子走過一個壯漢也綽綽有餘。

「這段長城是秦時蒙恬所築，隋朝初年曾經重修過。所謂但使龍城飛將在，不教胡馬度陰山，便是指此城！」柴榮的學識非常淵博，寥寥數語，便講清楚了盧龍塞的全部歷史沿革。

「龍城飛將，是飛將軍李廣嗎？」寧子明輕輕打了個冷戰，再度凝望那殘缺不全的古長城，有股歷史的滄桑感覺撲面而至。

單騎射虎，箭沒石稜，解鞍退敵，引而不發，坐鎮右北平數年匈奴不敢南下牧馬，最後不堪忍受權力傾軋憤而解劍。一段段典故，俱是圍繞著同一個人，塑造出來的將軍形象幾近於完美。注七

「正是！」面對著巍峨的長城，柴榮心中也是豪情萬丈。「只可惜當時大漢剛剛經歷了七國之亂，實力不濟，平白老了英雄！否則，令其在壯年之時便獨領一軍，大漢的武功，又何止是封狼居胥！」

「那，那是當然！」寧子明被說得心頭一陣火熱，手按著鋼鞭站直了身體，低聲附和。「李將軍勇武過人，軍略也不在衛霍之下。就是，就是不幸生錯了時代！」

說到這兒，他心裡猛地又湧起一陣茫然。生錯了時代的，可不只是李廣一個。比如說二哥趙匡胤，若是生在開元盛世，恐怕會是一個著名的遊俠兒。而大哥柴榮，就憑他的本事和睿智，無論經商還是做官，成就都不會輸給陶朱公范蠡。至於自己，無論做個逍遙王爺，還是一個迷迷糊糊的山賊，恐怕都遠遠好過了現在。正感慨地想著，耳畔卻又傳來柴榮那略帶沙啞的聲音。有點兒苦澀，但更多的是豪氣，「這幾天，你不好受，為兄我也一樣。我從沒想到利用一個女人來替自己做擋箭牌，但也不能因為她跟過來了，就錯失這個查探契丹人虛實的良機。義父這輩子就兩個心願，一是結束亂世，二是收復燕雲。我是他的兒子，我不能置身事外！」

「這……」寧子明迅速側過頭，看了韓晶一眼，心裡依舊有些發虛。

去年從昏迷中醒來那一刻，他將前塵往事忘了個乾乾淨淨。此後很長時間裡，就完全把自己當成了一個小山賊。什麼國仇家恨，什麼契丹中原，他根本沒有半點兒概念。直到突然某一天，有人硬生生

注七、解劍，指自殺。唐代李賀有「催榜渡江東，神騅泣向風。君王今解劍，何處逐英雄？」之語，以烏騅馬的口吻，感慨項羽不該自殺。

把一個二皇子身份，安在了他頭上。

因此，寧子明在內心深處，對於身外的世界，總有一種疏離感。完全不像柴榮，早已把重整河山，收復燕雲，當作為他自己此生此世的職責所在。

「在此之前，我已經出過一次塞！」將寧子明的表現全部看在了眼裡，柴榮輕輕嘆了口氣，低聲補充，「我那次也只想著多賺一些錢，所以從檀州，一直走到了上京。原本以為，可以領略領略異域的繁華，卻沒想到……」

他眼中裡，迅速閃過一絲灰暗，隨即，就變得無比堅定，「沒想到，一路上居然沒看見一座完整的城池。一路上，到處都是馬賊，到處都是死人骨頭。庫莫奚、霫族、突厥、鐵勒、粟末，這些傳說中的部族全都不見了。原來他們安歇的地方，如今只有一堆堆的煙灰。據被我抓到的馬賊招供，草原上向來有種規矩，勝者拿走一切，包括敗者的性命。如果某個部落不幸戰敗，所有超過車輪高的男人，都會被砍掉腦袋……」

他的聲音很低，語言組織的也不算太層次分明。但所描述出來的畫面，卻令寧子明全身上下的寒毛根根倒豎。

從黃巢之亂到契丹南侵失敗這七十年裡，不僅僅中原地區戰火紛飛。長城外，更是浩劫連綿。回鶻、突厥、室韋、契丹、奚、靺鞨等，數十個民族，近千個部落，在廣袤的土地上互相攻殺，侵吞、整合，幾乎每一天的人頭滾滾。

勝利者拿走一切，戰敗者一無所有，包括生命。凡是高於車輪的男子皆被屠戮殆盡，凡是能帶走的東西，都被裝上馬車。凡是帶不走的東西，盡數被付之一炬。

城池被焚毀，堡寨被踏平。無數前人留下來的典籍文字，被當作廢柴一樣丟進了火堆。

草原上的規矩，向來簡單。

簡單到了極致。

素來以心靈手巧而著稱的奚族不見了。素來以能歌善舞著稱的霫人，也徹底血脈斷絕。突厥和回鶻，捲著搶來的財富迤邐西遷，曾經盛極一時的韃靼，大部分死於刀下，少部分逃入山林，徹底退化成了野人……

數以十計的民族就此消失，數以百計的部落徹底變成了遺址。當契丹人終於在搏殺中占據了絕對上風，開始在耶律阿保機的帶領下重新建立秩序時，檀州以北，營州往西，已經再也找不到一堵城牆。

而契丹人，同樣把劫掠，當成了一種創造財富的方式。當塞外搶無可搶之時，他們必然就會將目光轉向南方。

一次不行，就會來第二次。

這是他們最擅長的生存手段，絕對不會輕易放棄。

「虎狼在側，你我兄弟生為男兒，又僥倖學了一身武藝，總不能只是為了多娶幾個女人，多吃幾碗酒肉？」柴榮的聲音繼續傳來，堅定且清晰。像是在爭取他的認同，又好像是在自言其志，「中原想要長治久安，燕雲十六州就必須拿回來。只有拿回燕雲十六州，才能重築藩籬，將契丹人、女真人、室韋人，以及所有不事生產，只懂得劫掠的胡族，徹底擋在塞外。否則，無論換了誰做皇帝，中原都永無寧日！你我的子子孫孫，也日夜都不得安枕！」

「男兒……重築藩籬……擋在塞外……」寧子明楞楞地聽著，一股股冷熱混雜的液體，在他心臟中來回翻湧。

自打從昏迷中醒來之後，他要麼忙著想盡一切辦法保全性命，要麼為自己到底是誰而憤懣迷茫，根本沒有時間和心思去琢磨，自己將來要做些什麼？更沒有人跟他如此認真的探討過，關於一個男兒的責任和夢想！而今天，柴榮卻猝不及防地將這些每個成年男兒早晚都要面對的問題，擺在了他面前。對著早已廢棄多年的盧龍古塞，對著早已殘破不堪的萬里長城。

讓他一時頭暈腦脹，步履蹣跚。讓他吃一切東西，都如同嚼蠟。當天夜裡，少年人難得地失眠了。

儘管四肢和軀幹都疲憊不堪，儘管周圍萬籟俱寂。頭枕著軟綿綿的乾糧袋兒，身上捲著暖烘烘的羊皮筒子，寧子明卻始終無法讓自己的脈搏恢復平靜。注八

「生為男兒，總不能只是為了多娶幾個女人，多吃幾碗酒肉而活著，否則，人和種豬之間還有什麼分別？」他無比認同柴榮的話，無比仰慕那些曾經站在長城上，令胡人不敢南下牧馬的古聖先賢。蒙恬、李廣、衛青、李旭，但是，作為一個連過去和現在都模糊不清的人，他又有什麼資格去奢談未來？

他也想當一個英雄，也想像霍去病那樣封狼居胥。也想做一番事業，重整漢家舊日山河。可放眼天下，除了常思之外，誰敢輕易將兵馬交與他手？

他是前朝二皇子，功勞越顯赫，能力越強，就越應該早點被除掉。能真正像種豬一樣活著，也許反而能讓所有的人安心。

「走啊——，一起去，去長城！」迷迷糊糊中，他彷彿看見有人向自己招手。

盧龍古塞上，密密麻麻站滿了人。或者手握著刀矛，或者彎弓搭箭，將試圖南下的劫掠異族，死死地頂在了關牆之外。更多的熱血男兒，拎著木棍、鋼叉，從南方走來，走向燕山內側通往長城的古道。步履蹣跚，卻百死亦不旋踵。

「嗚——嗚嗚——嗚嗚」走在隊伍最前方的壯士，大聲吹起號角，提醒後邊的弟兄趕快跟上。大夥

還有很長很長的路要走，容不得半點耽擱。「嗚嗚——嗚嗚——」隊伍各段，有壯士舉角回應。

角聲迅速在山中迴盪開去，先是一聲，然後是一串，一片。猛然間，長城頂上彷彿也有畫角聲響起，與行軍的號角遙相呼應。

「嗚嗚——嗚嗚——嗚嗚——」風夾著角聲吹過群山。天光雲影下，一橫一縱的兩道長城彷彿同時在移動。精神抖擻，鬚髮張揚。

長城活了，正如傳說中那樣，它在某個春日自己醒來。

「嗚嗚，嗚嗚，嗚嗚嗚——」角聲焦躁而憤怒，在他耳畔不停地盤旋。有人狠狠推了他一下，有人用力扯開他繫在羊皮筒子外側的繩袢兒。還有人快速把鋼鞭塞進了他的掌心。

在手掌與兵器接觸的一剎那，寧子明徹底恢復了清醒。他剛才做夢了，一個氣吞山河的大夢。而此刻在夢外，現實卻無比地冰冷。

長城殘破不堪，盧龍塞廢棄多年。腳下大約兩三里遠的谷地裡，有一群行腳商販和平頭百姓，正騎著馬，趕著車，扛著大包小裹，倉皇逃竄。而在他們身後，則有兩小隊身穿皮甲的軍兵，策馬緊追。不停地揮舞著皮鞭和刀槍，將逃命者逼向山谷的正中央。

山谷的正中央處，有幾名家將，簇擁著一個錦帽貂裘的大人物，呼嘯而前。一邊用號角指揮軍兵們齊心協力驅趕「獵物」，一邊瞅準機會開弓放箭，將跑在隊伍後面的商販和百姓挨個射殺。

「饒命——！」有人慘叫著跪倒，將身上所有值錢物件高高地舉過了頭頂。大人物和他的家將們卻看都不看，直接策馬朝此人胸口處踩過去，轉眼，就將此人踩成了一團肉泥。

注八、羊皮筒子，古代旅人專用的睡袋。由大張的羊皮縫合而成，毛向裡，皮革向外。可以有效保暖，並隔絕一部分濕氣。

「天殺的——！」寧子明看得眼眶迸裂，猛地轉過頭，朝自己戰馬身邊飛奔。早有準備的柴榮卻一把抱住了他，同時用另外一隻手死死捂住了他的嘴巴，「別莽撞，咱們人生地不熟，且寡不敵眾！這是契丹北院兀烈部小將軍在越境打草穀，附近肯定還有他們的同夥！」

「把身體藏在樹叢後，儘量別出聲音！想收拾他，有的是機會。但現在，咱們得先保全自己！」趙匡胤也迅速走了過來，與柴榮一道，將寧子明朝樹叢後邊拉扯。

寧子明明白兩位兄長說得有道理，任由二人將自己拖進樹林。然而，山谷裡傳來的慘叫聲，卻是一刻不停。刀一樣刺痛他的心臟，刀一樣切割著他的神經。

「大遼，大遼先皇在世之時，是絕對不准他們這麼幹的！」同樣心神受盡折磨的，還有韓晶。雙手拖著寧子明一隻胳膊，滿臉慘白。「是，是新皇登基，登基後，跟，跟太后先打了一仗。然後北院各部才趁機開始胡作非為。南院，南院官吏雖然全力阻止，可，可這畢竟是荒郊野外，南院，南院的人不可能天天盯在這裡！」

寧子明本能地將胳膊縮了縮，然後又強迫自己將胳膊伸開，任由韓晶拖著，裝作毫不介意。柴榮麾下的四個死士，也紛紛將身體挪開數步。儘量不跟韓晶發生任何接觸。並非出於顧忌男女之別，而是從心底感覺到了危險。

這個女人來自幽都，出身非富即貴。這個女人身材高挑，眉毛濃密，眼底還帶著隱隱的天藍色。這個女人前一段時間在中原東遊西逛，將沿途道路城防看了個清清楚楚。這個女人如果換上錦帽貂裘，也許就跟山谷裡那群契丹禽獸毫無分別，拿起了弓箭，也許就會毫不猶豫地朝大夥心窩招呼……

「趙，趙大哥。我，我……」與其他熱戀中的少女一樣，韓晶對來自情郎身邊的目光，敏感異常。緩緩鬆開寧子明的胳膊，轉頭看著趙匡胤，兩眼中珠淚盈盈。

「沒事，沒事兒！他們是他們，妳是妳！」趙匡胤上前半步，將韓晶攬在了自己懷中。然而，卻不知道是因為他的力氣太大了些，還是少女的身體太虛弱了些，居然一下子就將對方攬了個踉蹌。

「誰也別瞎想！不關韓姑娘的事情！那些契丹胡虜窮瘋了，若是看到了她，一樣會把她也當成獵物！」還是柴榮反應及時，處事老到。背對著眾人，一錘定音。

「是！」侍衛們齊齊拱了下手，轉過身繼續盯著山下，不再對韓晶做任何防備。然而，他們按在腰間刀柄上的手，卻始終無法鬆開。

屠殺就發生在大夥眼皮底下，誰都能清晰地看見。一名契丹部族貴胄，正帶著麾下的兵丁，將偶然遇到的漢家百姓當作野獸獵殺！而韓晶的家人，卻十有八九在契丹南院任職，在契丹南院幫助一群虎狼啃噬自己的同族！

「我去，我去阻止他們。我會說契丹話，我……」被周圍異樣的氛圍排斥得喘不過氣來，韓晶猛地掙脫趙匡胤的胳膊，快步衝向山谷。

「別莽撞！」又是柴榮，快速移動身體，像堵牆一樣擋住了她的去路。「除非你姓耶律，否則起不到半點兒作用。契丹人去年退得倉皇，很多部落連搶劫所獲都沒顧得上帶。而眼下正是青黃不接的時候，遼國朝廷向來又不給軍隊發餉！」沒有餉銀，就只能靠搶。而短時間內沒有南下搶劫的機會，所以這群契丹部族兵就只能在遼國境內想辦法。

搶漢人，搶女真人，搶室韋人，搶一切弱小者。這是他們的傳統，美其名曰，打草穀。

對此，契丹朝廷未必不知情。只是，為了獲得各部夷離堇的支持，他們就必須對部族兵的行為睜

一隻眼閉一隻眼。注九

南院的漢人官吏們，也未必沒聽到來自塞上的警訊。只是，為了保全自己的榮華富貴，他們集體選擇了失明。

「我，我……」韓晶身手雖然好，卻跟柴榮不屬於一個等級，再加上心虛氣短，根本無法衝破對方的阻擋。很快，就宣告了放棄。蹲在地上，雙手抱住自己的腦袋，落淚無聲。

「真的不關妳的事情！哪都有害群之馬，妳在中原，不也照樣遇到過土匪嗎？」趙匡胤被她哭得心中一陣陣抽搐，也蹲下身去，雙手摟住她的肩膀，柔聲安慰。「眼下燕雲十六州，又不是男人都死絕了？他們都不敢插手的事情，妳一個女人家能管得了什麼？行了，別哭，把眼睛擦擦，別讓人看出來。此番去遼東，若是遇到哨卡，還得妳出面幫忙小心遮掩呢！」

「嗯！」韓晶用力點了點頭，拉過趙匡胤的衣袖，將眼淚迅速抹去。她不是殺人者，也不是殺人者的爪牙和幫兇。她和趙匡胤一樣，把大夥當作了兄弟和朋友。親眼目睹了這場打草穀，大夥心中難免產生誤會。可只要趙匡胤還相信她，她就可以自己想辦法去證明一切。

「遼國皇帝如果想讓國內長治久安，就不會永遠容忍這些……」趙匡胤看得心疼，繼續小聲安慰。

這是屬於他們兩個人的悄悄話，周圍沒有第三雙耳朵願意仔細聽。柴榮、寧子明和四名心腹侍衛，都將精力集中在山下，緊咬牙關，手按刀柄。

他們幾乎瞪圓了眼睛，看完了整場屠殺。看著那群契丹人，大呼小叫地將獵物盡數追上，一一射倒。當最後一名「獵物」慘叫著死去之後，山谷裡的契丹人紛紛跳下馬背，在屍體旁載歌載舞。「胡咧咧，烏啦啦，胡咧咧呵呵，赫赫拉嗚咧咧，嗚咧咧嗚嗚嗚——！」

就像一群食腐的烏鴉，興奮而噪聒！

「郭仁，你負責跟上他們。看他們出塞後往哪邊走？然後沿途留下記號！」抬手擦去了嘴角的血跡，柴榮沉聲吩咐。「其他人，暫且休息，等出塞後尋找機會動手！咱們跟他們，一方死絕為止！」

這不是一個理性的決策，一個理性的首領，不會因為途中遭遇的偶發事件，就忘記了自己初衷，更不會輕易帶著所有同伴去冒險。然而，在場當中其餘六男一女，卻誰也沒有出言反對。只是默默地收好了兵器，默默地走向了各自的戰馬。

山谷裡的契丹人帶著戰利品，迅速撤向了長城之外。遼國朝廷默許了他們打草穀，南院的漢官們對他們的行為裝聾作啞，卻不意味著他們可以向遼國境內的堡寨和城鎮發起進攻。大多數時候，他們在燕山南部的獵物，都僅限於北上販貨的行腳商人、出門探親訪友的遠行客，以及躲在山中開荒種地不服遼國王化的農夫。這樣，即便事後有人去報官，地方官府也可以將罪行直接推到馬賊頭上，以免在民憤的壓力下，不得不去面對真凶。

斥候出身的郭仁，第一個尾隨了過去。又耐著性子等了小半炷香時間之後，柴榮帶著大夥悄悄跟上。大夥沿著郭仁留下的記號，一路向北。很快，整個隊伍就消失在崇山峻嶺當中。

作為農耕地區和草原地區的天然分界，燕然山系非常廣袤。東西長度有近千里，南北跨度，即便是最狹窄處，也有六十餘里。在如此遼闊的山地中，追蹤一夥四處遊蕩劫掠的部族武士，其難度可想而知。有好幾次，寧子明都懷疑大夥已經迷了路，拉著戰馬的韁繩大喘粗氣。但是在下一個瞬間，柴榮卻總能於一些不起眼的角落，發現斥候留下的聯絡暗號，然後帶著大夥繼續緊追不捨。

「地形複雜，對咱們來說不是壞事！」唯恐眾人因為勞累而沮喪，一邊推著坐騎的屁股在崎嶇的

注九、夷離堇，又做矣立斤，埃斤，大王，原本出自突厥語，酋長。契丹北院系統裡，大部族中設夷離堇（大王），惕隱（宰相），詳隱（大將軍）、都監、將軍、小將軍等職位。

山路上踉蹌而行，趙匡胤一邊幫柴榮鼓舞士氣。「咱們人數遠少於對手，只能利用地形的掩護攻其不備。在燕山裡殺了人，過後也容易平安脫身！」

「這是一個部落裡分頭出來打草穀的，所以，咱們必須趕在他們跟大隊人馬匯合之前動手！」行路的勞累，讓韓晶暫且忘記了心中的酸澀。擦了把汗水，小聲提醒。

「妳說得沒錯，咱們越早動手越好。不過，從早晨走到現在，他們已經非常疲憊了。只要找到適合宿營的地方，肯定會先停下來吃乾糧！」趙匡胤笑著回頭，目光中充滿了鼓勵。

「我一會兒跟著你們一起上！」感覺到了趙匡胤眼睛裡的溫情，韓晶心中一慌，飛快將頭扭到一旁。「我，我家人雖然都住在幽都，卻，卻跟他們，跟他們不是一夥。如果，如果知道他們今早的惡行，肯，肯定……」

她身上帶著一部分霫人，或者其他異族血脈，膚色遠比中原女子淺。劇烈運動之後，面孔、耳朵和露在皮裘外邊的脖頸，都呈現出了嬌豔的嫩紅色。被初升的朝陽一照，燦爛宛若盛夏時節的牡丹。注一〇

趙匡胤看得目光微微一滯，咽了口吐沫，喉嚨輕輕湧動。但是很快，他就強壓住了心中的欲念，把目光重新落回前方的山路上，低聲補充：「一會動手時，妳找個緊要位置，用弓箭射殺那些試圖組織抵抗者。衝鋒陷陣的勾當，交給我和三弟兩個就好。我們兩個用的都是粗笨兵刃，最適合硬碰硬。柴大哥帶著其他人打第二輪。只要偷襲發起的足夠突然，兩輪過後，敵軍必會倉皇逃命。根本顧不上想咱們這邊到底有多少人！」

「他們的速度已經慢了下來！」走在隊伍最前方的柴榮悄然回過頭，用極低的聲音說道，「我剛才隱隱聽到了水聲，前面應該有一處山溪。這個季節，有水的地方，必然有剛長出來的青草。」

彷彿回應他的話，戰馬開始低低的打起了響鼻。害得大夥不得不將手搭在馬嘴巴處，以免其暴露了所有人的行蹤。對於吃了一冬天乾草和精料的畜生來說，新冒出來的草芽，簡直是頂級補品。有機會啃上一小口，就寧可冒著被狼群捕食的危險。而戰馬的嗅覺，靈敏度又是人類的數倍。哪怕隔著一座山，也能聞見空氣裡的草芽芬芳。

接下來的路，已經不是人推著坐騎走。而是坐騎用韁繩拖著人，沿著狹窄崎嶇的山路跌跌撞撞。有時山路的邊緣，就是深谷，一腳踩空，便會摔成一堆肉泥。有時候山路的兩側，卻又是煙斜霧橫，人和馬從中央穿過，滋味飄飄欲仙。但是，誰都沒有多做片刻停留。無論是斷崖，還是霧海，都吸引不了他們太多的注意力。戰馬忙著去享受鮮嫩的草芽，人則在行進間，悄悄將兵器握緊。

目的地不會太遠了，斥候留下的記號，已經越來越密集。山風變得越來越凜冽料峭，人和馬的呼吸聲也越來越沉重。在一塊巨大的石壁後，柴榮忽然停住了腳步，將手臂迅速向後揮動。呼吸聲和山風聲都戛然而止，幾句悠長的牧歌，迅速鑽入所有人的耳朵。

是那夥「打草穀」的強盜，當收穫了足夠的贓物之後，他們又變回了天真爛漫的牧人。蹲在距離大夥三四百多步遠的山溪畔，一邊用篝火烤著剛剛抓來的野兔和山雞，一邊放聲長歌。

「胡咧咧，烏啦啦，胡咧咧呵呵，赫赫拉嗚咧咧，嗚咧咧嗚嗚嗚——！」怡然自得，淳樸粗獷。

不得不承認，他們中的大多數，嗓子都很好。歌聲裡，也充滿了陽光和對天空大地的依戀。然而，柴榮、趙匡胤和寧子明等人，卻誰也沒興趣仔細欣賞。一個接一個，相繼彎下了腰，彎著雙腿繞過擋路的石壁，將身體藏在了附近的荊棘叢中。

注一〇、霫族，消失在草原上的少數民族之一。其男女白淨貌美，被稱為白狄，白二狄子。在盛唐到唐末，多被其他部落捕獲後訓練為奴隸床伴，販賣給中原的大戶。

目光透過剛剛開始返綠的荊棘，他們可以看清敵人的大致情況。差不多有四十餘眾，比先前的數量整整又多出了一倍。其中還有幾名做女子打扮，聯手上的血跡都沒顧上洗掉，就從贓物中翻撿出漂亮的綢緞，簪花、釵環等物，不分大小地一股腦朝自己身上堆。

部落中的男子，則都在忙碌著準備吃食，洗刷戰馬。不斷還有人從冰冷的溪流中，撈出五顏六色的石子來，輕輕地丟向正在翻撿贓物的女伴兒。而那些接到了石子的女人們，則來者不拒，每收到一塊彩色石頭，嘴裡便發出一串「咯咯」的嬌笑聲。

「是兩夥強盜，剛剛在這裡匯合。也許還有其他人，目前無法確定！」柴榮用手向距離溪流只有五十步遠的位置指了指，低聲跟大夥們商量，「郭仁在那邊，我剛剛看到了他用銅鏡子給我發出的信號。他，他建議咱們靠近之後，徒步發起攻擊！」

「他說得對，戰馬太容易被發現了！咱們只能徒步！」趙匡胤迅速朝四下看了幾眼，低聲回應。「我和老三打頭陣，大哥你……」

「一起上，先殺掉那個帽子下掛著兩條白色貂尾巴的，那人是個頭領！然後將他們儘量朝小溪裡頭壓！」柴榮搖了下頭，迅速否決。「等等，那邊好像有個漢人，在替他們烤肉。他，他怎麼沒被殺掉！」

「應該是個會說契丹話的通譯。」心腹死士郭恕在旁邊迅速給出答案，「他們搶劫之後，肯定需要找地方銷贓。屆時，漢人通譯就能派上用場！」

「那就一起幹掉。這種為虎作倀的東西，留著肯定是個禍害！」柴榮聞聽，迅速做出決斷。「韓姑娘留在這兒，其餘人都跟著我……」

「等等，我還有個辦法！」寧子明忽然輕輕推了他一下，急切地阻止，「他們不知道咱們一共有多少人，也不知道咱們有沒有戰馬。如果由我和韓姐先出去，用弓箭把他們吸引過來……」

「不愧是常節度麾下的小寧將軍！」柴榮興奮地揮了下拳頭，低聲誇讚。

「好兄弟，果真名不虛傳！」趙匡胤先用目光徵詢了一下韓晶的意見，確定後者沒有反對，隨即也悄悄地豎起了大拇指。

眾人迅速開始分工，其中五個返回斷壁後，牽馬備戰。寧子明和韓晶二人則取了弓箭和隨身兵器，再度借著山坡上一簇簇荊棘的掩護，悄悄潛向了河灘。兩個對四十餘，稍有不慎，他們就會將自己的性命也搭進去。但是，二人卻咬緊牙關，誰也不肯回頭，也努力不發出任何聲音。

三百步，兩百步，一百五十步，一百步，尖利的荊棘刺，扎得人臉上全是血絲。腳下的山坡上，泥土則軟得如同麵團兒。曾經有幾個呼吸時間，寧子明覺得自己已經被敵人發現了。然而，沒等他做出任何動作，對手卻又將頭轉向了篝火，朝著滿是油光的烤肉大聲歌唱。

有藍天，有白雲，有搶來的財物，有漂亮的女人。這一刻，部族武士們都非常滿足，滿足得已經忘記了自己身在何處。忘記了，凡是作惡，必然會遭到報應！

「鏡子！」在距離溪流五十步處，寧子明果斷停住了腳步，向著自家斥候悄悄點手。

擔當盯梢職責的郭仁早就看到了他們，兩隻眼睛因為驚詫而瞪得滾圓。隨即，就領會到了寧子明的意圖，果斷站起身，乾脆俐落地將手中的銅鏡子，轉向了溪畔。

「刷——」一道筆直的光芒，射到了白色的貂尾巴上，清晰奪目。

「誰——？」正在喝酒唱歌的部族將軍猛然跳起，手搭涼棚，朝著銅鏡子方向大聲斷喝。

「嗖！嗖！」兩支雕翎如飛而至。一支正中他的哽嗓咽喉，另外一支射入小腹，直沒及羽。

「諤諤，諤諤，呃呃呃……」契丹將軍歐尼富哥一手捂著喉嚨，一手捂著肚子，在河灘上來回打轉兒。他不想死，這次打草穀的收穫甚豐，回到部族後足以令他被長老們再高看一眼。如果能由長老說和，跟耶律氏的某個女子聯姻，哪怕……[注二]

再也沒有什麼如果，缺氧的頭顱迅速變得沉重，失血過多的身體再也支撐不住如此沉重的負擔，猛地向下一軟，爛泥般癱倒。

「敵襲——！」「敵襲——！」河灘上的其餘搶劫者大聲喊叫著，彎腰去取弓箭。幾名女子也毫不猶豫地丟下手中的綢緞、首飾，迅速從腳邊抄起了直刀。作為整個部族中的精英，他們不分男女，個個都弓馬嫻熟。也個個都習慣於殺人和被殺，對近在咫尺的死亡毫無畏懼。

只是，他們今天的對手實在強得有些出奇。轉眼之間，韓晶已經又射出了兩根雕翎，並且將第三支雕翎也行雲流水般搭在了弓臂上。寧子明雖然射技遠不及韓晶嫻熟，卻強在臂長弓硬，第二支羽箭拖著尖嘯脫手而去，將一名契丹武士連人帶兵器，直接給推進了火堆當中。

「轟！」青煙夾著紅星竄起半丈高，將大腿被射穿的契丹武士燒得連聲慘叫。蹲在火堆旁雙手抱頭的通譯被驚得一個跟頭翻出數尺，連滾帶爬衝到戰馬肚皮下，念佛不止。「救苦救難觀自在菩薩，南無阿彌陀佛，馮某誦經吃齋，從小到大從未做過任何惡事……」

「反擊，反擊！他們只有三個人！」嘈雜的怒吼聲，轉瞬將他的念佛聲徹底吞沒。驟然遇襲的契丹武士們很快就發現對手人數連自己這邊的一成都不到，士氣迅速恢復。一邊四下躲閃，一邊快速開弓放箭。

「嗖嗖嗖，嗖嗖嗖，嗖嗖嗖——」箭如飛蝗，逼得寧子明、韓晶和郭仁三個，不得不將身體重新藏入荊棘叢後。長箭與茂密柔韌的荊棘枝條相撞，激起一串串淡綠色的煙霧。失去方向的箭簇卻餘勢未盡，接二連三鑽入泥土中，密密麻麻，就像一片剛剛割過的高粱。

「該死！」寧子明趁著羽箭滯空的間隙，迅速直起腰，引弓還射。這一次，他的目標是另外一名帽子下吊著貂尾巴的傢伙。然而，對手卻早有防備，迅速從地面上踢起一面皮盾。「噗！」箭簇透盾而過，箭桿卻被皮盾飛起的餘力帶歪，搖晃著高高撅起，隨即一頭砸向了地面。

「嗖嗖嗖！」韓晶也果斷從荊棘後起身，三箭連珠。第一箭被帽子下吊著貂尾巴的傢伙用直刀格飛，第二箭射在了一名正在向山坡上跑動的女子眼睛上，貫腦而出。第三箭則射中了一匹正在河畔吃草的戰馬屁股，深入盈寸。

「唏吁吁——！」可憐的戰馬放聲悲鳴，張開四蹄，橫衝直撞。篝火、鐵鍋、烤肉架、贓物堆，轉眼間，被馬蹄踩得一片狼藉。冒著熱氣的鐵鍋在沙灘上四下翻滾，濃煙裹著火苗亂竄，肉香撲鼻。

「殺了那兩個男的，抓了那個女的剝皮剜心！」飢腸轆轆的劫掠者們發現自己被砸了湯鍋，愈發怒不可遏。大喊大叫著將隊伍拉成橫排，一邊用羽箭壓制，一邊迅速向寧子明等人迫近。

「晃那個頭目的眼睛，晃那個頭目的眼睛！韓姐，咱倆一起射他！射死他之後敵軍就失去了決策者！」寧子明蹲身躲過一輪攢射，大叫著請求配合。

手中沒有弓箭的斥候郭仁聞言大喜，果斷將銅鏡子當成了武器，不斷調整角度，尋找目標的眼睛。奇女子韓晶則乾脆地抽出三支羽箭，一支搭在弓弦上，另外兩支夾在手指縫隙間，緩緩點頭。

拳頭大的光斑在山坡上左右移動，上下調整，一寸一寸，終於，搶在契丹人發起第三輪齊射之前，找準了目標。正午的日光迅速變成一道閃電，狠狠砸在了契丹小將軍的鼻樑骨處，波及左右各半個眼睛，將其眼前的世界晃得一片模糊。

「嗖——！」寧子明跳起來，一箭射去，正中此人的膝蓋。「啊！」契丹小將軍痛苦地踉蹌了一步，

注一一、歐尼，歐古妮氏，屬於蕭氏的別部。早為庫莫奚的一支，後併入契丹。

半跪於地。「嗖—嗖—嗖！」又三支雕翎破空而至，一箭正中面門，一箭正中左胸，一箭貫穿小腹。

「嗖嗖嗖，嗖嗖嗖，嗖嗖嗖，嗖嗖嗖——」非常遺憾的是，契丹劫掠者們並沒有如寧子明判斷的那樣失去決策者，再度將羽箭像冰雹般砸過來，將三人藏身處周圍，砸得煙塵滾滾，土屑亂飛。然而，他們畢竟是由下向上仰射，中間又隔著許多剛剛返青的荊棘，所發出的羽箭不是被柔韌的荊棘枝條碰歪，就是射中了地面上土坷垃，始終無法如願以償。

「胡裡亞薩，亦咧和，也乎都啦，亞密亞密！」正急得火燒火燎間，河灘上，卻忽然傳來一連串清晰的契丹語。每個字，都堪稱價值千金。

「亞細亞密，困撒啦，宜度！」一名看上去年齡稍長的女子，接管了隊伍的指揮權。彎腰拔起一簇荊棘擋在自己胸前，邁步直撲韓晶藏身處。

「亞細亞密，困撒啦，宜度！」其他契丹劫掠者毫不猶豫地丟下角弓，學著女子的模樣連根拔起荊棘當盾牌，加速朝寧子明和郭仁兩個所在位置靠攏。

「該死！有人給他們支招。快走！」韓晶氣得臉色鐵青，起身射出一支羽箭，掉頭便逃。

「走，去斷壁，去斷壁那邊！」寧子明也恨恨地丟下角弓，從地上抄起鋼鞭，護住自己和韓晶，側著身體朝斷壁處逃竄。

先前他一直覺得那名通譯是同族，不忍心放箭加害。誰料對方找到藏身的地方後，第一時間，就是幫助契丹劫掠者出謀劃策。

「那廝是個被契丹人養熟了的獵狗！老子剛才該先照他！」斥候郭仁連根拔出一大團荊棘，掃帚般背在身後，一邊跑一邊回頭。

做斥候最大的本領是眼亮心細，能分得清主次。而今天，他無疑陰溝裡翻了船。如果第一道鏡子光，照得不是契丹將軍，而是那名通譯。也許三人還能憑藉弓箭，再多跟十倍於己的劫掠們周旋四、五個回合。那樣的話，沒等柴榮出馬，大部分契丹人就會因為連續拉弓放箭，而手臂痠軟。此戰，幾乎就要兵不血刃。

「不用著急，他的腦袋早晚都是你的！」寧子明終於明白了，契丹人突然改變戰術的原因。咬著牙，大聲回應。「快跑，你跟著韓姑娘朝斷壁附近跑，我來殿後！」

「放屁，老子殺人的時候，你還吃奶呢！」郭仁立刻面紅耳赤，猛然轉過身，順手從腰間拉出佩刀。

自打進入遼國境內，他們就不敢隨身攜帶制式橫刀，只能參照其餘商販的打扮，用解刀來防身。這種通常只能用來分解獵物的刀子，做兵器用非常吃虧，對已經追到近前的契丹武士也沒任何威懾力。後者只是微微一楞，就狂笑著撲了上來，手中直刀和鐵鐗在半空中掄出兩道耀眼的弧線。

「當！」寧子明及時橫起鋼鞭，將鐵鐗在半空中攔住。斥候郭仁側著身子朝前撲進，左手將背後的荊棘叢同時掄向持刀契丹人的眼睛。

細長柔韌的荊棘條如同閻羅王的鬍鬚般，在半空中根根展開，帶出無數道淡綠色的殘影。持刀的契丹人被掃了個措手不及，捂著眼睛倉皇後退。郭仁的身體恰好撲進他的懷裡，解刀奮力下切——。

「噗！」紅光竄起，熱氣蒸騰。劫掠者的肚皮被齊著胸骨處剁開，腸子肚子掉出體外足足有三尺餘。

「噹啷！」直刀落地，身體軟倒，被開腸破肚的劫掠者卻沒有立刻死去。雙手慌亂地抓起自己的內臟，拚命地朝腹腔裡頭填。嘴裡的悲鳴聲，撕心裂肺，「啊——，啊——，啊——」

斥候郭仁卻對他的慘叫聲充耳不聞，揚起血淋淋的刀刃，剁向持鐵鐗者的小腿。後者自恃力大，正用鐵鐗壓著鋼鞭奮力下推，哪裡來得及躲閃？只覺得膝蓋下微微一涼，半條小腿徹底失去了感覺。整個人橫著歪倒，鐵鐗擦著鋼鞭冒出一串淒厲的火星。

「走！」斥候郭仁看都不看，從斷了小腿的契丹人手中搶過鐵鐧，跟寧子明一道再度亡命奔逃。

四五個剛剛衝過來的契丹劫掠者跟在二人身後，緊追不捨。

他們擅長的可不只是騎馬，山路上，一樣步履如飛。常年在燕然山區和草原交界處殺人越貨，令每一位部族武士的腿和腳，都早已適應了周圍的地形。三竄兩跳，就將敵我之間的距離縮到了最短，手中的長槍、直刀、大劍、鐵鐧瞄著寧子明和郭仁兩個的後心畫影兒。

「嗖嗖嗖——！」三支雕翎在極近的距離處飛來，兩支被鐵鐧和大劍撥落，另外一支射中了持槍者的手臂。劫掠者們被嚇了一跳，腳步稍稍放慢。寧子明抽冷子回手一鞭，將直刀連同他的主人一併砸飛。緊跟著斜向跳出數步，脫離追兵的攻擊範圍。

郭仁將解刀奮力丟出，砍中一名劫掠者的肩膀。那名劫掠者大聲慘叫，肩膀上的血漿宛若噴泉，直接灑了韓晶滿頭滿臉。來不及再度放箭的韓晶果斷丟下角弓，從腰間拉出一把短劍。翠藍色劍鋒在身側猛地畫出了半個圓，將另外一名劫掠者的手臂齊腕切成了兩截。

三人俱是毫髮無傷，卻已經徹底無路可逃。身後，兩側，甚至側前方，都有契丹劫掠者包抄了過來，揮舞著兵器，大聲獰笑，由於常年啃噬骨頭而變得殘缺不全的牙齒探出嘴唇之外，暗紅色的牙垢清晰可見。

「靠攏，脊背靠著脊背！」斥候郭仁大叫一聲，側著身體貼向兩位同伴。

三人當中，若論生死搏殺經驗，無疑他當屬第一。否則，他也不會被權傾朝野的樞密副使郭威給挑選出來，專門負責保護養子柴榮。連續幾個跨步，就再度跟寧子明匯合到了一處，肩膀挨著肩膀，如同兩堵城牆般，將韓晶牢牢護在了背後。

獰笑著衝上前的契丹劫掠者眉頭緊皺，兵器揮舞得宛若車輪一般，卻很難找到將三人重新分開的機會。寧子明手中的鋼鞭和斥候郭仁剛剛搶來的鐵鐧，都屬於粗笨的重兵器，靈活性遠不如直劍彎刀，卻勝在威猛霸道。此刻被二人握在手裡舞的呼呼生風，尋常刀劍只要稍被沾上一點兒，就是倒崩而回的下場。

韓晶身為女子，力氣當然不如兩名同伴充足。但是她手中的短劍，卻是千錘百鍊的神兵，在陽光的照射下，劍刃處藍汪汪生寒。一看就知道是抹過劇毒的，見血便可封喉。

「叮叮噹噹！」轉眼間，雙方已搏殺了五六個回合，兩名劫掠者被打得筋斷骨折，倒在地上當場身死。三把直劍被鋼鞭和鐵鐧磕飛，竄入半空中不知去向。契丹武士雖然人多勢眾，同一時間能到三人跟前參與搏殺的，卻很難超過五個。因此急得哇哇亂叫，如發了瘟的野狼般，圍在四周瘋狂旋轉。

就在此刻，河灘上又傳來幾句並不算標準的契丹語，「折發，思把克爾，折發克羅安塞思古力！」「折發，折發，克羅安塞思古力！」眾劫掠者眼神大亮，紛紛倒退著跟寧子明三個拉開距離。隨即，手裡拿著長矛的六七人再度挺身環刺，手裡拿著其他兵器者，卻彎腰從地上撿了石頭土塊，劈頭蓋臉地朝「獵物」砸了過來。

「無恥！」「為虎作倀！」寧子明等三人大急，一邊手忙腳亂的招架著，一邊頻頻向柴榮等人藏身處扭頭。注一二

斷壁處，柴榮已經跳上了坐騎，趙匡胤策馬緊隨其後。再往後，則為其餘三名郭家的心腹死士，每個人都把角弓拉得如同滿月，搭在弓臂上的箭簇耀眼生寒。

注一二、耶律家族剛剛立國時，實力並不強大。劉仁恭父子僅憑著幽州一地，就能多次打得耶律阿保機大敗而回。遇到李存勖時，耶律阿保機更是只有逃命的份。然而阿保機卻非常果斷地啟用了大批漢族讀書人，並給與對方完全和契丹貴冑平等的地位。使得契丹國實力與日俱增，在李存勖死後不久，就超越了一眾忙著自相殘殺的中原諸侯。

然而，卻是遠水解不了近渴！

從開始全力後撤到現在，寧子明等人勉強只跑出了三四十步。而柴榮等人藏身的斷壁，距離此處卻足足還有兩百五十步之遙！

「怦！」一塊淩空砸過來的石頭，被寧子明用鋼鞭磕飛。緊跟著，有桿毒蛇般的槍鋒便刺到了他眼前。側轉手臂，他用上了渾身解數，勉強才趕在被槍鋒刺入身體之前的瞬間，將其磕開。第二桿長矛卻又掛著一抹耀眼的陰寒，從下至上，直挑他的小腹。

「開！」寧子明大聲斷喝，用衣袖裡套著一層厚牛皮的左臂，砸向矛鋒。雪亮的矛鋒被推偏數寸，貼著他的肋骨突入，帶起一蓬殷紅。偷襲得手的契丹劫掠者興奮地大聲狂笑，雙臂同時用力猛推矛桿，帶著寧子明肋骨旁的衣服和皮甲，將他拉得步履蹣跚。

「去死！」關鍵時刻，韓晶猛地跳轉身形，揮劍下剁。將挑在寧子明身上的矛桿一分為二。正在猛推矛桿的契丹武士猝不及防，握著半截長矛衝出數步，將另外兩個正準備趁機發起偷襲的自家同伴撞了個手忙腳亂。寧子明左手拔出肋下的斷矛，擲向對面。然後右手鋼鞭奮力回落，打爛一顆距離自己最近的契丹武士頭顱。

「噗！」紅光四射，腦漿亂飛，死去的契丹武士如枯樹般轟然栽倒。正對著寧子明一側的所有契丹武士，都被迫倉皇後退。然而寧子明三人互相保護的臨時陣列，也徹底不復存在。

「嗚呼，嗚呼賀，嗚勒！」眾契丹劫掠者狂喜，從前後兩側蜂擁而上。夾住三人，長短兵器齊下。寧子明急得兩眼噴煙冒火，再也顧不上扭頭查看柴榮等援兵的位置。手中鋼鞭身前身後亂揮，只要看到機會，寧可受傷，也要先置敵人於死地。

幾點紅星陸續在他手臂、肋下和大腿邊緣濺起，卻都不足以令他立即倒下。幾個月前在虎翼軍中的磨礪，雖然兇險，卻讓他學會了許多保命的招數。每每在最危險時刻，都可以讓身體本能地避開要害，不斷用輕傷和皮外傷，來換取生存時間。

斥候郭仁的情況比他好得多，但也是險象環生。一把大鐵鐧在長槍短刃之間揮來舞去，金鐵交鳴聲和怒吼聲不絕於耳。

忽然，被夾在二人之間的韓晶，嘴裡發出了一聲悶哼。緊跟著，有股濕漉漉的東西，就濺上了寧子明的手背。揮動鐵鞭，他使了一記夜戰八方，將遞到自己近前的兵器盡數磕開。倉皇扭頭，恰看見韓晶的一條胳膊已經染滿了紅，身體在幾把直劍下來回踉蹌。

「堅持住！」斥候郭仁反應更快，嘴裡發出一聲大喝，撲向韓晶。他用鐵鐧將一名衝上前的契丹女子砸了個稀爛，用肩擋住另外一把砍向韓晶的直劍。卻有支長槍毒蛇般咬在他後背上，深入盈尺。

「你奶奶的！」斥候郭仁大喝，回首抛出鐵鞭，砸爛偷襲者的鼻樑骨。更多的兵器找上了他，將他的後背砍得血光亂濺。

「郭大哥！」寧子明痛徹心扉，彷彿那些刀劍全都砍在了自己身上。不管又逼到近前的敵人，他掉頭撲向郭仁和韓晶，雙手舞動鋼鞭，四下亂砸。

「叮！」「叮！」「噗！」「喀嚓！」粗重的鋼鞭被身體還在繼續發育，卻已經有八尺餘高的他握在手裡，揮出一股股狂風。兩把直劍被砸飛，一名契丹武士被砸中胸口，吐血而亡。還有一名契丹武士不願與必死之人拚命，轉身逃竄，被他一鞭掃在了大腿上，身體橫著飛出四尺多遠，白花花的斷骨直接戳進了土裡，血流成河。眾契丹劫掠者被徹底激怒，放棄受傷的韓晶和已經死去的郭仁，全部湧向了寧子明周圍。河灘上，馮姓通譯已經發現了柴榮等人的身影，跳著腳拚命發出警訊，卻再也得不到任何關注。劫掠者們都殺紅了眼睛，不將包圍圈中的少年砍成肉醬誓不甘休。

一名身材矮小的劫掠者揮刀下剁，力劈華山。寧子明猛地前衝了一步，鋼鞭上挑，合身撞上了他的胸口。雙方份量過於懸殊，劫掠者的鋼刀被磕飛，人也被撞得大步後退。寧子明將自己的肩膀貼在對方的胸口處，緊追不放，同時將鋼鞭向身背後猛掃。

「叮！」一桿志在必得的長矛被鋼鞭磕歪，兩把直劍跟不上目標的移動速度，全部走空。另外一桿長矛從側面刺來，寧子明單手抱住緊貼著那個武士的腰，猛地轉身。使長矛的契丹人變招不及，眼睜睜地看著手裡的兵器刺中了自家袍澤的後背，從身體另外一側冒出耀眼的紅。

沒等他從同伴的屍體上拔出長矛，寧子明已經大吼著衝了上去。一鞭砸爛了他的腦袋，又一鞭砸向臨近的寇讎。受到威脅的契丹武士倒退躲避，卻被山坡上的荊棘絆得踉踉蹌蹌。寧子明再度舉起鋼鞭，狠狠砸下，「噗！」地一聲，將此人雙腿之間砸得挑花四濺。

他不敢遠離韓晶，掉頭殺回。兩名契丹武士獰笑著迎上，相互配合發起攻擊。寧子明舉鞭格擋，苦苦支撐。第三名契丹武士看到便宜，猛地蹲下身子，長矛左右橫撥。

這一招不可謂不毒辣，寧子明上下無法兼顧，被絆得徹底失去了平衡，踉蹌著跪在了地上。所有還活著的契丹人大喊大叫，舉起兵器紛紛下剁。寧子明擰身仰面格擋，卻已經來不及，眼睜睜地看著數道寒光朝自己直劈而下——

「噗！」「噗！」「噗！」紅光滿天，志在必得的契丹劫掠者們，紛紛栽倒。一波羽箭在千鈞一髮之際找上了他們，緊跟著，便是二十只碗口大的馬蹄。

柴榮、趙匡胤，還有郭家三名死士，丟下角弓，順手掄起各自的兵器。借著戰馬衝刺的慣性，從寧子明身體兩側呼嘯而過。只一個照面兒，就將契丹劫掠者給衝得潰不成軍。隨即又果斷將馬頭拉回，追趕著其餘的契丹劫掠者，不死不休。

「沙灘上那個留給我！」寧子明一個魚躍從地上跳起，拎著鋼鞭衝下山坡。身體上大小的傷口有十多處，鮮血淅淅瀝瀝，沿著腳印淌成兩條直線。他卻顧不上管那些血是自己的，還是敵人的，也絲毫感覺不到疼痛。只是用雙眼緊緊盯住沙灘上，試圖跳上戰馬逃走的通譯，恨不得將此人碎屍萬段。

「讓我來！」趙匡胤聽見了他的怒吼，愕然回頭。隨即，便知道了他到底想幹什麼。毫不猶豫放棄了對其餘契丹人的追殺，催動坐騎直接衝向了河畔。

總計還剩下一百多步的距離，對於順坡衝下的戰馬來說，所需時間只是短短三個彈指。為虎作倀的通譯還沒來得及加速，已經被他從側面切斷了去路。包銅大棍兜頭就是一棒，將通譯胯下的坐騎直接給砸趴在了地上。注一三

「饒命！」馮姓通譯一個翻滾，跳下坐騎，搶在最後關頭，避免了被牲畜壓斷雙腿的下場。緊跟著，雙膝跪地，以手護頭，「趙大官人饒命！小的是被逼無奈，小的剛才根本沒認出是您來！」

每一句，都字正腔圓，竟是如假包換的汴梁口音。

「你——？」趙匡胤怎麼也想不到在燕山之間，居然還能遇到熟人！原本已經高高舉起包銅大棍，頓時停在了半空中，再也無法砸得下去！棍影下的通譯迅速一個後滾翻，逃出數步，隨即第二次雙膝跪倒，抱著腦袋繼續大喊，「熟人，趙大哥棍下留情。我父與令尊相交多年，咱們兩家乃是世交！」

趙匡胤聞聽，手中的大棍更是無法砸得下去。正準備讓此人抬起頭來，給自己辨認清楚。寧子明已經咆哮著衝到，手中鋼鞭高高舉起，「無恥狗賊，賠我兄弟性命！」

「饒命，鄭王殿下饒命！」那馮通譯人品雖然不堪，手腳卻極其靈活。沒等寧子明的鋼鞭擊落，便一頭栽到了趙匡胤身側。雙雙抱住趙匡胤的一條大腿，長聲哀嚎：「微臣，微臣先前，真的沒認出是您

注一三、戰馬短途衝刺，百米只需要五到六秒。

來啊！趙大哥，您趕緊替兄弟我求個情！殿下，微臣馮吉，曾經陪著殿下出使過遼軍大營，曾經同生共死啊！微臣，微臣先前以為你們是前來復仇的死士，才，才不得不給契丹人出主意。微臣，微臣對殿下，對大晉，一直忠心耿耿，忠心耿耿……」

一邊哭喊，他一邊用眼睛偷偷朝寧子明處觀望。以便後者繼續追過來時，自己好繞著戰馬逃命。誰料，才哭喊了幾嗓子，他就發現了情況的異常。聲音不知不覺間就低了下去，到最後幾乎弱不可聞。

高舉著鋼鞭肯定是鄭王殿下、鄭州刺史石延寶。曾經做過秘書省校書郎的馮吉，毫不懷疑自己的目光。然而，他卻未曾在對方臉上，看出任何他鄉遇到故知的欣喜。只看到此人像被雷劈了一般站在了原地，鋼鞭高舉，雙目圓睜，身上的鮮血淅瀝淅瀝，淅淅瀝瀝，順著衣角淌個不停！

【第三章】

父子

鄭王殿下……

馮吉……出使遼軍大營……同生共死……

剎那間，大段大段的往事宛若潮水，一併衝入了寧子明的腦海。

他想起眼前這個猥褻的通譯是誰了，秘書省校書郎馮吉，馮唯一。燕國公、中書令兼同平章政事馮道的次子，當年陪同石延煦、石延寶兩兄弟去契丹軍營負荊請罪的眾多文臣之一。

杜重威臨陣投敵後，力主放棄抵抗向契丹投降的大臣，便以其父馮道為首。為了取信於契丹人，他還特地建議晉國，將僅有的兩位皇子一併派了出去。臨行前，石重貴心中難捨父子之情，分別將兄弟倆由齊州刺史、鄭州刺史，加爵為齊王和鄭王！

隨後，便是馮道因為先前曾經出使過一次契丹，與遼國文武相交甚厚，父子二人皆成了座上賓。而石延寶和他的哥哥石延煦，卻成了階下囚。直到大晉滅國，兄弟二人在被押著北行的途中慘遭毒手！

很多畫面已經在寧子明腦海裡不止一次出現過，卻從來沒像今天這般清晰。很多畫面則是第一次出現，恰恰填補了記憶中原來的大段空白。「我是石延寶，我真的是二皇子石延寶！」他身體搖搖晃晃，奮力將鋼鞭戳進沙灘中，他才勉強支撐著自己不會軟倒。

失去的記憶已經回來了一大半兒，他的皇子身份似乎已經證據確鑿。然而，另外一小半兒還沒找到的記憶，卻始終讓他感覺，自己剛剛回想起來的畫面並不真實。石延煦和石延寶兩兄弟的命運雖然悲慘，卻始終屬於外人，自己不過是個看客，恰巧從旁邊經過，目睹了整個過程而已。

兩種完全不同的結論，在他腦海裡惡戰。一方已經徹底占據了上風，而另外一方，卻如同個頑固的死士般，堅決不肯投降。

「我就是石延寶，那些畫面都是我的親身經歷，馮吉的出現，也再度證明了這個事實！」

「不是，我不是石延寶。那些都是他們說得次數太多，給我留下了太深刻的記憶而已。我應該是另外一個人，大晉的國恨與我無關，石氏兄弟的家仇，也與我半點兒干係都沒有！」

「我是……」

「我不是……」

「我已經想起來了……」

「那段空缺，那段空缺是什麼？為什麼所有記憶都是從出使契丹軍營前後，為什麼幼年時的生活，還有皇宮裡的日子，包括父親和兄長的面容，我依舊毫無印象？」

……

「三弟，三弟？你這是怎麼了，你別嚇唬我！」趙匡胤的聲音忽然從耳畔傳來，隱隱帶著幾分焦灼。

寧子明的眼神迅速由潰散開始凝聚，愕然抬起頭，結結巴巴地回應，「沒，沒事兒。我，我不是跟你和大哥兩個說過麼，我後腦勺曾經被人打了個洞，從昏迷中醒來之後，就忘記了許多事情！」

「噢！」趙匡胤點點頭，做恍然大悟狀。在三人第一次並肩戰鬥過後，寧子明的確主動跟自己說過，他不叫鄭子明，而是寧子明，還有可能是石延寶。只不過記憶丟失了大半兒，自己也不敢確定！所以才迫切需要遼東一行，找回自己的真實身份。

「是，是述律太后派人幹的！」唯恐二皇子殿下不肯放過自己，馮吉又搶著彙報，「家父，家父和在下原本已經說動了皇，說動了遼酋，善待你們父子和被俘的文武百官，以期，以期能讓中原百姓感恩懷德。誰料，誰料述律那老嫗婆卻認為不能讓中原人再有念想，背著皇，背著遼酋對你們兩兄弟痛下殺手！」

「你們父子的面子倒是值錢？」趙匡胤聽得心中犯堵，抬腿掙脫了馮吉的拉扯，策馬返回山坡，「老三，你自己看著辦。我先去看看晶娘她怎麼樣了？剛才只有郭怒留下來照顧她，我得趕緊過去看看！」

「二哥您請便！」寧子明知道趙匡胤是給自己創造單獨處理馮吉的機會，拱了拱手，低聲道。

「趙大哥，趙大哥，你別走，別走啊！我，我還，我還有要緊事情跟你說呢！我……」馮吉本能地感覺到了一絲風險，揮舞著胳膊快步追向趙匡胤。還沒等他靠近戰馬屁股，趙匡胤已經乾脆俐落地抖了下韁繩，策動坐騎，疾馳而去。

「我，我……，鄭王殿下饒命！微臣剛才真的不是故意的！」馮吉接連抓了兩下，卻連馬尾巴毛都沒揪到一根兒。楞了楞，果斷掉頭逃竄。

「站住，你這不知廉恥的狗賊！」寧子明原本還有些迷糊，聽到他的求饒聲，立刻恍然大悟。從地上拔出鋼鞭，緊追不捨。

「饒命！微臣剛才以為你們是強盜，黑吃黑！隔著那麼遠，微臣看不清楚，只能先幫熟悉的人！饒命啊，殿下。微臣懷裡有令尊的詔書。微臣為了將詔書帶回中原，才不得不臥薪嚐膽，與契丹人虛與委蛇！是大晉皇上給中原軍民的詔書！真的是大晉皇上的詔書！」

馮吉一邊逃竄躲閃，一邊大聲求告。身子雖然單弱，保命的本事卻堪稱一流。每每都在即將被鋼鞭擊中的剎那變換方向，每每都在即將被打得筋斷骨折之前，說出關鍵的字眼，擾亂追殺者的心神。

「站住，你說的是什麼詔書？詔書在哪？你什麼時候見過我的父親？」寧子明連續兩三次未能打中目標，心中殺意已經被洩掉了許多。猛然聽見馮吉說有詔書在身，踉蹌著收住腳步，手舉鋼鞭厲聲追問。

「在，就在微臣懷裡。微臣是忠臣，忠臣，蘇武一樣的忠臣！」馮吉跑得上氣不接下氣，彎著腰，用手在他自己懷裡反覆摸索。半晌之後，終於從衣服裡的隱藏口袋中，掏出一個軟鹿皮做的書囊。雙手捧過頭頂，小心翼翼地朝寧子明走了回來。

「你如果敢騙我，我定然將你挫骨揚灰！」寧子明惡狠狠地威脅了一句，心中終究無法放下自己可能的父親，劈手搶過書囊，解開上面的皮索，從裡邊取出一塊寫滿了字跡的白綢，迅速閱讀。

「亡國之君石重貴，遙寄漢帝闕下。吾被囚塞外，忽聞兄舉義兵，長驅入汴，斬契丹名將，復華夏城池，心中大慰。特焚香祭天，以為君賀。然吾雖德薄失社稷，子侄亦盡亡於北狩之途。於契丹胡虜，卻仍可為傀儡木梗。此固非吾所願，唯恐屆時身不由己，遂擬此書，以做傳位之憑……」

開頭寥寥幾語，便說清楚了他心中的想法。知道劉知遠已經打敗了契丹人，奪下了汴梁，感覺非常欣慰，並且特地向對方表示祝賀。

隨即，又迅速將話頭轉向正題。自己是亡國之君，繼承人也都死於非命。但契丹人卻依舊會拿自己當作招牌和幌子，隨時向南發起進攻。所以，乾脆就拿這封信作為傳位詔書，將中原的皇位，主動傳給漢王劉知遠。以免屆時被契丹人逼到頭上來，自己鼓不起勇氣拒絕。

至於劉知遠的感受，信中也主動表明，「兄為蓋世英傑，當不需此。」但是，有這樣一份詔書在，就等於徹底斷絕了契丹人的念想。而劉知遠只要找機會將詔書公布於眾，中原各地那些趁機回應契丹的卑鄙之徒，也必將徹底失去藉口。

接下來，便開始總結與契丹作戰失敗的教訓。用人不當，賞罰不明，國力不濟，行事倉促等。最後，則念念不忘告誡劉知遠，要先學唐太宗那樣忍辱負重，拿出足夠的時間來積蓄國力。然後等待機會，一舉殺入草原，將契丹人犁庭掃穴，將燕雲十六州重新納入漢家版圖。

從始至終，沒有一句祈求劉知遠將自己贖回之語，也沒對中原皇位，再做任何念想。

「他，他倒真如傳說中一樣！」死死握著帛書，寧子明心中喟然長嘆。

因為記憶依舊殘缺不全的緣故，他根本想不起來自家名義上的父親石重貴，到底長得什麼模樣。當然，心裡頭也不可能有太濃的父子親情。然而，從曾經聽聞過的故事，和自己剛剛看到的書信中，他卻無法不推斷出，這位亡國之君，是個十足十的硬骨頭！

「皇上，皇上當時以為殿下已經，已經，已經不幸遇難。所以，所以，所以才順水推舟，將皇位傳給了劉知遠！」見「鄭王殿下」握在帛書上的手指不知不覺間就變成了青白色，通譯馮吉悄悄倒退了兩步，先做好了隨時逃開的準備，然後小心翼翼地解釋。

誰料，「鄭王殿下」卻對皇位毫無興趣。只是用眼睛在他身上快速掃了一下，隨即猶豫著問道：「他，他現在還好嗎？你，你是什麼時候見到的他？契丹人，契丹人有沒有太苛待他？」

「那倒是沒有！」馮吉搖搖頭，斟酌著回應，「殿下只管安心，契丹人還打算在下次進攻中原時，拿他，拿皇上當幌子呢！所以不會太苛待與皇上。他們給了皇上一個村子做封地，方圓大概有五十里上下。昔日的隨行太監，也都留給了皇，皇上。微臣，微臣大概是五個月前，也被軟禁在那個村子裡頭。但，但後來契丹，契丹土酋聽了韓延徽的話，覺得將臣等光關著消耗糧食太可惜，就乾脆把臣等分到了各部落裡頭，充任通譯和教書先生！」

寧子明聞聽，心中立刻舒服了許多。皺了皺眉頭，又試探著問道：「那，那個村子是在遼陽附近嗎？叫什麼村？守備情況如何？你可知道去那裡的路徑？」

「不是遼陽，是大定府，就是原來的營州附近。那個村子被遼人叫做晉王寨，周圍……」馮吉想都沒想，順口回應。話說到一半兒，忽然大驚失色，跳起來，慘白著臉勸阻：「殿下是要去救皇上嗎？殿下，您可千萬不能莽撞啊！那地方深入遼東五百餘里，臨近全是契丹人的部落。您如果去了，肯定一輩子都再也出不來！」注一四

「成不成總得先看上一眼！你不用管了，畫張地圖給我就行！」寧子明全然不理會馮吉的「耿耿忠心」，皺了皺眉頭，低聲說道。

「殿下，微臣，微臣打小就不通丹青。還，還是有名的路癡！離開，離開汴梁只要超過五里遠就會找不到家。您，您這不是，您這不是問道於盲嗎？」馮吉聞聽，臉上的表情愈發著急，一雙手像風車般在胸前來回擺動。

給二皇子畫輿圖，那不是找死嗎？萬一他們做事莽撞，被契丹人給抓住，將輿圖從身上搜出來，自己怎麼可能還有機會逃回中原？再說了，自己先前之所以敢幫那亡國之君帶詔書，是因為自己早就取得了契丹人的信任，並且此事一旦做成，足以讓自己名利雙收。而幫助這已經亡國多時的鄭王殿下，能有什麼好處？消息傳回中原去，誰會感馮家的恩？大漢新君劉承佑最多表面上誇讚幾句，暗地裡，恨自己肯定恨得牙根兒都癢癢。

正搜腸刮肚地拼湊著拒絕的藉口，耳畔忽然傳來一聲怒喝：「你馮唯一不是書畫雙絕嗎？怎麼居然連張輿圖都弄不好！莫非你還想著去契丹人那裡出賣我們？子明，跟這種陰險之徒費什麼口舌？直接一鞭敲碎腦袋滅口就是！」

「是，大哥！」寧子明心領神會，掄起鋼鞭作勢欲砸。

「饒命——！」馮吉嚇得魂飛天外，一個箭步竄出半丈遠，雙手抱著腦袋高喊：「殿下，你別聽他挑撥離間。微臣，微臣那兩筆丹青，連塗鴉都算不上？又怎麼可能是書畫雙絕！」

「是麼，馮唯一，睜開你的狗眼，看看我是誰？」原本策馬趕過來準備幫助結拜老兄弟敷藥的柴榮策馬擋住馮吉的去路，冷笑著提醒。

「你？」馮吉迅速抬頭，然後奮力用雙手來回揉兩個眼睛。「你是柴，你郭，郭公子。郭大將軍的螟蛉義子國榮！你，你怎麼也在這裡？」

「你終於認出我了？那更是留你不得！子明，還不趕快跟我一道殺人滅口？」柴榮的臉說翻就翻，從鞘裡拔出尚未擦乾血跡的短刀，緩緩撲向馮吉。

「饒命——！」馮吉嚇得大聲尖叫，撒腿就逃。可人的兩條腿兒，怎麼可能跑得過戰馬？幾乎就在轉眼之間，便被柴榮用坐騎給圈了回來。然後用刀尖兒指著，一步步將其朝寧子明的鋼鞭下逼。

「郭大官人饒命！」馮吉走投無路，撲撲通一聲跪在河灘上，哭喊求告。「我可以用馮家祖先在天之靈起誓，絕不會向遼國的官府告發你們，也絕不跟任何人透露你們的消息。如果……」

「發誓若是管用的話，人間又怎麼有如許醜惡？」柴榮刀尖斜指，面色如霜，「你這廝給契丹人當狗當慣了，剛剛還害死了我的家將。從你嘴裡說出來的話，又如何能信？子明，殺了他，殺了他後咱們趕緊離開這兒！」

「冤枉！冤枉！我，我給晉皇帶過詔書，我剛給晉皇帶過詔書！殿下剛剛看到過，剛剛看到過。」馮吉豈肯閉目等死？高舉著雙手，大聲喊冤。「我連晉皇，晉皇都沒出賣，又怎麼會出賣你們？殿下，

注一四、晉王寨：遺址在吉林省朝陽市晉王城。二〇一三年在此考古挖掘出了石重貴的家族墓地。

殿下，您出來說句話，您可不能冤枉微臣啊！」

詔書剛剛才被自己收起來，寧子明怎麼翻臉就不認帳？然而，知道柴榮的舉動必有深意，他也不敢表現出絲毫心軟，只能高高地舉起了鋼鞭。

「且慢，晉皇詔書是怎麼回事？」柴榮偷偷向寧子明使了眼色，啞著嗓子追問。

「是，是小弟我幾個月前，在晉王寨那邊伺候皇，皇上之時……」馮吉不敢隱瞞，擦了把臉上的冷汗，結結巴巴地將先前曾經說給寧子明的話，又重新講述了一遍。

柴榮先是豎起耳朵聽了個仔細，然後又用目光跟自家結義三弟交流了一番，確信馮吉的確沒有撒謊。便笑了笑，大聲道：「呸！你冤枉？你若是冤枉，閻羅殿裡就全都是屈死鬼了！你幾個月之前答應給晉皇帶傳位詔書回中原，怎麼還沒帶到？你這哪裡是一腔忠勇？分明是看中了傳信之後的好處！」

「不是，不是！小弟，小弟真的是身在遼東，心在汴梁。真的是心在汴梁啊！不然，不然憑小弟的才能，好歹也能混個南院的郎中做，怎麼，怎麼可能被發配在一個小小的部族裡頭，給他們做通譯？」馮吉知道自己沒辦法從柴榮、趙匡胤和石延寶三人的圍攻下逃走，繼續大聲叫屈。

「嗯，有幾分道理！」最後一句話，頗有幾分力氣。柴榮聞聽之後，微微點頭。隨即，將帶血的短刀奮力朝馮吉面前一擲，大聲說道，「要我相信你也很容易，你先去給我，把火堆旁那個裝死的傢伙給我宰了！」

最後一句，他故意用的是契丹語，結果話音剛落，先前差一點被壓熄的篝火旁，有個死人忽然「詐屍」，大叫著跳起來，撒腿就朝北跑。卻是最初被寧子明用羽箭給推進火堆中的那名契丹武士，居然沒有死透，一直躺在火堆旁企圖蒙混過關。

如果被他逃走，眼下所有流落在遼國的馮家人，恐怕誰都活不成。通譯馮吉知曉厲害，猛地從地上一躍而起，三步並作兩步追上去，手起刀落。「喀嚓」一下，將撞死者的脖頸砍做上下兩截。

「嗯，這才像我認識的馮家子弟。平素處處與人為善，該下黑手時，卻絕不留情！」柴榮彷彿早就料到對方的行為，端坐於馬鞍子上，微微點頭。

既然已經交過了投名狀，馮吉也不再故意裝孬種了。舉了舉滴血的短刀，大聲發問：「說吧，郭大官人？馮某接下來該怎樣做，你才肯放過馮某？」

「當然是用死人的血，在衣服上畫一張前往晉王寨的地圖嘍！」柴榮聳聳肩，擺出一副老子吃定了你的模樣，「你最好快一點兒，別說廢話。裝死者就這麼一個，萬一他的血流乾了，老子下次就只能讓你割自己的大腿！」

「你……」馮吉氣得兩眼發黑，卻沒膽子跟柴榮繼續掰扯。咬著牙蹲下身，從自己袍子下襬處割出一塊乾淨的絹布，用刀尖沾了些人血，在上面快速騰挪。

他哪裡是不通丹青？尋常國手跟他比拚畫工，都得掩面而走。只是寥寥幾刀，便將此地通往營州晉王寨的路徑，畫了個清清楚楚。沿途城鎮、山川、河流、森林，無不躍然「紙」上！

「我如果是你們，就現在掉頭南歸！」隨著最後一滴血落下，馮吉將短刀用力插進河灘，雙手捧起臨時畫出的地圖，緩緩遞到柴榮馬前。「且不說周圍全是契丹部落，晉皇他老人插翅難飛。即便你等僥倖將他救回中原，不過是提前幾年殺了他！又怎麼可能找到一個合適地方，供其苟延殘喘？」

「多謝馮兄提醒，但你我等並非同道！」柴榮淡淡地回應了一句，伸手接過地圖。

「那，那……」通譯馮吉的臉瞬間漲成了茄子般顏色，雙手握了又握，緩緩垂下了腦袋。

柴榮看不起自己，趙匡胤也看不起自己，包括乳臭未乾的二皇子石延寶，也瞧不起自己。他們認為彼此的道不同，所以道不同不相為謀。他們將自己的一番好心全都當成了驢肝肺，而，而自己，自己可以對天發誓，剛才提醒他們之時，出發點不是「當事敗之後，在遼國為官的馮家人也會受到牽連」，至少，並不完全是！

「來，我給你重新引薦一下，這是我的結拜的三弟，鄭恩鄭子明。太原人，赫赫有名的刀客！三弟，這位是馮吉馮唯一，平章政事道公之子，曾官拜秘書省校書郎，吏部員外！」柴榮卻不管馮吉此刻心裡有多委屈，飛身跳下坐騎，先將輿圖掛在馬鞍側面讓風吹，然後笑呵呵地當面說起了瞎話。

「久仰，久仰！」寧子明微微一楞，抓著傳位詔書和鹿皮書囊，向馮吉拱手。

「見，見過鄭，鄭大俠！」明知道柴榮在閉著眼睛編瞎話，馮吉卻不敢現在就拆穿。趕緊強壓下滿腹的酸澀，轉過身，側開半步，跟寧子明重新見以平輩之禮。

「我、趙元朗和他，數日前曾經在易縣並肩殺賊，彼此之間惺惺相惜，所以就義結金蘭。」見馮吉如此上道，柴榮朝著他投以鼓勵的一笑，繼續順口補充，「之後因為擔心我柴家的商隊再度遭到土匪洗劫之時，我一個人孤掌難鳴，所以他們倆乾脆就陪著我一道出了塞！」

「趙，趙二哥和鄭兄弟義薄雲天，馮某佩服，佩服！」山風雖然涼，馮吉額頭上的汗水卻流成了股，一邊抬起袖子不停地擦，一邊連聲感慨。

柴榮的用意很明顯，逼著他答應幫忙替二皇子石延寶掩飾身份，並且保證不洩漏三人此番遼東之行。這與他馮家「閒事莫管」的祖訓，格格不入。然而，在此荒山野嶺當中，對方手裡除了鋼鞭就是刀子，他又怎麼有勇氣不答應？

「義薄雲天就過譽了，但是作為男人麼，總得有點兒擔當，你說是不是？」說話間，柴榮已經走到了寧子明身邊。從目瞪口呆的後者手裡拿過傳位詔書和書囊，歸置在一起，笑著交回馮吉之手，「這東西太重要，我們兄弟三個隨身帶著不安全，還是由馮兄您拿著為好。哪天回到汴梁，好歹也是一場奇功！收好，別拒絕，我這個人一向不喜歡婆婆媽媽！」

「那，那是！不，不，不……，那是，那是，唉，也罷，反正馮某也豁出去了！」馮吉起初努力將詔書和書囊往外推，最後，卻不得不再度將其收下，重新藏進自己的貼身暗袋之中。

「你放心，規矩，我懂！」用刀子一般的目光，盯著馮吉收好詔書。柴榮的表情和動作，忽然變得極為友善。單手攬住馮吉，輕輕在肩膀拍了幾下，然後用另外一隻手從自己的貼身口袋中摸出一個戰國時代的古刀幣，笑呵呵地按在馮吉手裡，「拿著，這是我柴氏商行的信物。此地已經算是幽州境內，憑你的本事，不難走到薊州。進了城之後，直接去城南找一家叫做南北行的雜貨鋪，跟掌櫃把信物拿出來，三天之內，保證有人可以想辦法把你送離遼國！」

「多謝郭大官人！」馮吉臉色瞬間大變，將古刀幣死死握在掌心當中，後退兩步，朝著柴榮長揖及地。

所謂薊州南北行雜貨鋪，肯定是大漢國樞密副使郭威在幽州埋下的暗樁。而柴榮能將其義父苦心埋在遼國的暗樁坦然相告，肯定是已經非常相信自己的人品，相信自己先前不是真心願意為虎作倀。

「走吧，挑兩匹最好的馬，帶足乾糧和錢財，此地不宜久留！」柴榮意味深長地朝著他笑了笑，扭頭拉著寧子明去河邊清洗傷口。從此，再也不跟他多說一個字！

「郭——」馮吉抬起胳膊朝二人的背影招手，想再提醒一次遼東之行的兇險，卻忽然覺得心裡好生發虛。咬了咬嘴唇，收起刀幣，快步走向契丹人遺留在河灘上的贓物和戰馬。

他雖然喜歡做文弱書生打扮，真實身手卻絲毫不比尋常部族武士差。很快，就收集到了足夠的盤纏和乾糧，縱身跳上一匹遼東良駒，伸手又牽了兩匹，雙腿一磕馬肚子，如飛而去。

趙匡胤恰巧幫韓晶處理好了傷口，將後者放在戰馬背上，拉著韁繩走了過來。見柴榮沒有下令攔阻的意思，皺了皺眉頭，低聲提醒：「大哥，他們馮家，可是祖傳的沒節操！你就這樣放他離開？小心他見到了契丹人的軍隊，立刻就主動去出首！」

「不妨，他們馮家的人雖然沒節操，不到萬不得已，卻也沒必要同時跟我義父和你們趙家結仇！」柴榮好像早就猜到會有此一問，想都不想，笑呵呵地解釋。「況且這種人殺了容易，善後難。萬一被查到有可能是被結果在你我兄弟手中，對我義父，對你們趙家，可能都是數不清的麻煩！」

「那倒是！」趙匡胤緩緩鬆開緊按在弓囊上的手，悻然吐氣「呼——，奶奶的，好鞋不踩臭狗屎！大哥你說得對，我剛才把事情想簡單了！」

「我最初的時候，也跟你一樣，想殺了他給郭仁報仇！」柴榮輕輕搖了下頭，嘴角處浮起一絲苦笑，「但越到後來，越覺得此人放走比殺了更好。唉！我要真是個販茶葉的，此事反而簡單了！」

「唉！」趙匡胤滿臉無奈，陪著他一道嘆氣。事實上，先前他之所以趕著去看韓晶，除了關心之外，還有一個因素，便是不想親自殺掉馮家的人。誰料到三弟寧子明這個小笨蛋，居然拖來拖去，最後也沒下得了手！

「怎地，他的家族在中原勢力很龐大嗎？」韓晶對趙匡胤的情緒變化非常敏感，立刻忘記了自己身上的傷，掙扎著從馬背上直起腰，低聲追問，「你們兩個如果真的只是不方便動手，我去追！讓他死在我手裡，總好過被他出賣。我就不信，他的家族還能把爪子伸到遼國來！」

「那可真不好說！」柴榮和趙匡胤看了看她，齊聲道。

又看了看已經兩眼發直的寧子明，二人笑了笑，苦著臉陸續補充，「他是宰相家的二公子，他父親是三朝宰相馮道，還做過耶律德光的筆式齊！他們馮家，無論在中原還是遼國，眼下都算得上是門生故舊無數！」

「當年後唐內亂，不知道多少文臣武將死於非命。馮道身為宰相，卻能恭迎叛軍十里，當街向潞王上表勸進，可真的堪稱能屈能伸！」

「此人奉命出使契丹，在契丹逗留兩年，一直是耶律德光的座上賓，獲贈牛羊珠寶無數。耶律德光每當對某項政令猶豫不決，當面垂詢，他都能知無不言言無不盡！」

「如今遼國的許多律例，都是出自韓延徽和他兩人之手。」

「後來他年紀大了，被耶律德光放回。不到兩個月，就又做了大晉的宰相！」

「大晉高祖拿他當左膀右臂，臨終前想傳位給自己的親生兒子。他含淚接受顧命。然而沒等高祖屍骨入殮，他就立刻夥同侍衛親軍都指揮使景延廣，恭迎手握君權的齊王登基，廢掉了年幼的太子！」

「齊王感念他擁立之功，讓他做宰相。他卻每逢契丹人南侵，就立刻主張割地求和。從來沒在武備上下任何功夫，直到大晉也被契丹所滅。」

「大晉被契丹所滅，又是人頭滾滾。唯獨他和他們馮家，契丹兵馬秋毫無犯，並且有人專門去站崗保護，以免被亂兵誤入！」

「契丹人四下亂打草穀，激起了民憤，被漢王帶領一眾豪傑驅逐。馮道恰好在鎮州，又帶領著鎮州守將文武恭迎了漢軍，因為善於審時度勢，功勞大，威望高，再度被封太師，位列三公。」

「這些年，天下再亂，皇帝死得再多，都絲毫影響不了他們馮家。幾乎每一次改朝換代，或者換皇帝，他們馮家都能多幾個門生弟子出來當官。後唐的，大晉的，契丹的，大漢的，甚至可能還有南唐和後蜀的。真可謂是流水的朝廷，鐵打的馮家！」

「你想想，如果他死在此處，幽州的官吏又查到咱們幾個恰好從此經過。消息傳出去後，馮家會輕易甘休嗎？即便不公開報復，發動弟子門生給長輩們添點兒亂，也是沒完沒了的麻煩！」

「唉——！」

「唉——」

說到最後，二人都搖頭嘆氣，都覺得胸口又悶又沉，彷彿堵上了一塊石頭般沉重。

韓晶和寧子明兩個，聽得瞠目結舌。誰都未曾想到，天底下居然還有如此人物，如此活法！

特別是韓晶，家世在契丹這邊也堪稱顯赫，對官場上的諸多花樣不能算一無所知。越往深處想，就越覺得馮家的詭異與可怕。到最後，額頭上竟然見了汗。一邊抬起沒受傷的胳膊偷偷地擦，一邊瞪圓了水汪汪的眼睛搖頭，「怎麼，怎麼可能？你們剛才說的可都是真的？既然知道他們一家都是無恥之尤，那麼多皇帝，為何，為何不設法斬草除根？」

「說得容易，做得難啊！」柴榮又嘆了口氣，將頭轉向遠方，意興闌珊。

「一個原因是馮家的人，很少主動挑起事端，主動被抓到把柄，平素大抵上總能遵紀守法。包括馮道替耶律德光出謀劃策，也是奉了晉高祖的命，責任不在他。至於恭迎潞王，耽誤整軍備戰時機等，理由更充足。不想令生靈塗炭麼！明知道打不過，寧可犧牲自己名節也要保全軍民百姓。這哪裡是無節操啊，這是聖人所為，應該被史冊大書特書的聖人所為！」趙匡胤也嘆了口氣，咬牙切齒地補充。

「那也有辦法殺了他啊？皇帝想殺一個人，還怕找不到罪名？」韓晶依舊無法相信，搖搖頭，繼續低聲假設。

「問題是，他的確很能幹啊！教出來的子侄，門生，個個都是幹才。禮儀、刑名、度支、還有農桑、水利，沒有他馮家人幹不了的。並且廣結善緣，走到哪都能混得好人脈！」趙匡胤又嘆了口氣，幽幽地補充。「殺了他，就不能只殺一個，連殺人帶降職，波及就是一大片。必然引發朝政動盪不說，新換上來的人，還未必比他們人品好，還未必比他們好用。況且這麼多年，兵荒馬亂的，朝廷上哪去找那麼多人品好，且非常能幹的讀書人去？換一個人品更差的上來，還不如湊合著用他馮道呢！好歹他馮道是出了名的不願意惹事，沒野心！」

「讀書人稀缺，越難選才！」

「選來選去，不過是從張家選到李家，然後又拐著彎轉回張家罷了！頂多出一兩個倒楣蛋，整體上，這夥人還是輪番受益，輪番當官兒！」

「無論是誰做皇帝，最後還得用到這群人！」

「所以他們有恃無恐，不在乎改朝換代，不在乎生靈塗炭！」

「這，這……」韓晶和寧子明兩個搖著頭，再也沒有任何話說。

「人都說中原之亂，起因是武夫當國。誰曾想到，不僅僅是武夫當國，士大夫，讀書人，這幫傢伙，早在百年之前，就已經全爛了肚腸。」柴榮撿起一塊石頭，狠狠地丟在水面上，濺起巨大的水花。

「並且他們教出來的弟子門生，比他們還要無恥，還要陰險！」趙匡胤也撿起一塊石頭砸進去，濺起更大的水花，與先前的水花交疊在一起，令臨近的河面變得起伏不定。「只管給自己大撈特撈，欲壑從來就填不滿。無論做了何等無恥之事，都能找到足夠的理由。彼此之間互相遙相呼應，顛倒黑白。而尋常百姓又怎麼可能知道那麼多，到頭來，還不是都聽他們的！」

「只在乎自家之名利，根本不在乎國家如何，百姓又如何！我義父，先帝，還有史樞密，他們，眼下只想著重振武備，收攏兵權於朝廷，以圖將來結束亂世，重整九州！」畢竟還屬於年輕人，柴榮越說越煩悶，越說越失望。從身邊抓起石塊，不停地朝河裡頭丟，「卻不知，武夫之患，不過是壞了手腳。文人之禍，才是病入膏肓！」

「所以要結束亂世，首先得結束這種士大夫比賽無恥的狀況。否則，無異於緣木求魚！」趙匡胤也猛地站了起來，雙手舉起一塊芭斗大的石塊，遙遙地丟進河道中央。

「轟！」地一聲，河面上，湧起一片驚濤駭浪！

山溪清淺，縱然起了滔天巨浪，很快也能平息。

而岸邊的四人，一直到出了燕然山，心情依舊無法平靜。

正所謂，人不憤青枉少年。

眼下四人當中年紀最大的柴榮，不過才二十七、八，又沒有經歷過官場的蹂躪和打磨，心中自然稜角嶙峋。年齡最小的鄭子明，此刻滿打滿算頂多十七歲，更是心中藏著一把萬古刀。注一五

然而義憤歸義憤，此刻四人心中所想，卻不盡相同。

柴榮和趙匡胤二人俱出自將門，親耳聽聞或者親眼目睹過，武夫們在前線出生入死，卻被馮氏這種把持了輿論的政務的「書香世家」吹毛求疵，百般刁難。因此心中想的多是如何改變這種不公平狀況，讓將士們作戰時不用總是留著一半兒力氣照看身後。

而韓晶此刻所想，卻是自己的父親和叔叔們，與馮氏一門到底有什麼分別？所謂幽州韓家，與汴梁馮氏，本質上是不是天生的同類？

至於寧子明，則不由自主地想起了自己的那個在記憶中根本看不清模樣的父親石重貴。想起了自己從昏迷中醒來後，所聽到的有關昏君石重貴的一切傳聞。驕傲自大，剛愎自用，明知道實力不濟，卻堅持不肯繼續向契丹人屈膝。明知道戰事越來越艱難，卻依舊不努力去整飭武備，訓練兵卒。明知道宰相馮道一心主和，還依舊對其信任有加。明知道杜重威和劉知遠都起了異心，卻始終聽之任之……

他究竟是好高騖遠，還是有志難伸？究竟是昏庸糊塗，還是空有一腔熱血，卻無奈於四周圍冰冷的現實？自己千里迢迢前去相認的行為，是不是過於魯莽？先前將他接出來藏到江南隱居的打算，是不是一廂情願……

當少年人學會了思考，他們的成長便開始加速。

古今中外，莫不如此。

雖然有時候，思考會令人形神俱疲。

幾乎在短短的幾天內，四個人身上便起了脫胎換骨般的變化，無論精神、氣質還是外貌，都跟進入燕山之前大不相同。沿途把守要塞、關卡的兵丁，即便對著畫像，也很難將現在的他們和原來的他們聯繫在一起。

不過，所有成長都是要付出代價的。

剛剛出了燕山沒多遠，韓晶就在戰馬上打起了擺子。額頭燒得如同炭火一般燙，露在衣服外面的手背和小臉兒，也如同離開了水面的荷花般，以肉眼可見的速度枯萎了下去。

「不好，是金瘡痙！」趙匡胤一把將韓晶扶住，縱身跳下了坐騎。「那夥四下打草穀的強盜分明還未開化，吃飯、割草和殺人，用的都是同一把刀子！」

「啊——？」其他五個人大驚失色，趕緊紛紛跳下戰馬，背靠背圍成了一個圈兒，將趙匡胤和韓晶兩個圍在了正中央。

到了此刻，趙匡胤哪還顧得上什麼男女之大妨。從腰間拔出解刀，用衣襟裡側的軟布擦了擦，一刀切開了韓晶的衣袖。

注一五、萬古刀：出自唐詩《偶書》。「日出扶桑一丈高，人間萬事細如毛。野夫怒見不平處，磨損胸中萬古刀。」萬古刀，代指正義感。

定睛細看，他立刻倒吸了一口冷氣。只見韓晶露出來的左臂早已腫成了青黑色，晶瑩透亮。數日前自己親手包紮的布帶上，膿液夾著血絲，正在一圈一圈兒地往外滲，被寒風一吹，惡臭撲鼻！

這可不是什麼好預兆！趙匡胤深吸一口冷氣，虎目圓睜。身為將門子弟，他清楚地知道，每場惡戰下來，真正死在陣前的，不過是戰死者的十分之一二。其餘十分之七八，都陸續死於後幾天的失血過多，或者傷口感染化膿。

而此刻，大夥剛剛出了燕山。前不著村後不著店，甭說找不到高明郎中，即便有扁鵲和華佗在場，也湊不齊足夠的救命藥材！

「大哥，我是不是要死了？」韓晶雖然燒得迷迷糊糊，卻尚未完全失去知覺。感受到手臂處傳來一陣陣清涼，努力將眼睛睜開了一條線，癡癡地看著趙匡胤，低聲說道。

趙匡胤聽得心臟一哆嗦，咬著牙用力搖頭，「沒，沒有，妳別瞎想！只是傷口受了風。很簡單的事情，等找到合適落腳地方，給妳熬著藥汁清洗幾遍，就能快速好起來！」

「那，那就好！」明知道趙匡胤是在安慰自己，韓晶的臉上，卻依舊湧起了一抹開心的笑容，「我不瞎想，我會盡力堅持到底。大哥，我姓韓，家在幽都城內仁壽坊，緊挨著南樞密院衙門。我阿爺是遼國的大官兒，不是，不是什麼富商！」

「我，我知道！我先前就看出來了！妳不說，肯定是有自己的苦衷！」趙匡胤聽得心中一陣陣刺痛，點點頭，大聲回應，「別瞎想，真的。我一開始，不也沒告訴你我阿爺是漢國的高官嗎？還有老大，他怎麼可能跟陌生人一見面，就告訴對方自己是樞密副使郭威的義子。還有，還有老三，他也沒說他是前朝的皇子，不是嗎？妳真的別瞎想！咱們一開始，就沒有誰在乎這些身外的東西！」

「我也不在乎！」聽他說得如此乾脆，韓晶笑得愈發放鬆。歪著頭，繼續低聲說道：「我，我跟著你們去遼東，不是，不是為了幫三弟的忙。我，我只是捨不得你，又，又沒臉皮直接說出來！趙大哥，我，我真的喜歡你，從一見面時就喜歡上了，只是，只是一直沒，沒勇氣跟你說！」

她是胡漢混血，自幼生長於幽州，說話做事原本就比普通中原女子直接。此刻又自認為時日無多，所以乾脆把心裡頭一直想說的話，趁著神智清醒，跟心儀的男子一股腦倒了個乾淨。

趙匡胤聞聽，兩眼立刻發紅，強忍著淚水，大聲道：「我，我知道。妳堅持住，我這就帶妳回頭去找郎中。我，我肯定能找到郎中救妳！」

說罷，騰地站起來，大步走向正在山路邊尋找草芽吃的戰馬。作為老大哥的柴榮看到，趕緊追上去，大聲喊道：「別莽撞，等你返回幽州，什麼事情都來不及了！跟我走，從前面的岔路口直接向北，我剛才仔細看了一下，向北的那條岔路比這條寬，路兩邊還有許多新鮮的牛糞和馬糞！」

有新鮮牛糞和馬糞，就意味著不久前剛剛有人從此處經過。

有很多新鮮的牛糞和馬糞，則意味著在大夥追趕可及的距離內，存在著一個規模頗大的游牧部落，或者漢人村寨。

古人云，行萬里路如讀萬卷書。柴榮南來北往販貨多年，腳下所行道路，又何止萬里？而趙匡胤既然為了救韓晶一命，連單身翻越燕山的旅途都敢冒死一試，又怎會畏懼去一個臨近的陌生部落或者村寨求醫？當即，毫不猶豫地點點頭，跳上坐騎，抱著韓晶掉頭朝正北而去。

眾人在薊州與商隊分別之時，便是一人雙騎。半路上又殺掉了一夥打草穀的部落武士，搶了三十幾匹良駒。因此在危急關頭，根本不需要考慮節省坐騎的體力。只管不斷更換著胯下戰馬瘋狂趕路，才連續跑了大約一個半多時辰，就在某條剛剛解凍的大河畔，看到了連綿的帳篷。

「是回鶻人，密羯部，早年曾經歸降幽州。幽州被契丹吞併之後才與中原失去了聯繫！」柴榮一看到帳篷周圍那一圈整齊的木柵欄和中央大帳上高高飄揚的鑲金火焰旗，便喜出望外。追到趙匡胤身側，大聲介紹。

回鶻人出自鐵勒，原本為突厥人的附庸。在大唐天寶年間，幹翻留在蔥嶺以東的最後一個突厥汗國自立，國號回紇。後又多次出兵幫助大唐平定叛亂，順路在唐肅宗李亨的默許下，搶掠長安、洛陽等地工匠、女子、郎中、農夫數十萬人西去。因此，其國迅速漢化，到了唐末，除了說突厥語，無論貴冑還是貧民都信摩尼教這兩點之外，其餘各項典章制度，風俗習慣，已經與中原相差無幾。

大約百餘年前，回紇分裂，此後日漸衰落。大部分回鶻人受契丹、沙陀族的擠壓，向西遷徙。一小部分漢化最徹底的，則向東南進入了幽州和並州，托庇在各地藩鎮的保護下，苟延殘喘。

這樣的回鶻部落，除了武力比契丹、女真等族略遜之外，其餘諸如醫療、百工、商貿、農牧等文明諸項，都遠遠過之。所以，在長城以北看到一支遷徙游牧的回鶻部落，已經與看到一個中原集鎮無異。只要你能拿出足夠的錢財，凡是在中原能買到的東西，基本在這裡都能買得到，差別只是價格往上翻了數倍而已。

趙匡胤自幼生長於河北保州，當然跟回鶻人有過接觸。知道後者的風俗習慣和基本情況。頓時精神大振，朝著柴榮用力點點頭，雙腿狠狠磕打馬肚子，風一般直奔木柵欄正南方留出來的臨時大門。

「什麼人，趕緊停下，否則，弓箭伺候！」把守在部落大門附近的回鶻武士，早已看到了戰馬的臨近。立刻繃緊數條絆馬索，同時紛紛舉起了角弓。

「救命，救命，我妹妹途中被馬賊砍傷了，特地趕來求醫問藥！若能救得她逃離生天，今日身上所有，願全獻於大光明神面前！」趙匡胤聽到對方居然說的是中原話，愈發喜不自勝。伸出左手迅速拉緊戰馬韁繩，用右臂緊抱著韓晶大聲求告。

「求診？你從哪裡聽說我族有藥師坐鎮的？」當值的武士小校聽趙匡胤說得急切，皺了皺眉頭，沉聲追問。

「明尊之下，四使八師十六堂，廣傳清淨、光明、大力、智慧念，光明康樂，諸惡不侵！」柴榮緊跟著上前，與趙匡胤並轡而立。非常友善地向著守門小校施了個拱手禮，然後喘息著回應。

他說的，乃是在中原摩尼教的基本構架。以明尊為主，下設四大光明使者傳播教義。而使者之下，則還有力、財、藥、禮、工、法等八師十六堂，負責管理信徒，救助貧弱，懲辦叛教者，以及對外發動戰爭等俗務。

只是，中原的摩尼教，早在一百多年前已經被徹底禁絕。如今還能張口就說出其基本架構的人，要麼是摩尼教的隱秘信徒，要麼跟摩尼教曾經有過密切往來。故而，守門小校聽罷，頓時心中戒備盡去，趕緊命令麾下弟兄們放下角弓，鬆開絆馬索。然後退開半步，側轉身形，左手托在右手之上做了個火焰狀，高聲說道：「原來是我教的貴客，失敬，失敬。溫抹藥師今日剛好開壇傳播光明，幾位將戰馬留在這兒，直接進入營地，在中央大帳右側的第四個帳篷，就能找到他！」

「多謝哥哥指點！」柴榮和趙匡胤兩個也不客氣，雙雙下了馬，大步前行。臨路過小校身側，迅速從懷裡掏出一錠足足有二兩沉的金子，壓在了對方手中。「給弟兄們買杯酒水驅寒。後邊四個人也是我們一起的同伴，請讓他們一併進寨！」

「好說，好說，只要把馬匹留下即可。放心，我們會餵最細的料，保證不用乾草來對付。」小校是行家裡手，感受到掌心處的溫度和重量，就得知今日收穫極豐。頓時笑容滿面，沒口子答應。

說話間，寧子明和其餘三位郭家的死士也趕到了。按照柴榮的指點，紛紛下了坐騎，把戰馬交給守門的回鶻武士代為照管。然後背起隨身的包裹和兵器，徒步走進了營地。

進了門之後，大夥俱是眼前一亮。只見那回鶻部落營地內，居然從南到北，從東到西，硬用石頭碾子，壓出縱橫一路一街。無論是南北向的路，還是東西向的街，都足足有一丈半寬。中間還有七八條小路和小街，彼此交錯相連。與大街和大路一起，將眾多座帳篷分割得一群一簇，整整齊齊。

沿著寬闊的主路和主街兩側，則有數十個充作商鋪的純白色帳篷。每座帳篷都在頂部開著一圈的窗，讓陽光從天上直接射下來，將裡邊的各色商品，照得耀眼生花。

為了拉攏行商們前來交易，在靠近中央大帳的位置，還特地設了數座縫著彩色絲條的「花帳」，要麼充當酒肆，要麼充當旅館。甚至連中原集市不可或缺的賭場和妓院，都給原封不動照搬了過來。耳朵上掛著明晃晃的珠環，腳腕上繫著鈴鐺的粟特歌姬，就站在賭場和妓院的門口兒，對著過客不停地搔首弄姿。

趙匡胤哪裡有心情觀賞這街市的繁華？橫抱著早已昏迷多時的韓晶，大步流星直奔藥師所在的帳篷。一路花錢加塞兒，很快，就將自己從隊伍末尾移動到了隊伍最前方，進而被兩個藥材童子領進了帳門。

「你們幾個也別乾等著，趕緊去租幾個彼此相鄰的帳篷。等一會兒藥師給晶娘開了方子，咱們也好有個地方去熬藥休息！」柴榮行事素來周到，回頭看了看，朝著自己的心腹隨從們吩咐。

「諾！」三名郭家死士拱了下手，迅速消失於人群當中。寧子明則繼續跟柴榮兩個，在原地耐心等待。不多時，死士們又結伴而回，手裡拿著一串明晃晃的鐵牌，呈給柴榮仔細驗看，「稟東家，帳篷已經租到。就在往東數第三個路口，一共是四座花帳，正好彼此相鄰，屬於同一家主人。裡邊床榻桌椅，鍋碗瓢盆，一應俱全。」

「好！如果有什麼其他可添置的，你們三個也去添置一些。看情形，咱們至少得在此地逗留小半個月！」柴榮想了想，又低聲吩咐。

「我也跟著去看看吧，大哥。」這回，沒等三個郭家的死士回應，寧子明搶先拱手請示。

「你？也好！你肯定比他們三個老粗仔細！」柴榮只以為自家三弟年少貪玩兒，想了想，輕輕點頭。

接下來的等待時間，就有些漫長了。周圍嚶嚶嗡嗡的說話聲，也變得異常噪聒。偏偏那些人說得大多數還都是中原話，雖然帶著明顯的雲州口音，卻一字不漏朝柴榮的耳朵裡頭鑽。

「你聽說了嗎？中原又換皇帝啦！」

「可不是嗎，三天兩頭換一個皇帝，就沒個消停時候！」

「換得越快，老百姓就越是沒好日子過。就像咱們當年，要不是幾個皇子和公主瞎折騰……」

「唉！可不是嗎？幽州人不要咱們，族長原本還想像烏介諸部那樣，帶著大夥遷入中原呢！這下，也沒指望了！」注一六

「遷回去又能怎麼樣，契丹兵馬一南下，還不是被人家給攆了兔子？」

「唉——」

嘆息聲如刀，戳得柴榮的心臟好生難受。萬方來朝，四夷賓服，乃是他在書中讀到的，關於漢唐盛世的描述。如今，回鶻人已經走到了中原的邊上，卻因為看到了中原的混亂和孱弱，又迷茫地停住了腳步！

而重整河山，再現盛世，又何談容易？自家義父郭威，為此眠沙臥雪數十年，到了半百之歲，依舊

注一六、烏介諸部，回鶻大族之一。回鶻亡國後，該族十三部在烏介可汗帶領治下歸順大唐。被安置於大同一帶。後又試圖謀反，烏介可汗被殺。但麾下部眾，都融入了地方，很快就成為了中原人。

還看不見任何希望。各地諸侯、土匪，流寇、豪強，還有挾技自重的讀書人，一個比一個目光短淺，一個比一個無恥下流，只看到自家門口那一畝三分地兒，卻不知道，契丹人已經在塞外迅速崛起，遼蠻已經馬上就要成為當世第一大國！

正煩躁間，忽然聽到「嘭！」地一聲巨響。隨即，就看到趙匡胤雙臂托著韓晶，大步流星地衝出了帳篷。在其身後，則有一名花白鬍鬚，年齡看上去足足有七十開外的老者，一邊追，一邊高聲喊道：「兀那漢子，你別傻了！金瘡痙過了七日，神仙難救。你與其帶著她東奔西跑，讓她繼續受罪。還不如將她託付給大光明神，焚去殘軀和前世今生罪孽，早日進入天國！」注一七

「你這個庸醫治不得，未必天下就無人能治！」趙匡胤雙目盡赤，扭頭朝著光明教的藥師大吼。

這下，可是犯了眾怒。周圍摩尼教的信徒，護教的兵卒，還有曾經受過藥師好處或者等著藥師治療的百姓們，「呼啦！」一下圍攏過來，將趙匡胤兄妹二人周圍，堵了個水泄不通。

「上師請不要生氣，各位兄弟，也請不要衝動！我等知罪，知罪！」好在柴榮見多識廣，發覺情況不對，趕緊衝到趙匡胤身邊，手打火焰狀，朝著四周不斷賠禮。「我這兄弟懷裡抱的是他未過門兒的媳婦。求醫不得，心智錯亂，所以才對上師口出不敬之言。我等願意向大光明神獻祭，洗刷此罪。還請上師和諸位兄弟寬恕則個！」

他長得白白淨淨，一表人才。又打扮得雍容華貴，通曉明教禮節。周圍的信眾們見了，胸中的怒火立刻就減弱了三分。又聽他說願意向大光明神獻祭，火頭就又十去其四。待看清楚了趙匡胤悲痛欲絕的表情和其懷裡早已經氣息奄奄的韓晶，最後三分怒火也化成了餘燼，紛紛側開身體，讓出一條道路，由著二人踉蹌離去。

柴榮留在原地，又朝老藥師行了個禮，放下了一錠銀子為謝，然後才快步追了上去。直到與趙匡胤

並肩走出老遠，身背後，還不斷有感慨聲傳入耳朵，「可惜，那個漢子一看就是個癡情的，真是可惜了！」

「唉！如果我死之時，我那當家的，有那漢子一半兒癡情，我就知足了！」

「美得你吧！不看看自己長那模樣，就跟個狗熊一般……」

「拎不清，真是拎不清。藥師本是一番好心。將那女子帶到大光明寺中，焚去殘軀，好歹還能求個解脫。真的拖延到病症發作，簡直是生不如死。那漢子，唉，可真是糊塗透頂！」

「糊塗，糊塗……」

趙匡胤越聽，心中越是絕望，不知不覺間，兩行熱淚就淌了下來，滴滴答答，落得懷中人滿臉。他懷中的韓晶，已經燒得不省人事。感覺到了臉上的水漬，還以為天降甘霖。忽然張開嘴舔了幾下，迷迷糊糊地唱道：「哥哥呀，我是你夢中的金蓮。站在高山之巔，靜靜地為你一個人綻放……」用的雖然是契丹語，令人只能聽個大概。但婉轉纏綿，眷戀難捨之意根本不需要任何言辭也能清楚地鑽入人的心底。

「啊——！」趙匡胤聽得淚如雨下，仰起頭發出一聲野獸般的咆哮，抱著韓晶，就朝頂端畫著營地正中央，火焰的帳篷衝去。

那裡是大光明神廟，也是回鶻人的頂級靈魂輪迴所在。只有給部落立下過大功的勇士，或者部落中的貴族，以及被光明使或者上師們引薦給神靈的聖子聖女，才能在臨死之前，被放到神廟的火焰祭壇上，喝下一杯毒酒，迅速解脫痛苦。然後焚燒掉殘軀和前世今生罪孽，在大光明國裡頭，靈魂永生。

「二弟，二弟……唉！」柴榮連拉了兩把，未能拉住。只好停下腳步，仰天發出一聲長嘆。摩尼教裡

注一七、金瘡痙，古代對於破傷風以及其他一系列受傷後化膿，腫脹症狀的統稱。死亡率極高，基本上除了消炎化瘀之外，沒有太好的處置辦法。

的藥師專門以醫術吸引信眾，收集供奉，因此個個都堪稱國手。如果連他們都對韓晶的病症束手無策，早點兒結束痛苦，恐怕就是最佳選擇。

「唉——！」四下裡的回鶻人，也搖頭長嘆，一個個，滿臉同情。俊男美女，在大夥眼中，理當是天作之合。今日偏偏有一個要中途回歸神國，剩下另外一個孤獨終老，這次第，只能說，造化弄人，世事難料！

眼看著趙匡胤的雙腿，就要踏入大光明神的廟門。忽然間，半空中響起一聲霹靂，「且慢！二哥留步！晶娘姐姐還沒死！不要進去，小弟有個辦法，小弟我可以冒險一試！」

「你——？」柴榮、趙匡胤，還有四下裡的無數回鶻人，詫異的扭頭。

朦朧的淚眼中，他們看到有個魁梧白淨的少年，肩膀上扛著一大包藥材和七八樣稀奇古怪的銀器，狂奔而至。從頭到腳，渾身上下，都灑滿了溫暖的陽光。

「你，你，你說，說的可是，可是真的？」趙匡胤雙手抱著韓晶，兩腿戰戰，嘴唇也不停地哆嗦。只要有一線希望，哪個男人願意眼睜睜地看著心愛的女子死在自己懷中？更何況這個女子受傷的原因，也是為了跟他多幾天廝守時間？

「我給韓重贇治過傷！」寧子明彷彿早就料到他會有此問，想都不想，笑著點頭。「韓重贇現在還活得好好的，不信，你過後可以派人去武勝軍那邊查？」

這句話，可是比什麼解釋都直接有力。讓趙匡胤和柴榮兩個，立刻覺得寧子明的笑臉，比世間任何美女都賞心悅目百倍，「老三，那你怎麼不早說。你，你可把我們給急死了！」

「我得先去找到藥材！另外，如果這地方的藥師能拿出別的辦法醫治晶娘姐，最好不要用我的辦法。這辦法，老實說，有點兒聳人聽聞！」寧子明被說得臉色一紅，趕緊大聲出言解釋。

「你需要什麼儘管說出來，二哥我立刻去找？不管什麼辦法，只要你救了晶娘回來，二哥我，二哥這條命立刻給了你都成！」趙匡胤根本沒聽出寧子明的弦外之音，三步兩步衝到他身邊，迫不及待地表態。

按理說，像他這種將門子弟，自小身邊就不會缺少女人。然而，那些女人卻都是長輩們替他所安排，一言一行，都不敢違背這個時代關於女子的賢良淑德標準。個個看上去都如同一個模子壓出來的土偶般，無論再精美華貴，都對他沒有任何吸引力可言。

但是，韓晶卻不同。敢說敢做，落落大方。美麗、豪爽、熱情，武藝高強並且懂得體諒男人的心思。如果趙匡胤自己是頭笑傲山林的猛虎，她就是一隻生死相隨的花豹。如果趙匡胤想做一隻凌雲雄鷹，她亦能化作一隻白鶴展翅翱翔。天上地下，比翼齊飛，相看兩不厭。

所以，此時此刻無論寧子明說出的治療手段再匪夷所思，趙匡胤都不會否決。哪怕救活韓晶的條件是要拿走他自己的性命，趙匡胤亦會毫不猶豫地支持他冒險一試。

好在，寧子明要的不是他的命。笑了笑，有條不紊地說道：「草藥我已經都買齊了，現在還需要一間絕對乾淨的帳篷，兩套熬藥的砂鍋，兩罎子最烈的燒春，一包石鹽，一包糖霜，半匹白布，還有一隻毛筆，兩個臉盆。一整套碗碟，湯匙，還有……」注一八

「有，有，我已經派人把帳篷租好了，二弟，三弟，你們跟我來就是！」沒等他把話說完，柴榮就連聲打斷，「其他，你去帳篷裡列單子，我讓郭恕他們去買。」

注一八、相對成熟的蒸餾治酒技術，據考證，在元朝時才傳入中國。但在唐代，已經有小範圍烈酒出現。號燒春，工序大約是兩次蒸餾，酒精度可以達到四〇%上下。

「我，我給你打下手，放心，你讓我幹什麼就幹什麼，絕不搗亂！」趙匡胤也如同剛開蒙的學童般，信誓旦旦地保證。

「二哥肯定得留下來，一會很多事情得由你親自來做！」寧子明又笑了笑，低聲道。

三人也不多費口舌，邁開大步，直接奔向柴榮剛剛派人租來的花帳。挑了一間最寬敞最乾淨的走了進去，將昏迷不醒的韓晶先安置在床榻上，然後著手開始準備施救。

寧子明當仁不讓地，成為了大傢伙的決策核心。找到毛筆，在趙匡胤的前大襟上列了個單子，用力撕下，遞給伺候在旁邊的一名郭家死士，「把這些東西買來，揀最好的，要快！」

「是！」死士郭恕大聲答應著，狂奔而去。

沒等他腳步出門，寧子明朝自己買回來的藥材指了指，繼續發號施令，「把這些七芯虞美人葫蘆搗碎，把裡邊的籽扔掉。與由羊躑躅、茉莉花根、當歸、菖蒲、香白芷、川芎放在一起，去外邊架起火來，用砂鍋大火反覆熬。什麼時候草藥湯汁濃得如同米粥了，什麼時候給我倒進碗裡端進來！」[注一九]

「我去，我去，我去！」另外一名郭府死士連聲答應著快步衝上，抓起草藥，就朝門外走。

「把另外一包藥，當歸、白芍、鉤藤、天麻、菊花、葛根、甘草，用溫火慢熬，備用！」

「把帳篷頂上用刀切開幾個窗子出來，通風，但不能讓風吹到下面的人！」

「找蠟燭，最好的蠟燭，煙越少越好，把屋子照亮。找銅鏡子，越多越好，給我在四周豎起一圈兒，對著晶娘姐那條受傷胳膊。二哥，你去換乾淨衣服，幫我和晶娘姐也找兩套乾淨衣服來。順便把手放熱水裡反覆洗，洗乾淨了再用燒春泡！」

「大哥，麻煩你也去把手洗乾淨了，然後……」

自信，從容，宛若一個行醫數十年的老國手，讓周圍的人，不知不覺間心神就恢復了安寧，不知不覺間，就選擇了絕對服從。

但是也有例外，就在柴榮和趙匡胤剛剛用熱水洗完了手，到另外一個帳篷裡幫助寧子明也換完了乾淨衣服的當口，租來的花帳群外，忽然響起了一個蒼老的斥責聲，「胡鬧，簡直都是胡鬧！用四葉斷腸草泡酒，你們到底是想殺人還是想救人？還有，還有這些七芯虞美人葫蘆，用如此大的劑量，足夠讓壯漢睡上三天三夜了，給病人灌下去，還不是活活讓她睡到死？」

「上師，上師，我家東主在更衣，您，您不要亂闖！」郭恕等人根本阻攔不住，只好一邊想辦法拖延時間，一邊大聲向柴榮、趙匡胤和寧子明三個示警。

趙匡胤聞聽，好不容易才有所緩和的面孔上，瞬間又失去了血色。看了看寧子明，又看了看屋外怒不可遏的摩尼教藥師，進退兩難。

「我用這個法子治好過韓重贇！」寧子明知道他是關心則亂，所以也不生氣，伸出手在他肩膀上拍了拍，笑著強調。隨即，掀開帳篷門，快速走到籬笆隔出來的院子裡，朝著打上門來的摩尼教藥師溫抹笑著拱手，「上師不請自來，不知有何賜教？」

「當然是阻止你草菅人命！」摩尼教藥師溫抹純白的眉毛高高挑起，手杖戳在地上當當作響，「小子，你連寒毛都沒長齊，也敢冒充國手？即便從娘胎裡開始學醫，總計也不過二十年，老夫也不信你能將病人起死回生！」

「哈哈哈哈哈！」低矮的柵欄外，傳來一陣沒心沒肺的哄笑，很快便又停了下去，化作了一道道質疑的目光。卻是那群剛才在大光明寺門口為趙匡胤和韓晶兩個灑過一把同情淚的摩尼教信徒，見到有

注一九、七芯虞美人葫蘆，一種罌粟葫蘆，裡邊的罌粟籽在古代被用來當香料使用。和下面的四葉斷腸草一樣，都是筆者杜撰，非正式藥方。切莫模仿，否則後果自行承擔。

個毛孩子三言兩語就把病人騙去救治，抱打不平，特地將德高望重的老藥師溫抹請來拆穿騙局。

「若是晚輩不施救，上師可有辦法把晶娘從鬼門關裡拉回來！」被人當眾噴了一臉口水，寧子明心中也湧起了幾分惱怒。笑了笑，聲音瞬間轉高。

「當然！」白鬍子藥師溫抹被問得微微一楞，隨即老臉漲得一片赤紅，「當然不能！老夫行醫數十年，從沒見過有人發了金瘡痙還能被救活過來！娃娃，你休要胡鬧。趁著金瘡痙還沒有完全發作，她還沒有開始全身抽搐，送她去光明神那裡，好歹能讓她走得安寧。若是拖延到症狀爆發，她渾身潰爛，生不如死。即便她丈夫不予追究，你，你的良心又如何自安？」

「這不是金瘡痙，況且，金瘡痙也非不治之症！」寧子明驕傲地看了他一眼，輕輕搖頭，「至於良心，身為醫者，講就是的盡人事，聽天命。而不是眼睜睜地看著活人去死！」

「你？」摩尼教老藥師溫抹被堵得喘不過氣來，瞪圓了眼睛看著少年人，潔白鬍子抖得如同風中馬鬃，「你，你說得容易，盡人事，聽天命，到最後，還不是看著她去死？況且，況且你這湯藥，根本就是大毒。真的給她餵下去，恐怕結果跟送到大光明寺裡沒什麼兩樣！小子，你聽我說，老夫知道你是不願看到同伴傷心，才出此下策。可，可事已至此，切莫再自欺欺人。」

「砒霜亦為劇毒，卻多用於瘡，瘺。無他，把握量劑而已！」念在對方是出於一片善心的份上，寧子明降低了聲音，笑著提醒。「況且您老既然行醫多年，難道就沒聽說過麻沸散古方？」

「麻沸散？」摩尼教老藥師溫抹被問得微微一楞，兩眼中閃現了幾絲茫然。「老夫，老夫當然聽說過，可，可那不已經失傳多年了嗎？啊，老夫，老夫明白了，你，你要……」

猛然間，他的眼神變得如閃電般明亮，蹬蹬蹬接連向後退了好幾步，手指寧子明，滿臉難以置信。

「你要先用七芯虞美人來麻翻了她。然後，然後，刮骨，刮骨療，療毒！」

作為浸淫中原醫術數十年到了老國手，他怎麼可能沒聽說過華佗的麻沸散和刮骨療傷。可，可傳說終究是傳說，當今世上，有誰曾經親眼看到麻沸散的配方？親眼看到刮骨療傷的奇蹟，活生生地施展於自己面前？

「的確需要先用些麻藥迷暈了她，卻不見得需要刮骨！」實在受不了摩尼教老藥師溫抹一副少見多怪的模樣，寧子明笑了笑，耐著性子解釋，「她當日受傷後還能活動手臂，骨頭肯定沒事兒。如今病成這般模樣，主要是由於傷口化膿感染引起，也就是你說的金瘡痙。所以第一要務，是把膿血放出來，然後再根據具體情況，看看是否需要將傷口附近的爛肉切除，避免毒血擴散到全身！」

他說得有根有據，條理分明。令周圍柴榮和趙匡胤兩人聽了，憑空又多出了幾分信心來。那摩尼教藥師溫抹雖然依舊心存疑慮，卻也沒勇氣一口咬定韓晶必死無疑。皺著眉頭琢磨了片刻，再度反覆打量寧子明，沉聲問道：「你說得的確不錯，可這些東西，卻多是老夫以前聞所未聞。你究竟學過幾年醫術，師承何人？」

「恩師道號扶搖子，姓陳。」寧子明被逼無奈，只好把師父陳摶拉出來當擋箭牌。「我自幼便拜在他門下，自己也不知道到底學了幾年。」

「扶搖子，莫非是峨眉真人那個妖孽？」摩尼教老藥師溫抹又是大吃一驚，倒退數步，滿臉戒備，「怪不得你小小年紀居然醫術如此精湛。那妖孽當年憑著一身醫術，不知道把多少人騙去信了邪神！如今已經馬上就要下火獄，居然還不知道痛改前非！」

「當著徒弟的面兒罵師父，可不是個有修養之士所為。」寧子明瞪了他一眼，強壓住打人的衝動，冷笑著提醒。

「不管怎麼說，他拜的就是邪神！大光明神，才是天上地下唯一正主！」摩尼教老藥師溫抹臉色微紅，更著脖子強調。「哪怕是醫術再高，也是助紂為虐，早晚要下火獄！」

「那可未必！我們老家那，歸玉皇大帝管轄。誰敢撈過界，得問天兵天將和太上老君肯不肯答應！」寧子明越聽越不痛快，張口就開始反擊。柴榮見狀，趕緊偷偷拉了他一把，笑著打岔，「兩位，沒有必要爭這些。救人要緊，救人要緊。」

「哼！」寧子明立刻意識到，自己如今是在摩尼教的地盤上，強壓怒氣，轉身去用酒水清洗臨時打製出來的銀器。

摩尼教老藥師溫抹，也自知失態。喘了幾口粗氣，不再說話。心裡頭，卻不由自主地想起了自己年輕之時，隨著師父偷偷潛入中原借助醫術傳播大光明教義，卻被一群信奉邪神的臭道士給直接趕出長城之外的過往，百感交集。

然而無論是鬱悶也罷，記恨也好，以他如今的地位和涵養，都不至於把舊賬算在陳摶的弟子身上。只是愈發覺得少年人不順眼，打起全部精神緊盯著此人的一舉一動，恨不得從雞蛋裡挑出幾根大棒骨出來。

寧子明哪裡有時間跟他較勁兒？見老藥師不再給自己搗亂了，立刻繼續有條不紊地做施救前的相關準備。將剛剛買回來的白布扯成條，一條條用滾開的鹽水煮過，再擰乾了掛在陽光下曝曬。將蠟燭和鏡子等物，也都收拾齊整，指揮人手送進韓晶的帳篷擺放停當。

須臾，幾個死士進來彙報，說藥汁已經熬濃。寧子明立刻給柴榮和趙匡胤二人打了個手勢，示意二人準備跟自己一道去給韓晶療傷。那摩尼教老藥師溫抹找了半天沒找到任何紕漏，心裡好生不甘，咬了咬牙，跟在三人的身後緊隨不放。

「上師，有女眷在內，請暫且留步！」趙匡胤忍無可忍，猛地轉過身，張開雙臂，擋住了老藥師的去路。

「老夫，老夫今年已經八十有四！」老藥師溫抹立刻意識到自己的莽撞，面紅過耳，低聲辯解，「老夫，老夫一個時辰之前還給她看過傷勢。老夫，老夫好歹也是藥師，粗通醫理。進去打個下手，肯定比你這粗手笨腳的漢子強！」

「你，你……」趙匡胤沒有足夠的理由拒絕，卻又怕此人進去後給自家三弟搗亂，耽誤了對晶娘的救治。眉頭緊皺，手掌在身體兩側不停地開開合合。

「讓他進來吧！否則一會兒指不定還要弄出什麼么蛾子來！」正猶豫著是否動粗的時候，帳篷裡卻又傳出來寧子明的吩咐。不高，卻帶著難以掩飾的自信。

「看，你那三弟都知道老夫肯定能幫上忙！」老藥師溫抹大喜，不待趙匡胤讓開道路，低頭就從對方胳膊底下鑽了過去。

進得門後，立刻覺得眼前光明大作。卻是二十餘面大大小小的鏡子，圍著帳篷排了整整一圈兒，將天上的陽光和四下裡的燭光，全都聚集在了病床上。

病床上，韓晶已經氣若游絲。露在被子外的傷臂不停地散發出腥臭的氣息，又濃又烈，連剛剛熬製出來的藥湯味道，都壓制不住。

老藥師溫抹被熏了個正著，胃腸一陣翻滾。隨即，便又開始懷疑寧子明先前的說辭，是不是在故意大言相欺。然而，沒等他開口譏諷，耳畔卻已經傳來對方的命令聲，不疾不徐，鎮定從容。「所有人，用門口那個杯子，輪番拿烈酒漱口。漱完立刻吐掉，不准喝下去。大哥，二哥，你們倆漱過口之後，用剛洗乾淨的布條，把晶娘姐受傷的那隻胳膊，綁在床頭那根剛剛捆好的白蠟竿子上。上師，麻煩您老漱過口之後，去那邊找個燭臺，舉在病人腳邊位置！」

「好！」柴榮和趙匡胤兩個毫不猶豫，立刻齊齊點頭。

老藥師溫抹原本想提出抗議，見其他兩人都選擇了服從。只好強壓住心中的煩躁，轉身去執行命令。

須臾，韓晶受傷的胳膊，被柴榮和趙匡胤兩人小心翼翼地綁好。寧子明走上前，先翻開患者的眼皮看了看，然後又用手指給對方切了切脈搏，側著耳朵感覺了一下呼吸，皺了皺眉頭，低聲吩咐：「我剛才買了瓶藥酒，裡邊泡的是人參。二哥，你先用勺子給她灌幾勺。記住，動作要快，並且不能嗆到她！」

「是！」趙匡胤如同個出征的士兵般，大聲答應。三步併作兩步走到帳篷門口的桌案上，把一瓶專門賣給大戶人家補氣血的參酒倒出半碗，端回病床前，小心翼翼地餵進了韓晶的嘴巴裡。

「差不多了，大哥，你把這碗藥汁交給二哥，讓他餵給晶娘！」寧子明借助燭光和日光，仔細觀察了一下患者服用參酒之後的反應，繼續低聲吩咐。

「是！」柴榮也如同他手下的兵卒般，痛快地答應。隨即端來已經涼好的麻沸散，雙手遞給趙匡胤。

趙匡胤用空碗跟他交換了藥汁，然後按照寧子明的吩咐給韓晶餵下。一勺接一勺，每一勺都彷彿重逾千鈞。堪堪將一碗麻沸散餵完，整個人已經累得如同在萬馬軍中七進七出一般，筋疲力竭。

寧子明卻絲毫不體諒他的辛苦，又看了看患者的反應，大聲命令，「好了，大哥去把那些煮過的白布條收進來。然後就站在門口把風，無論任何人，都不准隨便往裡闖。二哥，你放下藥碗，用這把銀剪子，把晶娘姐的袖口剪開！」

柴榮會心一笑，轉身離去。趙匡胤則依言拿起用酒水洗乾淨的銀剪子，去剪晶娘的衣袖。

然而，關鍵時刻，他的右手五根指頭，卻根根都如麵條般綿軟，反覆用了好幾次力氣，就是無法將衣袖剪開分毫。

「放下吧，我來！」見他緊張成了如此模樣，寧子明只好搖了搖頭，搶過剪子，親自下手。鋒利的剪子，將早就被濃血浸透了的衣袖，一層層剪開。露出一條依舊腫得發亮的胳膊，從手腕一直到肩胛，黑氣瀰漫。

寧子明見此，忍不住又連連搖頭。開動剪子，繼續剪掉胳膊上的繃帶。轉眼間，便將傷口的全貌露在了外邊。只見黑得透亮的大臂上，有道半寸長的刀傷，齜牙咧嘴。數團分不清是血肉還是膿汁的東西，像盛夏傍晚的魚兒般，爭先恐後朝傷口外邊擠。

「嘶——！」饒是心裡頭已經有了準備，寧子明依舊倒吸了口冷氣。

站在旁邊的趙匡胤聞聽，身體立刻如遭雷擊。晃了晃，一把抓住自家三弟的肩膀，「如，如何，能救嗎？老三，你，你剛才可是跟我說過，一定能救活她！」

「救活她應該不太難，可這條手臂……」寧子明被抓得肩膀發痛，扭頭橫了趙匡胤一眼，故意拖長了聲音說道。

「不妨，不妨，即便少了一條手臂，我也要她。我，我養她一輩子，永不相負！」趙匡胤如同被馬蜂螫了般，立刻將抓在寧子明肩膀上的手撤回，背在身後，大聲發誓。

「那倒不至於，頂多留一條大傷疤而已！用珍珠粉敷上幾年，也許就看不出來了！」寧子明朝著他微微一笑，不再故意捉弄人。

「噗！」站在門口的柴榮和站在床腳舉蠟燭的老藥師溫抹，被逗得相顧莞爾。

趙匡胤頓時知道自己上當受騙，羞得滿臉通紅。擺擺手，大聲催促，「快治，快治，你個壞心腸的傢伙，都什麼時候了，還拿哥哥我開玩笑！」

「我是怕你一會耐不住性子，老是給我添亂！要知道，等會兒動刀子時，你每碰我一下，就等於直接用刀子割晶娘姐的骨頭！」寧子明收起笑容，正色強調。

「不會，不會，我再也不會了！三弟，你放心。我如果再敢碰你一下，你就，你就讓我，唉！你就乾脆直接拿刀子捅我算了！」趙匡胤這才明白寧子明的真實用意，又羞又怕，舉起手大聲保證。

「那我就信你一次！」寧子明意味深長地看了他一眼，轉身去拿自己的工具、鹽水、燒酒，以及用酒泡出來的藥汁。

借著燈光和日光，他先拿白布沾了些乾淨鹽水，將傷口處的膿血洗淨。然後重新洗了手，抓起刀子，一刀切進了潰爛的傷口中，深入半寸。

昏迷中的韓晶，只是輕輕蹙了下眉頭。站在旁邊的趙匡胤，卻好像被刀子切了心臟般，低聲尖叫：「啊——！」好歹他還記得寧子明的提醒，迅速抬起左手，捂住了自己口鼻。已經馬上要探到寧子明肩膀上右手，也猛地縮回來，狠狠抽了自己一個大嘴巴！

「啪——！」耳光響亮，這次，趙匡胤終於把自己給抽清醒了。又咬緊牙關後退兩步，踮起腳尖，遙遙看著寧子明手中銀刀，胳膊和大腿再也不敢移動分毫。

寧子明卻對身後的動靜充耳不聞，彷彿已經處理過幾千條同樣的傷口般，輕車熟路地，用刀子將傷口朝上下兩個方向擴大數分。直到有紅色的血液淅淅瀝瀝淌了出來，才放下銀刀，抓起毛筆，將用酒水浸泡出來的四葉斷腸草汁，一筆筆朝傷口處塗去。

說來也怪，那碧綠色的斷腸草汁，竟然是膿血和爛肉的剋星。隨著毛筆的移動，效果幾乎立竿見影。灰黃色的膿血，很快就被洗了個乾淨。腐敗多日的爛肉，也被毒酒燒得不斷收縮，像乾涸的鼻涕般，掛在了傷口中心的兩側。

寧子明放下毒酒，重新抄起另外一把洗過的銀剪子，沿著自己剛剛擴大過的傷口，左右各剪了一遍，將所有死肉，盡數切除。然後又用一根酒水泡過的淺白色的烏賊骨頭，在先前腐爛最嚴重的地方，來回搓動。遇到新的死肉，則再度拿起下一套用酒水洗過的剪刀……

時間飛快的過去，頭頂上的日光，迅速開始變暗。但周圍的燭火，卻愈發地明亮了起來，被鏡子聚集到一處，照亮病榻旁每一張面孔，還有重新流出乾淨血液的傷臂，以及傷臂前，那雙一絲不苟忙碌著的手。

很白，略粗，十根手指的指甲，都修剪得乾淨整齊。很難想像，這麼一雙經常握著鋼鞭的手，居然如此之靈巧。無論是兩寸長的銀刀，還是三寸長的剪子，抓在這雙手裡，都運作如飛。

「怦、怦、怦、怦！怦、怦、怦、怦！怦、怦、怦、怦！」趙匡胤感覺到，自己的心臟，就像發了瘋般在狂跳，彷彿隨時都可能跳出嗓子眼兒。他卻不敢發出任何聲音，也不敢抬起手臂，自己捶打自己的胸口。三弟在救晶娘的命，他先前沒有用謊言來安慰自己！他，他的確會那刮骨療毒奇術！他已經把晶娘上臂處的大部分死肉都給切了下來！他，到底在哪學來得如此高明本領！他，他可真是大夥的福星！

「怦、怦、怦、怦！怦、怦、怦、怦！怦、怦、怦、怦！」同一時刻，摩尼教老藥師的心臟，也是狂跳不止。麻沸散，刮骨療毒，還有銀剪割創，這，這可都是失傳了千年的神技吶！如果能學到手裡，定然會讓大光明神的教義，得以加速十倍傳播。

以神技醫治普通人，以醫德和醫術，吸引信徒。以救命之恩，讓信徒們主動奉獻錢財。然後再拿著錢財去買更多的藥，救更多的人……，如此循環往復，豈用再愁大光明教不得復興？

高舉這燭臺的手臂，早已痠軟不堪。老藥師溫抹，卻不敢鬆懈分毫。他也不敢發出任何聲音，做出任何動作，唯恐自己偷師的行為，被別人發現，從此被驅逐出門。他甚至連眼睛都不敢多眨，目光死死焊在少年神醫的雙手上，追隨著手掌和手指的移動而移動，不肯落下一絲一毫！

隨著那雙大手的移動，患者傷口內最深的爛肉，也一點點被清理乾淨。露出了白色的筋膜和淡粉的肌肉。寧子明忽然伸了個懶腰，丟下刀子、剪子和烏賊骨頭，再度拿起乾淨的鹽水，將傷口反覆清洗。

「成了？」站在門口的柴榮距離最遠，看不到寧子明的大部分動作，所以心情反而最為放鬆。見自家三弟忽然直起了腰，臉上頓時一喜，向病榻前湊了兩步，試探著詢問。

「還好，應該能保住她這條胳膊了！」寧子明回過頭，朝著他笑了笑，滿臉疲憊。

「能保住胳膊！那，那她的性命呢？她的性命，應該，應該也，也不會有問題吧！三弟！」趙匡胤的身體猛然晃了晃，兩眼瞪圓，聲音啞得如同鐵片相磨。

「你說呢？」寧子明瞪了他一眼，沒好氣地反問。轉過頭，用手指抄起被開水煮過，又浸泡在鹽水裡的針線。「別煩我，自己過來看！注意把嘴巴離得遠一些，別對著傷口吐氣！」

「唉，唉！」趙匡胤沒口子答應，踉蹌著朝病榻旁走。才邁出左腿，忽然膝蓋一軟，直接趴在了地上。

「小心！」柴榮手疾眼快，一個箭步竄過去，拉住趙匡胤，以免他碰到寧子明的衣角。入手處，卻是又冷又黏。低頭細看，才豁然發現，自家二弟的衣服，早就被汗水給浸泡透了，渾身上下，根本找不到一寸乾燥地方。

再抬起頭偷看寧子明，入眼處，也是一個濕漉漉的脊背。很顯然，先前施展那套刮骨療毒絕技，遠看上去無比輕鬆，實際上，對施術者來說，其艱難程度，絲毫不亞於鏖戰沙場。

「好在晶娘姐平素喜歡練武，身體遠比普通女子結實。」正感慨間，卻又聽見寧子明低聲補充。「二哥，一會兒你留在這兒，隨時觀察她的動靜。如果傍晚之前她能醒過來，就給她餵一些山羊奶和參酒。儘量別再喝麻沸散，除非她疼得實在忍受不住！」

「嗯，嗯！」趙匡胤點頭如搗蒜，扶著柴榮的手臂掙扎而起，目光從側面繞過寧子明的身體，看向晶娘的手臂。

只見自家三弟十根指頭紛飛，乾淨利索地，將已經不再淌膿血的傷口用針線給縫合了起來。僅僅在最下方，留出了一個淺淺的小洞。

寧子明再次伸了個懶腰，從桌案上取了常見的金創藥，在傷口上薄薄地塗了一層。然後又用煮過的白布，將傷口輕輕地包了起來。當一切收拾完畢之後，他退開數尺，抓起另外一塊白布擦了把額頭上的汗水，笑了笑，喘息著補充，「還有另外一副湯藥，是專門用來清理體內餘毒的。二哥你記得餵給她吃，每天三頓。裡邊有甘草，聞起來味道跟麻沸散差別很大，你可千萬不要弄混！」

「是，是，你放心好了！」趙匡胤歡喜得連尾椎骨都恨不得要翹起來，連聲答應著，撲到病榻前，不停地打躬作揖。「子明，子明，我，我，我這條命，以後……」

「省省吧，二哥。你也不怕人家笑話？為了心愛的女人連命都敢往外捨！」寧子明搖搖頭，笑著打趣。

「不怕，誰愛說說去！」趙匡胤訕訕一笑，「我，我只要晶娘，只要晶娘活過來就好！」回過頭，他戀戀不捨地看著病榻上的韓晶。對方依舊處於昏睡狀態，但臉上的黑氣已經完全散去。淡淡的血色，從少女特有的圓潤面頰上透出來，竟別有一番美豔，令人目眩神搖。

「沒出息！」實在受不了他這副情種模樣，柴榮低聲數落了一句，攙扶起寧子明，緩緩向門外走去。

外邊的太陽已經西斜，這場艱苦救治看起來好像沒用多大功夫，實際上，卻足足花費了一個半時辰。兄弟兩個俱是飢腸轆轆，相對著笑了笑，出院門去找飯館。誰料才走過了兩個帳篷，一陣匆忙腳步聲就再度從身後傳入了耳朵，卻是摩尼教的老藥師溫抹，滿臉堆笑的急追而至。

「上師有何指教？」柴榮立刻心生警惕，轉過頭，將手臂放在身側，雙腿分前後站立，笑著發問。

「我，我想，我想拜師！」老藥師溫抹臉紅得如同猴子屁股般，結結巴巴地回應。隨即，不由任何人拒絕，以與其年齡毫不相稱的敏捷動作，「撲撲通」一聲跪了下去，對著寧子明，俯首長叩，「師父在上，請受小徒一拜！」

拜師學藝？柴榮和寧子明兩人楞楞地看著老藥師溫抹，嘴巴張大得完全能塞進一隻鵝蛋！

且不說雙方之間無親無故，絕學不可輕傳。就算寧子明不在乎將那刮骨療毒的絕技傳授給老藥師，以此人八十四歲的高齡，他哪還有時間去揣摩、領悟，進而掌握其精髓嗎？

「中原有句古話，叫做朝聞道，夕死可矣！」老藥師溫抹人老成精，毫不費力氣，就猜到了兩個年輕人心中的大部分想法，又磕了個頭，大聲說道。「且華佗智者當年創此奇術，乃為濟世救民。不幸中途被奸賊曹操所害，才使得絕技失傳，虎撐空響。今貴客身懷絕技，卻行走與虎狼之地，萬一有個閃失，豈不愧對智者所期？」

不愧為摩尼教的八師之一，一大堆求肯的話說得理直氣壯，並且引經據典。「朝聞道，夕死可矣！」出自《論語》，乃是中原古人對學問的態度。從這個觀點看，八十四歲，絕對不是求學的障礙。而懸壺濟世，則是古代中原醫者的道德標準與施術理念，任何與此理念相左的觀點都可被斥責為卑鄙無恥。至於虎撐空響，就是「刮骨療毒」絕技再度失傳的後果了。患者徒聞有神技可以起死回生，卻在虎撐下找不到高明的郎中，除了哭天搶地自怨命運不濟之外，又能奈何？注二〇

只可惜，寧子明讀的書實在有點兒少，而老藥師此番話所引用的典故又實在太多。話音落後，效果竟如同對牛彈琴，只換回了個大眼兒瞪小眼兒。

「那兩個人怎麼回事，怎麼敢讓上師向他們行如此大禮？」有些過往的行人，見族中藥師向兩個年輕人跪拜，紛紛停下腳步來，義憤填膺。

「是上午前來求醫的中原人。是不是求醫不得，反要訛上一筆了。膽子也忒大了，咱們不能讓上師吃虧，圍上去，揍他，揍他！」還有些脾氣急的牧人，不知道原委。直接把柴榮和寧子明兩個誤認為敲詐勒索的騙子，準備上前維護同族。

「揍他，揍他，揍這兩個胡攪蠻纏，忘恩負義的狗賊！」俗話說，三人成虎。聽周圍有同族說德高望重的老藥師溫抹遭到的歹徒的訛詐，更多的人不辨真偽，蜂擁而上。

「不得無禮！胡鬧，是老夫我對貴客有事相求！」老藥師溫抹聽得老臉通紅，立刻站起身，朝著紛紛圍攏過來的族人大聲咆哮。「是老夫我請求貴客傳授醫術，不是他們挾屍勒索！退下，大夥趕緊退下！不要在唐人面前，給我回鶻人丟臉！」

隨即，又直挺挺地跪下去，向著寧子明再度俯首，這次，卻不再引經據典，而是換了相對直白的言辭，大聲懇求：「貴客開恩！我回鶻雖為異族，卻與中原同氣連枝，數百年以來姻親不斷。昔日大唐國內每逢叛亂，回鶻必派兵相助。回鶻境內每逢饑荒，大唐也必全力賑濟。後雖然回鶻衰落，大唐也不復存在，然我族中父老子弟，卻大半兒都身有中原血脈，說唐言，著唐衣，行事亦存唐人之遺風。我族游牧塞外，每年大戰小戰數以十計，受傷子弟每戰逾百。如果能蒙貴客傳授華佗刮骨療毒絕技，則每年至少有上百子弟，不會死於金瘡。此後只要貴客有事，派人送一份手書來，我族子弟亦會任憑驅策。而如果貴客挾絕技自珍，不顧而去。此處眼下雖然仍有近萬男女，二十年內，恐怕就要滅種亡族了。貴客慈悲，貴客慈悲！」

注二〇、虎撐，古代郎中的標識，為一對鐵環，搖晃時可以發出聲響。傳說孫思邈曾經用此物撐住老虎嘴巴，為老虎取出卡在喉嚨裡的骨頭。

說著話，流著淚叩頭不止。

「貴客開恩！」周圍的回鶻牧人，無論男女，呼啦啦跪倒了一大片。

有道是，自家人知曉自家事。回鶻當年雖然強盛一時，可此刻已經走上了末路窮途。想要西遷，路途不遠萬里。想要入關，中原動盪不安。留在原地或者向東，則日日面臨著契丹、室韋、秣鞨、女真的欺凌。因此，能多獲得一種救命醫術，就等同於讓族群多了一份苟延殘喘的希望。而少獲得一份救命醫術，便意味著每年有近百受傷子弟在絕望中死去。在場許多人有生之年，就要親眼目睹整個部族消亡的慘禍，眼睜睜地看著最後的子侄兒女成為別人的奴隸。

「貴客開恩！」

「貴客慈悲！授一技而救一族黎庶，此乃無量功德！」

「我回鶻非忘恩負義之族，他日貴客但有所需，舉族上下任憑驅策！」

「貴客開恩，此刻我族中財貨女子，凡可入貴客之眼者，任憑拿取！」

「貴客在上，小民有兩個女兒，五十頭駿馬……」

轉眼間，周圍的人就越聚越多。其中不乏回鶻族裡的長老、親貴，聽聞事情的原委之後，都陸續跪了下去，大聲懇求。

「這，這……，大夥趕緊起來，有話，有話站著說，站著說！」寧子明原本就不是個鐵石心腸，也沒有挾技自珍的打算。伸出手，試圖將周圍的人拉起來，好好商量。

結果，他剛剛扶起了這個，轉眼又跪下了那個。到最後，繁華的十字街頭，竟然只有他和柴榮兩個站立。四周圍，黑壓壓跪得全是人頭。

「唉！」實在沒了辦法，寧子明只好長嘆一聲，蹲在溫抹藥師面前，實話實說，「不是我不想傳授此術，事實上，我只知道其然，卻不知其所以然。每當有人需要施救，我，我心裡立刻就會想起相應的辦法來。好像輕車熟路一般。可，你讓我教，我卻根本不知道從何教起！」

「師尊在上，請受，請受小徒一拜！」溫抹藥師才不管寧子明有何難處，聞聽他肯傳藝，立刻打蛇隨棍上。先扶住少年人靴子尖，重重磕了個響頭。然後腰中摸出一塊純金打造的腰牌，雙手舉過頭頂，「此乃小徒的信物，今天權作束脩之禮。憑此物，我族百人及以下的兵馬，可以隨意調動。小徒家中的所有金銀細軟，糧食牲畜，亦可隨便取用！」

「你先起來說話！」寧子明沒有收對方的金牌，雙手拉住藥師溫抹的胳膊，將其從地面上硬生生拔起，「二嫂要在貴部養傷，在此期間，我可以把我知道的，全部告訴你。但你能學多少，就看你自己的本事了。」

「那是自然，古來便是，師傅領進門，修身在個人！」溫抹藥師眨巴著眼睛，雙目之中全是洞徹世情的練達。

寧子明不願讓他多心，笑了笑，又繼續補充，「我不是想藏私，乃是真的知道怎麼做，卻不知道為何要這樣做。我，我頭上受過重傷，不信你自己看。我記憶裡的很多東西，都殘缺不全。」

說著話，又轉頭過去，讓老藥師看他後腦勺。只見後腦勺位置黑漆漆的頭髮中央，有一大塊明顯的殘缺。作為有經驗的醫者，立刻就會察覺出，那裡曾經被鈍器所傷，雖然勉強保住了性命，但傷疤處的頭髮，卻再也長不出來了！

「嘶——！這是何等心腸歹毒之輩，竟然敢向一個半大孩子下如此狠手？」老藥師溫抹倒吸一口冷氣，激憤的話脫口而出。

他行醫一輩子，活人無數。自然能看得出來，寧子明今年頂多十六七歲。而從傷口癒合程度分析，慘禍肯定發生於大半年或者一年之前。也就是對方在十四五歲，於任何人都構不成威脅的時候，被歹徒用鈍器打爛了腦袋！

「我也不清楚！應該是契丹人吧！」寧子明笑了笑，臉色有些慘然。

被契丹武士追殺的情景，是他這輩子的惡夢。每次在沉睡中浮現，都會讓他慘叫著坐起，胸悶氣短，渾身上下冷汗淋漓。

而這奪命之仇，他卻根本不用想著去報復。契丹已經成為萬乘之國，並且日漸強盛。而中原，卻依舊連年混戰，白骨盈野。況且即便中原重新統一，秩序重建。有誰肯為他一個前，前，甚至前前朝的皇子，去招惹契丹這樣的龐然大物！

人有鋼鞭鐵鐧，我有天靈蓋和後腦勺。面對的異族鐵騎，失了國的皇子和普通百姓，恐怕都是一樣悲哀吧。那些手持鋼鞭鐵鐧者，又怎麼會分辨哪個獵物是鳳子龍孫，哪個獵物是販夫走卒？

「恩師不要難過，小徒行醫多年，粗通岐黃。咱們坐下來慢慢想辦法，說不定，說不定能讓恩師徹底斷了病根兒！」見寧子明神情悽楚，老藥師溫抹還以為他是為了失憶而感到難過。沉思了片刻，試探著開解。

「也好！」寧子明嘆了口氣，笑著點頭，「咱們一起試試。互相幫忙。我傳授醫術的時候，你還可以帶兩個年輕聰明的徒弟，一起來學。你剛才說得對，濟世活人，乃醫者之大道。既然是絕技，總得有個傳承，免得將來虎撐空響！」

「貴客大恩，我密羯部上下沒齒難忘！」老藥師溫抹聽了，喜出望外！膝蓋一曲，就要再度跪倒磕頭。雙臂卻被寧子明死死拉住，無法往下移動分毫。

「貴客大恩，我密羯部上下沒齒難忘！」周圍旁觀的長老、貴胄和一干牧民們，卻沒受到任何阻攔。聽聞少年「神醫」非但答應了向部落藥師傳授絕技，並且還准許再帶兩個年輕徒弟旁聽，紛紛再度拜倒，大聲致謝。

他們當中絕大多數人不通岐黃，當然也不可能清楚「刮骨療毒」到底是怎麼一回事兒。但是，他們卻知道能讓自家藥師長老反覆叩首相求的本領，肯定價值連城。因此一個個拜得真心實意，感激滿臉。

寧子明見此，少不得又要跟大夥客套幾句。說回鶻大唐本屬一家，雖然世事變遷，卻依舊血脈相連之類。眾回鶻長老、貴胄和牧民們聽了，愈發歡聲雷動，都覺得眼前這個貴客雖然年紀不大，卻通曉事理，有情有義，是個值得大夥真心結交的英雄豪傑。

待到圍觀者紛紛散去，兄弟兩個再想安安靜靜地去吃頓飯，卻徹底沒了可能。無論走到哪兒，都不停地有人湊上前致謝。路過店鋪商號，什麼東西只要多看上幾眼，還沒等問價，已經被掌櫃迫不及待地拿起來塞進了手中。待進了路邊的飯館，連水單都沒人給看，當值的大夥計立刻吩咐廚房將最拿手的菜餚下了鍋，須臾之間，就滿滿擺了一大桌，分文不取。

實在受不了密羯部上下的熱情，柴榮和寧子明兩個以最快速度填飽了肚子，逃一般躲回租來的帳篷。本以為可以暫且躲出一份清靜，誰料想，藥師溫抹又擔心自家新拜的師父和師叔睡覺時給凍壞了身子骨，專門派遣管家帶著四名妙齡少女前來替二人暖被窩……

這下，可把寧子明窘了個面紅耳赤。好說歹說，賭咒發誓，最後乾脆拿出後腦有傷，三年內不能接近女色為由頭，才勉強把管家和少女們給送走。猛回頭，卻又忽然意識到大哥柴榮今年已經將近而立，沿途一直未見「葷腥」。不覺心生幾分歉然，搔了搔頭皮，低聲說道：「大哥，大哥若是看上了哪個女子，儘管將她留下。反正，反正你我兄弟，至少得在這裡逗留小半個月。身邊有個端茶倒水的，倒也方便！」

「我呸！你小子，剛才幹什麼去了。如今把人都趕走了，又來跟哥哥我裝大方！」柴榮朝著他啐了一口，笑著搖頭，「算了，你做了一整天的聖人，施恩不望報，我這做哥哥的無論如何也不能扯你的後腿。這半個月，就自己給自己暖被窩吧，好歹春天已經來了，不至於落下個老寒腿！」

寧子明聞聽，愈發覺得自己做事有失周密，尷尬得手足無措。柴榮見了，趕緊笑著補充道：「行了，我跟你說笑而已。我又不是那種沒有女人就睡不著覺的人！況且據我觀察，這密羯部風俗習慣，與中原已經極為接近。那四個女婢還都是處子，你我兄弟睡了她們，又不方便帶回中原。她們自己若是身背後沒有個足夠硬的父兄撐腰，將來在夫家，可就很難抬起頭來了！」

「噢！」寧子明低低的答應了一聲，有些丈二和尚摸不著頭腦。自從昏迷中恢復清醒以來，他認識的所有女人加在一塊兒還湊不足一個巴掌。寧采臣也好，韓重贇也罷，也都是行伍之人，心思都沒放在日常瑣事上，當然也沒有誰想到對他進行一些男女方面的基本啟蒙。因此對於處子與非處子的概念，少年人心中至今都迷迷糊糊。更無法理解，為何沒有足夠硬的父兄撐腰，非處子嫁人後，就在夫家抬不起頭來？注二

既然三人已經義結金蘭，柴榮便將他自己當成了貨真價實的長兄。敏銳地察覺到了寧子明的青澀，楞了楞，皺著眉頭驚問：「莫非你還是個雛兒？連個暖床的丫鬟都未曾有過？我的老天爺！你可真讓我開了眼！」

「我，我，我……」寧子明窘迫得如同偷東西被抓了現行般，無地自容。抬起衣袖擦了把汗，結結巴巴地說道，「我先前不是一直在瓦崗山上混日子。大傢伙都朝不保夕，誰顧得上拿我當公子哥看？至於，至於到了武勝軍，就一直，一直訓練、打仗，馬不停蹄。當然，當然就更沒有功夫管其他事情！」

「天！」柴榮跌坐在胡凳上，用手直揉自家眉頭，「就是尋常鄉下大戶，到了你這個年紀，也早買了貼身丫鬟，真刀實槍研習男女之事了，你居然至今一竅不通？你居然還會是個皇子？說實話，要不是那馮吉一口咬定，你自己又始終模稜兩可，我真的不敢相信你就是那鄭王殿下！」

「我還巴不得不是呢！可偏偏又否認不得。」提到自己那稀裡糊塗的身份，寧子明心頭裡就湧起一團陰影，咧了咧嘴巴，悻然道。

草原夜晚的風有些大，吹透帳篷的壁上，將帳篷裡的燭火吹得跳躍不定。

寧子明的面孔，也被燈火照得忽明忽暗。

他忽然感覺有些冷，抬起胳膊，抱住了自己的肩膀。然而，這個動作卻沒給他自己帶來任何暖意，只令他映在地上的影子，變得單弱異常。

「對不住，我不是故意打擊你！」柴榮立刻意識到自己不應該哪壺不開提哪壺，趕緊拱了下手，主動解釋。「可為兄我真的，真的覺得此事非常蹊蹺。無論從言談舉止，還是待人接物上，你都不像是出身於顯赫之家。甚至連中戶都非常勉強，頂多長了副富貴皮囊而已！你別誤會！為兄我不是看不起你，我自己的出身也非常普通。家中據說曾經有錢過，可到了我父親這輩兒早就花乾淨了，所以我才被姑姑和姑父領去收養！我見過的豪門子弟，大多數都即便沒把眼睛長到了頭頂上，而傲得生人勿近。像你二哥這樣的，已經是其中的異數。可若非曾經跟咱們倆同生共死過一回，彼此惺惺相惜，他才不會拿正眼看一個商販和刀客！」

注二一、五代至北宋時期，並無所謂的處女情節。郭威娶的是李存勖的遺妃，柴榮續弦娶的是李守貞的兒媳。宋真宗的寵妃劉娥，也就是著名的劉太后，乾脆就是別人的小妾。但社會的主流，已經開始關注女子的「貞節」問題，特別是在女子沒有父兄撐腰的情況下，婚前失貞，往往會遭到夫家的唾棄。

「呵呵——！」寧子明咧了咧嘴，小聲苦笑。他自己何嘗不覺得，自己的性情和舉止，都不似出身於大戶之家？可現在的問題是，已經有越來越多的證據和證人，確定他就是二皇子石延寶。他越是努力否認，就越是像故意在逃避現實！

他不想做二皇子，從一開始就不想。

可他卻無法擺脫這個身份，哪怕使盡了渾身解數。

「還有你這身刮骨療毒的絕技！說實話，若不是晶娘已經無藥可救，誰敢讓你冒險一試？雖然密羯部拿此技當個寶，可巫醫、樂師、百工之流，自古以來就是賤業！你如果真的是個皇子，家中長輩怎麼肯讓你學這些東西？退一萬步講，即便是扶搖子願意教，沒有十年苦功，你怎麼可能精熟到如此地步？」柴榮的聲音繼續傳來，字字句句刺在他內心世界的最敏感處。

「嘶——！」寧子明又倒吸了一口冷氣，神情變得愈發凝重。這的確是個非常大的疑問，他自己也始終百思不解。雖然他一直對外人說，此術乃陳摶所傳授。可在師父陳摶身邊那麼久，他好像也沒見到陳摶親自施展過！

「我究竟是不是二皇子？」

「我不是二皇子，為何跟他長得一模一樣？」

「那些被殺的記憶是怎麼回事？為何零零碎碎，總是在我腦袋裡出現得越來越多，越來越清楚？」

「我……？」

……

數不清的疑問，一併湧上心頭。讓他彷彿靈魂被抽乾了般，臉色蒼白，目光呆滯，身體搖搖晃晃。

「算了，你也不必為此而懊惱！」沒想到寧子明會被刺激到如此地步，柴榮嚇得站起身，輕輕扶住他的肩膀,「反正無論你是姓石也好,姓寧姓鄭也罷,都是我的三弟。為兄幫不了你去奪回江山,護住你一輩子不再被人追殺,應該不成問題。」

「多謝大哥!」感覺到對方掌心處傳來的力量,寧子明咧著嘴拱手。除了韓重贇之外,柴榮是世間第二個不管他是誰,也要拿他當兄弟的人,令他無法不覺得心中溫暖。

但是轉瞬過後,他就想起了常思跟自己之間的約定。明亮的眼神再度變得黯淡,「此去遼東之後,無論能不能確定我就是石延寶,我都必須返回潞州。武勝軍,武勝軍那邊,我得有個交代!」

「交代什麼?莫非你捨不得那個指揮使之位?」柴榮聽得微微一楞,看了他幾眼,遲疑著說道,「咱們兄弟三個一起闖蕩天下多好,彼此之間還能有個照應!你放心,如果哪天你想出仕,為兄肯定幫你謀個不會比指揮使更低的官職!」

「不是,不是為了當官!」寧子明聞聽,趕緊連連擺手。

「那又是為何?莫非常叔父手裡,還拿捏著你的什麼把柄?據我所知,他可不是那種人!」柴榮眉頭緊皺,目光溫暖宛若晨暉。

「我,我曾經答應過常節度,不離開武勝軍!不再給任何人添麻煩!」寧子明被他看得心中發虛,只好又苦笑了幾聲,將自己跟常思之間的君子之約如實相告。「當初他救下我,是有條件的。他說他是生意人,不能白為我擔風險……」

「這些話,你也信?」柴榮兩眼瞪了溜圓,滿臉驚詫地追問。

「我知道所謂交易,是常節度的玩笑話。可,可我的確不該拖累他。他已經為我丟了入朝的機會,如果我再出爾反爾,豈不是,豈不是讓他什麼都沒落下!」寧子明想了想,實話實說。

「哎呀!你可真夠誠實的!讓我怎麼說你好呢!此一時,彼一時,懂不?」柴榮聽罷,愈發覺得自已新結拜的這個三弟單純得可憐。搖著頭笑了笑，大包大攬，「你放心吧！常叔父那裡，我請我義父出面替你應付。常叔他這個人什麼都好，就是一味地求穩求全，誰都不想得罪，除非被人用刀子頂在了心窩上。他當初之所以跟你立約，是為了把你拴在身邊，別被其他人利用了，去給漢王添亂。如今漢王已經駕鶴西去了，大漢國也日漸步入正軌，他又何必繼續把你握在手心裡頭不放？他，他自己又沒實力起兵造反！」

「不，不會給伯父添麻煩吧！要是非常麻煩就算了，反正，常節度也不會害我！」沒想到自己認為無解的難題，在柴榮眼裡根本不算一回事兒，寧子明笑了笑，忐忑不安地求證。

柴榮笑著聳肩，不屑一顧，「有什麼麻煩的？你放心好了，我義父還是個營將的時候，就敢娶我姑母，那可是大唐莊宗的皇妃！如今他都做到樞密副使了，還沒膽子護住你一個無根無基的前朝皇子？放心，沒事兒，如果我真的看錯了義父，他不肯護你！哥哥我就帶著你，一起買舟南渡。咱們去南方，做陶朱猗頓，這輩子照樣笑傲公侯！」

「行，那我就跟大哥一起去搭夥賣茶葉！」寧子明聽得心裡一鬆，笑著點頭。

「其實你那前朝二皇子的身份，原本就不算什麼事兒！」唯恐寧子明還不放心，柴榮想了想，又繼續低聲開解。「先前他們爭相把你抓在手裡當傀儡，無非是看你年紀小，身邊又無兵無將，好欺負而已！」

「噢——」寧子明聽得新奇，滿臉不解。

在認識柴榮之前，可從沒有人以這個角度分析他的問題。前朝皇子的身份，就像一片陰雲一樣壓在他的頭頂，令他每每想起來，就覺得肩膀無比的沉重。

「這句話有點兒大逆不道，咱們兄弟倆私下說說去卻沒問題。自朱溫篡位以來，中原的歷任天子，有哪個不是兵強馬壯者為之？誰在乎過血脈傳承？若是有人兵不強，馬不壯，搶你去做了傀儡又有何用？反過來的，若是你手下兵強馬壯，實力雄厚，他們否認你是二皇子還來不及，怎麼會硬生生地將帝位往你屁股底下推？那符老狼，按說還姓李呢？你看這麼多年來，有誰敢說一句，他是後唐李存勖的同宗？我呸！都是一群勢利眼兒，揣著明白裝糊塗而已！」

「啪！」帳篷裡的燭花突然爆燃，將整個寢帳照得亮如白晝。

寧子明的眼前，也是一面光明！

這是一條他從來沒想過的路。不用再托庇於別人，完全依靠自己。

天子者，兵強馬壯者為之。不想當天子者，兵強馬壯也可拒之。魏公符彥卿的祖父，乃是李克用的養子李存審，繼承後唐的資格，與唐明宗李嗣源同等。可後唐亡了這麼多年了，李存勖和李嗣源的子侄被殺得乾乾淨淨，李存審一家卻只改回了原姓，誰也不會試圖拿著他們去當傀儡，誰也不敢想打上門來，將這個家族的男人斬草除根！

無他，符家兵強馬壯爾！

他們說自己不姓李就不姓李，外人巴不得他們放棄爭奪天下的資格！

而自己如果哪天也有了足夠的實力，無論姓石、姓寧還是姓鄭，誰敢再多囉嗦一個字？

「大哥，謝謝你！」帶著真心的感激，寧子明朝著柴榮輕輕拱手。有些青澀的面孔，被燭光照得生機勃勃。

作為一個閱歷甚淺，稜角分明的少年，他一直不想這輩子都托庇於武勝軍節度使常思的羽翼之下。儘管後者救過他的命，也始終拿他當做嫡系子弟培養。

他喜歡常婉瑩，不僅僅出於感激，而且覺得彼此非常投緣，彼此值得相守一生。而在常思的麾下做事，卻總是令他覺得，自己是靠著別人的女兒才平步青雲。總是覺得有人會用異樣的目光看著自己，讓自己很難挺直了腰桿說話做事。

當然，這些都是他作為一個青澀少年在私底下的小心思，不能說給任何人聽。而今晚，除了在武勝軍中繼續領兵廝殺之外，他又看到了另外一條出路，頓時覺得眼前一片光明。

「自家兄弟，別說見外的話！」終於令自家三弟臉上出現了笑容，柴榮也覺得心情大好，笑了笑，低聲打趣。「其實，我覺得你去做個商販，也是個不錯的選擇！咱們兄弟春天時從南往北販賣茶葉，秋天時從北往南販賣皮毛、藥材。呵呵，看盡天下美景，睡遍天下美人兒，不管他誰做皇帝，都能逍遙快活一輩子。」

「我，我哪裡懂得經商？」寧子明意識到柴榮是想把話題岔開，撓了撓頭，非常配合地說道。

「你要是不懂做生意，天下就沒有合格的生意人了！」柴榮微微一笑，用力搖頭，「我今天一直怕你迫於形勢，被回鶻人白拿了絕技走，還一直在琢磨著，如何幫你想個辦法，短斤少兩，魚目混珠！卻沒料到，你比我還會做買賣，居然用一項刮骨療毒的絕技，換取了整個密羯部的感激。這回好了，從此你就相當於在塞外，藏了一支奇兵。需要用到的時候，立刻就可以將他們召喚出來！」

「我，我哪裡想過那麼多！」寧子明被誇得大急，紅了臉，擺著手解釋。「我當時只是覺得，這邊部落裡的人還都不錯，不該被人給趕盡殺絕！所以有點兒同情他們！才，才沒想到在此埋什麼伏兵！」

柴榮聽罷，繼續笑著搖頭，「所以說你有經商的天分呢？只是你自己沒意識到而已！以誠換誠，才是做生意的最高境界，三弟你這算是無師自通！若是一直想著白拿別人的，或者老想著賺個夠，不考慮對方的利益，那就成了一錘子買賣，即便成功，也沒第二回了！」

這是他的生意經，所適用的範圍，卻不止是生意場。因為看到此刻的寧子明單純得如同白紙一張，所以才主動坦誠相告。

寧子明聽得似懂非懂，沉吟了一下，低聲補充，「當時我即便堅持不給，恐怕也不行啊！算上二哥和晶娘姐，咱們這邊總共才七個人。被人家堵在營地裡，想逃，都沒有可能！」

「這就涉及到另外一門學問了，審時度勢！」柴榮點點頭，繼續有意識地向少年人傳道授業，「當實力相差太懸殊時，選擇暫時妥協，總好過撕破了臉後，連翻本的機會都剩不下。想當年，大唐太宗李世民，也曾經受渭水之辱，全靠了向突厥人奉獻珠寶，才得以委曲求全。可短短十幾年後，突厥人的可汗，就被抓到長安替太宗陛下看守宮門了！」

「嗯！」寧子明立刻又想起了自己名義上的父親石重貴，因為拒絕繼續給契丹人當孫子，而不幸亡國的過往。

從為人角度上來說，他佩服這種硬氣，但從最後結果上來看，石重貴無論如何都算不上一個合格的皇帝。相當於為了給他自己爭一口氣，害得中原大地生靈塗炭。

「品德和智慧，向來不是一回事。有些人品行無懈可擊，可做起事情來，卻總是一塌糊塗。有些人明顯就是卑劣之徒，可做起事情來，卻有板有眼，很少出現錯失。」柴榮絕對是一個合格的大哥，有意無意間，在少年人最迷茫的時候，給出了最需要的指引。「所以持身的時候，我們力求自己正派。交朋友，也應該選擇正人君子。可用人和做事，就需要首先遵循智慧的指引，而不是一味的做個正人君子……」

他知道以前沒有人教導過寧子明這些，所以也不強求後者能懂，只是想起什麼來就說什麼，東一句，西一句，零零碎碎將自己人生心得，講給對方聽。

而寧子明，卻沒有意識到剛結拜不久的大哥，是在點撥自己。追隨著對方的思路，有一句，沒一句，斷斷續續的聽。

一些觀點，他非常贊同。而另外一些觀點，他卻無法接受。每當遇到自己不想接受的東西，他便直接出言質疑或者反駁。柴榮也不生氣，只是換成另外一個角度，再度把自己的觀點詮釋完整。

兄弟兩個，聊著聊著，就有了倦意。相互告了個別，打著哈欠，分寢帳睡去。誰都沒有去想，今晚的談話，對雙方來說，到底意味著什麼？

直到多年以後，柴榮才終於發現，自己竟然親手培養出了一個智勇雙全的當世名將。

而那時的大周鄭王寧子明，也不再為他自己的身世迷茫。

因為在他的記憶裡，除了苦難之外，始終有幾縷作為同類的溫情。溫暖著他，鼓勵著他，讓從青澀少年，一步步長成為男子漢，頂天立地。

第二天東方剛剛擦亮，老藥師溫抹就帶著自己的兩個徒孫兒，小心翼翼地等在了寧子明的帳篷門口。每個人都身著白色布衣，腳踏灰黑色麻鞋，手裡還拎著一模一樣的藤箱，把中原蒙童入塾受教的打扮，學了個十足十。唯恐態度不夠恭謙，被帳篷裡的「大國手」趕出門去，成為整個部落的千古罪人。

寧子明心中，原本就對這個與中原人已經差不了多少的回鶻部落頗具好感。醒來後看到對方如此求知若渴，便更不忍敝帚自珍。以最快速度匆匆忙忙吃了一碗奶粥，便直接在自己居住的花帳中開堂授業。

正如他自己事先所擔心的，記憶中的「刮骨療毒」絕技，也是殘缺不全。有關如何施術部分，脈絡清晰，步驟分明。可一涉及到這樣做的緣由，以及藥理和病理方面的延伸，他心中就是一片空白。

然而這個重大缺陷，卻沒有打擊到溫抹藥師和他的兩個徒孫的求學熱情。三人在部落裡都算一等一的高手，基本功打得非常紮實，以往通過給部落中的傷患診治，也積累下了足夠多的經驗。往往寧子明這個老師剛剛介紹完一個施術步驟，他們自行就推斷出了相關道理。雖然未必完全準確，卻也大致能自圓其說。

中午時分，趙匡胤興高采烈地頂著一雙黑眼圈跑來彙報，說是晶娘已經從昏迷中恢復了知覺。雖然身體依舊虛弱不堪，卻已經能清醒地跟人說話，並且多少能喝進幾口羊奶了。寧子明聞聽，少不得又要準備好燒春、鹽水、白布和一干施術器具，到晶娘的帳篷裡為其再度清理傷口表面。這回，卻只能帶著八十四歲的老藥師溫抹，其他兩個三十多歲的「年輕」醫生，就被勒令留在了「課堂」上自行複習。

因為已經是第二次在一旁觀摩，此番老藥師的表現，不像上一次般失態。入門後即屏住呼吸，目不轉睛地看完了整個傷口表面的清潔過程，並且能從傷口周圍皮膚的顏色上，準確地判斷出，痙毒已經完全被壓制，患者非但保住了個胳膊，一個月之內，肯定能重新跳上馬背。

聞聽此言，趙匡胤心中的石頭算是徹底落了地。拉著寧子明的手，眼前發紅，聲音哽咽，根本不知道該怎麼樣才能表達自己的感激。

「你我兄弟，發過誓要同生共死，還說那些多餘的話做什麼？」寧子明實在有點兒受不了他這副多情種子模樣，笑了笑，低聲回應。「況且晶娘姐也是受了我的拖累，才被強盜所傷。若是你們兩個此刻留在幽州，而不是陪著我北上，她又哪用受這麼大的苦楚！」

「話，話不能這麼說！」趙匡胤心裡一陣陣發燙，英俊的國字臉紅潤欲滴，「陪你去探親，是我這當哥哥份內之事。而你救了晶娘的性命，卻是，卻是意外之喜！反正，反正這份人情，二哥我是記在心裡頭了。以後若是誰敢再找你的麻煩，二哥即便拚著粉身碎骨，也一定會護得你周全！」

「多謝二哥，能和大哥你們兩個結拜，是小弟我這輩子最大的幸運！」寧子明知道他話有所指，笑了笑，正色拱手。

「二哥我，二哥我，也，也是一樣！」趙匡胤紅著臉，拱手相還。越看，越覺得自己跟寧子明二人投緣。

兄弟兩個正惺惺相惜間，忽然，病榻上響起「嚶嚀！」一聲。剛剛恢復神智沒多久的晶娘，用另外一條手臂支撐著身體努力坐了起來。重新包紮過的傷口處，顯然受了牽動。疼得她額頭冷汗直冒，兩條柳葉般的眉毛在鼻樑骨正上方緊緊擰成了一個青疙瘩。

「晶娘，妳，妳怎麼了？趕緊，趕緊躺下，躺下。需要什麼東西，儘管跟我說！」趙匡胤被嚇得神不守舍，立刻將寧子明和溫抹藥師兩個丟在了帳篷門口兒，一個箭步竄到床榻旁，連聲詢問。

「我，我……」素來豪爽大方的韓晶，卻忽然變成了悶嘴兒葫蘆，紅著臉，低著頭，發出來的聲音孱如蚊蚋。

「晶娘，晶娘，妳到底怎麼了？妳說話啊！三弟他，他又不是外人！」趙匡胤急得額頭見汗，兩隻蒲扇般的大手在身側紮煞著，無處可放。

然而他越問得急，韓晶的頭垂得越低，直羞得脖子處都幾欲滴血。

八十四歲的藥師溫抹，到底是人老成精。眼珠稍稍動了動，就猜出了問題所在。朝著寧子明拱了下手，大聲道：「恩師，眼下二師娘臥病在床，身邊沒有婢女伺候，總歸不太方便。不如，不如就讓徒兒多盡一份孝心，先去找幾個家世清楚的女娃娃過來！」

一句二師娘，把韓晶叫得軟倒於床榻，以被子掩面，再也不肯露頭。趙匡胤和寧子明兩個，卻徹底弄清楚了，先前晶娘到底想要解決什麼麻煩。頓時，兄弟二人也鬧了個大紅臉，掉轉身，飛快地逃出帳篷之外，隨即，便拉住快步走出來的溫抹藥師，迫不及待地催促道：「快去，快去找。相關用品，也麻煩你派人收拾好！多謝，多謝！」

「師父和師伯不要客氣，此事乃舉手之勞爾！」溫抹藥師笑著拱了下手，三步併作兩步走到柵欄旁，向著一直恭候在外邊的管家布置任務。

須臾之後，先有兩個妙齡婢女拎著嶄新的朱漆馬桶，如飛而至。緊跟著，又是兩個妙齡婢女和幾名健壯婦人，用馬車拉著櫃子、妝台、衣服、被褥、臉盆、鏡子。首飾箱籠等女子常用之物，熱熱鬧鬧進帳篷收拾。

趙匡胤和寧子明兩兄弟，站在院子裡，瞠目結舌。至此察覺到，自家先前諸多安排看似周密，對晶娘卻是虧欠良多。

藥師溫抹將兄弟兩個的表情全都看在眼裡，忍不住搖頭微笑。笑過之後，再度拱了拱手，低聲提議：「那四個女娃娃，都是徒兒的曾孫女輩兒，並非出自尋常人家。平素也學過唐言，識得幾個漢字。徒兒看師伯師父，都是英雄豪傑，平素根本無暇處理身邊瑣事。不如就讓她們四個暫時留在這兒，隨時聽候差遣。徒兒知道師父志在四方，所以也不會讓師父為難。等哪天師父想要離開了，或者二師娘的病完全好了，再打發她們回家便是！」

「這……，這怎麼使得，使得？」寧子明紅著臉，猶豫不決。

眼下晶娘的情況，的確需要合適的人來照顧。二哥趙匡胤跟她雖然兩情相悅，可餵飯餵水沒問題，端屎端尿卻有些尷尬。然而這種伺候人的事情，臨時雇傭或者花錢買個婢女就已經足夠，讓溫抹藥師的親孫女來做，卻是過於折辱人！

正琢磨著該如何把話說得婉轉之時，耳畔，卻忽然又傳來了柴榮的聲音。很低，卻足夠讓所有當事人聽清楚，「三弟，既然溫抹藥師如此盛情，你就讓她們四個留下吧！反正我看這院子裡頭還有空地，等會兒咱們請人給她們四個再起一座氈帳便是。有她們在，非但晶娘自己方便，咱們兄弟若是想買些東西，或者出門走走，也能找到個嚮導！」

「嗯，好！既然我大哥已經發了話，藥師，你就將這四個女子留在二嫂身邊吧！」寧子明先是稍稍楞了一下，隨即笑著鬆口。

他還清晰地記得，昨天晚上，也是柴榮親口所說，不能留下那幾個女孩子，害得人家的今後無法抬著頭做人。可今天，又是柴榮主動提議，叫他把四個女子留下。這兩種截然相反的決策，令他非常的不適應，然而，他卻依舊選擇了遵從。

柴大哥不會害我，直覺告訴寧子明這一點。

明知道此去遼東艱險重重，柴榮依舊願意仗義援手；明知道他的身份是個大麻煩，柴榮依舊許諾要保護他一生平安。如果這樣的人，依舊會背後捅他一刀，少年人寧願閉上眼睛，永遠離開這片冷酷的天地。

他相信自己的直覺，亦相信人心沒有那麼壞。

倒是老藥師溫抹，見「大師伯」一句話，就令自家師父徹底改變了主意，心中非常不適應。又發楞了好幾個呼吸時間，才喜出望外地行禮：「謝師父，謝師伯，你們二老放心，這幾個孩子都是我親手教出來的，為人絕對靠得住！」

「行了，行了，你別再作揖了。你都八十四了，一口一個師父叫我，讓我每次聽到，都覺得自己已經成了白鬍子老頭兒！」寧子明看了他一眼，笑著擺手。

他不提雙方的年齡差距，老藥師溫抹還不覺得自己的多禮有什麼問題。一提起此茬，立刻發現了癥結所在，訕訕笑了，帶著管家鼠竄而去。

柴榮朝著老藥師的背影搖了搖頭，立刻叫來死士郭恕，吩咐其去尋找工匠，為新來的四個女子搭建花帳。待郭怨帶著錢袋急匆匆地出了門，才將目光轉向寧子明，笑著詢問：「你剛才是不是感覺很奇怪，為兄我為什麼突然改了主意？無他，這已經是密羯部最後所能拿出來交易的東西了，你若還是堅持不收，三天之內，必出人命！」

「這……」寧子明眉頭緊皺，有些丈二和尚摸不著頭腦。

「他們肯定還有別的要緊事情相求，但又拿不出足夠的東西來跟你交易。所以，才一次次把女人往你帳篷裡頭塞！」趙匡胤比他年紀略長，閱歷也更豐富，在旁邊笑了笑，低聲提醒。

「交易……？」寧子明聞聽，更是滿頭霧水。「我已經答應他們傾囊相授了？況且昨天老藥師求我傳藝的時候，周圍還有好幾個看熱鬧的長老，都是金銀滿身。他們如果有別的事情需要我幫忙，直接開口就是。我又沒說過，我嫌棄銅臭？」

「那些金銀，是長老們私人的，不是部落的。」柴榮四下看了看，繼續笑著搖頭。「窮廟富方丈，越是大廈將傾，越是如此。回鶻從萬乘之國，淪落到今天這種地步，其實一點兒都不冤！如果密羯部落再不出個英明的族長的話，恐怕即便學會了你的刮骨療毒絕技，早晚也是被滅的份兒！」

「你是說，你是說，那些長老們，捨不得把自家的錢拿出來替部落謀福！」寧子明聽得心中一震，眼睛瞬間睜得老大。

有道是，皮之不存毛將焉附？如果整個部落都被別人給吞併了，牧人們自然淪為奴隸，長老們的結局，又能好到哪裡去？還不是一樣低下頭來，任由征服者宰割？

「也不能說，長老們個個都是有家無國，但其中絕大多數，恐怕早就找好了退路，萬一部落被滅，自己就能躲起來做個富家翁。當然，溫抹藥師可能是個例外，不過……」柴榮咧了下嘴，笑容隱隱有些發苦，「不過，他也獨木難支。並且你有空不妨問問，那四個女娃，保證個個都是庶出！」

「呃！」寧子明心中又是一寒，渾身上下緊跟著也是一片冰冷。怪不得大哥說，再不收下幾個女孩子，三天之內部落裡就會死人呢！原來整個部族，已經淪落要用女人的身體來跟外客做交易的地步！而那些義正詞嚴拿人家的女兒為整個部族做犧牲的長老們，卻一個個吃得大腹便便，滿嘴流油……

想到此節，再看看臨時街道兩旁那一座座光鮮的氈帳，他忽然覺得，整個密羯部落，是無比的骯髒。

而柴榮，卻彷彿早已對一切司空見慣。笑著拍了拍他的肩膀，繼續低聲說道：「世風如此，肉食者眼中有家無國。咱們中原，其實也沒比人家回鶻好哪去，甚至更有不堪！只是你經歷得少，沒看到罷了。以後看得多了，就不覺得有什麼好奇怪的了！」

「那溫抹藥師如果最近兩天還有別的事情求你，能幫的地方，你就儘量幫一幫！」趙匡胤迅速接過話頭，低聲補充，「趁著他們還有東西跟你做交易，折點兒本錢咱們也認了。怕是他們最後連女人都拿不出來，到那時，就該跟咱們途中遇到的契丹部落一樣，直接用刀子付帳了！」

「嗯！唉——！」寧子明點了點頭，低聲長嘆。

「暫且還沒到那地步！」柴榮卻又將趙匡胤推開到一旁，繼續低聲指點，「你二哥說得是最壞情況。據我看，溫抹藥師如今，在部落裡還有很大威望。你又傳授給了他一項可救無數人性命的絕技，他說出來的話，便又多了些份量。最近這段時間，你我兄弟多幫他一些，他就多幾分底氣，能壓制住部落裡的其他長老，避免整個部落朝邪路上走。至於將來，你我兄弟離開之後，那就只能聽天由命了。畢竟人不自強，神仙下凡也救不得！」

「嗯！大哥，二哥，我聽你們的！」寧子明又輕輕嘆了口氣，拱手答應。

第二天上午結束了授課，溫抹藥師果然期期艾艾地請求寧子明幫忙，救治部落裡一個小腿處傷口潰爛的勇士。寧子明心中記著自家大哥的話，就笑呵呵地答應了下來。

不多時，勇士被溫抹的徒子徒孫們抬到。病情與韓晶當日幾乎一模一樣，只是男人的身體更為強壯，傷口又位於血管較少的小腿骨側面，所以此人多拖延了數日，至今還沒有被同族送進神廟裡頭求死。

寧子明見此，心神大定。直接命人將勇士抬進了自己寢帳中，按照當日救治韓晶的方式故技重施。這一回，他手法愈發嫻熟，兩種藥方的劑量，也給得更為合理。傷口縫合後的當天晚上，病人就恢復了清醒。被抬回家後又休息了兩天，竟已經能杵著枴杖，前來給他磕頭。

「這個人，只是添頭，真正的需要讓你施救的，恐怕是下一個，或者下下一個！」當前來感謝活命之恩的勇士離開後，柴榮走到寧子明身邊，小心地提醒。

「能救我就救，好歹也是一條性命！」寧子明笑了笑，低聲回應。心中很是期待，溫抹藥師到底想讓自己救什麼人，居然如此遮遮掩掩。

果然，又過了一日，溫抹藥師再度紅著臉求救。這回，卻是請寧子明去他的一個摯友家出診。

寧子明心裡早有準備，也不多問，命人帶著相關藥材和器具，直接上了馬車。不多時，就來到一個金碧輝煌的大帳旁，被七八個明顯身上帶著濃郁騷味兒的男人，眾星捧月般接了進去。

「師父若能救得此人，我密羯部上下男女一萬七千眾，從此任由調遣！」

「請貴客出手，我密羯部願付出任何代價！」

「貴客救救我家教主，我摩尼教東宗，今後必永傳聖名！」

「求貴客施救，鄙教上下，二十萬弟子……」

還沒等寧子明看清楚周圍環境，老藥師溫抹和他的兩個徒孫，以及一眾身上帶著騷味兒的男人，已經「撲撲通」跪倒，一邊磕頭一邊苦苦哀求。

「我先看看病人吧！我不是神醫，刮骨療毒之術，也不是什麼病都能治好！」寧子明擺了擺手，非常冷靜地回應。言談之間，竟真的有了幾分大國手的姿態。

他越是將架子端得足，溫抹藥師和在場眾人，越對他有信心。又磕了個頭，起身撩開大帳中的隔簾兒，露出一張毫無血色的少女側臉。

「她，她得了什麼病？」寧子明被少女身上濃郁的藥草味道，熏得倒退兩步，皺緊了眉頭，沉聲詢問。

「是，是背花，已經發作了好些時日了，弟子按照以前的方子用藥，卻始終不能見效。實在沒辦法，才想請師父冒險一試！」溫抹藥師拱了拱手，畢恭畢敬地回應。

「背花又是什麼東西？」寧子明聽著耳朵生，繼續詢問。

「就是背癰。」老藥師溫抹知道自家少年師父腦袋受過傷，記憶殘缺。又拱了下手，小心翼翼地解釋，「在左側肩胛骨下，初起時只有米粒大小，但疼得非常厲害。後來就結了塊，周圍又紅又紫，漸漸大如雞蛋……」[注二二]

他過於關心患者的安危，解釋得唯恐不細。寧子明聽在耳朵裡，卻如同陣陣驚雷。背癰，背癰，這個詞他好生熟悉。好像在哪兒聽說過，卻無論如何都想不起啦。準備將其當作誤會驅逐出腦海，但偏偏記憶中，又有什麼東西隱隱約約，呼之欲出。

老藥師溫抹見寧子明的臉色瞬息萬變，猶豫了一下，加倍小心地解釋：「弟子曾經親眼見到，師父清理乾淨了晶娘傷口處的膿毒，所以，所以斗膽推斷，這背癰，背癰中的毒血，也可以用同樣手段放出。只是，只是弟子學藝未精，而，而教主她，她的病情又不能再繼續耽擱……」

「你說什麼？」寧子明忽然一把抓住了他，大聲命令，「你把剛才的話再說一遍！」
「教主她的病情……」
「不是這句，前面，前面的部分！快點兒！」
「弟子學藝未精，不敢……」
「也不是這句！」
「弟子親眼看到，師父清理乾淨了晶娘……」
「轟！」寧子明如遭雷擊，一步步後退。直到被兩名身上帶著騷味的壯漢用手扶住，才勉強站穩了身形，慘白著連咧嘴，「抱歉，我好像又想起了一些東西。非常奇怪的東西！你猜的沒錯，同樣的手段，的確可以清掉背癰中的毒膿。你趕緊準備吧，把患者扶起來，找個支架綁緊，露出背癰。餵完了麻沸散之後，就讓無關的人出去！」
「他們，他們都是內侍！」老藥師溫抹又驚又喜，迫不及待地解釋。
「原來是一群太監，怪不得身上帶著一股子濃重的騷味兒。而所謂教主，想必是明教的最高首領。只是沒料到居然如此年輕，看面孔，還是一個尚未到豆蔻年華的小女孩兒。」寧子明笑了笑，心中了然。
他不再胡思亂想，指揮著老藥師溫抹和他的兩個徒孫，立刻開始施救。
有了這三個懂行的助手，整個施術過程進行得極快。只用了不到半個時辰，就已經開始創口縫合。但這次留出了更多的空隙，每個空隙，都塞進了棉布條兒，以便新的膿血能被棉布條兒及時吸出來。
當將絲線剪斷之後，寧子明笑了笑，低聲道：「接下來，就得由你這個老徒弟代勞了。我有點兒累了，先回去休息一下。等會兒你派人去我那再拿一個方子，做日後的清理體內餘毒之用。」

注二二、背癰，背部皮膚被金色葡萄球菌感染。現代基本上用不著手術，古代卻經常致命。范增、趙匡胤和徐達，據說全死於此病。

老藥師溫抹知道他是顧忌男女大妨，連連點頭。屋子裡的太監們，親眼看到了奇蹟的誕生，一個個千恩萬謝。寧子明自己，卻一刻都不想多逗留。又朝著大夥笑了笑，快步離開了金帳。

待重新看到了外邊的天光，他整個人瞬間就又矮了下去。臉色蒼白，步履蹣跚，彷彿剛剛經歷了一場生死之戰般，筋疲力竭。

大哥柴榮說得沒錯，密羯部落，的確求自己幫了一個天大的忙。

但是大哥柴榮卻沒猜到，自己所獲得的報酬，不止是那四個婢女。

那是三段極其模糊而又殘破的記憶，模糊到寧子明根本無法將其整理清楚，甚至無法確定，那到底是記憶，還是自己思慮過度而產生的夢魘。

晶娘，趙匡胤，背癰……

像是彼此關聯，又好像各不相干。

更令他冷汗直流的是，在這三段突然出現的記憶裡，他自己，完全成了旁觀者。就在旁邊一眼不眨地看著，無動於衷。或者，自己根本就不曾存在！

有第三段，就意味著還可能有第四段！

哪怕是再模糊不清，哪怕是看上去跟自己毫無關係，只要數量多到一定地步，寧子明相信，早晚有一天，所有記憶會全部恢復。早晚有一天，自己會弄清楚自己是誰。

我是誰，我在幹什麼，我要去哪？

只要不懈地去找，終究會有答案。

站在一群群帳篷之間，少年人忽然開心地笑了起來。佝僂著的脊背上，灑滿了春日的陽光。

既然看到了希望，他就愈發地熱心於傳授醫術，並且對慕名登門求診的回鶻人，來者不拒。只可惜，從那天開始起，一直到韓晶徹底痊癒，在足足一個半月時間裡，第四段記憶卻沒有如願出現。

不過，他也不是一無所獲，至少，整個密羯部落的所有人，無論貧賤富貴，都把他當成了神醫。雖然有幾個病人吃了他給開的草藥之後，根本沒有任何效果。可那屬於病人自己受了光明神的唾棄，與神醫的醫術水準沒任何關係。

另外一個巨大的收穫則是，在這一個半月時間裡，他被大哥柴榮持續不斷地灌輸了海量的生活知識。從人情世故，到禮儀風俗，再到說話技巧以及揣摩人心，林林總總，應有盡有。

「你現在最需要的不是習文練武，而是學著適應這個世道和周圍的人！」在對寧子明進行教導的時候，柴榮非常認真地強調。「我不知道以前是沒人教過你，還是你自己不幸全給忘記了。你現在跟人交往的能力，還不如一個七八歲的孩子。幸好你先後遇到了寧參軍、韓重贇和常節度，否則，你早就不知道死了多少回了！」

對此評價，寧子明雖然略覺鬱悶，卻深知良藥苦口。於是也不在乎什麼面子不面子，只要有了閒暇，就主動湊到柴榮身邊，虛心受教。而柴榮雖然算不上學富五車，卻從十五歲就開始外出經商，走過的路全部加起來恐怕有數十萬里。無論眼界、閱歷、洞察力還是人生經驗，都遠超尋常。隨便從口袋裡掏出些「乾貨」來，便能令寧子明受益匪淺。

一邊懸壺濟世，一邊求學問道，日子在忙忙碌碌中過得飛快。終於，在又一個滿月到來之前，趙匡胤非常不好意思地宣布，晶娘已經可以跨上戰馬，飛馳如飛了。兄弟三個當即做出決定，立刻向老藥師溫抹辭別。明天一早，繼續向遼東進發。

老藥師溫抹在這一個半月時間裡，非但學會了麻沸散的配製和「刮骨療毒」絕技，並且親手在受傷的族人身上「實踐」了數次，隱隱已經有了「青出於藍，而勝於藍」的姿態。故而對寧子明的無私授業感激不盡，聽聞「師父」和「師伯」們要走，立刻大聲說道：「這麼急？能不能再等十天半月？正好我們部落也要去追逐下一個片草場，彼此結伴而行，好歹能嚇住沿途的那些蟊賊！」

「貴部的好意，我等心領了！」寧子明這段時間裡，與人溝通交往能力突飛猛進，輕輕拱了下手，笑著推辭，「但是我有親人流落在營州那邊，早一天見到，才能早一天安心。所以，就不再叨擾貴部了！」

「師父，師父真是折殺徒兒了！」老藥師溫抹側身跳開數步，以晚輩之禮屈身下拜，「師父將救命絕技傾囊相授，今後我密羯部不知道會有多少兒郎因此術而起死回生！這等大恩，就是把密羯部所有財貨拿出來都抵不上，又何來的叨擾？」

「你，你趕緊起來，起來說話！」寧子明受不了一個白鬍子老頭兒給自己行大禮，趕緊伸出手去攙扶。

老藥師溫抹卻不肯立刻起身，又掙扎著給他磕了個頭，紅著眼睛道：「徒兒知道師父志向高遠，不貪圖財貨，也不喜歡被女人拖累。但密羯部卻不能受了師父的大恩，卻什麼回報都沒有付出。況且我家教主也說過，只要師父有所需，我密羯部兒郎單憑調遣。此去遼東，沿途風險重重，不如就讓我密羯部派出幾百兒郎，一路護送師父直達營州！」

「不可，不可，萬萬不可！」寧子明被嚇了一跳，苦笑著連連擺手。

自己跟兩位哥哥，一位嫂子扮作商販潛往營州，也許還有機會跟「父親」偷偷見上一面。如果帶著數百密羯部武士大張旗鼓地殺過去，恐怕沒等父子相見，就被臨近的契丹大軍，給殺個片甲不留。

「師父是擔心我族兒郎不肯聽從號令嗎？」老藥師溫抹不知道寧子明要探望的人是後晉亡國皇帝，跪在地上，固執地補充，「師父大可放心，徒兒我親自帶隊，保證令行禁止！」

「真的不可，為師我獨來獨往慣了，不喜歡身邊跟著一大堆人！」寧子明無奈，只好擺了一次師父的架子，嚴詞拒絕。「你不要再說了，就這麼定了。快去幫為師準備些乾糧，明天日出，為師就上馬啟程！」

「是——！徒兒遵命！」老藥師溫抹不敢頂撞，帶著滿腔的遺憾與困惑答應。

第二天早晨給寧子明送行之時，他卻又把十幾車禮物和五十名做商隊夥計打扮的漢子，硬塞了過來。唯恐寧子明開口拒絕，不待任何人發問，就搶先說道：「我部最近一段時間，傷患頗多，急需去遼東買些人參虎骨之類，給病號們滋補。剛巧師父也要去營州，不妨讓他們跟在身後做個伴兒。一來可以壯師父行色，二來，萬一師父需要微服潛行，有他們在，也方便藏珠於沙！」

最後兩句話，已經可以算是想寧子明心中所想。兄弟三人聞聽，推辭的話，便無法再說出口。只得拱手謝過密羯部上下的盛情，然後帶著車隊和做夥計打扮的五十名壯士，踏上旅程。

這一次，走得極為順當。沿途雖然也遇到過幾次馬賊和打草穀的部族武士，卻都是有驚無險。對方看清楚「商隊」的規模，士氣先矮了三分。再看看夥計們的身形以及拿在手裡的鋼鞭、鐵鐗、彎刀、角弓，立刻就算清楚了厲害得失，呼哨一聲，轉身做鳥獸散。

時節已經是初夏，四野裡碧草如織，繁花似錦。讓人心中生不起絲毫的倦意。特別是趙匡胤和晶娘兩個，一番共患難之後，已經清楚地明白了彼此的心思，整日在曠野中並轡而行，朝夕相伴，情話說了一車又一車，心中竟生起長居塞外之意，巴不得此行永遠走不到終點。

可再長的路，也有走到盡頭的時候。又是一個滿月之日，「商隊」迤邐抵達了營州。柴榮見密羯部送給寧子明的禮物以皮貨和毛毯為主，便裝做是回鶻密羯部為皮貨和毛毯找銷路的商販，帶著大夥混進了城內。然後三兄弟仔細收拾了一番，以拜訪同行前輩為名，偷偷打聽起有關晉王寨的消息。

本以為肯定要耗費一番周折，誰料剛剛跟當地的商販同行們混了個臉熟，後者居然就主動提議，「你們三個是第一次來營州吧，千萬別錯過了晉王寨。中原皇帝，中原皇帝一家就被圈禁在那。只要你肯花上二十文，便可以湊近了，看一看中原皇帝上朝的稀罕景兒。如果再多花上半吊一吊，還可以買一幅皇帝親筆畫的山水。即便將來賣不上好價錢，回部落後掛在氈帳裡，也能裝點一下門面！」

「見中原皇帝？」三兄弟強壓住各自心臟的狂跳，故作不敢相信狀，「怎麼會如此容易？您老可別糊弄晚輩？大遼國費了那麼多力氣，才把中原皇帝一家抓過來？怎麼可能讓他輕易見到外人？」

「我糊弄你們幹什麼？有啥好處？」當地商販同行笑了笑，滿臉不屑一顧，「我是想讓你們多見見世面，才好心提醒你們！我大遼既然能把他從汴梁抓來一次，自然就能把他抓來第二次。況且他拖家帶口幾十號人，總得給他找點兒營生幹。否則，他們一家既不會放羊，又不會種地。做了俘虜，還得我讓大遼國出錢養著。這天底下，哪有那麼便宜的事情？」

答案

「的確，老哥你這麼說，我就徹底明白了！大遼國肯留他一條性命，已經是開恩，怎麼可能還白養著他全家？」搶在所有人做出反應之前，柴榮猛地一拍桌子，大聲讚嘆。

「對對對！誰的錢都不是大風刮來的！咱做生意，還講究不養白吃飽呢！」趙匡胤欠身舉起桌案上的酒盞，將寧子明的面孔擋在了陰影裡。「多謝老哥指點，等把貨物脫了手，我們就去開開眼界，晉，晉什麼來著？」

「晉王寨！」當地商販同行已經喝得有些高了，拍著桌案提醒。「你們先前拿來的貨樣我已經看過了，雖然做工頗為精細，可價格也太離譜。想要儘快脫手，恐怕沒那麼容易！」

「這不還有您老嗎？賣給別人是一個價，您老如果肯接的話，價格當然還有得商量！」柴榮走南闖北十數年，對生意行的門道早就摸得一清二楚。立刻施展渾身解術，與當地方商販開始做進一步交流。雙方的注意力，瞬間就從晉王寨，轉移到了生意場上。討價還價，你來我往，談得不亦樂乎。

寧子明緊握在解刀上的手指，緩緩鬆開，每一根，都早已握成了暗青色。雖然他根本想不起來，後晉皇帝石重貴是什麼模樣。

那是他名義上的父親，也是中原曾經的帝王。如今，卻像一個優伶般，被關在晉王寨裡，依靠演示上朝，來替全家人謀取活命的口糧。

對於一個寧願選擇戰爭，也不肯繼續給耶律德光當孫子的豪傑而言，這又是怎樣的奇恥大辱！然而他現在，卻無法做任何事情。連心中的憤怒，都得偷偷地藏在桌子之下。營州已經深入遼境千里，契丹人在此城周圍，駐紮了至少三支精銳騎兵。如果他敢表現出絲毫的敵意，非但他自己，恐怕連柴榮、趙匡胤以及護送兄弟三人前來此處的回鶻壯士，都得粉身碎骨。

「哈——啊！」趙匡胤坐的距離寧子明最近，也最清楚地感覺到了自家三弟努力壓抑著的憤怒。忽然打了個哈欠，訕笑著起身，「大哥這位老哥，生意上的事情，你們倆慢慢談。我跟老三先走一步。好不容易來一趟營州，怎麼著也得買點兒稀罕玩意。否則等回去的路上，我家那婆娘還指不定怎麼嘮叨呢！」

「儘管去，儘管去，注意別惹事兒！咱們兄弟畢竟出門在外，比不得家裡！」柴榮立刻做出一副不耐煩的模樣，懶懶地揮手。

當地坐商也正急著從三個「生瓜」身上榨油，巴不得柴榮身邊少兩個幫襯。笑呵呵地站起身，指著酒館對面一條彎彎曲曲的小街說道：「要去就去那兒，那是咱們營州最繁華的地方。天上地下，只要你說得出來的，基本上都能找到。甚至連新羅那邊的女人，都能花錢買回家。就是模樣差了些，一個個又矮又瘦，好像從生下來就沒吃過飽飯一般，摸上去有點兒硌手！」[注二三]

「哈哈哈！」趙匡胤裝作心領神會模樣，滿臉猥褻。隨即，拉著三弟寧子明，迫不及待地去開新羅葷。

待離開了酒樓，卻又慢下了腳步，抬頭朝四周看了看，以極低的聲音開解：「老三，你別難過。至少令尊現在性命無憂。比起丟失性命，受些折辱又算得了什麼？想當年勾踐連吳王的糞便都吃過，到最後還不是一樣滅了吳國？」

「嗯！」知道兩位哥哥先前的一番做作，全是為了保護自己。寧子明心中感動，答應了一聲，用力點頭。

趙匡胤怕他年輕沉不住氣，想了想，繼續補充，「如今最重要的事情，是見到他，讓他知道你還活著。讓他自己有意志堅持活下去。直到咱們兄弟積攢起足夠的實力，救他脫離苦海！」

「嗯！」寧子明也早就知道，自己沒太大可能現在就把石重貴救走。紅著眼睛，繼續用力點頭。

「我知道你心裡頭難受。至親不過父子！可越是這樣，你越是要沉下心來，別讓周圍的契丹人看出任何破綻！」趙匡胤見他理智尚在，咬了咬牙，繼續補充，「況且即便咱們兄弟現在把他救出去，回到中原之後，你們父子也找不到容身之地。反而等同於親手害死了他！」

「我知道，馮吉當天想說的，也是同樣的意思！」寧子明心裡難受得猶如萬劍攢刺，卻強迫自己冷靜下來，小聲回應。

「那就好，咱們兄弟現在便開始著手準備。十天之內，我和大哥兩個，保證陪你走一趟晉王城！」趙匡胤點點頭，抬手用力按住寧子明的肩膀。「別說你自己去的廢話，已經走到了這兒，我們倆多走五十里少走五十里，其實沒任何區別！」

兄弟相交，貴在交心。寧子明知道趙二哥義薄雲天，也知道趙二哥在謀略方面，遠遠超過自己。所以也不囉嗦，只是紅著眼睛，但憑對方安排。

兄弟三人齊心協力，很快，就想出了一個非常穩妥的辦法。在將貨物脫手之後，又在州城內大肆採購了一番，讓眾回鶻壯士用來時的馬車裝著貨物，先行離開。隨即，裝作有錢沒地方花的土財主，晃晃悠悠，去晉王寨「開眼界」。

注二三、新羅，此時統治朝鮮半島的是王氏高麗。西元九一八年泰封弓裔部下起事，擁立王建（祖籍中國，長淮大族）為王，西元九三五年滅新羅，西元九三六年滅後百濟。新羅和百濟遺族，大量被王氏高麗販賣到遼東、薊州等地。

營州城原本為渤海國的大郡，數年前被契丹奪取之時，抵抗並不激烈。因此州城附近的道路、橋樑和村莊，都基本保持了完整。大夥沿著事先打探清楚的道路，迤邐而行，只用了小半天時間，已經來到了此行的最終目的地。

前腳剛剛進了寨門，還沒等找到地方安置好坐騎。就忽然聽到一陣喧鬧的鑼鼓聲，緊跟著，有位滿臉肥肉的秣鞨商人，扯著嗓子大聲招呼：「上朝啦，上朝啦，正午時分，皇帝陛下準時上朝。有想過一次宰相癮的，想當三公九卿的，趕快去晉王府交錢啊！文武百官，明碼標價。五品官一百文起，每一級只加二十文。您花錢越多，站得距離亡國之君越近。每級二十文，每級二十文，童叟無欺，童叟無欺啊！」

轟！數以百計的人頭，一窩蜂地往上湧，唯恐自己動作稍慢，買不到合適的位置。此時來晉王寨的遊客，竟然十有八九是奔著看中原亡國之君如何上朝來的，真正到此地遊山玩水者，還不足總數的十分之一。

「不要擠，不要擠，一起去晉王府門口兒去交錢。交了錢，自然有官服租給你們，記住，誰也不准帶走。敢帶走的，追上去打斷腿！」秣鞨商人李致遠眉開眼笑，帶著身後的幫閒們，轉向下一個街道。每走十幾步，便停下來，再度敲鑼打鼓，「上朝啦，上朝啦，正午時分，皇帝陛下準時上朝。有想過一次宰相癮的……」

轟！又是人頭攢動。大夥爭先恐後，如同暴雨之前的魚群一樣湧向軟禁石重貴一家的庭院，晉王府。

說是王府，實際上卻只有三四畝大。四周圍用一圈兒兩丈餘高的石頭牆圍著，只在前院開了一個半丈寬窄的大門。大門口兒，兩隊精挑細選的契丹皮室軍全身披掛，挺槍持刀而立。若是發現有人敢衝擊「王府」，直接動手剁成肉泥！

前來租官服觀摩中原皇帝如何上朝的遊客們，當然不在被剁成肉泥之列。那秣鞨商人李致遠每收到一筆錢，都會拿出四成來給負責看守晉王城的契丹大將耶律亦舍分潤，再由耶律亦舍通過賞賜的方式，讓大部分將士都略有所獲。所以每一位準備入府玩耍的遊客，在守門的兵卒眼裡，都等同於一個移動著的錢袋子。非但不能輕易刀槍相向，還要儘量對他們禮敬有加，滿足他們的虛榮心。以便客人離開之後，能將在晉王城參加「朝會」的經歷四下炫耀，給晉王城帶來更密集的客流。

而遊客們自己，見到守門的皮室軍如此齊整，也不敢過於造次。按照秣鞨商人李致遠及其麾下夥計的指點，先大致排了排隊。然後走到擺在門口臺階上的一個松木書案旁，開始交錢租上朝的官服。

大部分遊客，都是花費一百文，租一套從五品郎中袍服，湊個熱鬧就心滿意足。但是也有少部分遊客，嫌從五品官袍穿在身上不夠氣派，又多花了二十到一百文，租了正五、從四、乃至正三品尚書袍服，大過官癮。至於左右丞相，以及正一品的太尉、太傅、太保，因為價格過於昂貴的緣故，則基本上無人問津。

寧子明兄弟三人和韓晶，因為要去找酒店寄放坐騎，因此到得稍微晚了些。等輪到他們幾個交錢的時候，三品及以下官袍都已經被租完。那負責收費的大夥計完顏遂甚有眼力，見四人皮膚都細膩白淨，氣度不俗，心中就立刻起了貪念。笑著站起身拱了拱手，大聲說道：「四位爺，真是對不住了，只剩下三公、正副樞密使和宰相了。這幾個職位照例都不單授，至少得身兼其二，或者其三才行。四位爺要不先等等，小的去跟陛下彙報一聲，看看今天能不能給您四位破個例？」

「你就說，你想收雙份便是了，何必遮遮掩掩？」做男裝打扮的韓晶用力一拍桌子，大聲呵斥。「說彙報給皇帝知道，皇帝在這種地方，有你說得算嗎？大哥，拿了錢給他，咱們兄弟今天一次把癮過足！」

「行，就依老四你的！」柴榮裝作一副財大氣粗模樣，從腰間的金絲秀囊裡摸出四個銀餅子，直接丟在了夥計們面前。「剩下的也不用找了，算給你們的茶水錢！」

「多謝，多謝四位公子爺。您等這次穿了丞相袍服，將來一定富貴盈門，高官得做，駿馬得騎！」大夥計完顏遂眉開眼笑，立刻吩咐手下將四套紫袍玉帶捧了出來。卻是按照後晉亡國之前的官制，有太尉兼了樞密副使，太傅兼了平章，太師兼了侍中，還有一個中書令、樞密使兼同平章事和節度使的，顯然是拿後晉的大臣桑維翰攬權的事蹟取樂。

柴榮等兄妹四人卻懶得理會對方這樣做的本意是想噁心誰，在小夥計的帶領下，先去王府專門留出來的廂房裡更了衣，然後跟其他遊客一道，熙熙攘攘走向王府的正堂。

正堂門口，早有一群從後晉皇宮俘虜來的閹人，分成左右兩排站定。每個人都衣著光鮮，白白胖胖的臉上媚態十足。還有兩名身穿錦袍的太監，手裡拿著拂塵，負責替文武百官，做最後的「糾儀」。以免有人袍服穿得太潦草，破壞了「朝堂」的華貴氛圍，讓大夥的錢都白打了水漂。

糾儀之後，「文武百官」們被太監領進朝堂，按官職高低站立於兩側。正中央對著御案的位置，則擺了四個包裹著絲棉和綢緞的錦墩，由花錢最多的柴榮四兄妹分別坐了，以示物有所值。

須臾之後，又一名太監首領從屏風後走出，手裡甩起一支皮鞭，於半空中打了三下清脆的鞭花，「啪！啪！啪！」緊跟著，所有閹人扯開嗓子，齊聲高喊，「聖上駕到——」

眾遊客哪裡見過如此排場？頓時就覺得此番高額花費，著實一文都沒白扔。一個個形神肅穆，抬起頭，望著御書案後的屏風一眼不眨。很快，閹人們的聲音就低了下去，有個八尺多高，形銷骨立的白鬍子老漢，顫顫巍巍地從先前太監首領現身的位置走了出來。

「啊，呵呵，呵呵呵，呵呵——！」眾遊客沒想到先前那麼大的陣仗，最後卻弄出來一個糟老頭兒，頓時心中的肅然之意盡去，一個個齜牙咧嘴，相對著大笑不止。

那糟老頭兒卻頗為敬業，頂著眾人的挑剔目光，蹣跚走入御書案之後。在龍椅上坐正了身體，舉目向下瞭望。

「上朝，入班行禮！」頭領太監立刻扯開公鴨嗓子提醒。

眾遊客哈哈大笑，亂七八糟地躬下身子，或者作揖，或者撫胸，或者插手，輕慢之心溢於言表。

那糟老頭兒顯然早已經習慣了此等場面，也不生氣，嘴角帶著笑，靜靜地將大夥的表現看了個夠。然後，才用手中玉珪輕輕在書案上敲了敲，笑著說道：「眾卿平身！來呀，有請三公及宰相入座。今日早朝，見眾卿精神矍鑠，朕心甚慰。不知道哪位愛卿有本啟奏？或者有要事需朕親自來裁決？」

「這……」沒想到白鬍子糟老頭兒還挺認真，眾打扮成文武官員的遊客們楞了楞，頓時大眼兒瞪起了小眼兒。

「啟稟陛下，臣彈劾吏部郎中貪贓，請陛下降旨查辦！」大夥計完顏遂早有準備，穿著吏部尚書的官袍，出列躬身，大聲上奏。

「准奏！」白鬍子老頭兒大手一揮，兩眼瞪得滾圓。「人先拿下，家產查抄，若貪贓屬實，依律治罪，子女連坐！」

「遵旨！」大夥計完顏遂拖長了聲音回應。立刻有幾名做鎮殿將軍打扮的夥計衝進來，將自家預先安排在遊客當中的同伴按住，拖起來便走。

穿了吏部郎中衣服的夥計手腳亂蹬，嘴裡高喊道：「陛下開恩！微臣追隨陛下十多年，沒有功勞也有苦勞。陛下，微臣罪該萬死。求陛下念在臣鞍前馬後多年的份上，給臣一個改過自新的機會。微臣一定鞠躬盡瘁死而後已！」

從大殿內一直喊到了門外，直逗得眾遊客哈哈大笑。心裡頭立刻知道接下來該怎麼玩兒了，一個個暗暗摩拳擦掌。

不多時，求饒之聲消失。立刻有個穿了五品郎中服色的「官員」跳出來，彈劾自己的上司瀆職。那白鬍子老頭問都不問，繼續瞪圓了眼睛下令拿人。做鎮殿將軍打扮的夥計笑呵呵地再度衝上，從文官佇列裡拉起一個穿著尚書衣服的遊客，就準備拖出門外。

那做尚書打扮的遊客，當然不肯這麼快就被拖走。扯開嗓子，大聲喊冤。跟他一起來開眼界的幾個同伴，也挺身而出，七嘴八舌替他辯白。白鬍子老頭聽罷，立刻又改了主意。點手指著先前彈劾別人的那位「郎中」，命令「鎮殿將軍」將此人拖走法辦。

「郎中」也不是獨自前來尋開心，立刻請了同夥替自己辯解。轉眼間，兩組遊客，就鬧成了一團。白鬍子老頭兒則一會兒命令將這夥人拖走，一會兒改主意要拖走另外一夥，陪著遊客們玩了個不亦樂乎。直到雙方都疲倦了，才猛地一拍桌案，大聲做出決斷：「胡鬧，爾等將朝堂當成什麼了。全給朕入列！念在爾等皆勞苦功高，這次就誰都不予追究！下次若是再犯，定然嚴懲不貸！」

「謝陛下鴻恩！」眾「官員」沒想到白鬍子老頭還有這麼一齣，大笑著施禮後退。其他遊客見到了，也倍受鼓舞，紛紛換著花樣輪番出列，或者互相彈劾，或者編造出一堆國家大事請求聖裁，越玩越是嫻熟。

無論他們弄出什麼題目，白鬍子老頭都盡職盡責，從容應對。令所有花了錢的遊客，無論多少，都覺得開心無比，此行不虛。

柴榮、趙匡胤、寧子明和韓晶四人，坐在極品重臣的繡墩上，始終沒有開口。直到大夥都玩不出花樣了，才互相使了個眼色，決定有所行動。

按照預先商量好的對策，穿了中書令、樞密使兼同平章事袍服的趙匡胤緩緩起身。先歪歪斜斜地給白鬍子老頭行了個禮，然後大聲提議：「陛下，自從您登基以來，國庫日漸充盈，民間亦日漸富足。此皆為陛下勤政，百官輔佐陛下盡心盡力之故也。是以，老臣斗膽，老臣斗膽，請陛下賜宴，與滿朝文武同樂！」

他只有二十上下年紀，卻一口一個老臣。嘴巴裡說出來的話，也是老態橫秋。眾遊客聽了，被逗得哈哈大笑，紛紛出列躬身，抱拳作揖，「臣附議！」「附議！」「附議！」力爭在玩盡了興之餘，再額外從晉王府榨出一頓飯菜來。誰也未曾留意到，年輕的「老臣」在一段話的結尾處，悄悄地帶上了幾分汴梁鄉音。

「不准！」不知道是沒聽清楚趙匡胤的口音，還是玩得開心過了頭，白鬍子老漢居然神色毫無所動，用力一揮袖子，否決了「賜宴」的提議。

「陛下，一頓飯而已！」

「陛下，臣等在飯後，還想領略陛下墨寶呢！」

「陛下，微臣肚子餓了！」

……

眾遊客正玩得高興，沒想到白鬍子老頭兒居然拒絕得如此直接。不由得心中都有些失望，再也顧不上什麼朝儀不朝儀，紛紛站出來，七嘴八舌地提醒。

「國庫所存，皆為民脂民膏，取之於民，用之於民，才是正理。朕和爾等，怎麼有資格隨意揮霍？」那白鬍子老頭卻忽然端起了皇帝架子，向下望了望，沉聲強調。「你等的好意朕心領了，退朝，各自歸家！」

說罷，連看都不再多看大夥一眼，站起身，揚長而去。

「退朝——！」太監首領伸直脖子，長長地拖了一個顫音兒。

「嗤——！」屏風後，有人好像不小心被門閂扯住了衣服，發出一記短短的撕裂聲。很低，轉瞬就無影無蹤。

「這就走了！」眾扮作文武百官的遊客們，感覺自己受到了極大的侮辱。圍住扮作吏部尚書的大夥計完顏遂，不依不饒。「這才玩了不到半個時辰，一百多文錢呢！你們太會賺錢了，就是明火執杖，也沒這麼快的賺法！」

「敢情上一次朝就半個時辰啊，哪國的皇帝敢這麼懶？趕緊讓他回來，本尚書這還有事兒沒來得及上奏呢！」

「剛才都是他們文官說話，沒輪到我們武將，退錢，退錢！」

「要麼讓他回來，要麼退錢！」

「退錢，退錢……」

那大夥計完顏遂也是見識過大風大浪的，根本不跟眾人硬頂，只是笑嘻嘻地拱著手一個勁兒地賠禮道歉。待把大傢伙都磨得沒有脾氣了，才朝旁邊的側房指了指，繼續笑嘻嘻地補充道：「各位，各位稍安。跟個亡國之君一起吃飯，不是自尋晦氣嗎？多沒意思啊！這樣吧，偏殿中，有些字畫，都是他親筆所做。我這裡給大夥打個八折，看上哪個，大夥隨便挑。回去後隨便一轉手，保證都是十倍的利潤！」

「哼！便宜了你！」

「亡國之君的字畫，我等買了更嫌晦氣！」

「要是將來出不了手，老子一定打上門來拿你是問！」

……

眾遊客知道他背後肯定有契丹高官撐腰，也不敢把事情鬧得太大。聽說字畫有折扣可打，又說了幾句硬氣話，陸續順坡下驢！

石重貴年輕之時，也算得上是個文武雙全的俊傑。被俘之後又給關在晉王寨裡頭百無聊賴，因此所做的字畫，倒也頗具幾分大家風範。只是格調太灰暗了些，無論是字還是畫，筆墨背後，都透著化不開的愁苦。

眾遊客大都是商販，讀過的書不多，當然對字畫的鑑賞能力也非常有限。看到書法的內容都是些懷古傷今之詞，便已經有了幾分不喜。待看到畫中的風景也都極為蕭瑟，更提不起什麼收藏的欲望來。念在這些作品倒手後有可能賺到錢的份上，揀小幅草草挑了幾件，結算時卻又逼著完顏遂和夥計們多給打了半分折扣，才陸續姍姍離去。

唯一識貨的大客戶，就是裝扮成公子哥兒的韓晶。只見她每看中一件作品，就駐足細細賞鑑，把作品的精髓和不足都找了個遍，唯獨對幅面大小和價錢高低問都不問。看夠了之後，直接讓夥計從牆上取下來給自己「打包」。

陸陸續續挑了十幾幅作品，看看周圍遊客差不多已經走光了，她才心滿意足地伸了個懶腰，吩咐夥計帶自己去結帳。

那完顏遂等大小夥計，知道遇到了不差錢的主顧，一個個喜上眉梢。眾星捧月般，將四兄弟請到另外一間屋子裡，先吩咐人上了頂級的茶湯給貴客潤喉，然後才不慌不忙地取出算盤和紙張，將韓公子精挑細選出來的作品匯總結算。

一共七千多文足額天贊通寶，抹去折扣之後，還值五千多文，折合差不多正好五兩銀子。韓公子看了，也不再多囉嗦，直接掏出五個一兩重的銀餅扔了過去，把骨子裡的紈袴子弟味道，展現了個十足十。注二四

眾夥計見他出手豪闊，愈發恭敬有加，一個個恨不得趴在地上舔他的靴子尖兒。韓晶看看火候差不多了，便將茶盞朝桌子角上一放，冷笑著說道：「這些破玩意兒，說實話，本公子根本沒看上眼。只是難得來遼東一趟，回去時不方便空著手，所以才勉強買上幾件應急。」

「那是，那是，公子爺您什麼身份啊！無論買誰的東西，都是抬舉他！」大夥計完顏遂見韓晶眼底帶著淡淡的藍色，髮根兒處也隱隱透著一抹暗金，猜測此人恐怕是出自契丹貴胄之家，愈發全力奉承。

「可惜啊，就是有人不識抬舉！」韓晶用手拍了下桌案，嘴角上翹，滿臉譏諷，「本公子想跟他吃頓飯，他居然敢推三阻四。怕本公子給不起錢嗎？你說，把那亡國之君叫出來跟我們兄弟四個吃頓飯，需要花多少錢？開個價，本公子照付便是！」

「這……？」沒想到韓公子還念念不忘跟皇帝同桌吃飯的事情，大夥計完顏遂手裡捧著茶壺，牙齒不停地咬自己的腮幫子。

眼前這個肥羊公子哥，平素一整年也遇不到一個，把他往門外推，等同於跟「孔方兄」過不去。可石重貴的地位再卑賤，也是個亡國之君，一旦此人出了問題，再多的錢，惹禍上門的那個人也是有命賺沒命花！

「怎麼？你家掌櫃，難道沒教你怎麼做生意嗎？還是你覺得耶律將軍手頭寬裕了，看不上這點兒賺頭？」韓晶卻仗勢欺人，冷著臉，厲聲逼問。

唯恐對方不夠重視，這句話，她乾脆用漢語和契丹語，分別說了一遍。大夥計完顏遂聽罷，額頭上

立刻冒起了汗珠。放下茶壺，默默躬身行了禮，倒退著走了出去。

「京，老四，他去幹什麼了？怎麼被你嚇得如此厲害？」趙匡胤看得滿頭霧水，輕輕拉了一下韓晶的衣袖，低聲詢問。

韓晶迅速四下看了看，確定夥計們都躲出了門外。吐了吐舌頭，用極低的聲音回應，「我猜得沒錯，他們賺的錢，很大一部分要交給負責鎮守這裡的契丹將軍，從旗面兒看，應該姓耶律。而大遼國素來不給諸軍發餉，全憑將領們帶著手下去打草穀。這地方已經被大遼征服多年，四周也沒有女真、室韋和其他野人的部落，怎麼可能有充足的草穀打？所以從石伯父身上刮到的錢，對鎮守此地的皮室軍來說，已經是非常重要的進項。能多刮到一文，就斷沒有將客人朝外推的道理！」

「噢！」趙匡胤恍然大悟，苦笑連連，「他們當年如果不是在中原打草穀，打得百姓無法忍受，奮起反抗，也不至於這麼快就被趕了回來！唉，人都說吃一塹長一智，他們可好，光吃虧不肯長記性！」

「話也不能完全這麼說！」韓晶臉色微紅，低聲反駁，「契丹在遼東原本不算大族，突厥、奚、秣鞨、甚至從馬砦水那邊逃過來的高句麗人，都比他們強大。完全靠著不斷對外劫掠，才養成了部族中男子悍不畏死的性格。所以打草穀這個傳統，一時半會兒不可能丟棄！」

「那倒也是！」趙匡胤想了想，認真地點頭。「中原那邊，軍餉倒是給的足。可除了主帥的牙兵之外，其他各營兵馬，打仗時純屬應付差事。所以遇到南下的契丹人，總是敗多勝少。」

「那也比縱容屬下去搶好。除非你不準備把治下的其他部族，當作自己的百姓！」好半天都未曾說話的柴榮，忽然幽幽地插了一句。比眾人成熟得許多的面孔上，瞬間寫滿了憤懣。

注二四、天贊通寶，耶律阿保機在西元九二二年前後所鑄。因為急於展示國力，用料頗為講究，份量也足。完整無損的天贊通寶，每枚大約重四．九克上下，與質地最好的玄宗時代開元通寶相當。

趙匡胤和韓晶不知道他為何突然如此激動，楞了楞，笑著閉上了嘴巴。就在此時，門軸兒突然「吱呀」發出一聲響，完顏遂的頂頭上司，先前帶著手下滿街敲鑼打鼓的秣鞨商人李致遠，滿臉堆笑地走了進來。

入門之後，先給大夥團團做了個揖。隨即，便用標準的契丹話發問：「這位公子，請恕小老兒眼拙，先前沒認出您來！您如果想跟晉王吃頓飯，也不是不可商量。但小的畢竟只是個商人……」

「噢，早說不就結了！」韓晶撇撇嘴，從腰間私囊裡掏出一個嬰兒拳頭的金牌，重重地拍在了桌案上。

「嘶——！」一看那金牌的色澤質地，秣鞨商人李致遠就忍不住倒吸一口冷氣。再看到金牌中央的契丹大字注二五，立刻倒退數步，躬身施禮，「原來，原來是蕭公子來了。小人眼拙，小人眼拙，不知道公子爺您是……？」

「不該打聽的，別亂打聽！我就問你，我們四人有沒有資格去跟那中原皇帝吃頓飯？」韓晶白了他一眼，伸出手，迅速用袖子蓋住當初大夥在燕山中從打草穀的那夥契丹人屍體上搜來的金牌。

「有，有，小的這就命人去準備。小的這就命人去準備！」秣鞨商人李致遠不敢再多嘴，拱著手連聲答應。

那金牌上的契丹大字，是歐古妮，對應的身份乃是一位小將軍。按照遼國北院官制，一個部族裡的小將軍，級別並不算高。但歐古妮這三個契丹大字，卻無論如何都讓人小瞧不得。那乃是契丹皇后一族改姓之前的源頭，甭說他區區一個商人不敢招惹，即便鎮守此地的耶律德光將軍親自到場，恐怕也得禮敬三分。

本著不給自己招災惹禍的原則，秣鞨商人李致遠立刻派人去準備「御宴」。至於這頓飯的名義主人石重貴的態度，根本沒功夫去問。

須臾之後，酒菜準備停當。皇帝陛下「有旨」，請眾人到花園入席。秣鞨商人李致遠唯恐石重貴要性子得罪了客人，又親自領大夥去了後花園。先小心翼翼地敬了客人幾杯酒，然後才吩咐石重貴好生伺候著，自己則躬身告退。

「什麼味道？騷得好生厲害！」柴榮目送他離開，隨即用力抽了幾下鼻子，目光在桌案旁替大夥把盞的太監身上來回掃視。

「咱，咱家……」幾個太監氣得滿臉青紫，用目光盯著白鬍子老頭石重貴，祈求主人替自己主持公道。

誰料想石重貴卻徹底服了軟，無可奈何地笑了笑，輕輕揮手，「你們幾個都下去吧，換幾個宮女過來。雖然都老了些，卻也算不得我有意慢待了客人！」

「是！」太監們紅著眼睛行禮，放下酒壺，踉蹌而去。

轉眼間，酒桌上，就只剩下了四兄妹和石重貴。氣氛立刻就變得極為詭異。柴榮、趙匡胤和韓晶三個，把說話的權力都默契地移交給了寧子明。而寧子明，卻只是仰起頭，楞楞地看著自己傳說中的父親，千言萬語，不知道該如何開口。

一路上在睡不著覺的時候，他曾經在心中，無數次描繪過石重貴的模樣。或者魁梧偉岸，或者玉樹臨風，雖然已經成了亡國之君，卻依舊英氣不減，鐵骨錚錚。卻萬萬沒有料到，石重貴的真正模樣，卻是個沒臉沒皮的糟老頭兒。為了苟延殘喘，不惜像戲子一樣，每天朝所有見到的人搖尾乞憐。

注二五、契丹大字，在西元九二〇年前後，耶律阿保機命人參考漢字所創。但非常讓耶律阿保機鬱悶的是此字只能作為官方文字使用。民間場合，大部分契丹人，包括大部分皇族和後族，都以習漢文，寫漢字為榮。

一路上睡不著覺的時候，他也曾經無數次在心中告誡過自己，自己見了石重貴之後，無論如何都不要失態，無論如何，都要裝出生活優渥，衣食無缺的富貴公子模樣。讓石重貴放心，給石重貴信心。讓父親不為兒子擔憂，也讓父親知道，兒子未曾忘了他，總有一天會想辦法救他脫離苦海。

然而，所有準備，都在看到石重貴在遊客面前裝瘋賣傻的一剎那，被摔了個支離破碎。這不是他想像中的那個寧願亡國也不肯當孫子的英雄豪傑！也不是他想像中的那個，威武不屈，貧賤不移的父親！這就是一個普通人，一個為了活命豁出去所有的糟老頭兒！可偏偏這個糟老頭兒的真實年齡還不到四十歲，偏偏這個糟老頭給他的感覺，還的確就是血脈相連。

「二寶，你不該來的！」打破沉默的，卻是石重貴自己。「我今天第一眼，就認出了你，只是，只是我從來沒想到，你竟然還活著！」

一聲「二寶」，令寧子明心中的所有懷疑和戒備，瞬間崩塌。

十五、六歲正是男人身體變化最快的時候，過去一年裡，他又屢經磨難，整個人的變化之劇烈，連他自己偶爾對著鏡子時，都會大吃一驚。更何況，今天他為了掩人耳目，還專門用薑水洗過臉，頭上的帽子，也刻意用了行商們專門用來擋風的寬沿。

然而，這一切，卻根本不妨礙石重貴第一眼就認出了他。儘管，比起去年這個時候，他已經足足竄起了一頭高，原本略帶些肥胖的圓臉，也早就變成了成年男子的長圓型。

「我，我……」少年人踉蹌著站起，手扶桌案，眼淚不受控制地往下淌。對面坐的是他的父親，他昏迷之後就一直想不起來，卻始終血脈相連的父親；第一眼就認出了他，卻故意裝瘋賣傻，拂袖而去，試圖將他趕走的父親；寧可玉石俱焚，也不肯給耶律德光當孫子的父親；寧可偷偷下詔將皇位傳給昔日見死不救的仇家，也不肯給契丹人當傀儡的父親……

這樣的父親即便已經落魄到唱戲為生，卻依舊令他這個做兒子的感到驕傲。這樣的父親雖然是個亡國之君，但在他這個兒子眼裡，依舊是個頂天立地的英雄！

「坐下，別，別，別靠得太近。周圍，我周圍的人，未必都可靠！」石重貴心中，此刻也百感交集，卻強壓住將兒子摟在懷裡的衝動，含著淚擺手，「像別的賓客一樣，你必須裝作只是一時興起，才花錢跟我吃頓飯。吃完了飯之後，立刻離開，不要再來見我，也不要想救我出去。契丹人還幻想著利用我再度進犯中原，一時半會兒不會害我。而你現在即便能成功把我救出去，中原那群手握重兵的傢伙，也不會容我繼續活在世上！」

一番話，居然是難得的頭腦清楚，條理分明，與先前在「朝堂」上胡攪蠻纏的模樣，簡直判若兩人。

「父皇——」寧子明手扶桌案，身體不停地顫抖。作為人子，他恨不得立即救父親脫離苦海。但理智卻清楚地告訴他，父親、馮吉和趙匡胤他們說得都是事實。留在契丹，父親還能忍辱偷生。回到中原，父子倆都死無葬身之地。

「癡兒！為父能知道你還活著，已經喜出望外了！」石重貴強顏歡笑，眼淚卻「撲撲」落了滿臉。「聽為父的話，好好坐下陪為父吃頓飯，然後你儘快離開這兒。別做傻事，也別總想著接我回去。你現在最要緊的事情，是自己好好活著。若是，若是能讓咱們石家香火有繼，比，比為了救我這個不中用的父親而枉送了性命，強了何止百倍？」

「父皇，我，我——」寧子明聞聽，心中愈發疼得宛若刀絞。用力抹了把臉，低聲回應：「我知道！我來的路上遇到了馮吉，他也跟我說過同樣的話。我，我一定儘快想辦法救你出去，我，我絕不能眼睜睜地看著你被關在這裡任人侮辱！」

「癡兒！你有這份心，為父已經非常高興了！」石重貴笑了笑，流著淚搖頭。「不是別人侮辱我，做戲子演示皇帝上朝，是為父自己想出來的主意。這裡除了為父之外，還有五十多個人呢。誰都不會種地，也不會放牧，為父不能眼睜睜地看著大夥一起餓死！」

「可，可我不能眼睜睜地看著你受苦！」寧子明低低的喊了一聲，伸出手，在自己的衣袋裡亂摸，將金的、銀的、銅的，還有回鶻人為了答謝救命之恩所贈送的玉石、珊瑚、珍珠等，一股腦地掏出來，捧給自己的父親。「這些，這些，您拿著先用。您稍等幾天，兒子手裡還有另外一批，一定想辦法給您送過來！」

「我這也有！」「我這也有！」「我這……！」柴榮、趙匡胤和韓晶三人，紅著眼睛，紛紛從貼身衣袋裡往外掏金銀珠寶。

他們三個未必看得起石重貴這個亡國之君，然而，寧子明和石重貴兩人之間的父子之情，卻令他們無法不感動。特別是柴榮，想起自家父親將自己送給姑父郭威撫養之後，每次遠遠地看上一眼的情景，更是心酸莫名。

「快，快都收起來。你們不要命啦！」石重貴嚇得「騰」地站起身，舉頭四望，然後又迅速坐好。「吃一頓飯給這麼多打賞，不是上趕著惹別人懷疑嗎？別胡鬧，你們能陪著二寶來看我，已經是冒了天大的風險。若是我再把你們全都牽連進來，那，那我真是只有以死謝罪了！」

畢竟是做過皇帝的人，即便是在父子重逢又即將分別的巨大感情漩渦當中，他的頭腦，也依舊保留著足夠的冷靜，「我不知道你們叫什麼，明知此行九死一生，還陪著二寶來這裡，足見你們三個的仗義。被囚之人拿不出像樣的見面禮，就讓我這個做長輩的，以酒水一杯，以謝大恩！」

說罷，先端起面前酒盞，一飲而盡。

「伯父言重了！晚輩與寧，與鄭王殿下乃結義兄弟，曾經發誓同生共死！」

「伯父，晚輩姓趙，家父諱弘殷，曾在您麾下任禁軍左廂步軍第十三營都指揮使。去年契丹來犯時，剛好奉命去陝州駐防，所以，所以才未能領軍回救！」

「晚輩姓韓，與寧，與石兄弟一見如故！」

柴榮、趙匡胤和韓晶三個，同時站起身，舉盞飲勝。

「寶兒能交到你們三個，是他上輩子修來的福氣！」石重貴就像尋常人家的父親替兒子招呼朋友一般，滿臉慈祥地朝柴榮等人點頭，「回去後，還麻煩多對他照顧一二。我這個當父親的，該盡責之時未能盡責，好在……」

「阿爺——」寧子明手捧著饋贈，身體不停地顫抖。既救不了父親離開，又無法讓父親的境遇改善分毫，他已經是無比的難過。斷然不能容忍父親還在朋友面前，負疚自責。

「你不要插嘴！」石重貴迅速擦了把眼淚，伸手從兒子的饋贈裡，挑了一塊不起眼火焰掛墜，笑著收好。「為父拿著這個就夠了，其他，你趕緊收起來。你們三個，也趕緊把東西收起來！時間差不多了，我剛才順著你們的意思，故意把太監們支開。那些夥計和看守，發現後，肯定會過來看看。二寶，記住！你們三個，麻煩也幫老夫盯著他。別犯傻，別冒險。更別想著去著什麼皇帝，恢復石家昔日輝煌！二寶，你就是你，不欠任何人的。你能平平安安一輩子，就是為父最大的心願！」

「晚輩定不負您老所托！」柴榮、趙匡胤、韓晶三個紅著眼睛拱手，心中對石重貴這亡國之君除了同情之外，隱隱還湧起了幾分佩服。

認出了親生兒子之後，還可以在眾人面前裝做若無其事；成為階下囚之後，還可以為了親生兒子的安全而主動拒絕營救，喪失了所有權力之後，還可以冷靜地分析形勢，命令家人放棄東山再起的夢想。這些，都絕非尋常人所能做到！就是換了三人自己跟石重貴易位而處，恐怕在極短的時間內，也難做得如此心平氣和。

「父皇，我，我……」寧子明自己，卻無法像三位朋友一樣冷靜。他對當皇帝沒啥興趣，但他卻無法眼睜睜地看著父親在苦難裡煎熬。他記憶中也沒有什麼石家輝煌，可他卻無法繼續看著父親為了一口吃食，像個下賤的戲子般，對著一群看客強顏歡笑。他即便現在無法救父親離開，至少也要努力做一些事情，盡一份人子之責。他……

「別引起他人注意，為父我說，你只管聽著！」沒等他將話說出口，石重貴輕輕皺了皺眉，低聲打斷，「逆賊安重榮當年有一句話，『天子，兵強馬壯者當為之，寧有種耶？』那廝的話未必對，卻是亂世中的至理。張彥澤狗賊引契丹兵攻破汴梁之時，將忠於為父的人和為父身邊的親近侍衛、太監，屠戮殆盡。你我父子如今都是無根之木，所以，做皇帝這件事就不用再想了！除非你活得不耐煩了，或者想弄個大笑話出來給人看。」

這話，倒也說得合情合理，聞聽者，包括寧子明本人，都只能輕輕點頭。然而，石重貴接下來的話，卻令他們所有人如聞霹靂。

「即便為父當年，其實也未必就那麼想當皇帝。但是，為父如果不當皇帝，用不了幾年，為父恐怕就會落到跟郭崇韜[注二六]一樣的下場！你們兄弟倆個，恐怕也難逃死劫！無他，為父當年手底下，可謂兵強馬壯，又曾有大功與國。而高祖的親生兒子石重睿，偏偏又年少闇弱，鎮不住朝堂。他登基後想要立威，借咱們一家的頭顱，最好用不過！」

用筷子夾了一份菜，他輕輕地放在寧子明面前，然後繼續嘆息著低語，「所以馮道老兒前來跟為父商量，他想推為父登基，不執行高祖的遺命之時，為父沒怎麼考慮就答應了。那老兒沒什麼好心眼兒，為父如果拒絕了他，轉頭，他就會跟石重睿去商量如何對付為父。為父當了皇帝，好歹看在高祖的份上，不會殺重睿。而重睿當了皇帝，日後咱們全家老小除了造反之外，卻沒有第二條生路可走！」

寧子明不知道該怎樣接口，只能低著頭慢慢吃父親給自己夾的菜。柴榮、趙匡胤和韓晶，心神卻不知道忽然飛到了什麼地方，一個個停住筷子，若有所思。

「為父今天跟你說這些，並非自我標榜，而是想告訴你，大晉國的江山社稷是否延續，跟你真的沒多大關係。」認真地看了一眼兒子的面容和吃菜時的模樣，石重貴笑了笑，低聲強調。「當皇帝這件事，其實很是無聊。表面上看一言九鼎，實際上，政令能出汴梁城，就已經非常不錯了。」

「另外！」迅速朝四下看了看，他加快說話的速度，「你並非我的親生，當年我班師回汴梁途中，在一座沒有人的破廟門口撿到的你。恰恰你娘親給我又生了個兒子，未足月而夭。我便命人撿回了你撫養，以慰其心。」

「啊——！」寧子明騰地一下站了起來，望著石重貴，目瞪口呆。他不相信對方說的話，一個字都不會相信。對方之所以這樣說，肯定是為了讓他今天毫無負擔地離開，讓他今後毫無負擔地活下去。而他，又怎麼能如此硬得下心腸？

「你坐下，已經有人過來了！」石重貴的臉上，卻不見絲毫的情緒波動。只是輕輕給他使了個眼色，低聲提醒。「不想給為父和你招來禍端的話，就趕緊坐下。親生也好，非親生也罷，至少你是我養大這一條，無人能夠否認！」

「嗯！」寧子明低低地答應一聲，咬著牙落座。已經有人過來了，是先前安排酒席的大夥計，後邊

注二六、郭崇韜：李存勖麾下的大將，文武雙全。因為功勞太大，被李存勖懷疑，找藉口杖斃。

還跟著一名契丹將軍。留給父子兩個的說話時間已經非常少，他沒有任何機會去爭辯。

「此事你的兩個舅舅張彥儒、彥斌也都知曉，他們二人一個致仕在家，一個在高行周帳下行走，此刻應該還活在世上。你若不信，自可私下裡找他們去求證。」又快速看了一眼四周，石重貴搶在外人趕來之前做最後的補充。

「孩兒，孩兒腦袋上受了重擊，雖然僥倖未死，卻忘了很多事情。根本記不得兩個舅舅長什麼模樣！」鬼使神差在，在心情幾度激蕩之餘，寧子明竟忽然指了指自己的腦袋，低聲回應。

石重貴的面孔猛地抽搐了一下，又迅速恢復的平靜，「契丹人要斬草除根，我早就聽說了！所以才慶幸，你我父子居然還能活著相見。至於你忘了前塵的事情，忘了也好。除了將你養大這一項外，石家沒給你任何東西。你根本沒必要記得太多！不說了，來人了！哈，眾愛卿，舉盞，飲盛！」

「飲盛！」柴榮、趙匡胤、韓晶三人迅速舉起酒盞，做談笑言狀。

寧子明心裡頭，還有許多不甘，無數疑問，卻再也沒任何機會表達。只能陪著大夥舉起酒盞，給越走越近的大夥計完顏遂和其背後的契丹將領作戲欣賞。

那大夥計完顏遂原本滿臉焦灼，見了此景，全身上下頓時就是一鬆。其身後的契丹將軍見到石重貴和幾個客人飲酒作樂的模樣，也悄悄鬆了口氣。歪著腦袋朝眾人臉上掃了一圈兒，隨即故作嚴肅地問道：「本將聽聞，幾位是從歐古妮部來的。不知道哪位是蕭公子？可否把腰牌再給本將一看？」

「拿去！」韓晶眉頭輕皺，從口袋裡掏出金牌，直接擲到了對方懷裡。

這個舉動粗魯無比，換了別人，肯定會令對方火冒三丈。然而偏偏從她嘴裡說出來的是契丹話，再配上那盛氣凌人的模樣，反倒令跟完顏遂一起過來的契丹將軍凜然生畏。接過金牌之後只是粗粗的掃了一眼，就雙手遞了回來，「末將耶律亦舍，出自突舉部，見過蕭公子！」

「耶律將軍客氣了！」韓晶單手接過金牌收起，然後側開身體還禮，「蕭某替家族辦貨至此，聽聞晉王寨有新鮮事可看，便帶朋友過來湊個熱鬧。應該沒給將軍添什麼麻煩吧！」

「沒有，絕對沒有！蕭公子能來，是我晉王寨上下的榮幸！」耶律亦舍媚笑著擺手，臉上的表情越發恭敬。

他雖然也姓耶律，卻是出自契丹八部眾中最弱小的突舉部，在皇帝身邊沒有任何靠山。而蕭姓歐古妮部，背景則相對複雜得多。族中盛產絕世美女，通過聯姻的方式，與先帝耶律德光、廢帝耶律李胡、現任皇帝耶律阮，以及南院權貴韓氏，都搭上了關係。萬一眼前這個女扮男裝的傢伙，恰恰就跟上述某個歐古妮同出於一個分支，得罪了她，就等同於跟自己的前程過不去！

「那我就繼續吃喝，耶律將軍請自便！」韓晶越裝越像，舉手投足之間，隱隱已經有了幾分權貴子弟氣象。

「那末將就不打擾了！遂哥兒，還不過來伺候著！今天無論多少開銷，都算我的賬上！」耶律亦舍聽出了對方話語裡的逐客味道，立即拱手告辭。臨轉身前，卻將大夥計完顏遂留了下來。

韓晶心裡頭非常不痛快，卻也沒有任何正當理由趕人。只好偷偷向寧子明做了個抱歉的表情，低下頭去繼續吃喝。

那完顏遂，卻是個如假包換的人精。察覺到在座中的幾個人背景頗深，立刻使上了全身解數，插科打諢，勸酒勸菜，活躍宴席氣氛，力爭讓賓主盡歡。

然而，無論他如何努力，寧子明等人終究無法再跟石重貴繼續交流。只好裝作互相之間素昧平生一樣，說一些場面話，互相敬幾盞酒，打發時間。

一頓飯，吃得味同嚼蠟。很快，就接近了收尾階段。扮演皇帝的石重貴舉起酒盞，醉醺醺地著說道：「眾卿，難得今日一聚，朕心甚慰。古人云：『已往不諫，來者可追。』看看天色不早，且飲了杯中酒，你我就此作別！」

說罷，自己搶先把酒水一口乾了。站起身，踉蹌而去。

「臣等恭送陛下！」柴榮帶領大夥一起站起來，向著衰老的背影舉盞。

「這廝，一喝了酒，就忘乎所以，還真把自己當成皇帝了！」唯恐得罪了貴客，完顏遂朝著石重貴的背影低聲罵道。罵過之後，卻忽然隱隱約約覺得幾個貴客臉上的表情似乎不太對勁兒。趕緊舉起酒盞，一口悶了下去，然後又陪著笑臉補充道：「其實所謂御宴，就是吃個名頭而已。小人在這兒窮鄉僻壤的，哪裡準備得出來什麼真正的御宴？四位貴人等會兒可有閒暇？在晉王府旁邊的鑼鼓巷子裡頭，有一家百戲鋪子，倒繼承了幾分渤海國的精髓。貴人們若不嫌棄的話，等會兒就由小的做東，咱們再去那邊尋歡耍子！」

「罷了，我等今天還要返回營州城呢！」韓晶從腰間摸出幾塊碎銀，丟在桌子上，懶懶地回應，「拿去，把賬結了，剩下的賞給你買碗酒水喝！」

「那，那怎麼成，耶律將軍，耶律將軍吩咐過……」完顏遂哪裡敢收錢？連忙做著揖推辭。

「讓你拿著，你就拿著！我的客，也不是隨便一個人就能請的！」韓晶不屑地瞪了他一眼，大聲補充，「記住，以後別隨便欺負中原皇帝一家。他現在雖然是被囚於此，當年卻也是太宗皇帝看好之人，朝中有許多說得來的故友！你若是輕賤於他，等同於說太宗皇帝當年瞎了眼睛！」

「是，是，小的明白，小的明白！」完顏遂打躬作揖，連聲允諾。至於過後會不會對石重貴的態度稍微好一些，就不得而知了。

兄妹四人怕時間久了露出馬腳，也不敢過多逗留。裝作心滿意足的樣子離開了晉王府，到寄放戰馬的酒樓裡牽了坐騎，匆匆而去。

方向當然不是營州，而是找了一個岔路直接向南，策馬狂奔。轉眼間跑出了四五十里，確定身後沒有任何人追趕，才在一處溪流旁停了下來，給坐騎餵清水和精料，補充體力。

時令如今已經是盛夏，四周圍百花爭豔，碧草萬頃。然而四人卻誰也提不起欣賞美景的興趣，一個個低著頭，默默無語。

柴榮、趙匡胤兩個身為將門之後，想的多是石重貴如今處境的可憐，昔日契丹入侵時中原許多文武官員的無能與無恥。韓晶愁的是，這一路終於到了盡頭，馬上回到幽州之後，自己與趙匡胤之間的事情，如何才能有個完美的結局？而寧子明自己的心裡頭，卻比來路上，增添了更多的憤懣，更多的迷茫。

細算起來，他此番冒險北行，其實一無所獲。僅僅跟父親石重貴吃了頓飯，聽對方說了十幾句話。而他自己，該問的問題，卻一個都沒來得及問。

他現在可以確定，自己就是二皇子石延寶。一直令他困惑的身世之謎，似乎終於水落石出。然而，自己從哪學來的一身醫術？為什麼最近總是會想起許多看似與自己毫無瓜葛的記憶碎片？卻依舊沒有答案。

此外，石重貴究竟是不是他的父親，也無法確定。雖然對方信誓旦旦的聲稱，他是撿回來的。並且還非常清楚地指出了證人，讓他有空去核實。然而，對方當時之所以這麼說，極有可能是為了騙他儘快離開。反正等他回到中原，再找到兩個舅舅，發現上當受騙之後，早已經脫離了契丹人的勢力範圍，不再有同樣的性命之憂！

「他到底哪一句話是真的？」

「臨別前，他那句『已往不諫，來者可追』，究竟想暗示什麼？」

「他說我不是他親生，到底是為了騙我儘快離開，還是怕我背負上家族的負擔，從此一生不得輕鬆？」

「他說契丹人一時半會兒不會加害於他？究竟有幾分把握？這個一時半會兒，究竟有多長？」

想到自家父親隨時都可能被契丹人殺掉，他恨不得自己立刻就掉頭回去，拚將一死，帶著對方一起南歸。然而，轉念又想起父親、馮吉和趙匡胤三個所告誡的話，中原沒有立足之處，心中不僅又是一陣黯然。

「其實，這樣也好！」正愁腸百結間，肩膀卻被柴榮用力按住，耳畔，也傳來了對方渾厚的聲音，「三弟，你不必再糾結自己是誰的血脈，不必再受家族過往的左右。你就是你，想姓寧就姓寧，想姓鄭就姓鄭。過去種種，與你沒有太多關係。你這輩子只要做好自己就行了，只要你活得開心，活得滋潤，出將入相也好，做個尋常富家翁也罷，伯父將來知道了，想必都會非常高興！」

「伯父臨別前說，以往不諫，來者可追。應該就是告訴你莫糾纏於過去，多著眼於將來。」趙匡胤也湊上前，非常認真的開解，「你是誰的兒子，姓什麼其實都不重要。你是什麼樣的人，將來過得快活不快活，才是真的。就像咱們兄弟初相遇那會兒，我和大哥看中的是你的作為和你的人品。至於你到底姓寧還是姓鄭，說實話真的不是很在乎！」

「多謝大哥，多謝二哥！」寧子明知道兩位哥哥都是真心為了自己好，強打起精神施禮。

「自家兄弟，不必這麼多禮！」柴榮笑了笑，輕輕搖頭。「若不是伯父身份實在過於特殊，回到中原後，我幫你借一支精兵，偷偷殺過來將他救走都是應該。而現在，既然知道他是前朝皇帝，咱們兄弟就不能指望別人了。咱們三個得自己先在中原立住了足，說話有了人肯聽，才能再想辦法救他老人家！」

他說得乃是實情，以其養父郭威的實力和地位，派一夥死士前往遼東救人，只能算是舉手之勞。但是，如果被救目標為前朝皇帝，事情就完全不同了。非但難度會增加百倍，即便成功將人救回來之後，也無法面對大漢朝廷的天威。

「求人不如求己。郭樞密乃顧命重臣，斷然不能派人馬前往遼東！對不住，大哥，我不是說郭伯父不仗義，而是站在大漢國的樞密副使身份上，他沒有理由這麼做！」趙匡胤的觀點跟柴榮差不多，只是將話說得更加直接，「所以你我兄弟想要救人，首先自己得積聚起足夠的實力。即便不出將入相，至少救了伯父之後，其他人想找麻煩得先掂量一番！」

「的確如此，小弟先前，的確有些心急了！」寧子明輕輕嘆了口氣，低聲回應。

從一開始，他就沒考慮過借助兩位兄長背後的家族力量，更不會傻呼呼地把求肯的話直接說出來。柴榮和趙匡胤肯陪著他前來遼東冒險，已經足見義氣。如果他一點兒不為對方著想，只顧著替自己索取的話，就未免太狼心狗肺了。

「此番回去之後，我便將商隊交卸給別人，去姑父帳下效力。憑我先前積攢的功勞，軍職不會太低。只要你我兄弟一起努力，十年之內，說出來的話就應該有了份量！到那時，為兄就是再陪你來一趟遼東又何妨？」見寧子明依舊悶悶不樂，柴榮想了想，低聲承諾。

「對，我也是這麼個意思！只要咱們實力足夠，朝廷哪怕知道咱們幹了什麼，屆時頂多也是睜一隻眼閉一隻眼。絕不敢派兵馬登門前來要人！」趙匡胤笑了笑，大聲補充。

「眼下西面叛了李守貞、王景崇，東面的符家也蠢蠢欲動。短時間內，朝廷少不了要四下用兵。而亂世最重軍功，就憑你我兄弟的身手，升職不會太慢！」

「郭伯父乃當世之中數一數二的名將，掛帥印機會頗多。咱們到了他的帳下，不愁不能快速出人頭地！」

「待到咱們三兄弟當中任何一人，能單獨領兵的時候，差不多機會就來了！」

「最好是能成為一地節鎮，哪怕是彈丸之地，像孫氏兄弟那樣麾下只有萬把兵馬。做任何事情，就都方便了！」

兄弟兩個你一言，我一語，謀劃得都是將來如何發展，如何積聚力量，如何儘快幫助寧子明達成夙願。短短時間內，就勾勒出了今後五到十年的努力方向。寧子明聽了，原本有些冷的心，就又跳動了起來。咧了下嘴，低聲道：「有勞兩位哥哥了。今後如何，我唯哥哥們馬首是瞻！」

「這就對了。男子漢大丈夫，應有天塌下來當被蓋的氣度！」柴榮哈哈大笑，拍著寧子明的肩膀鼓勵。

「咱們三個，今後兄弟同心，天下哪裡還有過不去的坎兒！」趙匡胤伸手搭上寧子明的另外一隻肩膀，揮動巴掌狠拍。

兄弟三個說得正高興，冷不防，韓晶卻突然插了一句：「今後的事情今後再說！大哥、二哥、老三，趕緊騎上馬過河！我覺得情況有些不太對勁兒！」

「怎麼？」柴榮等人大吃一驚，趕緊轉身各自奔向坐騎。待都跳上了馬背，舉頭四望，卻只看見翠綠的曠野、碧藍的天空，根本沒發現任何險情。

「過河，趕緊找水淺的地方過河！」韓晶的臉色卻愈發的凝重，猛地一抖韁繩，率先衝在了所有人前面。「跟著我，別走丟了。過了河之後立刻找樹林往裡頭栽，頭上，頭上那隻海東青是人養大的，軍中最好的斥候也比不上牠！」

「海東青？」三兄弟又各自楞了楞，抬頭張望。果然，在頭頂正上方位置，發現了一個巴掌大的黃點兒，盤旋逡巡，虎視眈眈。注二七

這下，誰也顧不上猶豫了，抖動韁繩，跟在韓晶身後策馬狂奔。轉眼跑出了十五、六里，終於找了個處水淺的位置，拉著戰馬的韁繩跋涉而過。待上了岸之後重新跳上坐騎，還沒等抬頭，耳畔猛然傳來一聲鷹唳，卻是那海東青又輕鬆地追了上來。

「你們先走，我想辦法做了牠！」趙匡胤咬牙發狠，從包裹裡翻出藏好的弓臂，就要上弦。韓晶卻狠狠瞪了他一眼，大聲說道：「八百步，你膂力再強，也不可能射到八百步高。跟我走，找樹林，找到樹林，咱們才有機會擺脫牠！」

「她說得對，即便是軍中的伏遠弩，也奈何不了那畜生！」唯恐趙匡胤衝動，柴榮拉了他一把，快速補充，「那畜生雙翼張開，足足有兩步寬窄。此刻在你眼裡卻只有巴掌大小，你想想，牠得飛到多高？」注二八

「那就想辦法將牠引下來！」趙匡胤紅著臉大叫了一聲，將上了一半弦的角弓抱在懷裡，策馬跟上隊伍。

他是個將門公子哥，雖然品性甚佳，從小到大卻沒受過多少挫折。因此一路上，念念不忘要完成射雕大業。結果從下午一直跑到了傍晚，再從傍晚跑到了日薄西山，卻始終沒找到任何機會。無論他

注二七、海東青：一種大型雕類，現今已經絕跡。本草綱目，「雕出遼東，最俊者謂之海東青」。據《契丹國志》記載：「五國之東接大海出名鷹……」。契丹人素愛海東青，為索要此物逼反了完顏阿古打。所以後世有「遼金釁起海東青」之說。

注二八、雕類在不下衝撲食的時候，飛行高度通常都在千米之上，體形最大的康多兀鷲則喜歡在五千米高空巡航。所以射雕英雄，基本都是誇張說法。

用美食引誘也罷，鑽草叢躲藏也好，頭頂上那隻海東青，卻好像在生死之間打過滾的老斥候一般，絕不進入角弓的射程之內。

而韓晶的鑽樹林對策，效果也乏善可陳。為了拉開與追兵之間的距離，大夥肯定不能蹲在樹林裡一動不動。只要人和馬走到樹木稀疏處，用不了半炷香時間，鷹唳聲就又在耳畔響了起來。

「前面不遠處有個峽谷！進山，咱們進山！」眼看著天越來越暗，柴榮舉頭四下看了看，大聲招呼。

「夜裡海東青看不見人！沒必要活活累死！」趙匡胤跑得汗流浹背，喘息著提醒。

這一路上，雖然有備用坐騎可供隨時更換，但人的體力畢竟有限，若不在趁黑夜養足精神，第二天若是再被追兵趕上，恐怕連反抗的力氣都剩不下。

「海東青看不見人，但是獵犬卻能。咱們幾個想要活命，就不能光是騎著馬逃！」柴榮看了他一眼，咬著牙回應。

「你是說進山設埋伏？」趙匡胤眉頭向上一跳，眼中冒出兩道閃電。

「除此之外，沒第二個辦法可想！」柴榮笑了笑，年輕的面孔上英氣四射。「咱們跑了小半天人困馬乏，他們追了小半天，體力也好不到哪去。若是在平地相遇，你我兄弟縱使身手再好，也架不住對方亂刀齊下。可到了狹窄之處，人多就未必管用了！屆時，月黑風高，咱們也做一回獵人！」

【第五章】逝水

夜風呼嘯，吹在人身上透骨地涼。

耶律亦舍的兩隻眼睛裡，卻有大股的火焰在向外冒。

恥辱，有生以來最大的恥辱！他必須將那四個南人抓住碎屍萬段方能洗雪！否則，一旦他下午對著這夥騙子卑躬屈膝的模樣被傳揚開去，別說是在精銳的皮室軍裡，整個契丹，恐怕他都沒有地方立足。

「呼哧，呼哧，呼哧……」他身後的二十名親兵，也個個怒火中燒。鼻孔裡呼出來的粗氣被夜風一吹，立刻凝集成霧，在火把下看去，就像十隻被點著了的乾草垛。

他們都是跟耶律亦舍從一個小部落裡走出來的，彼此之間的利益早已牢牢綁在了一起。如果耶律亦舍丟了官，他們即便勉強留在軍中，也會重新變成普通兵卒。衝鋒在前，領賞在後。無論待遇、地位和上戰場時所承擔的風險大小，都跟現在不可同日而語。

整個隊伍中，唯一肚子裡未曾存著一團火的，只有老太監馮思安。相反，因為又累又餓的緣故，他現在無比的後悔，不該偷偷跑出來提醒耶律亦舍，下午的客人當中有一位，長得與做鄭王時的石重貴，依稀有幾分相像。這下好了，耶律亦舍徹底發了瘋，非要當天就將對方抓回來驗明正身。而他，恐怕沒等如願被赦免南歸，就得活活累死在「捉拿要犯」的路上！

「啟稟將軍，這，這座山其實沒多大。即便，即便是從東側繞行，頂多，頂多也只繞出五六十里！」趁著一次給海東青和戰馬補充體力的時候，老太監爬到耶律亦舍身邊，喘息著提醒。

不比中原，遼東的晝夜溫差甚大，越是在山裡頭，寒氣越是銷魂蝕骨。所以，他寧願選擇繞路，也不希望繼續被逼著穿山越嶺。反正只要明天太陽一出來，海東青就能重新飛上天空。「要犯們」連夜拉開的那點兒距離，根本躲不開海東青的眼睛和翅膀。

「怎麼，你捨不得你家少主了？」耶律亦舍看都懶得多看他一眼，一邊從皮袋裡掏出血淋淋的新鮮肉條朝海東青嘴裡塞，一邊淡淡地問道。

「咕！」海東青在火把的照射下張開大嘴，將肉條一口吞下。血被堅硬的鳥嘴壓出，順著鉤形的鳥喙邊緣，緩緩凝成一個蠶豆大的血滴。

老太監馮思安身體內的所有勇氣，彷彿也被海東青一口啄了個粉碎。立刻趴在了耶律亦舍的戰靴邊，哭泣著叩頭，「冤枉啊，將軍大人，奴婢冤枉！奴婢，奴婢只是覺得，山路太不安全，沒有，沒有別的意思！奴婢，奴婢對大遼忠心耿耿，忠心耿耿！」

「忠心耿耿，你當年對石重貴也是這麼說的吧？」耶律亦舍依舊沒有拿正眼看他，繼續用預先切好的新鮮肉條餵海東青。後者雖然在夜間視力大減，卻不妨礙借助火光進食。而在半夜裡親手餵肉條兒，則是獵人與海東青交流感情的最佳手段。只有從幼鷹開始，長時間的持之以恆，海東青才會習慣於在夜裡補充血食，進而對獵人產生一種無法割捨的依賴感。白天哪怕飛出了百里之外，在日落之前，也會及時飛回主人身邊。

「不，不一樣！石重貴，石重貴是個亡國之君，氣運已盡，奴婢不願為他陪葬！」老太監自知沒資格與海東青爭寵，又磕了個頭，小心翼翼地解釋，「而大遼，大遼的氣運，卻是如日中天！」

「既然知道大遼的氣運如日中天，你還老想著回中原幹什麼？」耶律亦舍給海東青餵了第三條鮮肉，將皮囊合攏，交給貼身侍衛耶律絷古。順手從地上扯起一把青草，在手上來回擦拭。「留在大遼不好嗎？不缺你吃的，也不缺你穿的，你何必如此著急回中原去？」

「奴婢，奴婢只是，只是，只是不想葬得距離祖墳太遠！」馮思安被逼得無處轉身，一咬牙，乾脆選擇「實話實說」。「奴婢，奴婢對大遼忠心耿耿，可，可畢竟已經五十有三，如果，如果不能活著回到中原，死後，死後也是個孤魂野鬼。無論走到哪兒，都任人欺凌！」

「死後？你想得可真夠長遠的！」耶律亦舍楞了楞，終於對他的言辭產生了一點兒興趣。契丹族出自東胡，曾經長期屈服於突厥統治之下，因此信仰也與早期的突厥人類似。從不相信有什麼地獄輪迴之說，只相信人死之後，靈魂無論生前好惡，都自動回歸長生天的懷抱。因此，聽馮思安說得可憐巴巴，忍不住感覺有些新鮮。

那馮思安做過多年太監頭目，對人心的把握可稱一流。聽聞耶律亦舍的聲音已經不像先前那樣冷漠，立刻裝出已經行將就木的模樣，喘息著補充：「奴婢，奴婢這種無兒無女的，最，最怕的就是死後孤單。所以，所以不惜一切代價，也要回到家鄉去，儘量，儘量葬在祖宗墓地裡，好歹，好歹背後能有個倚靠！將軍，將軍明鑑，奴婢真的沒有維護，維護石家人的意思！」

「你沒有維護石家人的意思，你只是又懶又怕死而已！」耶律亦舍厭惡地抬起腿，將他踢開數尺，「有膽子繞路，你就自己去繞。今天我一定會沿著這條路追殺到底！石重貴也是沒長眼睛，身邊全是你這類貨色，怎麼可能不亡國！」

說罷，單手架著海東青，飛身跳上坐騎。抖動韁繩，繼續朝山谷深處疾馳而去。眾親衛立刻驅動獵犬和戰馬，該頭前探路的探路，該身後追隨的追隨，蜂擁而行。誰都沒有功夫，多看老太監馮思安一眼。

老太監馮思安楞楞地站了幾個呼吸時間，終究沒勇氣在曠野裡獨自夜行。跌跌撞撞地爬上留給自己的坐騎，快馬加鞭追了上去。一邊追，一邊用生澀的契丹語大聲求肯，「等等，等等奴婢。奴婢，奴婢跟你們一起去。奴婢，奴婢伺候石重貴多年，最是，最是熟悉他的人。他，他現在和沒亡國前的長相差別太大，奴婢，奴婢能幫，幫將軍大人，驗明俘虜正身！」

「汪汪，汪汪，汪汪汪，汪汪……」跑在隊伍正前方的兩隻獵犬大聲狂吠，好像在嘲笑有人居然如此下賤無恥。

「呼啦啦——」大群的野鳥，被馬蹄聲、狗叫聲和人的喊聲吵醒，騰空而起，在星光下彙聚成一大團烏雲。

烏雲下，山坡上，一塊塊凸起的山岩，就像魔鬼嘴裡倒豎的牙齒。

「轟隆隆！」有顆魔鬼的牙齒忽然從牙床上脫落，翻滾砸向山谷。

「轟隆隆！」「轟隆隆！」「轟隆隆！」另外三塊魔鬼的牙齒呼嘯而下，與先前的牙齒交錯而過，滾過陡坡，壓斷無數荊棘，壓翻無數野草，最終壓在了戰馬的腿上，濺起一團團血雨。

「不要停，加速衝過去，衝過去！」耶律亦舍將海東青向半空中一拋，隨即猛地一提韁繩，越過自家受傷袍澤的頭頂。中埋伏了！獵物居然沒有急著逃走，而是試圖利用地形，做垂死掙扎。不過，這種掙扎注定是徒勞！石塊滾得慢，戰馬跑得快，只要衝過這段危險區，然後再掉頭返回來，就能將獵物們抓住千刀萬剮。

「呼啦啦——」睡夢中被驚醒的海東青在半空中打個鏇子，借助落在地上的火把，認清方向，毫不猶豫地追上去，用爪子重新抓住自家主人的鑌鐵護肩。

「加速，加速衝過去，衝過去！」所有未受傷的契丹人，也都瘋狂催動戰馬。偷襲者占據了地利，停下來只會繼續挨砸。衝過去，然後再掉頭殺回，才是唯一的正解。

他們個個都是百裡挑一的皮室軍精銳，所做出的反應，也絕對恰當。然而，他們今晚所遇到的對手，卻個個都是萬裡挑一。

跑在最前方的耶律亦舍很快就發現，自家的獵犬停住了腳步。焦急地將頭扭到了後背上，跳躍，咆哮，聲嘶力竭。

海東青再度振翅而起，用利爪勾住鑌鐵護肩與鎧甲銜接處，拚命後拉。牠的力氣足以拎起一隻小羊，卻絲毫無法降低耶律亦舍奔向死亡的速度。

「轟！」疾馳中戰馬，忽然前腿被勾在了原地，身體卻無法對抗巨大的慣性，帶著自家主人向前高速翻滾。

「噗——」幾根削尖了兩端斜戳在泥土裡的木樁子，恰恰擋住了耶律亦舍和戰馬的去路，戳透人和馬的軀體，露出殷紅色的木茬。

「吱——！」失去主人的海東青，悲鳴著跳起，爪子朝戰馬屍體後半丈遠貼近地面處，狠狠抓下。一根又粗又長的鬃繩，瞬間露出了原貌。正是此物絆倒了耶律亦舍的坐騎，海東青絕不跟它善罷甘休。

然而，牠的爪子，卻無法將此物凌空拉斷。剎那間，又一匹高速疾馳而來的戰馬被絆在了鬃繩上。將背上的主人凌空甩出，狠狠砸向削尖成排的木樁。

鬃繩被馬腿繃直，狠狠彈中了海東青的小腹。

海東青受傷，悲鳴著跳起。

第三匹來不及停住腳步的戰馬飛奔而至，馬頭撞上海東青，將其撞出七八丈遠。馬身子被鬃繩絆倒，馬背上的契丹人凌空飛向木樁，腸穿肚爛。

「火把！」柴榮在石塊後迅速打燃火摺子，點著數根塗滿了松脂的乾劈柴，一股腦丟向山谷。

「嗖——」「嗖——」「嗖——」趙匡胤、寧子明、韓晶三個默默地跳起，朝著山谷裡的戰馬丟下火把。

在交戰之前，兄妹四人憑藉以往的作戰經驗，反覆推敲了每一個出手步驟，力求做到在交戰的一瞬間，給敵軍迎頭重擊。

習慣了憑藉實力碾壓對手的契丹人，幾曾遇到過如此精密的戰術？剎那間，根本不知道該如何應對。原本已經努力放慢速度的戰馬，被火焰所驚，立刻又高高地揚起了四蹄。而前路上，除了絆馬索之外，卻有成排的尖木樁和數不清的陷馬坑等著它們，才邁出了三五步，就又摔了個血肉橫飛。

「晶娘用弓箭壓陣！」柴榮根本不看對手的傷亡情況，又丟出了兩支火把，迅速從地上抄起剛剛用松木杆子做好的長槍。

剛剛剝了皮的松木杆子又濕又黏，遠沒有他慣用的騎槍順手。然而，卻好歹能跟他的精鋼槍鋒湊成一對兒，彌補了四人無法隨身攜帶長兵器的不足。端著這把散發著濃郁松油味道的長槍，他三步兩步就衝進了山谷，左手下壓右手前推，「噗」地一聲，將一名正試圖從馬背上跳下來的契丹武士戳了個透心涼。

「阿拉哈，阿拉哈！」臨近的兩名契丹武士大聲咒罵著向他靠近，卻無法讓受驚的坐騎配合自己的行動。柴榮迅速從屍體上拔出長槍，擰身橫掃，雪亮的槍鋒凌空畫出一道閃電，正中左側敵手的戰馬脖頸。

「嗤——！」槍鋒貼著戰馬脖頸疾抹而過，留下一條尺許長的傷口，血管經絡齊斷。血如瀑布般濺落，驚恐的戰馬悲鳴著揚起前蹄，然後鮮血流盡，轟然而倒。

馬背上的契丹武士搶在最後關頭雙腳狠踩馬鐙，鷂子般飛起，在半空中怒吼著揮動鐵鐧，直撲柴榮頭頂。剛剛從馬脖子上抹過的槍鋒，卻靈蛇般探了起來，所對方向，正是他下落的胸口，

「啊呀——！」怒吼變成了驚呼，半空中正在下撲的契丹人無法再改變方向，瞪圓了眼睛落在了槍鋒上。在對身體徹底失去控制權之前，他猛地揮動手臂，將鐵鐧擲向柴榮的頭頂。

同歸於盡，這是他最後的願望。然而，有一根粗大的包銅長棍卻忽然從柴榮身後舉了起來，「鐺！」地一聲將鐵鐧砸得不知所終。

「鐺！」緊跟著，又是一聲清脆的金屬撞擊聲。有把黑漆漆的短斧，凌空砍向了另外一名試圖策馬迎戰的契丹人。後者久經戰陣，手疾眼快。果斷將原本砸向柴榮的大劍豎在了胸前。短斧與大劍相撞，火星四濺。持劍的手被震得發酸，馬背上的身體微微搖晃。還沒等他努力找回平衡，黑夜中，又是一把短斧凌空飛至，「噗！」地一聲，砍入胸口半尺！

柴榮和趙匡胤二人身邊立刻一空，半丈範圍之內，再沒有活著的契丹人。寧子明大步從山坡上衝下，右手拎著五尺長的鋼鞭，左手拎著一把精鋼短斧，修長的身影像豹子般靈活。

「直接衝過去，別讓他們有機會下馬！」柴榮朝他投以讚賞的一瞥，抖動長槍，率先跳過地面上的屍骸。趙匡胤拎起包銅大棍，與他比肩而行。寧子明在半途中微微擰身，改變方向，斜著與兩位兄長匯合。三人在跑動中默契地組成品字型，長槍突前，大棍和鋼鞭左右護衛，金屬的寒光與山谷裡的火光交相輝映。

一名長著絡腮鬍子的契丹武士策馬迎戰，手裡的大劍舞得如同風車。寧子明一斧子砸過去，先卸

下了一條馬腿。三條腿的戰馬瞬間失去平衡，悲鳴著撲倒。馬背上的契丹武士被向前甩出半丈遠，身體如同蝦米般團成一團。柴榮毫不猶豫地挺槍下刺，在他的後脊柱上釘出一個巨大的窟窿。

另外一名剛剛緩過神來的契丹武士親眼目睹同伴的慘死，高舉著鐵鐧不知道是進是退。寧子明忽然朝他揚起了空空的左手，嚇得此人立刻甩開半邊馬鐙，馬腹藏身。趙匡胤笑著急衝而上，手起棍落，將他剛剛藏到戰馬身側的腦袋敲了個粉碎。

三兄弟驟然分開，又驟然合攏，踏著血跡和屍骸衝入敵群。他們身邊有六個契丹武士，人數剛剛是他們的雙倍，然而卻堪堪控制住坐騎，避免了被絆馬索絆倒。倉促之間，既組不成戰陣，又無法利用坐騎的速度。柴榮挺槍先刺中正對面一人的小腹，隨即撤槍大步後退，避開砸向自己頭頂的鐵鐧。趙匡胤用棍子護住了他的右側，將亂砸下的鐵鐧大劍盡數擋開，「乒乒乓乓」，包銅的棍子上，被砸得火星四濺。

寧子明雙手揮鞭，與左側的兩名契丹武士戰在了一處，長長的雙腿像春天的柳樹般，在地面上彈來彈去。一名契丹武士兩次進攻，都被他敏捷地躲開，不覺氣浮心躁。猛地一踩馬鐙，手舉著鐵鐧高高地站起，「嗖！」山坡上忽然飛來一記冷箭，正中此人手臂下毫無防護的肋骨。

「啊——」中了冷箭的契丹武士慘叫著落馬，另外一名契丹武士立刻與寧子明變成了正面相搏。騎在馬背上的他，雖然占據高度的優勢，靈活性卻差了不止一籌兩籌。寧子明猛地向側面拉開兩步，揮鞭砸碎了他的膝蓋骨。隨即高高地躍起，趁著他疼得無法直腰的瞬間，一鞭打斷了他的脊樑骨。

修長的身體在半空中側轉，右腿猛然後踹，踹中失魂落魄的戰馬。借著小腿處傳過來的反作用力，寧子明在半空中橫著飛出四尺，鋼鞭高舉，直撲與柴榮正對的一名契丹武士頭頂。那名契丹武士正在借助坐騎的高度，追殺柴榮。冷不防側翼飛來一桿鋼鞭，嚇得亡魂大冒，慌忙擰身，橫鐧自保。柴榮空出來的長槍，如毒龍般緊隨而至，刺入他身側肋骨下兩指處，深入半尺。

契丹武士腎臟被戳破，哼都沒來得及哼一聲，當場痛死。寧子明一鞭擊中屍體的肩膀，身體迅速落下。隨即再度高高跳起，凌空撲向趙匡胤的對手。

柴榮迅速從屍體上拔出槍鋒，轉身斜刺。三兄弟圍住兩名對手，以多擊少。不遠處剛剛躍過絆馬索，躲開陷馬坑，又在生與死的一瞬間拉住了坐騎，避免撞在削尖木樁上的契丹武士們，怒吼著撥馬回援，卻被一陣連珠箭，逼了個手忙腳亂。

「嗖嗖嗖，嗖嗖嗖，嗖嗖嗖！」韓晶在半山坡上，不停向前跑動。每邁出一步，都能將一支雕翎從半圓的角弓上射出，順勢還能從腰間的箭壺中抽出另外一支。嶙峋的山石，東一棵西一棵的野樹，對她的雙腿構不成任何阻擋。如同個傳說中的草原妖精般，她不斷變幻著方向和角度，將兩壺羽箭毫無間斷地射向敵軍，不求一擊必殺，只求讓對方短時間內，無法給正在激戰中的兩名武士提供支援。

夜風將她淡金的頭髮高高地吹起，在腦後飄飄蕩蕩。跳動的火光照亮她修長筆直的雙腿，就像兩隻跳動的音符。無聲的旋律中，她跳起一曲死亡之舞。不求欣賞，不求被關注，只求激戰後的瞬間一回眸。

得不到支援的兩名契丹武士，很快就被兄弟三人圍毆而死。柴榮從屍體上拔出長槍，將槍鋒指向最後的一夥對手。依然是三打六，兄弟三個渾身上下除了鮮血就是汗水，如同剛剛從血海中游了出來。六名契丹武士戰戰兢兢，左顧右盼，十二隻眼睛瞪得滾圓！

他們無法相信自己看到的情景，寧願自己正在做一場惡夢。二十名皮室軍精銳，一名將軍，在海東青和獵犬的幫助下，原本應該輕鬆地擒獲四名「中原皇族」，大功唾手而得。誰也沒有想到，就在小半炷香時間內，自己一方已經只剩下最後的六個人，而四名獵物，卻是毫髮無傷。

「啊嗚，啊嗚，啊嗚……」戰馬腳下的兩隻獵犬，率先感覺到了危險，悲鳴著不斷後退。他們這邊，人數是對方的兩倍，卻毫無勝算。因為幾個呼吸之前，同樣是對方的兩倍契丹武士，就在他們眼皮底下，被三個中原來的凶神給殺了個精光！

「他們害死了將軍，他們害死了將軍！」親兵頭目耶律紮古揮動著鐵鐧，叫喊聲裡帶著明顯的絕望。

按照遼國軍法，主將戰死，親兵如果不能帶回屍體，則非但親兵要被斬首示眾，家人也要抄沒為奴。如果他們能將屍體奪回，則會被編入罪軍。在下一場戰鬥中，充當先鋒。戰死沙場則身死罪消，僥倖未死則一切從頭來過。

眼下耶律亦舍的屍體已經掛在了尖木樁上，至少被戳出了四個血淋淋的窟窿。作為親兵，他們除了血戰到底之外，早已沒有了其他選擇！另外五名契丹親衛聽得明白，忍不住悲由心生。嘴裡發出一聲吶喊，三人策馬，兩名戰馬被陷馬坑卡斷了腿的徒步，朝著不到十步遠的三兄弟衝了過去。

十步距離，根本不夠戰馬用來提速。調整完呼吸的柴榮朝著戰馬上的敵軍冷冷一笑，邁動雙腿，挺槍相迎。左寧子明，右趙匡胤，鋼鞭銅棍伴著銀槍，寸步不落。

雙方距離迅速縮短，獵狗嗚咽咆哮，從馬腿下竄出來，硬著頭皮盡最後的職責。柴榮猛地壓槍下刺，從地面上挑起一隻獵狗，將屍體甩向馬背上的契丹武士。趙匡胤的大棍橫撥，將另外一隻獵狗掃出數丈遠，在山石上摔成一團肉泥。

面對著柴榮試圖加速的契丹武士被獵狗的屍體砸了個正著，滿頭是血。寧子明高高地躍起，一鞭將他擊落於馬下。柴榮快速前衝兩步，低頭避開迎面掃過來的鐵鐧，猛地擰身斜刺，長槍在兩匹戰馬的縫隙之間露出數尺，雪亮的槍鋒捅入持鐧者的小腹。

兄弟兩個腳步不停，迅速轉到對手的身後，隨即盤旋擰腰，撲向隊伍最右，與擋在敵軍右翼的趙匡胤一道，三打一。那名與趙匡胤放對的契丹武士情急拚命，揮動兵器朝下亂砸，根本沒有任何招數可言。柴榮和寧子明從他身後撲過去，槍鞭同下，將此人打落坐騎。
趙匡胤虎吼一聲，掄圓了包銅大棍砸向耶律絜古。另外兩名契丹武士徒步揮刀來戰，一人被柴榮戳翻，另外一人被衝過來的韓晶一箭射中了脊背。失去了幫手的耶律絜古揮動大劍格擋，試圖奪路而走。包銅大棍與大劍在半空中相撞，「鐺——」，紅星亂射。劍飛，棍至，砸在耶律絜古的大腿根兒上，濺起紅紅的一團。
「娘——！」耶律絜古疼得淒聲慘叫，雙手抱住戰馬脖頸，另外一隻腿繼續狠狠磕打馬腹。他必須逃，從這裡逃出去，將耶律亦舍的死訊帶回軍中。哪怕過後被斬首示眾，也要讓其他將軍帶著弟兄們將四個中原人碎屍萬段。
血淋淋的屍體堆中，老太監馮思安忽然一躍而起。割肉用的解刀刺入戰馬的脖頸，直沒及柄！
「唏吁吁——」可憐的戰馬悲鳴著曲起前腿臥倒，拚著最後一絲力氣，避免了自家主人被摔得筋斷骨折的下場。
「你是誰？」追過來趙匡胤沒想到屍體堆中還藏著一個人，楞了楞，本能地將包銅大棍橫在了胸前。
「小心！」柴榮、寧子明和韓晶三人也被打了個措手不及，驚呼著上前給趙匡胤提供保護。
就在這電光石火般的一瞬間，從死屍堆兒裡突然蹦出來的老太監卻乾淨俐落地從馬脖子上拔下解刀，不理睬隨時會刺在自己身上的長槍和短劍，反手一刀，割斷了耶律絜古的喉嚨。
「噗——」血光飛濺，一心逃命的耶律絜古終究未能如願以償，圓睜著雙眼緩緩栽下馬鞍。持解刀的老者迅速將刀朝血泊裡一插，轉過頭，朝著已經追到近前的寧子明屈膝跪倒，「少主，老奴馮思安，老奴馮思安以為這輩子再也見不到你了！」

「你——？」柴榮猛地停住了腳步，寧子明高舉過頭的鋼鞭也再也落不下去。楞楞地看著老太監，滿臉困惑。

「少主，老奴是馮思安啊！您不認識老奴了嗎？」老太監抬頭快速看了看，放聲嚎啕，「您小的時候，老奴還給您換過尿布吶！老奴，老奴今天被他們押著前來認人，萬萬沒想到，要認的人是您！」

「你，你是父親身邊的太監！」寧子明的身體晃了晃，手中鋼鞭無力地落在了地上。

父親，父親他果然是在故意騙我？他果然是為了讓我早些離開，才故意說我不是他的親生！剎那間，先前的懷疑迅速找到了答案，每一個字都令他痛徹心扉。

「老奴，老奴是！殿下，您終於認出老奴來了！老奴，老奴……」老太監馮思安膝行數步，張開雙手去抱寧子明的大腿。「老奴做夢也想不到，還能再見到您。老奴過了今晚，就是死，死也瞑目了！」一邊哭，他一邊斷斷續續的說，如同一個行將就木的老人，忽然看到了自己失散多年的親生兒子。

韓晶在一旁，看得眼圈兒發紅。趙匡胤舉在手裡的包銅大棍，也無奈的戳在了地上。只有柴榮，忽然皺了皺眉頭，用略顯生硬的契丹語喝令：「住口！鬆開你的手，離他遠一些！你到底是誰，怎麼會跟這群契丹人在一起？」

「老奴是陛下的貼身秉筆！」老太監馮思安的哭聲戛然而止，先用漢語回答了一句，隨即，主動又換成了契丹語，「老奴是被他們逼著來認人的。他們說，他們說你們四個裡邊，肯定有一個是陛下的親人。所以，所以才把老奴給抓了過來，以免認錯！老奴，老奴是被逼無奈啊，殿下，老奴先前根本不知道會遇到您！」

最後兩句，他又自動切換成了漢語。前後兩種語言之間，轉換得毫無停滯。

「把你的爪子鬆開，退後！」韓晶也猛然想起，石重貴曾經親口說過，他身邊的親信早就被別人殺光了。立刻收起了眼淚，用短劍指向老太監的眉心。

「老奴，老奴……」冰冷的劍鋒，立刻刺激得老太監汗珠亂滾。趕緊鬆開抱著寧子明雙腿的手，快速挪動膝蓋拉開距離，「是陛下，是陛下見了你們之後，大醉酩酊。那個完顏遂就看出了情形不對，彙報給了耶律將軍。耶律，耶律將軍派人去追你們，卻發現你們沒有回營州，而是半路轉向了南方。所以知道自己上了當，立刻親自帶兵追了下來！」

這話，倒也嚴絲合縫。柴榮、趙匡胤和韓晶滿臉疑惑，卻不方便繼續越俎代庖，紛紛將目光轉向寧子明，等他做最後的決定。

寧子明心神激蕩，哪裡有什麼理性可言？然而，發覺幾個好朋友都一眼不眨地看著自己，立刻意識到此刻不是感情用事的時候。想了想，沉聲問道：「你是幾時做上我父親貼身秉筆的？跟了他多少年了？」

「好多年了，老奴，老奴也記不太清楚。但，但做了陛下秉筆的事情，卻是，卻是陛下北狩之後，之後才有的事情。」馮思安的心臟偷偷打了個哆嗦，臉上卻依舊保持著又驚又喜的表情，快速回應。「按說，按說原本輪不到老奴這笨手笨腳的，可，可機靈一點兒的，要麼被契丹人給殺光了，要麼半路上自己逃了。老奴，老奴就被臨時提拔了起來！」

「嗯！」寧子明皺了皺眉頭，低聲沉吟。

對方的話，跟父親在酒宴上跟他自己說的話，倒也能對得上號。讓他從裡邊挑不出任何毛病。然而，老太監殺人時那嫺熟狠辣的動作，卻讓他心裡暗生警覺。本著會拖累幾個好朋友的想法，沉吟了一下，他繼續問道：「那你可知道，我外祖家是誰？我有幾個舅舅，他們可否還在人間？」

「殿下的外祖父從訓公乃本朝名臣，曾任後唐的憲、德二州刺使。殿下有兩個舅舅，諱彥儒、彥斌，一個無意仕途，另外一個是高行周帳下的步軍左廂都指揮使，甚得依仗。」馮思安心裡一鬆，毫不遲疑地給出了答案。

依舊跟寧子明自己掌握的東西扣得嚴絲合縫兒，令少年人無法找出任何破綻。想了想，苦笑著搖頭，「你既然叫我一聲少主，還給我換過尿布，那你可知道，我是何年何月所生？」

「當然，當然知道！」老太監馮思安跪直身體，舉著手大聲彙報，「殿下您是長興四年二月生，老奴當時就在院子裡。親眼看到，您誕辰當晚，紅光滿室。高祖當時還未登基，得知後龍顏大悅，說您是石家麒麟兒，必給家族帶來鴻運。當年冬至月，高祖果然被加封為北京留守、河東節度使，另兼職大同、振武、彰國、威塞等地軍隊蕃漢馬步軍總管……」

「好了，你不用再說了。你今後有何打算？」沒等他把一段陳年往事說完，寧子明擺擺手，笑著打斷。

「當然，當然是跟著殿下您！殿下，老奴，老奴會說契丹話，還認識回中原的路。老奴，老奴願意為您效犬馬之勞！」馮思安沒想到自己這麼容易就過了關，心中一陣狂喜。用力磕了個頭，大聲回應。

「噢，是這樣！」寧子明聞聽，臉上立刻露出了意動的表情，想了想，拋出最後一個問題，「那你臨行之前，可曾知道姓耶律的，是否把消息傳了出去？」

「沒，沒有！」馮思安急於表現，大聲回應著搖頭，「他當時惱羞成怒，急於挽回面子，除了身邊這幾個人之外，根本沒對其他任何人透露說要去幹什麼。即便他送出了消息，殿下也不必害怕。遼東不比中原，地廣人稀。除了有限的一兩個關卡之外，其他險要，咱們都有辦法繞過去！老奴知道路，老奴這一年多來，無時無刻不想著怎麼才能平安返回中原！」

「也好，正巧我們缺一個嚮導！」寧子明深吸一口氣，很高興地點頭。「你起來吧，把這裡收拾一下，然後咱們立刻動身！」

「謝，謝殿下，謝殿下收留！」懸在嗓子眼兒的心臟終於落回了肚子內，馮思安恭恭敬敬地又給寧子明行了個全禮。從地上爬起來，撿回自己的解刀，開始挨個翻揀地面上的屍骸。

他人老成精，唯恐留下活口。因此每走過一具屍體，都毫不猶豫地在其喉嚨處割上一刀。然後才開始掏空屍體上的所有衣袋，挑選對南行有用的東西。

柴榮、趙匡胤和韓晶雖然對此人依舊非常不放心，但畢竟其屬於寧子明的家奴。本著打狗也得看主人的顧忌，不想干涉太多。所以互相看了看，迅速去收攏山谷內尚且能用的戰馬。

那契丹將領耶律亦舍雖然只帶了二十名親衛就匆匆來追，戰馬卻帶了足足六十餘匹。此刻扣除受傷和死去的之外，能繼續騎乘的，還剩下了五十掛零。再加上馬背上馱的乾糧、精料和水囊，足以讓大夥沿途不用再做任何補給就直達幽州。

待大夥將戰馬收攏完畢，老太監馮思安給地面上的屍體補完了刀。雙手捧著幾面明晃晃的金牌，滿臉媚笑走到了寧子明面前獻寶，「少主，這下咱們可省心了。拿著它，沿途關卡都暢通無阻！」

「有勞了！」寧子明輕輕擺了擺手，笑著道謝。

「不敢，不敢！您是殿下，老奴伺候您還不應該嗎？」馮思安媚笑著將身體側轉，搖頭晃腦。

「我剛才忘了問你一件事，我到底是大皇子，還是二皇子？」寧子明又笑著點了點頭，順手將鋼鞭抄了起來。

「您，您當然是，是大，不，是二殿下！」馮思安臉色大變，倒退著叫嚷，「殿下，您怎麼能懷疑老奴？老奴給你換過尿布，換過尿布哩。老奴對您，對陛下的忠心，天日可鑑！」

「包括帶人來追殺我嗎？」寧子明上前一步，鋼鞭高高地舉起，「長興四年我祖父既然尚未登基，家中怎麼可能敢用太監？更何況我父親只是他的養子，私下蓄養太監在家，即便不被後唐皇帝抄家滅族，也得被我祖父大義滅親！又怎麼可能活到現在！」

話盡，鞭落！

馮思安慌忙丟下金牌，拔刀抵抗。手臂才舉到一半兒，「喀嚓」一聲，腦門兒已經被打了個粉碎！

「啊——」韓晶一直試圖尋找機會提醒寧子明，老太監的話語裡破綻重重，卻沒料到後者忽然就動了手，嚇得尖叫一聲，連連後退。

趙匡胤卻一個箭步竄上前來，先扶住了韓晶，隨即大笑著說道：「殺得好，殺得好！這老東西拿別人當傻子，卻不知道他自己才是最傻的那個！我要是你，就等過了白溝河再殺了他。讓他小心翼翼伺候你一路，最後依舊做個孤魂野鬼！」

「二弟，不要胡鬧！」只要不上陣廝殺，柴榮就總是一副不緊不慢模樣，擺擺手，笑著喝止，「有千日抓賊，哪有千日防賊的道理？那老太監已經人老成精，真的跟他一路走到白溝河，咱們兄弟還不知道被他賣了多少回呢！」

「那倒也是，咱們沒辦法日夜都睜著眼睛！」趙匡胤想了想，笑著點頭。然而，很快就又搖了搖頭，快速補充道：「不過還是有些可惜了。此人契丹話說得比大哥你還地道，又熟悉回中原的道路。這麼早就殺了他，咱們等於白白浪費了有一個現成的嚮導。」

「你不去做生意，才是可惜了呢！」柴榮瞪了他一眼，笑著打趣。隨即將目光轉向已經有些神不守舍的寧子明，低聲安慰：「我原來以為你會心軟，還琢磨著該如何勸你早做決斷。沒想到卻是小看了你。世伯早就說過，他身邊沒有任何可信之人。而這老東西嘴裡根本沒一句實話，多留著他一天，咱們就多承擔一份風險！」

「小弟明白，小弟剛才讓大哥和二哥擔心了！」寧子明回過頭，強笑著拱手。

剛才動手之時，他一心想著不能因為自己優柔寡斷，連累了兩位哥哥和一位嫂子。而現在，卻忽然發現，自己在不知不覺間，已經習慣了用殺戮來解決麻煩。至於這種變化到底是好是壞，放眼四望，卻沒有任何長輩能給他指點。

父親說自己是撿來的，兩個舅舅從去年自己被郭允明劫持到現在，都沒有主動聯繫過一次，想必也是不願受到石家的牽連。而此番南歸，再來遼東還不知道是何年何月！即便自己最終能積攢起來足夠的實力，誰又敢保證父親真的能等那麼久？

「自家兄弟，客氣什麼！」知道寧子明有心結暫時無法解開，柴榮也不多說。笑了笑，轉頭去安排南歸事宜。

有了耶律亦舍主動「送」上門的戰馬和物資，旅途自然變得輕鬆了許多。兄妹四個打扮成販賣馬匹的商人，匯合上郭恕等三名死士，一路繞開為數不多的關卡和軍寨，只花了十多日光景，就平安抵達了薊州。

再往南走，趕著一大群軍馬招搖過市就太顯眼了。好在柴榮在此早留下了暗樁，找了個機會偷偷接上頭，將軍馬換成了挽馬和大車，將大車上裝滿甘草、地黃、紅花、黃芪、防風等草原特產藥材，兄妹四個搖身一變，就變成了在當地頗受歡迎的藥材商人。

原本留在檀州、薊州等地收購土產的夥計們，也紛紛趕著車馬前來匯合。商隊越往南走，規模日漸壯大，裡邊的貨物種類也越聚越多。待商隊抵達幽都，也就是遼國的陪都南京附近時，已經看不出任何破綻，包括各類通關手續，都早已通過南樞密院下屬的衙門，辦得一應俱全。

再一次到了自己家門口兒，韓晶心裡好生為難。想要回家與父母一聚，卻不知道，自己還有沒有機會再見到趙大哥。想著與趙匡胤雙雙南歸，卻既捨不得父母，又不知道自己這一路上死纏爛打，會不會被未來的公公婆婆看輕賤了，從此永遠冷眼相待。整日間，瞻前顧後，左右為難，比胳膊上又挨了一刀，看起來還要楚楚可憐。

柴榮是過來人，豈能察覺不出韓晶的情緒變化？找了機會，把兄妹四人聚在一起，笑著提議，「二弟，晶娘，你們兩個別嫌我這做哥哥的多嘴。這一路上千里相送，又千里相隨，瞎子都能看出來你們之間到底是怎麼回事兒。不如乾脆就捅破這層窗戶紙，彼此給個痛快話。漢遼雖為敵國，可國事和家事卻沒必要混為一談。拋開國事，汴梁趙家和幽州韓家，卻也算得上門當戶對！」

話音未落，韓晶已經羞得掩面而逃。雙腿卻忽然沒了力氣跑得太遠，躲在一棵只有手臂粗細的柳樹後，豎著耳朵偷聽趙匡胤的答案。

「不瞞大哥，我這幾天，一直琢磨著怎麼跟晶娘說！」趙匡胤雖然自詡粗豪，卻也弄了個面紅耳赤。拱了拱手，大聲道：「我，我在像子明這麼大時，家裡，家裡已經給安排了一門親事。姓賀，其父與家父乃生死之交。雖然，雖然賀氏不太合我的意，可，可她過門之後，也，也能做到孝敬公婆，持家有方。所以，所以若是，若是再貪心，恐怕，恐怕就會讓晶娘受許多委屈！」

「你……」柴榮聞聽，立刻開始齜牙，「你怎麼不早說！」

怪不得自家二弟做什麼事情都乾脆果決，唯獨在晶娘身上拖拖拉拉。原來二人之間，還隔著如此大的一座高山。

這年頭，戰事頻繁，活下來的成年女子是男子的數倍。所以一妻多妾，在民間也非常普遍。但以韓晶的家世身份，肯定不能委屈了做妾。而趙匡胤若是無緣無故休了先前娶的妻子，跟岳父家無法交代不說，其本人的名譽，也會瞬間臭不可聞。

「小弟，小弟一直心裡為難，所以，所以也拖延至今！」趙匡胤也知道，自己在這件事上，有些對不起人。偷偷朝晶娘藏身的柳樹後掃了一眼，咬著牙補充：「停妻再娶的事情，小弟無論如何都不敢做。所以，所以才打算回到中原後，立刻跟著大哥去軍中效力。只要馬上博取了功名，便有資格並嫡，只是，只是，只是又要委屈晶娘久等！」

這幾乎是唯一的辦法，按照中唐以來的習俗，只要地位足夠，即便不是王侯，也可以同時娶多個妻子。官方稱之為並嫡，妻子之間彼此不分大小，生下來的孩子也可以都被視為嫡出，有平等繼承家業的權力。注二九

柴榮走南闖北，見多識廣。當然明白，趙匡胤的想法大有可行之處。看了看已經滿頭是汗的自家二弟，再看看躲在樹後不肯露頭的韓晶，微微一笑，故意板起臉呵斥道：「你想得倒是美，晶娘又不是上輩子欠了你的，憑什麼要眼巴巴地等著你去博取功名？我看，這事兒還是算了吧，你們兩個長痛不如短痛……」

「誰說我不願等了？」一句話沒有說完，韓晶已經從樹後飛身跳出。三步併作兩步「飛」到柴榮面前，指著他的鼻子尖叫，「你又不是他親哥哥，憑什麼給他做主？只要他不負我，我這輩子就跟定了他。甭說等上三年五年，就是等上一輩子，也心甘情願！」

「此話當真？別遇上些麻煩，就哭天搶地！」柴榮心中暗笑，話卻說得愈發聲色俱厲。

「哭天蹌地我心甘情願！我這輩子就跟定他了，姓柴的，你休想……」韓晶跺了下腳，尖聲叫嚷。

注二九、並嫡：是唐代中晚期盛行的一種多妻風俗。不同於傳統的一妻多妾，底層官吏和地方大戶，豪商，也可以像王侯一樣娶多個妻子。近代發現的敦煌唐戶籍中，一男注籍領二妻現象很普遍。已經從貴族蔓延到民間。

話吼出了一半兒，忽然察覺到對方的臉色怪異，瞬間羞得無地自容，雙手捂住臉，飛一般遠遁。

「還不去追！」柴榮抬腳輕輕踹了正準備過來道歉的趙匡胤一下，大笑著提醒，「這麼點兒小事兒都搞不定，我都替你著急！」

「多謝大哥成全！」趙匡胤也恍然大悟，丟下一句話，拔腿追了下去，轉眼間，就消失得無影無蹤。

「費勁！」柴榮朝著二人的背影搖頭而笑，心中好生為成全了一段姻緣而得意。轉過身看見臉上帶著幾分羨慕的寧子明，想了想，又笑著打趣，「看什麼看？與其臨淵羨魚，不如退而結網！你可有了心儀的女人，如果有的話，哥哥我回頭也去替你做一回媒！」

寧子明眼前飛快地閃過一個淡綠色的身影，臉色微紅，笑著搖頭：「多謝大哥！不過我的事情，還是過兩年再說吧！好歹自己先有了安身立命的本錢，否則任何事情都是空想！」

柴榮年齡比他大一輪有餘，又常年走南闖北，因此用眼睛微微一掃，就猜到前一段時間某些在諸侯之間的傳言恐怕並非空穴來風。想了想，笑著補充。「這話，聽起來好像也有幾分道理！但不完全正確。有道是，花開堪折直須折……」

「那也得有地方安置花枝才行！」寧子明輕輕嘆了口氣，說出了一句與其年齡極不相符的話，老氣橫秋。

這一路上，看著二哥趙匡胤和晶娘兩個人比翼雙飛，眉目傳情，他又何嘗不羨慕？可羨慕歸羨慕，現實卻不准許他有任何奢想。常思當初問得好：「即便老夫肯讓女兒下嫁，你又如何保證她此生衣食無憂？」

「那可未必！」柴榮剛剛成全了趙匡胤的好事，話有點兒多，笑著搖了搖頭，低聲開解，「劉氏的皇位日漸安穩，你的前朝皇子身份對他已經沒任何威脅。只要不叫石延寶，憑你這身本事，安身立命輕而易舉。」

「那時，在別人眼裡，我也就成了個大頭兵！」寧子明聳聳肩，苦笑著感慨。

前朝二皇子身份，的確給他帶來無窮無盡的麻煩，但是在這個講究門當戶對的年代，沒了前朝二皇子身份之後，他與常婉瑩之間，就出現了一條幾乎無法逾越的鴻溝。想要如願走在一起，依舊難比登天。

「大頭兵怎麼了？我姑父、史樞密，還有已故的漢帝，當年可都是大頭兵！常節度出身稍好些，也不過是個豪商而已。」不知道被觸動了心中哪根弦，柴榮看了他一眼，鄭重反駁。

知道自家三弟此刻心事頗重，不待寧子明解釋，他又低聲補充：「我姑母曾經是李存勖的妃子，當年從宮裡出來之後，不知道有多少公子王孫想要娶她回家，沾沾皇氣！可我姑母卻偏偏就選中了我姑父這個大頭兵。」

「當時柴家上下，幾乎沒人看好這段姻緣。可我姑母卻說，男人只要有情義，有擔當，有本事，其他什麼榮華富貴，不過是身外浮雲。事實也證明，我姑母的選擇無比正確。昔日的王孫公子如今個個不見蹤影，我姑父卻從一個大頭兵，成為大漢國的柱石！」

他對養父郭威和養母柴氏都極為佩服，因此說起這段往事來，整個人從頭到腳都寫滿了自豪。寧子明聽了，情緒大受鼓舞，沉吟了片刻，笑著感慨：「郭樞密乃一代人傑，又怎麼是小弟能比？不過若是換了小弟與他易地而處，恐怕從此也要加倍努力，不敢辜負了你養母的這份真情！」

柴榮微微一楞，笑容瞬間湧了滿臉：「你這話，角度倒也新鮮。若是被我姑父聽到，恐怕又要大醉一場！」注三〇

注三〇、郭威與柴氏的故事，是一段非常經典的愛情小說。柴氏看盡繁華，最終選擇了郭威這個一文不名的兵痞。而郭威通過自身努力，最終也證明了柴氏當年的選擇正確。郭威做皇帝時，柴氏已經亡故。但郭威所封的皇后，卻始終只有柴氏一個。

其養父郭威發憤讀書的時間，恰恰在當年成親前後。如今世人紛紛讚嘆柴氏有旺夫之相，眼光獨到，誰曾看見，郭威為了不願辜負柴氏這份深情，半夜挑燈苦讀，硬是從大字不識幾個，變成了滿腹經綸？

想到這兒，他心中成人之美的願望愈發強烈。抬手拍了寧子明一巴掌，笑著鼓勵：「喜歡誰，你儘管去信明說！哪怕那姑娘的家人看你不上，至少姑娘自己能明白了你的心意。別讓人家姑娘猜，也別讓人家等得太久，俗話說，美人如花，真正盛開的時間，也就那麼幾天兒！」

「好歹也得先過了拒馬河！」寧子明知道大哥是出於一片好心，笑著敷衍。

「你年齡分明比元朗小許多，怎麼說話做事卻一點也沒年輕人的銳氣，就像個小老頭一般！」柴榮又狠狠拍了他一巴掌，笑著數落。

「也許是我曾經死過一回，再活過來，就算經歷了兩輩子吧！」寧子明疼得齜牙咧嘴，目光卻變得愈發深邃。

談到生死，柴榮的年齡和閱歷就沒有任何作用了。畢竟寧子明後腦勺上的疤痕擺在明面兒上，至今有一大塊還「寸草不生」。

兄弟二人各自找了個樹蔭，一邊享受盛夏裡難得的清涼，一邊等待趙匡胤把晶娘追回來。這一等，可就是整整一個下午。直到日落西山，被等的人才訕笑著出現，臉上都帶著幾分羞澀，然而四隻眼睛裡頭的甜蜜，卻是如假包換。

見整個商隊依舊停留在原地，趙匡胤大窘。連忙拉著晶娘，前來感激大哥的成全之德。到了此刻，柴榮卻又正經了起來，想了想，非常認真地叮囑：「你們倆這件事，擺在明處，肯定會給雙方家裡帶來麻煩。但也不能永遠拖著。等過了拒馬河，晶娘妳就回家，把事情原委如實跟父母彙報。元朗則回去托人到幽都來偷偷提親。只要不是大張旗鼓，想必雙方家族，也不會過於為難！」

眼下燕雲十六州雖然被契丹占據，但當地許多大族卻都在腳踏兩隻船。即便做了遼國的官，暗地裡也與中原多有往來。其中最著名的，便是耶律阿保機的心腹謀士韓延徽。因為思念故鄉，乾脆偷偷跑回後唐尋求出仕。直到被權臣王緘發生衝突，怕被其所害，才又怏怏前往契丹。

所以在柴榮等人眼中，趙、韓兩家各處一國的事情，並非不可逾越的鴻溝。燕雲兩地的漢人依舊是漢人，割讓燕雲的是石敬瑭，而不是燕雲兩地的世家大族。只要趙匡胤和韓晶偷偷默默地把親成了，不給各自的家族添麻煩，想必家中長輩也樂於看到兒女們能有個好姻緣！

當晚，兄妹四人與商隊一道，在野外露宿。第二天早晨起來，繼續策馬南行。正是荷花盛開時候，一路上，水若眼波橫，山似眉峰聚，每一張面孔上，都笑容滿滿。

只可惜，路再遠，也終有盡頭。

這一日，隊伍早早地抵達了拒馬河畔。排在更早抵達的其他商隊身後，準備向守關的稅吏繳納厘金，依序通過河面上的浮橋。

拒馬河是大漢與北遼的暫定邊界，雙方雖然誰都不承認，卻暫時都默契地將兵馬收攏於河道兩岸，以避免發生沒有準備的軍事衝突。因此，拒馬河上的浮橋，也就成了大夥南歸的最後一道關卡。只要成功混過去，馬蹄踏上南岸的土地，就算徹底逃離了生天。

韓晶知道跟趙匡胤分別在即，心中十分不捨，拉著情郎在樹下叮囑個沒完。柴榮和寧子明兩個，也雙雙鬆了一口氣。跳下坐騎，一邊給戰馬餵水，一邊緩緩走動舒展筋骨。

才走了幾步，耳畔忽然聽到一陣嘈雜。隨即，擁擠的隊伍前方，幾名漢家打扮的商販夥計，哭喊著逃向了河灘。而兩名守厘卡收費的契丹小吏，則揮舞著鐵尺，皮鞭，在其身後緊追不捨，一邊追，一邊破口大罵，「窮鬼，活該餓死的窮鬼。竟敢跟爺爺討價還價，吃了豹子膽了你！老子懷疑你是南人的探子，這幾車皮貨都是禁運品，全部收繳充公。你們幾個，跟老子去衙門裡核實身份！」

「大爺，大爺饒命啊！小的，不是要討價還價，小的上次過河的時候，的確只收了兩成啊！」商販們捨不得財貨，不敢跑得太遠。用手捂著腦袋，哭喊求饒。

那小吏手下卻毫不留情，繼續一邊抽打，一邊厲聲咆哮：「老子說幾成就是幾成，你敢替老子做主，反了你！別跑，趕緊跪下受縛，否則，當場格殺無論！」

「大爺，大爺饒命。小的再也不敢了，再也不敢了……」商販們哀哭求告，不敢奢望能拿回貨物，只求能逃得一死。

一眾等候過河的其他商販心有戚戚，卻誰都是敢怒不敢言。拒馬河以北，是遼國的地界。作為漢國百姓，怎麼可能指望這裡的官府能秉公辦案？挨打的那幾個倒楣鬼不去衙門，只是丟光了貨物。若是真的跟著小吏去了衙門，恐怕連命都得搭上。

「奶奶的！」眼看著挨打的小販已經氣息奄奄，寧子明忍無可忍，手向馬鞍子後一探，就準備仗義直言。

柴榮卻搶先一步按住了他的手背，搖搖頭，低聲道：「子明，切莫衝動。守河的可不是區區幾十名稅吏。沿河駐紮的遼軍，隨時都會過來巡查。一旦動起手來，即便你我能平安脫身，今日過河之人，恐怕也得被遼兵殺死一大半兒！」

「嗯！」寧子明咬著牙點頭，心中卻有滔天怒火來回翻滾。

「君子報仇，十年不晚。將來肯定有一天，咱們會帶著大軍打到這兒！」柴榮怕他衝動，拉住他的一隻胳膊，低聲開解。

「嗯！」寧子明又低低回應了一聲，目光沿著河畔來回逡巡。與黃河、桑乾河相比，拒馬河的水量並不算太充沛。但河道兩岸，卻極為陡峭，並且寬一段兒，窄一段兒，變化不定。連帶著河水也時急時緩，滔滔滾滾，起伏難測。這樣的河流，很難走得動大船。而想要架橋的話，橋墩和橋基又非常不容易找到合適地址。千百年來，兩岸百姓完全是靠小漁舟和浮橋來過河。每逢汛期，基本上就是交通斷絕，旅人望河而嘆。

「不用找了，就這一條浮橋，方圓兩百里之內，肯定沒有第二條。這條河，跟咱們曾經走過的高粱河、潞河都有同樣的麻煩，寬窄變化不定，水量時大時小，並且河面上沒有足夠的橋樑！」柴榮此番北行，並不是完全為了經商。略一琢磨，便知道寧子明正在看什麼，一邊走動，一邊低聲說道，「不光是咱們現在殺人容易，脫身難！將來若是有人領軍北伐，也是個大問題。防守一方只要砍斷拴浮橋的繩索，就至少能遲滯進攻方五天以上。如果其中一方不熟悉水文，還在了汛期作戰，未等打，基本上就敗局已定了！」注三二

「如果冒險強渡呢，趁著守軍反應不及？」寧子明在常思帳下，已經積累了不少作戰經驗。抬頭朝河面上掃了幾眼，低聲問道。

「損失太大，並且物資補給很難供應得上！」柴榮想了想，很內行地搖頭。「除非像契丹人那樣，過了河之後放任士卒四下劫掠。可那樣做的話，就會民心盡失。即便能將燕雲十六州收回，也未必能守得住！」

「那就只剩下了一個辦法，買通守橋的兵卒倒戈。或者派少量精銳偷偷泅渡過去，出其不意先拿

注三二、古代高粱河水量很充沛，現在只剩下了一條不到十米寬的乾水溝。具體位置在北京在高粱橋附近。

下浮橋。然後背水紮下營壘，一邊接應大軍搭更多的浮橋渡河，一邊頂住對手的反撲！」寧子明聽他說得認真，皺緊眉頭，一邊觀察沿岸地形，一邊給出自己的見解。

「那先渡河者，必須是百戰精銳。領軍的將領，也必須把自家生死置之度外！」柴榮的眼神迅速一亮，隨即又苦笑著搖頭，「你可能不知道，各節度使帳下，能真正不顧生死的精銳，只有各自的衙內親軍。而衙內親軍，則是節度使的立身之本。甭說陣前拚光了，即便折損過半兒，他就有可能面臨被別人吞併的風險。」

「怪不得上次經過易縣的時候，守軍見到山賊都望風而逃！」寧子明微微一楞，衝口說道。隨即想起，常思初至潞州，麾下只帶了五百部曲，卻能大殺四方。很顯然，這五百部曲，就是常思的立身根本。只要這五百人不傷筋動骨，常思換個地方一樣做他的節度使。而這五百人折損殆盡了，他的地位就危險了。即便手裡握著節度使大印，也會被地方豪強架空起來，成為有名無實的傀儡。

「那哥倆原本就是山賊，當然捨不得把本錢拿出來！」柴榮笑了笑，嘆息著搖頭，「不光是他們哥倆。李守貞退守河中，白文珂、郭從義和常節度率眾十萬圍城，從年初打到現在，連城頭都沒攻上去一回！要說後面三位，用兵能力可是比李強了十倍。但強攻就肯定會折損精銳，所以大夥乾脆就在城外看著，誰也不肯先折了老本兒！」

這話，寧子明就接不上茬了。一則，常思對他有活命之恩，他不願在背後數落常思的不是。二來，在他眼裡，李守貞肯定不是什麼好東西，大漢皇帝劉承佑更不是好鳥，他們兩家打起來，面對面直接拚個玉石俱焚才對，最好別拖累其他人。

「打一個無勇無謀的李守貞尚且如此，將來誓師北伐，在這裡對上了契丹人，恐怕眾將更是各懷心思！」柴榮心情有些鬱悶，只管繼續低聲點評。「大晉當年為什麼被契丹滅國？杜重威臨陣倒戈是一方面，各節度使都忙著保存實力，誰都不肯帶頭拚命，則是另外一方面。若符彥卿、高行周這些人奮勇爭先，杜重威哪有機會跟契丹人去勾結？」

他眼下雖然沒有官職在身，可所看所想，卻是早日重整漢家舊日河山。故而對當下中原諸侯割據，各顧自家一畝三分地，卻無視遼國鐵騎壓境的現狀，極為痛恨。然而痛恨歸痛恨，大多數時候，他卻一點力氣都使不上。充其量只能對著河水，跟知交好友一道發幾聲牢騷而已。

「唉——！」寧子明的手從掛在馬鞍後的鋼鞭柄處挪開，對著河水長長地嘆氣。河畔上的哭聲已經停了，挨打的商販們生死不明，打人的契丹小吏志得意滿。排隊等待過河的其他商販們，則一個個低著頭，將手縮在袖子裡，繼續緩緩向前挪動，就像一大群等待宰殺的羔羊。

「如果將來有一天，咱們能親手訓練出一支悍不畏死的精兵。其中個個都不輸於節度使的衙內親信！」柴榮也對著河水吐了口氣，仰著頭說道。聲音很低，卻認真且堅定。「昔日項羽與章邯對陣，諸侯也曾做壁上觀。可項羽帶著麾下的楚國子弟，照樣能大破二十萬秦軍。如今既然這個項羽沒人願意做，咱們兄弟就自己來！」

他生得並不算魁梧，與寧子明相比，個子差不多高矮，肩膀窄了兩寸。但此時此刻，面對著滔滔拒馬河，竟令人生出一種需要仰望之感。彷彿兩岸的陽光一瞬間全照在了他一個人身上，而周圍的樹木、山川、河水以及正在排隊過橋的人群，全都成了靜止的布景。

「如果真的有那麼一天，某定然與大哥並肩而行！」心中陡然生出一股豪氣，寧子明衝口允諾。

「好兄弟，我就知道你不會是個孬種！」柴榮拉住他的手臂，另外一隻手在他的肩膀上用力拍打了幾下，大笑著說道，「父輩們如何，是父輩們的事情。咱們自己是自己！我等既然生為男兒，就莫辜負了這副大好身軀！」

「正如哥哥所言！」寧子明心中依然有鬱結未解，但年輕的面孔上，卻已經灑上了幾分陽光。

兄弟二人正躊躇滿志間，耳畔卻忽然傳來一陣低低的馬蹄聲響。猛回頭，只見韓晶與趙匡胤兩個，做賊般躲躲閃閃地湊了過來。隔著四五步遠，悄悄打了個手勢，用極低的聲音喊道：「大哥，子明，跟我們走。去下游，二十里之外有個渡口！」

「怎麼了？」柴榮大吃一驚，一邊認鐙上馬，一邊壓低了嗓子追問。

「路上說，不要找郭恕他們幾個了。人越多，目標越大！」韓晶又用力擺了下手，抖動韁繩，率先離去。

寧子明等人心知不妙，趕緊策馬跟上。一口氣沿著河灘跑出了七八里，看看周圍已經沒了人煙，韓晶才又放緩了馬速，回過頭，慘白著臉解釋：「遼國把你們三個的相貌畫了圖，正由守橋的兵士拿在手裡挨個核對。浮橋肯定過不得了，咱們試試能不能從渡口走。我來想辦法送你們上船！」

「渡口？哪裡有渡口？有沒有守衛？人數大概是多少？」寧子明聽得心裡一緊，右手本能地就去摸馬鞍子下的鋼鞭。

「你自己沿著大路回幽都，別管我們，我們三個怎麼著也能找到辦法離開！」柴榮略做沉吟，迅速給出一個解決方案。

浮橋上的商販太多，即便殺了守衛硬闖，一時半會兒也過不了河。並且整個柴家商隊，連同周圍的很多無辜百姓，都會受到牽連。而換個地方就不同了，以兄弟三人的武藝，只要不遇到大隊的遼軍，輕鬆就能殺出一條血路來。

這個方案不算太好，卻已經是眼下最穩妥的辦法。既考慮到了兄弟三人的身手情況，又把韓晶和她背後的家族，從漩渦中摘了出去。然而，話音剛落，卻遭到晶娘的強烈反對：「不行！我剛才看了，耶律留哥的兵馬就駐紮在附近。他是遼國數得上號的猛將，可不像耶律亦舍那麼容易對付！」

「耶律留哥，這個瘋子居然也在？」柴榮聞聽，手本能地摸向了行囊中的精鋼槍頭，警惕滿臉。

耶律留哥是耶律德光的堂弟，去年南侵時，獨領一支兵馬作為先鋒。沿途中，不知道多少漢家豪傑死在他的刀下。遼軍因為折損過大北返，又是他頭前開道，將擁戴皇太弟耶律李胡的遼國叛軍，殺了個血流成河。

如此一個殺人狂魔，姓名在燕雲十六州，已經能阻止小兒夜啼。此刻身後還帶著數千爪牙，兄弟三人一旦遇上了，怎麼還可能逃出生天？

「我也不知道他怎麼又跑到拒馬河邊上來了，那個瘋子原本該駐紮於平州才對！」韓晶心裡，顯然對此人極為忌憚。接過柴榮的話頭，急躁地補充，「暫時不要管這麼多了，我想辦法送你們上船。我父親跟他是結拜兄弟，即便他抓到我，也不會拿我怎麼樣！」

「令尊是？」短時間內接收到的消息太多，即便以柴榮的睿智，頭腦也有點兒跟不上趟。眉頭跳了跳，遲疑著詢問。

「大哥，三弟，這件事是我讓晶娘暫時不要說給你們聽的！」趙匡胤策馬與韓晶並轡而行，帶著幾分尷尬解釋，「並非故意想隱瞞什麼，只是不想給你們兩個惹麻煩。晶娘的父親諱匡嗣，官拜遼國南院樞密使，南京留守！」

怦！晴空裡隱隱響了一記無聲的驚雷，令柴榮和寧子明兩人的身體在馬背上微微搖晃。南院樞密使、南京留守，即便沒聽說過韓匡嗣的名字，他們兩個也知道這兩個官職到底意味著什麼！這幾乎是大遼國內，漢人能達到的最高位置。非但有權調動整個燕雲十六州的漢軍，並且可以隨意任免十六州的五品以下文武官員。前任南院樞密使趙延壽，甚至差一步就被契丹人立為中原的皇帝，成為第二個石敬瑭！

「我知道你們都誤以為我出自魯國公家，我，我一直沒，沒膽子解釋！」將柴榮和寧子明兩個的反應都看在了眼裡，韓晶紅著臉，焦急地補充，「我，我對，對你們，真的沒有絲毫惡意。我，我可以對天發誓！」注三二

說著話，含淚將右手舉過頭頂：「蒼天在上，如果小女子有對不住柴大哥和子明的地方，願天打……」

「晶娘不必如此！」柴榮瞬間從震驚中恢復心神，大聲阻攔。「我們又不是瞎子，這一路上妳為大夥做了什麼，都歷歷在目。況且我剛才還跟子明說過，父輩是父輩，咱們是咱們。不能混在一起算！」

「是啊，二嫂，我們認的是妳這個人，才不會管妳是誰的女兒！」寧子明也接過話頭，笑著安慰。「況且妳路上還一直在安慰我，做好自己，別管父輩們是誰。這些話，妳難道都忘記了嗎？」

「我，我……」聽柴榮和寧子明兩個說得真誠，韓晶強笑著揉去眼角的淚水。「我沒有忘。咱們走吧，儘早過河！」

「無論如何，妳都是我的二嫂！」寧子明笑著補充了一句，快速抖動韁繩。這一刻，心中對韓晶竟然有了幾分同病相憐。

「走吧！」韓晶抽了抽鼻子，催動坐騎頭前領路，原本修長的身材，從背後看去，竟是單弱異常！

趙匡胤快速跟了上去，邊走邊安慰。

趁著沒人注意，柴榮跟在大夥身後，苦笑著搖頭。

情況越來越複雜了，原本以為晶娘出自文官韓延徽家的一個旁支，誰料卻是節度使韓匡嗣的掌

上明珠！雖然都是姓韓，後者與前者對漢人的態度卻是天上地下。前者念念不忘自己曾經是個漢人，多次阻止阿保機父子南征。而後者，卻從小被述律皇太后視若親生兒子，巴不得連皮帶骨都換成契丹！注三三

一路沉沉想著心事，不知不覺間，已經來到了下游了一個渡口。此處位置極為隱蔽，沒有知情者帶路根本難以發現。假設在河邊的棧橋也非常狹小，只繫著兩艘狹長的扁舟。樹葉般，隨著水波上下起伏。

還沒等四人靠得太近，渡口旁的木頭屋子裡，已經跳出了五十幾名漢軍兵卒。一個個引弓豎盾，大聲威脅：「站住，不要靠近。此乃軍機重地，速速下馬接受盤查。否則，休怪我等無情！」

「韓德運，你眼睛瞎了麼，居然敢對我喊打喊殺？等一會兒，看我不打斷你的狗腿！」韓晶忽然如同換了個人一般，滿臉驕橫地斷喝。同時將一面巴掌大小，紫紅色的金牌舉在了半空當中。

「大，大小姐，怎麼，怎麼會是您？」帶隊的都頭韓德運嚇了一大跳，躬身施禮。隨即，將手中鋼刀一擺，向前跑了幾步，朝著趙匡胤大聲斷喝，「兀那賊子，速速放開我家大小姐，下馬受縛。念在爾等年少無知的份上，本都頭向大人求情，免爾等一死！」其身後的兵卒分兩翼包抄而上，誓要將三兄弟等人碎屍萬段！

「你放狗屁！」趙匡胤情知不妙，俯身從馬鞍橋下抄起包銅大棍，高高地舉起，「看清楚了，誰劫持

注三二、魯國公：韓延徽，字藏明。遼國的魯國公，耶律阿保機的心腹。曾經棄官逃回中原，但受到仇家迫害，又不得已北去。耶律阿保機、耶律德光、耶律阮三個對他都非常依仗，以「契丹法治契丹，漢法治理燕雲」就是在他的力推下實現。因此，無論在契丹人和燕雲各地的漢人心中，他都極具威望。

注三三、韓匡嗣，遼國重臣韓知古的長子。其父幼年時被契丹人掠走，成為述律氏的家奴。述律氏嫁給耶律阿保機時，他作為奴僕陪嫁。數年後，得子匡嗣。韓匡嗣長得非常好看，很得述律氏喜愛，視為親子，賜姓耶律。成年後，娶述律氏的族人為妻。

了你家大小姐？我們是看她一個人走在路上太危險，才受了她的禮聘，替她做一段保鏢！」

「是啊，韓都頭，你誤會他們了！」韓晶收起標識著自己身份的紫金牌，又策馬向前走了幾步，笑呵呵地解釋，「你看，他們根本沒有劫持我。是我請他們做鏢師，一路從中原送到了幽州。現在他們完成了任務，我答應找一條小船送他們離開！」

一邊說，她一邊飛快地朝韓德運眨巴眼睛。後者手裡也有上司派發下來的通緝文告，認定了柴榮三兄弟就是前一段時間偷偷跑去探望石重貴的中原細作。然而，文告裡邊卻隻字未提自家大小姐也跟中原細作們走在一起，因此，被韓晶的眨巴眼睛動作，弄得滿頭霧水，任由對方距離自己越來越近。

「誤會，這真的是誤會。你看，你看，我都走到你身邊了，他們也沒攔阻！六子，你靠近些，靠近些，過來護住我！對不住——」韓晶越說臉色越神秘，彷彿在傳達著一個極其重要的暗示。冷不防，翻身跳下戰馬，拔出短劍，橫在了都頭韓德運的脖子上。「讓你的人退開，否則，休怪姑奶奶下手無情！」

「啊——！」韓德運無論如何也想不到，一直在給自己使眼色的大小姐韓晶，真正目的居然是將自己劫持。驚呼一聲，本能地做垂死掙扎。

脖頸處，立刻出現有一陣利刃入肉的刺楚，直接傳入了他的心底。瞬間將他全身上下的血液「凝結」。兩條腿一前一後僵在了原地，正在向後撞擊的手肘，也停在半途中。耳畔有威脅聲再度傳來，每一個字，都變得無比清晰。「讓你的人退開，送我們上哨船，否則，姑奶奶先宰了你，再殺光這裡所有人！」

「呀——別，別過來，退後，你等全部退後！」韓德運魂飛天外，慘白著臉，大聲命令。

不用他吩咐，周圍的兵士們也不敢再往前湊。事情發生得過於突然，眾人根本無法弄清楚到底是怎麼一回事兒。而沒等他們從錯愕中緩過神兒，柴榮、趙匡胤、寧子明三個已經飛身上前，默契地排出了一個三角陣列，將韓晶和人質團團護在正中央！

「送我們上船，別耍花樣。否則，姑奶奶一刀剁了你，保準沒人會給你報仇！」將劍刃再度朝下壓了壓，韓晶低聲吩咐。眼睛裡沒有任何凶光，卻令韓德運及其麾下的兵卒個個寒毛直豎。

受契丹人的部落文化影響，如今燕雲兩地的漢軍內，等級遠比中原森嚴。南院樞密使韓匡嗣的掌上明珠韓晶如果殺了一名都將，無論是失手殺人還是故意殘害，所要面臨的最大的懲罰不過是賠上一筆喪葬費。而他們如果不小心砍了韓晶一刀，只要傷口見了血，便是本人連同全家老小一起被處死的下場。

「讓他們把弓箭都丟進河裡，一支也不許剩！」冰冷的命令聲與脖子上的寒意再度一道傳來，令韓德運的頭皮一陣陣發麻。

「把弓箭都丟進河裡，然後讓開道路，讓開通往棧橋的道路！」知道今天的事態已經遠遠超出了自己的能力範圍，他無可奈何地選擇了服從，「大小姐要送他的朋友過河，咱們這些當屬下的，沒資格跟著瞎攙和！」

「大小姐手下留情！」

「我們這就扔，這就扔，求您放過韓頭！」

「大小姐，大小姐，我們都是奉命行事，絕對沒故意跟您做對的膽子！」

……

眾兵卒終於從震驚中恢復了幾分心神，一邊小心翼翼替自家都頭求著情，一邊依照命令將可以攻擊遠距離目標的弓箭丟進了滾滾河水。

神仙打架，他們這些小兵即便再勇武，也派不上用場。還不如揣著明白裝糊塗，以求一夕之安。

「子明，你先上船解了纜繩，把另外一艘哨船也斷了纜繩放走！大哥，你第二個上，趙大哥，咱倆一起押著此人斷後。上了船之後咱們立即離開！」如同一個百戰將軍般，韓晶條理分明地給大夥分派任務，每一句話，都交代得極為清楚。

「知道了，二嫂！」寧子明乾脆的答應了一聲，拖起鋼鞭，小跑著衝上棧橋。在跳上船頭的瞬間，他看到韓晶的秀髮和衣袂被河風高高地吹起，飄飄蕩蕩，翩若驚鴻。

那是一種別樣的美，剎那間，竟然令他有些神迷。然而，很快這種感覺就被他強行壓了下去，一邊彎下腰去解繫船的纜繩，一邊悄悄地在心中自我斥責，「寧子明，你瞎想什麼？那是二嫂！你又不是沒見過女人！」

粗大的纜繩很快被他鬆開，腳下的船被河水一沖，沿著棧橋的邊緣搖搖晃晃。一手拉緊繞在棧橋木樁上的繩子，另外一隻手抽出腰刀。用力朝身側的木樁旁下揮，「刷」地一聲，將拴著第二艘哨船的纜繩切做了兩段。

失去羈絆的哨船順著河流如飛而去，寧子明丟下解刀，挺直腰，雙手拉緊本船上的纜繩，「大哥，二哥，二嫂，趕緊。」

「就來！」韓晶等人押著都頭韓德運恰恰趕至，答應一聲，陸續跳上甲板。剛要鬆手放人質離開，耳畔卻忽然傳來了「嗖」地一聲，有支四尺多長的狼牙箭凌空飛至，射在韓德運胸口處，從背後露出半寸寒鋒。

「賊子，哪裡逃！」緊跟著，又是三支利箭飛來，直奔寧子明、趙匡胤和柴榮三人胸口。伴著憤怒的吼聲，有匹肩高足足八尺餘的遼東駿馬衝上了河灘。馬背上的武夫手挽強弓如滿月，第五支雕翎「啪」地一聲，將繫船的纜繩死死地釘在了棧橋上。

「怦、怦、怦！」柴榮、趙匡胤、寧子明三兄弟各側身躲閃，避開被利箭穿胸的厄運。韓晶則果斷舉起寶劍，砍向纜繩。還沒等她的胳膊下落，耳畔又傳來「叮噹」一聲脆響，第六支雕翎凌空飛至，將削鐵如泥的寶劍射得脫手而出，遠遠地掉進了河道之中。

「晶娘小心！」三兄弟嚇得汗流浹背，撿起兵器上前，拚死護住韓晶。來人是個傳說中的射雕手，百步之內可以準確命中繫船的纜繩。危急時刻，大夥只能先保住晶娘的性命，然後再想辦法將哨船駛離棧橋。

誰料到，第七支奪命羽箭卻遲遲未至，大夥抬眼望去，只見十丈外的河灘上，那名射雕手引弓不發。「晶娘，妳，妳知道不知道妳在幹什麼？趕緊下船，把他們三個交給我！」

「不！」韓晶只用了一個字，就給出了足夠的答案。俏麗了臉上，寫滿了決絕。

「為什麼？」奪命羽箭緩緩移動，依次對準柴榮、趙匡胤和寧子明三個哽嗓，卻始終不願拿韓晶當作目標。「妳是我的女人，為什麼要幫助……？」

「耶律留哥，你休要胡說！」韓晶的面孔立刻漲成了紫紅色，看了趙匡胤一眼，尖叫著反駁，「我不是你的女人，從來就不是。你別再癡心妄想，我即便是孤獨終老，也不會嫁給自己的叔叔！」

「我不是妳的叔叔。我姓耶律，妳姓韓。我跟妳阿爺只是結拜兄弟，沒有絲毫血脈上的聯繫！」羽箭的主人耶律留哥又氣又恨，嫉妒的火苗在雙眼中突突亂跳，「妳知道不知道，我跟妳父親費了多大力氣，才將妳從此事中摘了出來？妳知不知道，為了堵住耶律屋質的嘴巴，我送給了他整整一車銀錠！上岸看在妳的面子上，只要他們三個發誓效忠大遼，我就保他們不死。否則，休怪我箭下無情！」注三四

注三四、耶律屋質：契丹重臣，甚得耶律阮的信任。主管遼國刑獄多年，負責替耶律阮剪除潛在的威脅，將很多遼國貴胄都以謀反的罪名處死。耶律留哥：契丹名將，遼太宗耶律德光的叔伯兄弟，後被耶律阮以謀反罪誅殺。

「做夢！」話音剛落，趙匡胤已經咆哮著跳起，「爺爺乃大好男兒，豈能給你契丹人做狗？孫子，有本事就放下弓箭，咱倆面對面一決生死！」

自打耶律留哥一出現的剎那，他就已經本能地感覺到了此賊跟晶娘之間恐怕有一些不對勁兒。先前還能念在大夥的安危份上強行隱忍，待聽到此賊居然逼晶娘嫁給他以換取自己的性命，怎麼可能還忍得下去？推開晶娘，手中包銅大棍朝著耶律留哥遙遙指點，冒著被追兵亂刃分屍的危險，也要先出了心中的惡氣。

「找死！」耶律留哥占著兵器上便宜，豈肯跳下馬來跟對手做近距離對決？輕蔑地大喝一聲，手指迅速鬆開，雕翎羽箭直奔趙匡胤的咽喉。

「倉啷！」羽箭飛至，趙匡胤手中的包銅大棍也及時地豎起。刷著膠漆的箭桿迅速貼著大棍的表面掠過，濺起一串淒厲的紅星。三寸長的箭鋒微微偏斜，卻借著慣性繼續前飛，寒光所指，正是趙匡胤的左肩窩。

「啪！」緊跟著，又是一聲脆響。有面濕漉漉的船槳在最後關頭橫了過來，護住了趙匡胤的左肩和胸口，將寒光隔離在了距離目標半寸之外！

「大哥小心！」晶娘的提醒聲這才傳入大夥的耳朵，帶著幾分焦急，幾分關切，還有無窮無盡的愧疚。

「嗡嗡嗡——」箭桿餘力未盡，在船槳表面上下來回擺動。耶律留哥的眼睛，瞬間變成了通紅一片，「妳，妳在外邊找了野漢子？怪不得妳接連幾個月來蹤影皆無，原來是在外邊跟著這個野漢子雙宿雙飛！」

「你胡扯！」晶娘又羞又氣，眼淚順著眼眶來回打轉，「我不想嫁給你，才故意躲到了中原去散心。我差一點兒就落在了山賊手裡！多虧了趙大哥仗義相救，然後一路把我送回了幽州。耶律留哥，你好歹也算是個英雄，別像地痞流氓一樣無恥！」

「耶律留哥，你想殺我，儘管繼續開弓放箭，休要血口噴人，玷污晶娘名節！」趙匡胤的臉，也氣成了紫黑色。橫跨半步擋在韓晶身前，大聲反駁。

他自問武藝不輸於耶律留哥，奈何對方手裡拎著一張三石角弓，馬背後的木匣子裡頭還塞滿了雕翎羽箭。所以短時間內，只能嚴防死守。等到對方的臂力耗盡了，才好尋找時機衝上前面對面搏命。

「二哥，二嫂小心！」寧子明迅速將手裡的鋼鞭換成船槳，在趙匡胤和晶娘身前上下揮舞。「這廝無恥至極，嘴裡才不會說出什麼人話來！咱們不用理他，清者自清，濁者自濁。地痞流氓眼睛裡，所有人都跟他活得一樣骯髒！」

最後一句話，可是應景到了極點，如匕首般，直接戳在了耶律留哥的心窩子上。把個耶律留哥氣得七竅生煙，調轉方向，將羽箭連珠般射向了他的胸口。

「啪！」「啪！」「撲通！」寧子明接連用寬闊的船槳擋住了兩支羽箭，第三支實在來不及，猛地將身子向下一伏，臥倒在了甲板上。雪白的雕翎貼著他的身體呼嘯而過，「喀嚓！」將船艙射了個黑漆漆的窟窿。

「三弟小心！」趙匡胤和柴榮趕緊揮舞兵器相護，以防耶律留哥繼續偷襲。那耶律留哥卻猛地發出一聲怪叫，「呀！」調轉弓臂，將利箭射向趙匡胤的哽嗓。

「啪！」關鍵時刻，又是韓晶用船槳擋住了趙匡胤的脖頸，將耶律留哥的必殺一擊，化解為搖搖晃晃的箭桿。

說時遲，那時快。就在敵我雙方的精力都集中在趙匡胤和韓晶兩人身上之時。寧子明忽然從甲板上魚躍而起，剛剛撿回來的解刀凌空回落，「喀嚓！」將繫在船頭的上的纜繩一刀兩斷。

小船失去羈絆，迅速順流而下。柴榮、趙匡胤和韓晶三人被晃得站立不穩，身體前仰後合。騎在馬背上的耶律留哥楞了楞，咆哮著策動坐騎，帶領自家護衛順著河灘緊追不捨。手中羽箭在奔馳中紛紛搭上弓臂，誓要了結情敵的性命。

趙匡胤和柴榮、寧子明三人都不太熟悉水戰，哨船繫在棧橋上之時，好歹還能立穩身形。此刻哨船順著水波忽上忽下，三人立刻就失去了平衡。想要控制住雙腿不跌倒已經耗盡了全身力氣，根本不可能再有餘暇撥打躲避凌空飛來的羽箭。

眼看著趙匡胤就要被射成刺蝟，韓晶口中忽然發出一聲尖叫，撲過去，將情郎緊緊護在了懷裡。

「別傷到她！」耶律留哥在最後關頭抬了下胳膊，羽箭直接射到了光禿禿的桅杆上。他麾下的侍衛們不敢造次，也盡可能地將手臂抬高，將羽箭紛紛射到了半空之中。

「晶娘，晶娘，妳給我閃開，別逼著我大義滅親！」耶律留哥滿頭是汗，眼睛噴著火，再度將羽箭搭上弓臂。

「耶律留哥，你有本事衝著我來！」趙匡胤的聲音也同時響起，努力調整身體方向，將晶娘保護在自己的背後。

對耶律留哥本事與氣量都極為瞭解的韓晶豈肯讓趙匡胤冒險？一邊掙扎著轉動身體，護住趙匡胤。一邊大聲叫喊：「留哥二叔，我這輩子絕對不會嫁給你。你儘管射，大不了我跟趙大哥死在一起！大哥，三弟，划船，划船，趕緊朝對岸划船！別管我！你們無論如何都不能落在他手裡！」

柴榮和寧子明知道情況緊急，蹲下身體，用船槳奮力划水。然而，他們的操舟本事，卻接近於無。

費了九牛二虎之力，用來緊急傳遞軍情的哨船才慢吞吞地轉了個方向，借著船槳的反推力，歪歪斜斜朝河道中央駛去。

「賤人！賤人！沒良心的賤人。我，我殺了妳，我這就殺了妳！」耶律留哥像農家莽夫一樣破口大罵，手中角弓哆哆嗦嗦，哆哆嗦嗦，卻始終無法再射出一根雕翎。

他是契丹軍中數一數二的射雕手，百步之內，可命中懸在半空中的落寶金錢。然而，面對著距離還不到三十步的情敵，他卻沒有勇氣鬆開弓弦。注三五

情敵和晶娘兩個都在拚命的保護對方，二人的脊背和位置不停地互相換來換去。萬一在鬆開手的剎那，恰巧又是晶娘擋在了情敵前面，他這輩子，恐怕都無法心安。

「賤人，沒良心的賤人！晶娘，他究竟有什麼好處，妳居然寧願跟他死在一起？」再強的膂力，也無法一直將三石角弓保持在滿開狀態。感覺到雙臂上傳來的陣陣痠痛，耶律留哥大叫一聲，紅著眼睛對天鬆開了弓弦。

「嗖——！」雕翎羽箭在半空中劃出一道長長的光孤，落進河道正中央。耶律留哥丟下角弓，癡癡地看向哨船，滿臉不捨。他不願意讓晶娘嫁給別人，但是更不願意讓晶娘死在自己的羽箭之下。所以，此刻除了目送對方離去之外，沒有任何選擇。

「多謝二叔手下留情！」遲遲不見一支羽箭飛來，晶娘猛回頭，恰恰看到了耶律留哥失魂落魄的模樣。唯恐對方緩過神來之後，去找自己家族的麻煩。她強壓心中厭煩，向河岸蹲身行禮。

「算了，算了！」耶律留哥策馬又追了幾步，無可奈何地揮手。「那小子本事還不錯，希望人品也跟他的本事一樣過得去。你們走吧，今後切莫讓我見到！否則，我一定將你們兩個千刀萬剮！」

注三五、落寶金錢：古代騎兵考校射藝的專用靶子。將靶子做成銅錢狀，笆斗大小，掛在高處，供騎手在策馬飛奔時射擊。

「如果下次岸上相遇，你儘管放馬過來！」趙匡胤知道對方今天已經沒有了殺意，心中湧起幾分佩服，笑了笑，起身拱手。

「滾！老子縱橫沙場之時，你還穿開襠褲呢！」耶律留哥一看到他那張稜角分明的臉孔，心裡就怒火翻滾。揮了個胳膊，咬牙切齒地兜轉坐騎。正準備回到自家軍營中大醉一場，猛然間，卻又聽到從對面傳來一陣急促的馬蹄聲。緊跟著，有一名身穿金甲的武將，在親信的簇擁下，高速疾馳而至。

「大哥，你怎麼來了？晶娘在船上！你趕緊，趕緊勸勸她，不要一條道走到黑！」原本已經絕望的心中，再度燃起了希望的火苗。耶律留哥拉住坐騎，手臂上下揮舞。

「樞密大人！」「見過樞密大人！」眾親衛也紛紛拉住戰馬，主動向來人俯身施禮。

「對不住，留哥兄弟。對不住大夥！韓某今天來晚了！」遼國南京留守，知南樞密院使韓匡嗣將右手放在胸前，俯身致歉。隨即，策馬匆匆與耶律留哥擦肩而過，直抵岸邊，望著正在緩緩移動的哨船大聲呼喚：「晶娘，晶娘，妳要到哪裡去？莫非妳有了丈夫，就連親娘老子都不要了嗎？」

韓晶被說得心中一酸，鬆開趙匡胤，在甲板上直挺挺對著河岸跪倒，「阿爺，請恕女兒不孝！他將我從中原一路送到了幽都，女兒斷沒有眼睜睜看著他被人抓走的道理！」

「胡說，誰要抓他了？」韓匡嗣的眉頭跳了跳，大聲反問，「他若不是南方來的探子，阿爺我感謝他還來不及，怎麼可能讓人對付他？妳，妳趕緊把船划回來，跟我回家。妳娘，妳娘想妳都想病了！」

「阿爺，你又在騙我！」韓晶流著淚，用力搖頭。「女兒今日在浮橋那，親眼看到了畫影圖形。趙大哥他們三個，都畫在了上面。若有反抗，當場斬殺。這幾個字，女兒也看得清清楚楚！」

「那，那是，那是給，給朝廷的交代！」韓匡嗣的謊言被當眾戳穿，臉色微紅。搖了搖頭，兀自咬著牙死不認帳，「為父是大遼的南院樞密使，當然不能公然對抗朝廷。可如果你們下船登岸，為父，為父保證，想辦法送他們三個平安回家！」

「真的？」韓晶又驚又喜，飛快地從甲板上站起身，「我不想嫁給二叔，我要嫁給，嫁給趙大哥，這是我阿爺！」

「晚輩趙匡胤，見過伯父！」既然已經照了面兒，趙匡胤即便硬著頭皮，也得保持應有了禮數。努力在甲板上站穩，向韓晶的父親行晚輩之禮。

「好，好！」韓匡嗣的眉頭迅速向上一挑，雙目中寒光四射。但是只經歷了短短的一瞬，他就又變回了慈父模樣。雙手虛抬，笑著回應：「免禮！免禮。老夫聽說過你，感謝你千里護送晶娘回家。趙公子，還請登岸一敘。老夫只有這麼一個女兒，總不能連媒人都不請，就讓你輕易帶走！」

「這……？」分不清對方說得是真話還是假話，趙匡胤遲疑著用目光向柴榮請教。

柴榮和寧子明兩個見狀，只能暫且停下了划槳，任憑船隻繼續順著水流漂動。還沒等他們做出決定，耳畔卻傳來了晶娘焦急的聲音：「不要停，繼續划。上游有幾艘漁船追過來了，我看見了帆影！」

「啊！」柴榮和寧子明大吃一驚，趕緊再度蹲身揮動船槳。韓晶一邊快步跑向升船帆的繩子，一邊大聲喊道：「阿爺，他們三個身份特殊，女兒萬萬不敢讓他們落在您手中。您放心，女兒只是送他們到對岸，然後就自己從浮橋上回來，任憑您和二叔兩個處置！」

「回來，不要升帆。你們三個都不懂得操船，小心把船弄翻在水裡！」韓匡嗣急得在馬背上不停地揮舞胳膊，大聲威脅。「趙公子，石公子，還有那位公子，你們三個不用擔心，韓某說不會讓人傷害你們，肯定能做得到。」

「原來你早就知道我是誰？」寧子明對自己的身份極為敏感，立刻從韓匡嗣的話語裡聽出了破綻。轉過頭，朝著此人怒目而視。「知道了我的身份，您還敢做如此保證？韓樞密，您可真讓晚輩失望！」

「你，你……」韓匡嗣被說得老臉通紅，卻再也編造不出合適的謊言。如果船上三人只是被懷疑為細作，以他的南院樞密使身份，的確可以保證三人性命無憂。可既然遼國方面已經知道了寧子明就是後晉二皇子石延寶，就不可能有人敢放他南歸。除非韓匡嗣豁出去割據一方，豁出去帶著麾下的燕雲漢軍跟契丹鐵騎兵戎相見！

「算了，讓他們走吧！」到了此刻，耶律留哥反倒徹底放棄了與韓家親上加親的念頭。策馬走到韓匡嗣身邊，強笑著安慰。「女大不中留，好歹那趙公子，也是出身名門。晶娘嫁給他，不算辱沒了你們幽州韓家！」

這明明是一句好話，誰料想卻把知南樞密院使韓匡嗣，刺激得兩眼通紅。「我韓匡嗣乃大遼重臣，豈能與南人聯姻！」咬著牙發出一聲咆哮，他猛地從馬鞍旁抽出角弓，迅速拉了個全滿。挺身，瞄準，右手三指隨即斷然鬆開，一根雕翎羽箭脫弦而出。

「嗖——！」羽箭破空而至，正在試圖升帆的晶娘後背上濺出一團血花，晃了晃，軟軟栽倒。

「晶娘——！」事發突然，柴榮、趙匡胤和寧子明三人，無論如何也想不到韓匡嗣的第一目標是他的親生女兒。待發覺情況不對時再趕過去相救，哪裡還來得及？眼睜睜地看著四尺長的狼牙箭穿透了晶娘的身體，在身前身後帶出兩團淒厲的紅光。

「你瘋了！」同樣措手不及的，還有耶律留哥，本能地抬起胳膊，一巴掌將韓匡嗣手中的角弓拍上了半空。

遼國南京留守，南樞密院使韓匡嗣，仰起頭大聲獰笑，「哈哈哈，哈哈哈，痛快！痛快！這種不孝女兒，老夫豈能留著她？老夫自打蒙太后娘娘賜姓耶律那一天起，就早已跟中原一刀兩斷！」

「你……」耶律留哥像第一天認識韓匡嗣般，顫抖著嘴唇說不出話來。耳畔卻清晰地聽見，趙匡胤在河面上大聲悲呼，「晶娘，晶娘，晶娘妳醒醒！妳醒醒啊！咱們這就上岸，這就讓子明給妳療傷！子明，救妳二嫂，趕快救妳二嫂！」

「晶娘——」「二嫂——」柴榮和寧子明兩個，也一邊呼喊，一邊試圖將晶娘救醒。可無論他們叫得如何大聲，韓晶卻再也不願意醒來。圓睜的雙眼中，血水帶著淚水滾滾而下。

「韓匡嗣！」趙匡胤猛地站起身，衝到船尾，將包銅大棍掄圓了用最大力氣擲向了河岸。

「嗚——」包銅大棍在半空中打著圈子，掃出一團團閃電，卻無法如願將目標砸死，半途中落進冰冷的河水裡，濺起一串血色漣漪。

「嗖嗖嗖，嗖嗖，嗖嗖嗖……」河岸上的韓氏衙內親軍紛紛開弓放箭，試圖將兄弟三人盡數射殺。大部分羽箭被河風吹歪，不知所終。少部分雖然落在了船上，卻被寧子明和柴榮兩個用船槳磕飛，無法再傷害到大夥分毫。

「晶娘，晶娘——！」趙匡胤抱著晶娘的屍體，大聲悲哭。懷中的身軀，卻開始一點點變冷。猛地停住哭聲，他輕輕合攏晶娘圓睜的雙眼。隨即，放下屍體，大步走到船尾，對著河岸高高地舉起右手：「姓韓的，我趙匡胤在此立誓，這輩子只要一口氣在，定要踏平幽燕，滅你滿門。如若做不到，願下十八層地獄，永不超生！」

「轟！」拒馬河宛若沸騰，翻起萬丈波濤。

【第六章】

破繭

河水滔滔東逝，一去不歸。

站在北去的渡船上，郭允明眉頭緊鎖，心事重重。

他二十四歲便官拜三司副使，可謂少年得志。非但在朝堂上說出的話來極具份量，外出巡視之時，也有節度使一級的封疆大吏主動承迎。昔日曾經看不起他的那些同僚，如今紛紛提著禮物登門拜望；昔日得罪過他的大部分仇家，也都身首異處。可以說，幼年時的大部分夢想，現今他都如願以償。然而，他現在每天卻覺得心裡空落落的，總好像丟了些什麼重要東西。偏偏，到底是什麼東西，他自己也想不起來！

他今天的任務是去河北傳旨，召回樞密副使郭威，順路去巡視一些河北夏糧入庫情況。這兩件事都非常簡單，本來不應該他這個副計相出馬。然而，搶在朝堂做出決定之前，他卻主動將這件差事攬了下來。弄得他的恩師蘇逢吉非常氣惱，誤以為他準備改換門庭。直到他過後又親自登門拜見，並且送上了一筆厚禮，才勉強冰釋前嫌。

門庭是不可能改換的。郭允明知道自己今日的富貴由誰而來，也知道樞密副使郭威不可能跟自己「尿到一壺」。那老兵痞仗著顧命大臣的身份，根本不將任何後生晚輩們放在眼裡。就連國舅李業，都沒資格去赴他的家宴。郭允明更不會拿熱臉去貼郭威的冷屁股！

他此行的真正目的，是順路去替劉承佑拉攏高行周。五個顧命大臣裡頭，郭威、史弘肇、楊邠、王章四個人走得太近了，剩下蘇逢吉一個在任何重大決策上，都孤掌難鳴。而劉承佑想要維持朝堂上的平衡，除了他本人全力支持蘇逢吉之外，還必須再給蘇逢吉安排一個足夠份量的盟友。放眼天下，同時滿足資格足夠老，麾下兵馬足夠強壯，並且對大漢還算忠誠這三個條件的，高行周幾乎是唯一人選。

「如果高行周覺得天平、鎮寧兩個節度使的位置，還不能滿足的話，你儘管再許他一個澶州留守。其他糧草、輜重以及兵馬數額，都好商量！」想到昨天夜裡劉承佑的叮囑，郭允明就覺得全身上下一陣陣乏力。當皇帝當到了這個份上，真的不如去跳井。然而這個早就該去跳井的皇帝，卻是他郭允明最大的依仗。

正是因為後者的寵信，他才能在短短半年時間裡平步青雲。也正是因為發現後者對他言聽計從，才有那麼多文武大臣，紛紛主動求到他郭允明的家門口來。

對於別人求自己辦的事情，郭允明從來都不肯隨便答應。雖然劉承佑這個人非常好說話，只要他郭允明開口，幾乎有求必應。但是，郭允明卻想做一個當世韓嫣，而不想最終成為董賢或者慕容沖。對於前者，人們更多的是記得他的赫赫戰功。而後兩個人，每當提起來就會令大夥側目掩鼻。注三六、注三七

有些事情，發生也就發生了，他郭允明付出了代價，也收穫了足夠的好處。今後的路，郭允明卻知道自己必須仔細把握。若是能縱橫捭闔，分化瓦解，削弱五位顧命大臣的權力，最終讓劉承佑成為真正的帝王，天下人再看他郭允明，目光中就會充滿敬畏。

若是能在劉承佑親政之後，輔佐著此人削平群雄，重整九州。那他郭允明出身、履歷，以及跟劉承佑之間的關係，就都不再值得一提。史家寫他郭允明的列傳之時，必將拿他與管仲、諸葛亮同列。雖有瑕疵，卻不掩萬丈光芒！

「郭兄弟，郭兄弟，郭兄弟你在哪？」正想得心頭隱隱發燙之時，猛然間，耳畔傳來了一陣輕佻的呼喊聲。

「誰？」郭允明的白日美夢一下子被打斷，眉頭緊皺，怒容滿臉。

「我，是我啊！郭兄弟，你怎麼連我的聲音也聽不出來了？」棧橋上，有個八尺多高的壯漢縱身躍下，砸得座舟搖搖晃晃。

「聶將軍，什麼陣風把您給吹來了？怎麼不事先讓人通報一聲？我剛才差一點兒，就命人開船了！」郭允明臉上的怒容迅速煙消雲散，代之的，則是如假包換的熱情。「站穩些，站穩些慢慢走。甲板不比陸地，總是上下搖晃！來人，趕緊過去攙扶聶將軍一下！」

「是！」隨從們齊聲答應著，小跑數步，攙扶住左屯衛將軍聶文進。與郭允明差不多，此人也是劉承佑即位之後，親手提拔起來的心腹重臣。雖然在朝堂上，暫時也發揮不了多大的作用。但至少讓劉承佑在汴梁城內，又多抓住了一支完全聽命於自己的兵馬。每回上朝時在看到樞密使史弘肇之時，不再覺得芒刺在背。

「不用，不用，我雖然是騎將出身，卻也多少能識一些水戰！」聶文進非常客氣地擺擺手，拒絕了下人的攙扶。隨即快步向前走了幾步，朝著郭允明抱拳解釋，「我怕耽擱了你的行程，所以就沒讓人提前通稟，自己直接騎著馬追了過來。郭大人，你不會怪聶某魯莽吧！」

注三六、韓嫣：漢武帝的寵臣。武帝甚愛之，韓嫣因寵而富。曾經用黃銅做的彈丸打鳥，一天丟失幾十個也不在乎。武帝欲征匈奴，韓嫣主動學習匈奴的作戰技巧，收集匈奴的情報。出征之時，也立下了不少戰功。被封為上大夫。所以韓嫣雖然因為皇帝寵愛而得到富貴，身後之名卻非常好。

注三七、董賢：漢哀帝的男寵。董賢白天壓著哀帝的衣袖安睡，帝欲起而不欲驚賢，便將自己的衣袖割斷，留下「斷袖之癖」這個典故。哀帝死後不久，王莽篡漢，西漢滅亡。慕容沖是前秦大王苻堅的男寵，最後趁著肥水之敗，殺了苻堅。

「哪能呢，看您這話說的！」郭允明在武將面前，身上不會有半點兒斯文氣息。大咧咧地拱了下手，笑著回應。「你能放下手頭的事情，直接趕到碼頭相送，足見咱倆之間的情義。若是再弄什麼投帖、通稟、約期相見之類的虛禮，那小弟我以後就該躲著你走了！」

「是，就是這個話！」聶文進被說得心裡好生舒坦，咧開嘴，大笑著點頭，「咱們自家兄弟，不拘俗禮。郭兄弟，聶某就喜歡你這點。從不裝腔作勢，馬上就要做宰相的人了，一點架子都沒有！」

「聶兄又信口胡說，光是三司裡那點兒破事兒，已經令小弟我每日焦頭爛額了。怎麼敢奢望更多？」郭允明迅速向碼頭上掃了幾眼，大笑著擺手。

「兄弟你過謙了，誰不知道，王章這個三司使，就是個聾子耳朵。三司裡全憑你一個人在撐著？」聶文進各部不怕得罪人，繼續大聲稱頌。

「不能這麼說，千萬不能這麼說。王大人的才能，超出郭某十倍！」郭允明臉色微紅，繼續笑著謙虛，「好了，別拿兄弟我說笑了。兄台有何事情需要我去做，儘管直說。但凡能出一份力氣的，郭某絕不藏私！」

「也沒啥事情，就是來送送你。順便讓你幫我留意一下，河北那邊，有沒有這個人的消息。」聶文進先是笑著搖頭，隨即，卻又從貼身的口袋中，掏出了一張畫著人頭的字紙。看了看，雙手遞到了郭允明面前。

「找人？什麼人，值得老兄你如此費周章？」郭允明微微一楞，皺著眉頭接過了字紙，在陽光下緩緩展開。

有個頗為英俊的面孔，立刻出現在他的面前。很年輕，眉宇之間帶著一抹難以掩飾的銳氣。彷彿麾下帶著千軍萬馬般，可以踏平一切阻擋。

「趙元朗？你找他作甚？他父親可是一員難得的猛將！陛下前幾天還親口跟我說過，眼下護聖軍，非常令人放心！」郭允明迅速認出了圖像的真身，看了聶文進兩眼，笑著提醒。

有道是，聽話聽音兒。聶文進稍加琢磨，立刻就明白，對方是想告訴自己，護聖軍都指揮使趙宏殷，如今已經進入了小皇帝劉承佑的眼睛。這個時候無論跟趙匡胤有多大的私仇，都必須先放一放，以免動了兒子惹惱了父親，令劉承佑拉攏統兵大將的努力功虧一簣。

「不是我要找他，是，是國舅爺，是國舅爺看過前一段時間的邸報，知道他曾經去過易縣。」想明白了其中厲害，聶文進立刻改變了自己的計畫。笑了笑，信誓旦旦地說道，「你也知道，咱們這位國舅爺，平素跟哥哥我關係還不錯。所以，所以呢，我就打算做個和事佬。讓趙匡胤低個頭，然後再勸國舅爺趕緊順著臺階往下走。趙將軍和李國舅，都是陛下的臣子，沒必要因為晚輩們酒後打架的小事兒，弄得彼此生分！」

「所以，你就讓我幫忙找到他，然後派人給他帶個話兒？」明知道聶文進先前是想拍國舅李業的馬屁，聽聞了趙宏殷得寵之後，才臨時改變的主意，郭允明也不戳破。笑呵呵地朝著趙匡胤的頭像上彈了幾下，低聲道：「這事兒簡單，我正好要順路替陛下去安撫地方，就托當地的衙門幫忙去找找。河北那地盤雖然亂了點兒，但安排地頭蛇們去找個人，應該還沒問題！」

「那是，那是！」聶文進如願以償，開心地連連點頭。趁著四下裡沒外人，他忽然向前快走了一步，用極低的聲音補充，「除此之外，聶某還有另外一件兒小事兒需要兄弟你幫忙。聶某有個侄兒，身手還算過得去。兄弟你此去澶州和相州，路上不能沒人伺候。能不能給他一個機會，讓他在你手下牽馬墜蹬。好歹是自家晚輩，使喚起來方便！」

這已經是非常明顯的結盟之意了，以郭允明的智力，怎麼可能分辨不出來？當即，笑著拱了拱手，低聲說道：「聶兄太客氣了，自家晚輩，哪有用來牽馬墜蹬的道理？這樣吧，我身邊正缺個親兵都頭，不知道他可否願意屈就？再好的位置，也不是沒有，但那得等我回汴梁後再想辦法！」

聶文進非但打仗有一手，做官的本事也是一等一。知道郭允明越是將自己派過去的人安排在身邊，雙方的同盟就越牢固，趕緊拱起手來，連聲致謝，「都頭就好，都頭就好！他一個後生晚輩，有什麼資格挑挑揀揀！多謝，多謝郭兄弟幫忙，人我今天已經帶過來的。就在碼頭上候著，我這就去叫他！」

「有勞了！」郭允明笑著拱手，在對方轉身離去的瞬間，嘴角卻向上翹了翹，露出一抹發自內心的輕蔑。在內心深處，郭允明其實非常看不起聶文進這種四處亂拍馬屁的兵痞。然而同為小皇帝劉承佑提拔起來的新銳，他卻不得不暫時與對方抱團取暖。

他們的共同政治對手，五顧命大臣的實力太強大了，強大到可以讓劉承佑的聖旨出不了宮門的地步。雖然在小皇帝通過分化拉攏的手段，耗時半年，終於成功在五個人之間撕開了一條裂縫。但倒向他們的副宰相蘇逢吉卻是個文官，手裡沒有兵馬，在樞密使史弘肇面前，說話根本沒底氣。

所以在最短時間內，給小皇帝拉攏到足夠多的武將，乃是當務之急。哪怕心中再看不起聶文進的人品，為了長遠計，郭允明都必須捏著鼻子忍下這個盟友。同樣必須他捏著鼻子打交道的，還有國舅李業、飛龍使後贊、武英軍都指揮使韓樸等，在郭允明眼裡，這些都是不怎麼懂得打仗，卻擅長拍馬屁的佞幸之輩。然而，如果沒有這些佞幸之輩，朝堂和軍隊中，小皇帝說出來的話就更沒份量。兩害相權，只能暫時取其輕。

不過在將權柄從五顧命手裡拿回來之後，郭允明是絕不會再允許這些佞幸之輩繼續尸位素餐的。他心裡有一個極為長遠的計畫，在不久的將來，會像如今對付五顧命大臣一樣，將聶文進、李業等人，一個接一個逐出朝堂。如果屆時這些佞幸之輩不識相的話，他也不介意採取一些雷霆手段。反正在驅逐五顧命大臣之時，肯定會在朝野引發一定規模的怨氣。借聶文進等人的腦袋一用，剛好把小皇帝和他自己摘出來，做千古明君賢臣。

「郭兄弟，人我給你帶過來了！聶彪，這就是我經常給你提起的郭叔！」聶文進領著一個四十多歲，長了一臉絡腮鬍子的漢子匆匆返回，遠遠地向郭允明打招呼。

「侄兒聶彪聶子長，拜見郭叔！」絡腮鬍子疾行數步，納頭便拜，絲毫不以自己年齡比對方大了接近一倍而委屈。

「起來，起來，好一個昂藏壯士！」郭允明大氣地伸手，攙扶起對方，笑著上下誇讚，「你既然願意在我帳下做事，郭某就不會拿你當外人。好好做，別讓你叔父失望！」

「是！」聶彪大聲答應著，再度躬身。

郭允明露出一副滿意的模樣，笑著又叮囑了幾句。然後命人準備酒席，邀請聶文進在船艙裡跟自己小酌。後者知道肯定還有別人在等著送行，所以也不過多叨擾。又說了幾句場面話，主動告辭而去。

果然，他前腳剛一下船，後腳便有人遞了名帖求見。郭允明本著廣結善緣的態度，凡是來者，都命人陸續請上了座舟。從正午時分一直忙到太陽落山，才終於送走了最後一波客人。座舟的吃水線，也向下沉了半尺有餘，算是對得起他的一番辛苦了！

有聖旨在身，他不能留在汴梁城外的碼頭過夜。看看天色不早了，便吩咐下屬開船。當天傍晚只走了十餘里，就算奉命離開了汴梁。找了個官府專用碼頭，下錨休息，順帶讓心腹將收到的壯行禮物裝車送回家。第二天，錦帆輕舟，繼續飄飄而行。先沿水路進了黃河，然後換了一艘更大的船，直奔澶

州而去。注三八

樞密副使郭威，正帶著兵馬在澶州威懾地方諸侯。聞聽有聖旨從水上而來，趕緊帶領麾下將領和謀士到碼頭上恭迎。待把郭允明前呼後擁地護送到了中軍大帳，正準備擺開香案接旨，後者卻擺了擺手，笑著說道：「老將軍不必多禮。臨行之前，陛下就曾經親口吩咐過。將聖旨親手交到您老的手裡即可，不擺香案，不拘泥那些繁文縟節！」

「這怎麼行，國有國法，家有家規！」樞密副使郭威聞聽，趕緊用力擺手。「請天使……」

「老將軍休要客氣，下官可不敢違抗陛下的叮囑！」郭允明哪裡肯聽，迫不及待的出言打斷。「您老如果非擺香案不可的話，下官就只好把聖旨放在香案上，然後逃之夭夭了！老將軍，您可千萬別讓下官左右為難。」

「這怎麼行，陛下剛剛登基，正需要立規矩的時候，郭某怎麼能倚老賣老？」郭威雖然身為武將，全身上下卻沒半點兒跋扈之氣，堅持要遵守接旨的固定規矩。

郭允明側開身子又勸，雙方爭執再三，終於在其他文武的提議下，各自退讓了半步。郭威繼續在中軍帳內擺香案，郭允明依照正常程序宣旨。但宣旨之時，郭威和麾下一眾文武，卻可以只行軍禮，而不是朝著天使跪拜叩頭。

一番折騰之後，聖旨終於宣讀完畢。卻是命令郭威班師回汴梁，補充了甲杖糧草之後，轉道去討伐李守貞，奪回河中，鏟平趙思綰、王景崇等趁著先皇駕崩而起兵造反的叛逆。

郭威其實早就得到了史弘肇送來的消息，將聖旨的內容提前掌握了八九不離十。但是當著郭允明的面兒，卻依舊擺出一副大吃一驚的模樣，瞪圓了眼睛，低聲問道：「天使，這到底是怎麼回事？白文珂等人不是已經將李守貞打得龜縮不出了嗎？又何必再派郭某去添亂？郭某倒不是不同意班師，可郭某一走，有些人恐怕又要蠢蠢欲動。」

「白將軍他們幾個久攻河中不下，每日消耗糧草輜重甚巨不算，朝廷的威望，也一日日大受折損。所以，陛下以為，不如快刀斬亂麻，先掃平了李守貞等人，拿他們的首級以儆效尤！」郭允明當然不能告訴郭威，高行周已經暗中又向劉承佑輸誠，徹底放棄了與符彥卿聯盟的打算。笑了笑，給出了一套早就準備好的說辭。

「那何不讓史樞密親自出馬，論領兵打仗，他的本事為郭某十倍？」郭威當然不會這麼容易就被人糊弄，笑了笑，繼續問道。

郭允明不慌不忙，立刻給出了一個誰也無法質疑的答案：「先帝臨西去之前，曾經對聖上有遺命，您老和史樞密乃國之柱石，不能兩人同時離開汴梁。若出征，必留其一在朝，以震懾群雄！」

劉知遠臨終前將劉承佑叫到身邊，到底私下裡都叮囑了什麼，除了他們父子兩個之外，至今都沒有第三人知曉。所以郭威即便不相信這個說法，卻也無任何方法反駁。緊皺著眉頭沉吟了片刻，又笑了笑，再度開口說道：「若是如此，郭某倒可以先快馬返回汴梁，讓史樞密帶著兵馬出征。反正我們兩個，任何一人坐鎮汴梁即可。」

「萬萬不可，萬萬不可！」郭允明聞聽，嚇得連連擺手，「老將軍，您就別難為郭某了。聖旨是其餘四位顧命都點了頭的，史樞密也沒有做任何反對。若是您老把兵馬留在澶州，單人獨騎返回去，倒也不難讓陛下出爾反爾。只是下官，下官就徹底成了廢人一個，這輩子都甭想翻身了！」

「嗯？」郭威被「出爾反爾」四個字，惹得心頭火起。眉頭迅速皺成了一個疙瘩。然而想到郭允明在劉承佑心中的份量，又強壓住怒氣，沉聲道：「陛下金口玉言，當然不能輕易將聖旨收回。老夫剛才的

注三八、後漢之時，黃河並不緊挨汴梁。

確是想得簡單了。可澶州這地方，必須有大軍坐鎮，老夫率本部兵馬返回，萬一前腳剛走，後腳河北就傳來警訊……」

郭允明淡然一笑，輕聲補充：「聖上的意思是，讓郭某借著核查夏糧入庫情況，去撫慰地方。老將軍先前已經加之以威，接下來就由下官代聖上施之以恩。恩威並施，效果也許比一味地用兵勢凌迫更佳！」

話說到這個份上，郭威已經沒有了不奉旨班師的可能。直憋得臉色發青，手指藏在背後不停地開開合合。

郭允明卻不願意把氣氛弄得太僵，沉吟了一下，又笑著說道：「其實下官也知道，地方上能兵戈不起，全虧了老將軍在此坐鎮。但老將軍即便去了河中，依舊是大漢的樞密使，依舊足夠威懾群雄。這個並不在乎於距離的遠近，而在乎於您老的寶刀是不是還像先前那樣鋒利，朝廷是不是還一如既往地給您老以支持。至於下官奉旨撫慰地方，無非是狐假虎威而已。地方上能否賣下官的面子，還是要看您老能不能儘快拿下河中！」

「此話倒也有一定道理！」郭威無可奈何，只好順坡下驢。「天使旅途勞累，請先入寢帳更衣。等郭某跟手下人商定了班師的具體方略，再來由天使過目，做最後定奪！」

「老將軍客氣了，下官唯老將軍馬首是瞻！」郭允明痛快地施了個禮，起身告退。

目送他的身影出了中軍帳，郭威再也忍耐不住。揮起拳頭，「咚」地一聲砸在了香案上，將上面的聖旨震得凌空飛起，呼啦啦，受驚的野雞般飛出了半丈多遠。「賣屁眼兒狗賊，欺人太甚！」

「將軍小心！」兵馬都監王峻一個箭步上前，抄起半空中的聖旨。隨便捲了捲，順手又放回了香案上。「他自己剛才說得好，狐假虎威而已。若不是陛下站在他背後，借他一百個膽子，也不敢在您面前造次！」

「噗哧！哈哈哈……哈哈哈……」在場一眾文武，被「站在他背後」五個字，逗得相顧莞爾，隨即，前仰後合。

「老夫，老夫……」郭威一肚子憤怒，也變成了羞愧與無奈，手臂在半空中僵了僵，無力地落在了香案邊緣。

斷袖之癖，在這個時代，可不是什麼好名聲。而他作為劉知遠的結拜兄弟，當今皇帝劉承佑的半個長輩，除了感覺老臉無光之外，竟拿不出任何好辦法解決這個麻煩。更不知道，自己百年之後，再度與劉知遠泉下相逢，該怎麼回應後者質疑。

「將軍若是不願陛下受此獠蠱惑，找個藉口直接殺了他便是！既保全了陛下的名聲，又替朝廷清理了一個奸佞！」王峻向前走了半步，像是在勸慰，又好似在挑撥。

「嗯——！」郭威的眼睛裡，迅速閃過一道寒光。劉承佑每次召見郭允明入宮問策，總是天明之後才將此人放歸的事情，早就傳遍了朝野。辣手將郭允明斬殺，的確可以替老朋友的在天之靈遮羞。然而，想到劉承佑那小肚雞腸的性子，以及自己將來還政於君後的出路，他心中隱隱又寒意陣陣。瞻前顧後，最後，所有怒火都化作了一聲長嘆，「唉——！」

餘音繞樑，久久不散。

「唉——」在場眾文武，也失去了笑容，陸續搖頭長嘆。

包括郭威本人在內，大傢伙都算是當年追隨劉知遠起家的老班底，對大漢國的感情，遠比後來那些錦上添花的傢伙來得近。可越是這樣，他們對劉承佑登基之後的表現越是失望，隱隱約約已經預感到大漢國的國運馬上就要走至盡頭，再這樣下去，大夥遲早都得成為墓地裡的殉葬品。

唯獨沒跟著大夥一道嘆氣的，便是兵馬都監王峻。只見這廝先是非常不禮貌地盯著郭威上下打量了片刻，然後又冷冷地用目光掃視全場，最後，忽然仰面向天，放聲狂笑，「哈哈，哈哈，哈哈哈哈……」

眾人的注意力頓時全都被他吸引了過去，瞪圓了眼睛，滿臉憤怒。那王峻卻對大夥的反應視而不見，兀自高高地仰著頭，繼續狂笑不止，「哈哈，哈哈，哈哈哈哈……」

「秀峰！這裡是中軍，不要太放肆！」長史鄭仁誨忍無可忍，第一個站出來呵斥。「有話你就說，何必故意裝瘋賣癲？」

「哈哈，哈哈哈，哈哈……」王峻笑得眼淚都流了出來，瞬間就淌了滿臉。一邊抬起袖子去擦，他一邊樂不可支地大聲補充，「我不是裝瘋，我，我是看到一群待宰羔羊，心裡頭替遼國人高興。哈哈，哈哈，等劉承佑把你們全都殺光了，大遼兵馬就可以再度南下了。這一回，保證沒有人再上劉知遠的當，沒有人豁出去性命給別人做嫁衣！」

「放肆！」郭威用力一拍桌案，怒不可遏，「天子的名字，也是你我能直接叫的！莫說現在是五顧命大臣輔政，天子不能為所欲為。即便將來天子親政，又怎麼可能會糊塗到自毀干城？」

「真的，郭將軍，你真的相信天子將來還會拿你當干城？」王峻歪著頭看向他，撇嘴冷笑，「真的拿你當干城的話，他會瞞著你偷偷派人去拉攏高白馬？真的拿你當干城的話，他會怕你在澶州時間太長扎下根兒，急匆匆地調你去跟李守貞拚命？真的把你當干城的話，他會忌憚你跟史弘肇兩個同時在朝，非得把你們一個留在汴梁，一個始終排斥於外？郭將軍，你是心甘情願去做個屈死鬼呢，還是到現在還未從白日夢中清醒過來？」

一連串的質問，將郭威砸得眼前金星亂冒。晃了晃，用手支撐在香案上，才勉強沒有當場栽倒。

「胡說，你胡說！」扯開嗓子，他厲聲駁斥，然而聲音聽在大夥的耳朵裡，卻異常地孱弱，「王秀峰，你是兵馬都監，是替朝廷來做監軍的。古往今來，哪裡有監軍挑撥主帥和天子關係的道理？」

「天子有德，王某願全力輔佐之。天子倒行逆施，王某則只求一個心安！」兵馬都監王峻根本不在乎別人怎麼看待自己，笑了笑，挺直了胸膛說道，「況且王某剛才的話，也不是在挑撥離間。郭允明是個什麼東西？他為何而來，他接下來即將去做什麼？在座諸位，想必心裡都清清楚楚！」

「你……」樞密副使郭威被說的無言以對，手扶香案，冷汗從額頭緩緩而下。

俗話說，主疑臣死。劉承佑現在的作為，分明是早已經對五顧命大臣都起了疑心。所以他才要想方設法拉攏高行周，以牽制郭威。所以他才想盡一切辦法在五個顧命大臣之間製造矛盾，以求各個擊破。所以他才不分良莠地提拔少壯武將，以求能掌握一部分兵權，關鍵時刻調動兵馬保衛他的皇宮。

這些手段都非常稚嫩，再加上劉承佑眼下手頭也沒合適的人才可用，所以幾乎是一舉一動，都壓根兒瞞不過老江湖們的眼睛。朝堂之上，四個留守的顧命大臣，至少有三個對他的行為嗤之以鼻。而大軍當中，不光郭威，恐怕上了一點兒年紀的文武，都清楚郭允明是帶著什麼目的而來，等待在大夥前路上的，又是何等淒涼的結局。

「古往今來，除了諸葛武侯，可有第二個顧命大臣跟少主之間善始善終？」王峻卻唯恐眾人不夠絕望，笑了笑，繼續冷冰冰地補充，「餘者要麼是行廢立之事，要麼還政少主之後，旋即被滅了滿門。即便是周公旦，當年若不是管叔和蔡叔逼迫太急，恐怕也得老死在東國永不還朝！」注三九

這，幾乎是在明著挑動大夥造反了。郭威聽在耳朵裡，心臟如遭油煎。第三次用力拍打桌案，手指

注三九、諸葛亮奉命輔佐劉禪，劉禪雖然曾經對他有過懷疑，但至諸葛亮死，都不敢輕舉妄動。周公旦奉武王遺命輔佐成王，成王懷疑他的忠心，他不得不避居東國。但很快，管叔和蔡叔聯手奪位的圖謀暴露，成王為了自保，不得不又將周公旦請回。

此人，咆哮著威脅，「放肆！王秀峰，你今日敢再多說一句，休怪郭某刀下無情！滾，給我馬上滾去罪囚營中，閉門思過。若是讓郭某聽見你再胡說八道，或者私下跟人串連，郭某寧願拚著被朝廷懷疑，也要先殺了你以正軍心！」

「多謝郭樞密不殺之恩！」王秀峰忽然變得軟若無骨，將自己的身體對正郭威，長揖及地。

「滾，速滾。來人，給我把這個瘋子押下去！」郭威被氣得暴跳如雷，拍打著桌案不停地催促。立刻有親兵上前，拉著王峻的胳膊往外拖。兵馬都監王峻卻狠狠甩了下衣袖，將他們統統甩在了一邊，轉過身，揚長而去。

「王秀峰喝多了，嘴巴沒有把門的！」長史鄭仁誨性子沉穩，沒等此人的身影去遠，立刻站出來補窟窿。「今日他的話，大夥聽聽就算了，誰也不要外傳。否則，王秀峰縱然要身首異處，傳話的人，恐怕也落不到什麼好結果！」

「那是自然！」眾文武看看臉色鐵青的郭威，又看看滿臉凝重的鄭仁誨，紛紛點頭答應。

倘若曾經在劉承佑身上看到半分英主的可能，在場眾人當中，肯定會出現不止一個告密者。然而，如今卻是五顧命大臣輔政，劉承佑羽毛還未長齊，就忙著分化削弱五大臣的實力，自掘墳墓。稍微閱歷豐富一些的人，當然知道不能輕易站隊。否則，恐怕功名富貴沒有撈到，全家老小的性命，卻會全都葬送得稀裡糊塗。

換句話說，劉承佑此刻無論從能力，還是從實力上，都不是五位顧命大臣的對手。特別是史弘肇和郭威這兩位手握重兵的樞密使，隨便一個人如果起了異心，都可以輕鬆把劉承佑給踩成肉餅。他們兩個到目前為止，之所以還能強行忍耐，第一是心中放不下劉知遠當年的相待之恩，第二，恐怕就是劉承佑目前所做的這些，並未對他們產生真正的威脅。否則，真的被人將鋼刀架在了脖子上，誰也未必會心甘情願地等死！

「明公，秀峰這個人天生就長了一張臭嘴，你沒必要跟他生氣，也沒必要太認真。」告誡完了眾人，鄭仁誨緊跟著，就開始安慰郭威。

兩人之間的關係亦師亦友，他不可能不盡心為對方謀劃。眼下有史弘肇坐鎮汴梁，無論郭威心中有多少怨氣，起兵造反，都不是個好的選擇。但防人之心不可無，既然劉承佑心中已經生出了惡念，郭威也必須從現在起，就防患於未然。

「我跟他計較？我跟他計較，他都不知道死了多少回了！」郭威迅速從憤怒中收拾回心神，撇了撇嘴，搖著頭道。「來人，傳老夫的命令，王峻咆哮中軍，衝撞主帥，發往罪囚營監禁三個月。三個月之內，誰也不准見他，也不准放他出來！」

「是！」親兵們大聲答應著，迅速跑去傳達命令。郭威向四下看了看，強打起精神，繼續高聲吩咐：「聖旨上所述，爾等剛才也都聽到了。各自下去準備吧！老夫給你們兩天時間。大後天一早，咱們整軍出發，前往河中平叛！」

「遵命！」眾文武都偷偷出了一口氣，齊齊答應了一聲，各自轉身出帳。

對小皇帝劉承佑失望歸失望，可郭威如果現在造反的話，大夥還真的不知道該不該追隨。畢竟，劉承佑是老主公劉知遠的親生兒子。畢竟，史弘肇本事和實力，都與郭威不相伯仲。只要兩軍僵持得時間一久，造反者必將死無葬身之地！

好在王峻的挑撥離間沒有奏效，好在郭樞密和鄭長史始終頭腦清醒。如今之際，大夥只能走一步算一步。真的到了山窮水盡，自然就不用再做選擇。

揣著沉重的心事，眾文武唯恐走得不快，誰也不敢回頭，也不願在中軍帳內多做逗留。樞密副使郭威，則手扶香案，正色而立，用目光將所有人送走。終於等到最後一個背影在門口消失，他的身體晃了晃，緩緩坐倒，未老先衰的面孔上，寫滿了蕭索！

也不知道枯坐了多久，中軍帳的門忽然被人從外邊輕輕推開，有一道溫暖的燭光照了進來。

「大兄？」郭威迅速抬起頭，眼睛裡閃過一絲錯愕。「你怎麼來了？」

「你也不看看都什麼時候了？」鄭仁誨不滿了瞪了他一眼，笑著反問。轉身從背後的親兵手裡接過一套托盤，將一份熟牛肉、一份鹽浸毛豆、一份口蘑、一份清蒸紫瓜，還有兩壺溫好的黃酒，挨個擺在了香案上。

「都這麼晚了啊！」郭威扭頭看了看黑漆漆的窗外，苦笑著感慨，「又讓大兄費心了！」

「別說廢話了，趁熱吃吧！」鄭仁誨拉了個錦墩，一屁股坐在了郭威對面。舉起筷子，先給自己夾了片牛肉，一邊嚼，一邊含含混混地說道，「情況沒有秀峰說得那麼差。即便真的很差，你也得先把肚子填飽了再想辦法。當家的頂樑柱不能哭窮，你要是亂了方寸，咱們這數萬弟兄，就只能做鳥獸散了！」

「大兄說得是！」郭威笑了笑，信手自己倒了一盞熱酒，端在嘴邊慢慢品味。

酒陳得時間有點短，辛辣背後透著一股子苦澀，恰似他現在的心境。才三兩口下去，就讓他的眼神朦朧了起來。

「先吃，然後再喝！」鄭仁誨伸手奪過酒盞，低聲命令。隨即，又朝門口指了指，朝著親兵們吩咐，「都到外邊候著，沒樞密和我的命令，誰也不要放進來。讓我們老哥倆吃頓消停飯！」

「是！」親兵們齊聲答應，小跑著離去。鄭仁誨拿著郭威的酒盞輕輕抿了一口，然後將自己面前沒用過的空盞單手遞給郭威，「酒不太好！這年頭兵荒馬亂的，誰也沒心思藏酒。咱倆今晚都少喝點兒，漱漱口就算。等哪天回到汴梁，再找機會去過癮。」

「等哪天回到汴梁，我在家中設宴款待大兄！」郭威知道鄭仁誨是在變著法子勸自己不要借酒澆愁，笑了笑，低聲答應。

「吃著！」鄭仁誨放下酒盞，用筷子指了指香案上的菜，笑著補充，「你的親兵見你茶飯不思，特地去廚房找人單做的。都是你平時覺得順口的東西。怕你一個人吃著悶，又專程去把我請過來作陪！」

「這幫小子，盡瞎操心！」郭威聞聽，心裡頭又是一暖。笑著舉起筷子，向熟牛肉發起了挑戰。

「他們這輩子的前程和身家性命都繫在你身上，不操心行嗎？」鄭仁誨笑了笑，悄然將話頭引向正題，「為兄和秀峰也是，咱們這些人，早就成了一條繩子上的螞蚱。所以，秀峰今天的話雖然偏激了些，卻也是一心一意為你著想！」

「我知道！」提起王峻下午時所說的那些話，郭威的眼神就又變得有些黯淡。放下筷子，再度伸手去抓酒盞。

「有些話，不適合你說，也不適合我說，雖然你我心裡也早就察覺到了！」鄭仁誨舉起酒盞跟他碰了碰，一邊品味酒水的香醇，一邊慢條斯理地補充，「秀峰今天把它說出來，雖然有些冒失，卻也算及時。至少，讓大夥知道，小皇帝心裡對咱們是什麼態度。」

「是啊，也讓郭某看到了，眼下大夥都是什麼想法！」郭威忽然笑了笑，喟然感慨。被酒水燒紅的脖子上，家雀刺青振翅欲飛。

「你……？」鄭仁誨大吃一驚，瞪圓了眼睛反覆打量郭威，彷彿要重新認識這個人一般，「你心裡已經早有了決斷？」

「沒有！」郭威又笑了笑，滿臉苦澀，「但我總不能等死吧！身後還有一大家子人呢，真要出了事兒，也不知道多少弟兄得受我的牽連！」

「你能這麼想就好！」鄭仁誨心中悄悄鬆了口氣，舉起酒盞，一口喝乾。「我就怕你不做任何準備！劉承佑並非可輔之君，自古以來，凡是做顧命大臣者，也沒幾個人能落到好下場。」

郭威也舉起酒盞抿了一口，然後看著酒盞上的鏤空花紋，苦笑連連，「沒有太多準備，我也不是傻子，不會閉目等死。我只是，只是有些難過，當年先皇、我，還有常克功，曾經發誓要互相扶持，一道結束亂世。結果亂世尚未結束，先皇已經駕鶴西去了。先皇在西去之前，念念不忘的，竟然是設下個套子，死死套在了我這個老兄弟的脖子上！」

「是啊，五個顧命大臣，肯定不會永遠用一張嘴巴說話，只要出現分歧，就有強有弱。然後弱勢一方，自然而然就跟小皇帝成了盟友。」鄭仁誨咧了下嘴，嘆息著回應。

「兩個樞密使，各領一軍，一內一外。在內的忌憚在外的那個，在外的那個忌憚在內的那個，誰也不敢造次。」郭威又喝了一小口酒，輕輕搖頭，「我這老哥啊，心思可真夠深的。我先前一直都沒察覺。直到聽聞少主對我起了疑心，我才終於弄明白了，原來在老哥眼裡，我才是大漢國的最大威脅。」

「他是皇帝呀！」鄭仁誨大聲補充了一句，意味深長。

皇帝是真龍天子，龍不是人，當一個人成了皇帝，就不能再以人類的眼光去看待他的言行，更不能再以人類的心思揣摩他的想法。千古以來，都是這樣，劉知遠自然也無法例外。

「可我不是！」郭威的情緒忽然變得有些激動，將酒盞朝香案上一頓，大聲說道，「我一直以為，我們三個可以做劉關張。即便做不到同生共死，也不會在見面時，罩袍底下都穿著鐵甲，腰間別著匕首。」

這是他迄今為止最為難過的事情，那麼多年的兄弟，即便劉知遠死前要他交出軍權回家養老，他都不會猶豫分毫。然而，後者卻挖了個巨大的陷阱給他，然後在九泉之下等著看他如何一步步走向死亡，看自家兒子如何一步步血洗五顧命大臣，重新奪回權柄。

這已經不僅僅是懷疑他的忠誠了，並且在內心深處，早就把他當作了敵人看待。可是他，那會兒還為劉知遠的死而悲痛得心神恍惚，還暗自發誓，哪怕拚將一死，也要保證老朋友的兒子皇位無憂！

「這裡頭，不在乎是你不是，而在乎你有沒有威脅到人家兒子的能力！」作為旁觀者，鄭仁誨倒是比郭威看得更清楚，「從朱溫開始，天子就是兵強馬壯者為之。親眼看到了那麼多權臣篡位的事情，劉知遠很難再相信任何人。」

「可我跟他同生共死那麼多年！」明知道鄭仁誨說得是實話，郭威心裡頭就是憤意難平。「當初兩軍陣前，我們彼此曾經為對方擋過無數次刀子！」

「問題是，他當時馬上就要死了，而他兒子卻跟你沒任何交情。而且，他也知道自己的兒子，到底是什麼貨色！」鄭仁誨喝了口酒，緩緩補充。

這句話，終於讓郭威徹底無言以對。恨恨地抄起筷子，大口大口地吃菜。先風捲殘雲般將香案上的食物給幹掉了一大半兒，然後又倒了一杯酒捧在手裡，一邊慢品，一邊很不客氣地說道：「的確，我跟劉承佑那小子沒交情，我打心眼裡看不上他毒殺自家哥哥的行為。我是顧命大臣，他想收回權柄，就早晚得搬掉我這個礙事的老東西。我既不想行廢立之事，又不想等死，大兄，你可有良策教我？」

「哎——？」鄭仁誨被迎面丟過來的難題，砸得齜牙咧嘴。好半天，才低聲抗議道：「我還以為你做了什麼相應準備呢？原來就是這麼個準備法子？不想跟劉承佑兵戎相見，又不想洗乾淨了脖子等著被滿門抄斬，天底下，哪有這麼便宜的顧命大臣可當？」

「不是還有諸葛武侯嗎？」郭威嘆了口氣，有些無賴地說道。「說真的，我不想殺人，尤其不想與昔日同僚兵戎相見。甭看我是個武將，這輩子親手宰掉的人數都數不過來。可那都是在戰場上殺的，不是把人先捆起來，然後再隨便按上個罪名一刀砍掉腦袋。」

「諸葛亮可是活活累死的！」鄭仁誨看了他一眼，有些哀其不幸，怒其不爭。

「武侯死後，蜀國還有二十九年太平。」郭威忽然鄭重了起來，看著鄭仁誨的眼睛，沉聲補充。

「你……唉！」沒想到對方如此執拗，鄭仁誨真想拂袖而去。然而轉念之間，卻明白正是因為郭威的執拗和良善，才令自己心甘情願的輔佐他，哪怕經常被他將建議駁回，也不覺委屈。

「大兄可有良策教我？這件事，我不想去問秀峰，他擅長臨陣機變，卻不擅長謀求長遠！」郭威彷彿吃定了鄭仁誨拿自己沒辦法，笑了笑，繼續追問。

「這……」鄭仁誨皺著眉頭沉吟，良久，忽然又搖了搖頭，展顏而笑，「那從現在開始，你就儘量領兵在外吧。是六出祁山也好，是親征南蠻也罷，總之，不要老讓劉承佑看到你。也不要片刻放下兵權。如此，他非但輕易不敢動你和你的家人，對於史弘肇他們幾個，也輕易不敢白刃相加！除非，除非他已經變成了瘋子，心中一點兒理智都沒剩下！」

六出祁山，七擒孟獲，諸葛孔明鞠躬盡瘁死而後已，讀書到了此處，每每掩卷而嘆。可如果從黑暗處想來，誰又知道諸葛武侯不是忌憚成年後的劉禪對自己下黑手，寧可活活累死也不肯放下兵權？

而郭威此刻的境遇，與那諸葛孔明當年是何等的類似？一樣的是受了托孤，與死去的老皇帝情同手足。一樣是遇到了昏庸糊塗的小皇帝，一樣手握重兵且功高震主……

「還不是和常克功一樣，要擁兵自重！」大漢樞密副使郭威的眼神，暗了又亮，亮了又暗，最終，兩隻眼睛都被惆悵所占滿，舉著空空的酒盞，仰天而嘆。

「那可不一樣。就憑著常克功和他麾下那五百部曲，那不叫擁兵自重，叫賭上爛命一條。」鄭仁誨卻搖了搖頭，大笑著奚落。

「嗯？」郭威沒想到有人敢如此看低常克功，忍不住眉頭輕皺。

鄭仁誨聳聳肩，笑呵呵地補充，「總計就五百部曲，先皇如果真的發了狠的話，常克功早就死了不知道多少回了。所以，我說他是在賭博。賭先皇疑心病重，無論如何不敢冒著讓你和史弘肇等人都徹底寒心的風險對他下死手。賭在李守貞、杜重威和符彥卿這些人沒被剷除之前，先皇根本沒時間對付他。而明公你，就完全不同了。你即便憑著眼下手中所掌握的力量，也足以顛覆大漢的江山。所以只要你不主動往陷阱裡頭跳，小皇帝就只能敬著你，哄著你，而不是逼你去造他的反！」

「那倒也是，可眼下國內哪裡找到足夠多的討伐目標？而主動向契丹發起進攻，我沒那個實力，朝廷也不會給我任何支持！」郭威苦笑著將酒盞重新填滿，眉梢眼角，依舊有一股抑鬱之氣驅之不散。

重整河山，收復燕雲，十多年來，這幾乎是支撐著他努力不懈的最大動力。而現在，君臣相疑已經到了如此地步，大漢國哪還有可能向北方派出一兵一卒。

「李守貞、王景崇等跳樑小丑，肯定不是你的對手！」鄭仁誨自信地笑了笑，壓低了聲音分析，「但既然小皇帝讓你做主帥，怎麼打，打多長時間，便完全取決於你的想法。若是不計血本呢，你肯定能夠速戰速決。可若是想贏得漂亮，自己這邊還絲毫不傷筋骨，就得多花點兒心思和時日了。反正只要最後贏得漂亮，小皇帝和滿朝文武即便再挑剔，也說不出什麼來！」

「唉！」郭威嘆了口氣，輕輕點頭。既然已經準備擁兵自重，當然捨不得將麾下子弟折損得太厲害。去了河中之後，就只能以智取為上，實在沒辦法可想了，才會不惜血本發起強攻。

打了半輩子仗，這是他第一次違背本心，而將保存實力放在了第一位。所以無論如何都覺得彆扭。

「你原本就不願意殺人麼，這豈不正合了你的意？」猜到郭威為何而嘆氣，鄭仁誨笑著搖頭，「高行周既然已經跟小皇帝暗通款曲，肯定不會再造反。愚兄推測，他先前之所以跟符彥卿暗中勾勾搭搭，其實也不過是想把高家賣個更好的價錢而已。符彥卿越老越穩健，沒有高行周的配合，自然也不會輕易冒險起兵。所以即便沒有你帶著大軍坐鎮，短時間內，從鄴都到青州，都會安定下來。」

「那是自然，否則，陛下也不會急著把我調去河中！」說到眼前天下大勢，郭威的思維就又恢復了原有的敏銳，笑了笑，輕輕點頭。

「但是，雄州、霸州和莫州，這幾處跟燕雲只有一水之隔的地方，恐怕很快就又要燃起戰火。」鄭仁誨的語氣卻忽然一變，聳聳肩，冷笑著補充，「剛才我收到密報，說有小股的幽州漢軍已經渡過拒馬河。而雄、霸、莫三州的刺史，還有臨近的保寧軍、義武軍，卻沒有任何警訊送往汴梁！」

「大兄是說，那三州的刺史，還有保寧、義武兩軍，生了不臣之心！」郭威的眉頭迅速朝上一跳，上身如旗槍一般挺了個筆直，殺氣透體而出。

「你看，一提到遼國南侵，你就來了精神！又忘了小皇帝根本不信任你這個茬兒了，不是？」鄭仁誨翻了翻眼皮，小聲奚落，「許他劉承佑昏庸到這般模樣，就不許那三州兩軍的文武，自己給自己留條後路？萬一哪天大漢國被劉承佑自己給折騰沒了呢？那三州兩軍都在遼國人的刀口上，實力又不足以自保，除了主動投降遼國，還能什麼好選擇？」

「他，他們可都是漢人？」郭威氣得把牙齒咬得咯咯作響，卻說不出太多的話來，只能反覆強調彼此血脈上的差異。

「遼國南院樞密使、南京留守韓匡嗣，也是漢人！」鄭仁誨撇了撇嘴，滿臉不屑，「在性命攸關的時候，華夷之別算得了什麼？他們擋不住遼國的兵馬，背後又沒有個強大的朝廷可以依靠，投降過去，好歹還能讓治下百姓免於兵火荼毒。況且他們也不是現在就投降，只是暗中給自己和家人找條活路罷了。我就不信，幽州那邊沒有官員跟大漢暗通款曲。」

「的確有，光跟我聯繫過的，就有好幾家！」郭威說他不過，只好點頭承認。「都約好了，哪天漢家大軍北伐燕雲，他們就立刻獻城。」

「這不就得了！這年頭，所謂忠誠，可不就那麼回事兒嗎？況且他們首鼠兩端的行為，對你沒任何壞處，你又何必太較真兒？」鄭仁誨聳聳肩，冷笑著反問。「遼國那邊剛剛經歷了一場內亂，暫時無法全力圖謀中原。最近一兩年即便有兵馬南下，也以幽州漢軍為主，小打小鬧，不會深入漢境過深。而只要遼兵南下，雄、霸、莫三州正式倒向遼國，你就又可以領兵前往祁州抵禦外寇。這一出征，恐怕又得是三五年時間！」

「有個三五年時間做緩衝，倒也夠了，說不定屆時，少主就能變得英明起來。」雖然自家好像因禍得福，郭威卻聽得心情好生沉重，沉吟半晌，帶著幾分期盼說道。

「有三五年時間，也足以讓弟兄們看清楚，劉承佑到底有沒有當皇帝的資格！」鄭仁誨的想法跟他截然相反，撇了撇嘴，低聲道。

「也是，唉——！」想起下午王峻發飆時，自己麾下將領們的反應，郭威嘆息著點頭，「現在做決定，對大夥來說，都太倉促了。能拖上個三五年，總比現在強。若是能拖到郭某閉上眼睛，倒也心甘情願。」

「你這是典型的婦人之仁！」

「婦人就婦人吧，我的外號叫郭家雀，燕雀不知鴻鵠之志。」郭威咧了下嘴巴，自我解嘲。

鄭仁誨被他說得沒脾氣，只好對著香案上的冷菜運筷如飛。而郭威自己，則又從雄州、霸州和莫州的形勢變化上，聯想到了奉命率商隊北去的自家養子柴榮，猶豫了一下，用很小的聲音詢問：「大兄最近可能聽到過君貴的消息？他丟下商隊後到底去哪了？怎麼到現在還連個音訊都沒有？」

「我也正想跟你說這件事呢！」鄭仁誨點點頭，小心翼翼地給出答案，「但是你可是千萬要沉住氣，不要衝動。據我今天下午收到的最新密報，幽州漢軍化作小股盜匪紛紛南下，極有可能就是在追殺他們。雄、霸、莫三州的刺史，還有臨近的保寧軍、義武軍悶聲大發財，想必也是跟幽州那邊事先做了交易，只准許對方越境來拿人，卻不打算丟失一寸土地！」

「該死！」郭威氣得一拳砸在香案上，震得菜餚酒水四下飛濺，「這種吃力扒外的狗官，若是君貴出了事兒，老夫拚著被朝廷抄了後路，也要把他們斬盡殺絕！」

鄭仁誨趕緊低下頭去，將掉在地上的菜盤子重新撿起，一邊朝香案上擺，一邊笑著責怪，「都跟你說過，不要著急了，你居然還是這麼衝動！你又不可能立刻就派大軍過去接應！」

「他若是有事，讓我怎麼對得起亡妻？」郭威迅速意識到了自己的失態，訕訕地笑了笑，低聲解釋。

鄭仁誨身在事外，所以表現遠比此刻的郭威沉穩。又擺擺手，笑著安慰：「放心吧，君貴不是那麼好抓的，對方的主要目標也不是他。只要邊境上三州兩軍不給幽州派過來的追兵幫忙，尋常一二十個鼠輩，還真未必是他們三兄弟的對手！」

「三兄弟？」郭威楞了楞，遲疑著問道。

「你忘記易州殺賊的事情了，當時他們三兄弟，可是露了一次大臉！」

「趙匡胤和鄭子明居然還跟他在一起？」郭威聞聽，心中愈發覺得驚詫，「這段時間他們三個去哪了？天，莫非他們三個去了營州？」

「恐怕就是，否則遼人也不會對他們三個志在必得！」

「天，這，這小子。看我回來不狠狠收拾他。平素我對他的叮囑，他居然全當成了耳旁風！」郭威又是擔憂，又是憤怒。手指攥成拳頭，關節處咯咯作響。

他一直拿柴榮當親兒子看待，當然無法忍受自家兒子拎著腦袋去探望石重貴。更何況，那石重貴是前朝的皇帝，而他郭威是大漢的樞密副使。本來就已經受到了小皇帝的猜忌，再跟前朝皇帝牽扯到一處，更是百口莫辯。

「你當年為了先皇和常克功，不也是兩肋插刀嗎？」鄭仁誨看了他一眼，笑著反問，「常言道，有其父必有其子。他這樣做，像極了當年的你，又有什麼好收拾的？」

「我？」郭威被問得哭笑皆不能，半晌接不上話茬兒。

「年輕人性子張揚一些，不是件壞事！」鄭仁誨又看了他一眼，低低的補充，「鄭子明和寧子明如果是一個人的話，最擔心的人應該就是劉承佑。而常克功既然打算把女兒許給他，明公何不也做個順水人情？反正，大晉復國，已經沒有任何可能！」

「我當你能有什麼好主意呢，原來又是拾人牙慧！」郭威皺著眉頭斟酌了片刻，搖著頭數落。

「此舉與常克功當日，不盡相同。」鄭仁誨臉上沒有半分慚愧之色，笑了笑，低聲解釋，「常克功當初之所以救下石延寶，一是為了報答石重貴對他的多年看顧之恩。二來是為了借助石延寶的前朝皇子身份，令先皇有所忌憚。而明公你卻不需要借助任何人的力量，只管對石延寶隱姓埋名的事情，睜一隻眼睛閉一隻眼睛便可。且由著他去，看此子最後能成長到哪一步。反正只要他還活在世上，劉承佑就不能一門心思對付您。」

「唉，不過是五十步跟一百步的區別。老夫去年還嘲笑過常克功！」郭威又嘆了口氣，閉目不語。

「誰讓你我生於亂世呢？你又是手握重兵的顧命大臣？」鄭仁誨知道老朋友此刻心中難過，也跟著嘆了口氣，再度提醒。

「我知道！」郭威閉著眼睛，低聲回應，蒼老的臉上皺紋縱橫交錯，彷彿每一根裡頭都寫著不甘，「我知道，只是我沒想到，這麼快就走到了這一步。」

「他劉承佑哪天如果真的迷途知返，明公做一輩子權臣又如何？」鄭仁誨用筷子敲了下酒盞，聲音陡然轉高。

「是啊，主動權，終究要抓在自己手裡！」郭威朝他擺了擺手，回答得有氣無力。

打心眼裡，他真的不想走擁兵自重這一條路。中原已經被折騰了七十餘年，再繼續折騰下去，恐怕五胡亂華的慘禍又要重現。去年契丹人輕易攻入汴梁，掠走石重貴的事實，已經充分預示了這一點。況且，劉知遠臨終之前再給他挖陷阱，再設計對付他，至少活著的時候曾經一直拿他當兄弟。他對劉知遠的親生兒子，不能不念幾分香火之情。

然而，如果不按照鄭仁誨的主意做的話，用不了幾年，等著他的就是血淋淋的屠刀，不光他自己，妻兒老小，以及身邊大部分親朋故舊，都難逃一死。他郭威不珍惜自己的性命也就罷了，有什麼資格拉著這麼多人陪著自己一起去給劉知遠殉葬？

想到自己並不是為一個人而活著，有股新鮮的氣力從他骨髓深處陡然而生。猛地一下坐直了身體，郭威大聲吩咐，「大兄，馬上把咱們手裡的暗子全撒出去，不惜一切代價接回君貴他們三個！」

「早就等著你這句話了！」鄭仁誨答應著起身，滿臉欣慰。

「你這廝，跟王秀峰根本就是一路貨色！」郭威忽然意識到了些事情，楞了楞，隨即笑著撇嘴。「去吧，免得我再改主意！」

「你不會，我知道你！」鄭仁誨朝他抱了下拳，快步出帳，留下一香案空空的盤子。

「你們他媽的全都是聰明人！唯獨老夫是一個糊塗鬼！」郭威從香案上抓起酒壺，自己給自己倒了滿滿一盞，然後對著黑洞洞的窗外，開始慢慢品味。

已經快三更天了，夜色濃得像化不開的墨汁。

在無邊無際的黑暗深處，幾隻螢火蟲忽然跳起。上上下下，奮力搧動翅膀，彷彿在試圖照亮整個天空。

螢火點點。

蛙鳴陣陣。

同樣的深夜，在定州西南的丘陵之間，柴榮、趙匡胤和寧子明三兄弟，深一腳淺一腳蹣跚而行。

當日為了不連累無辜，三人走得極為倉促，根本沒來得及從商隊大夥計手裡拿上盤纏。而臨時於渡口搶到的哨船又容不下戰馬，所以逃上拒馬河南岸之時，除了手中的兵器和身上的衣服之外，兄弟三人已經一無所有。

這還不是最倒楣的情況，當他們試圖走進雄州城去聯繫郭家商隊在此的分號，為晶娘買一副像樣的棺木之時，才忽然發現，有幾名刀客打扮的傢伙，手裡拿著幾張畫著人像的告示，大模大樣地卡在了距離城門不到五十步的位置，正對過往行人挨個盤查。而肩負守土之責的大漢國官兵，卻非常默契地縮在門洞子裡頭搖起了蒲扇，對近在咫尺的怪異情形視而不見。

「雄州城的地方文武，跟遼國人暗通款曲！」三兄弟都不是傻子，一眼就看出刀客是為了尋自己而來。進城的計畫只好匆匆取消，掉頭又往西北走了二十餘里，才在偏僻的村落裡找了一戶像樣的人家，用兄弟三人身上所有值錢的東西，換走了對方準備給自家老太爺的壽材。這才勉強讓晶娘入土為安，不至於最後落個暴屍荒野的下場。

安葬好了晶娘，三人知道險境不可久留。又東拼西湊從鄉野間弄到了三副貨郎行頭，扮作行腳的小販子，匆匆逃難。

大路鐵定是不能走了，雄、霸、莫三州都歸節度使高牟翰掌控，一座城池的大門口出現了遼國來的「刀客」，其他兩座城池的情況肯定一模一樣。而東面的保寧軍和西邊的義武軍，節度使都是山賊出身，恐怕也早跟遼國南院勾搭成奸。再往南，高行周數月前曾經跟符彥卿暗中會過面，蠢蠢欲動。直到郭威帶領大軍壓境，才勉強收起了野心。如果得知郭威的養子逃到了高家的地盤上，說不定會做何種反應。至於符家，寧子明落到他手裡，簡直是狼入虎口。

所以兄弟三人商量來商量去，唯一的選擇，就是先抄小路向西南，然後想方設法穿過太行山，進入河東。此刻坐鎮太原的是劉知遠的親兄弟劉崇，應該不會跟契丹人勾結。如果能幸運地一口氣逃到潞州，聯繫上虎翼軍都指揮使韓重贇，三人就算徹底逃出了生天。

只是這年頭兵荒馬亂，百姓數量銳減，走小路，就等同於不停地穿越荒山野嶺。非但沿途中很難找到吃食果腹，還經常會遇到土匪和野狼群，每一次都得以命相拚。

好在三人的武藝還都過得去，手中的兵器也始終沒有丟下。尋常十幾個蟊賊根本攔他們不住，遭遇到規模較小的野狼群也能潰圍而出。所以荒山野嶺中接連走了五、六天，暫且還未傷筋動骨。只是身體和精神都疲憊到了極點，衣服也被刮得破破爛爛，乍一眼望去，不像是走南闖北的小商販，倒更像是三個無家可歸的叫花子。

三個「叫花子」裡頭，無疑以趙匡胤最為落魄。無論夜晚走在路上，還是白天爬上樹安歇，此人都有些魔魔怔怔。偶爾好不容易睡著了，卻突然又大叫著驚醒，渾身上下冷汗淋漓。害得柴榮和寧子明兩個根本不敢放心大膽去休息，每次都得半睜著一隻眼睛看好趙匡胤，以免他傷心之下，做出什麼不要命的舉動來。

「大哥，三弟，你們放心。我，我沒那麼傻！」神智清醒的時候，趙匡胤也知道自己不太對勁兒，紅著臉，不停地解釋，「我，我只是心裡頭，心裡頭難受。過上幾天就會好起來。我，我一個人，肯定不會再去幽都冒險。等，等我回去後拿一大筆錢，招攬到足夠的死士……」

「還說你沒事兒！」柴榮一巴掌拍在趙匡胤的後脖頸上，恨不得能將此人立刻拍醒，「若是死士能幹掉一鎮節度的話，遼漢兩國還要那麼多兵馬做什麼？各自花錢雇傭死士就是了，每次未交戰之前，先把對方大將的腦袋摘下來。敵軍自然就不戰而潰了。」

「那，那我就自己戰死在幽都，總不能讓晶娘孤零零的一個人躺在墳墓裡頭！」趙匡胤聞聽，眼睛裡又怔怔落下淚來。搖了搖頭，哽咽著道。「我就不信，韓匡嗣永遠不會落單兒。我天天蹲在幽都等著他，總有抓到機會的時候！」

「對，你先把自己的臉用樹漆毀了，再吞碳燒壞嗓子。然後天天蹲在韓家門口去討飯。」柴榮哀其不幸，怒其不爭，故意拿古代刺客豫讓的事蹟擠兌他，「說不定哪天韓匡嗣忽然發了瘋，自己一個人走出來布施。然後你先一刀殺了他，再當場自盡。臨死前大喊：『晶娘，我把妳阿爺給宰了！』嘖嘖，多威風，多神奇，保證能寫成戲文兒千古傳唱。」

「你，你，你……」趙匡胤被擠兌得眼前一陣陣發黑，猛然停住腳步，抬手指著柴榮的鼻子，青紫色的嘴唇上下哆嗦。

柴榮卻絲毫不肯留情，一巴掌拍開趙匡胤的手臂，大聲咆哮：「趙元朗，你當時的誓言是，帶領大軍踏平幽州！你自己不記得，我可一個字都沒忘！別老想那些歪門邪道，自己趕緊振作起來才是正經。韓匡嗣為什麼要殺死晶娘？還不是為了遼國皇帝給的榮華富貴？他是在殺女明志你懂不懂？你要想給晶娘報仇，就想辦法堂堂正正在戰場上把韓匡嗣打敗，讓他變得像趙延壽那樣，再也沒有任何利用價值。屆時，不用你去殺，遼國皇帝也得把他一腳踢開。讓他徹底變成一條喪家之犬，為當日所作所為，一直後悔到死！」

「呼啦啦——」數以百計的野鳥從睡夢中被驚醒，拍打著翅膀飛向天空。

「我，我，我……」趙匡胤愣愣地看著柴榮，身體顫抖得如同風中殘荷。

對方先前所說，何嘗又不是他心中曾經所想？而如今天下的形勢卻是，漢弱遼強，短時間內還根本看不到任何逆轉的可能。偏偏他趙匡胤本人，在此之前只是個愛抱打不平的富貴公子，身上無任何官職，手中也沒有一兵一卒。

「跟著我去投軍，哪怕從大頭兵做起，也比你天天做白日夢強！」柴榮輕輕嘆了口氣，用手按住趙匡胤的肩膀，「晶娘的死，我和子明心裡也非常難受。但咱們三個，哭死也報不了這個仇。只能先想辦法自立自強，積聚實力。當年劉知遠、我義父和常克功三人，也是從大頭兵做起。咱們兄弟三個，身後好歹還有父輩們撐腰，沒有理由比他們做得更差。只要其中任何一人能出將入相，給晶娘報仇就不再是做夢！」

「我，我，我怕自己沒那個本事！」趙匡胤終於說了一句大實話，蹲下去，雙手抱頭，肩膀不停地抖動。

王侯將相寧有種乎？這話聽起來無比的勵志，而事實上，能從一介白丁走上王侯將相位置者，古往今來也找不到幾個！作刺客去殺掉韓匡嗣，固然是白日做夢。從白丁爬上一鎮節度使乃至更高位置，領大軍北伐燕雲，比起白日做夢，可能性又多出來幾分？

「至少，你曾經努力過！」柴榮也蹲了下去，將趙匡胤的手用力搬開，看著他認真地說道。「君子報仇，十年不晚。你我兄弟一道努力十年，如果還沒有任何希望，你再去作刺客也不遲！」

「嗯！」趙匡胤的眼裡，終於燃起了幾點火苗兒，咬著牙，用力點頭。

「站起來走吧，趁著天還沒亮，咱們再趕一段路，爭取明天早晨之前抵達太行山腳！」柴榮單手拉住趙匡胤的一隻手臂，將他用力拖起。「你看子明，小小年紀經歷了那麼多磨難，卻從來沒認過聳！」

說曹操，曹操就到。話音剛落，走在最前方負責探路的寧子明，就滿臉喜色地跑了過來，「大哥，二哥，村子，前面有個村子。村口，村口的小河灘上種滿了寒瓜！」

「寒瓜？」炎熱的盛夏裡頭走夜路，忽然聽到前面有一地的寒瓜等著，讓人精神為之一振。注四〇瘦軟的雙腿忽然就又充滿了力氣，已經乾得快冒火的嘴巴，也立刻就有了濕意。三步併作兩步衝到瓜地旁，正欲彎腰撿瓜，猛然間，探出的六支胳膊卻全都僵在了半空當中。

「大哥，二哥，你，你們倆身上還有值錢的東西嗎？」寧子明的臉皮最薄，反應也最快，咽了口吐沫，低聲向柴榮詢問。

「除了腳下這桿長槍的槍頭之外，就沒別的了！」柴榮頓時被問得面紅耳赤，搖了搖頭，喘息著道。

「我，我也只剩下一根包銅棍子了！」趙匡胤也面紅過耳，望著滿地圓溜溜的寒瓜，喉嚨上上下下不停地移動。

三人雖然都算不上是膠柱鼓瑟的死板人，可不給錢偷別人瓜吃的勾當，卻是從小到大誰都未曾幹過！大眼瞪小眼兒互相看了好半晌，咬了咬牙，低聲商量，「要不咱們先去找找瓜田的主人，跟他賒個瓜吃？實在不行，下半夜去幫他砍些柴禾回來，以頂瓜資！」

「這村子只有巴掌寬窄，前後都能看得見山，怎麼可能缺柴燒？」

注四〇、寒瓜，即西瓜。北方西瓜在沒有塑膠大棚的時代，成熟時間較晚，一般要夏末秋初。

「要不把我的兵器賣了算了，好歹表面包著厚厚的一層銅皮！」

「問題是，得有人買才行啊。這地方，怎麼看也不像有鐵匠鋪的模樣！」

「不管了，先去找瓜田的主人！」

「找到他問問再說……」

商量來，商量去，哥仨也沒能拿出太好的主意。只得先紅著臉，四下張望著打起了招呼，「有人嗎？有人看瓜嗎？」

「老丈，這寒瓜是誰家的？能不能先賒給我們一個？」

「有人嗎？有人嗎？麻煩答應一聲！」

「……」

扯著嗓子接連喊了好半天，周圍卻是靜悄悄的一片。除了沙沙的風聲和連綿的蟬鳴之外，沒有任何回應。

「不管了，先吃了再說！」趙匡胤實在渴得難受，蹲下去，抄起一個芭斗大的寒瓜，一拳錘成了兩瓣，「大哥，你先來。子明，你吃這塊！我再去敲一個過來！」

「還是我去吧！」寧子明不好意思讓趙匡胤伺候自己，擺擺手，縱身跳進瓜田。東張西望好一陣，終於瞄上了一個看起來稍微小些的寒瓜，走到近前用雙手抱住，用力拉扯。

他最近一年多來雖然受盡了磨難，對於稼穡之事，卻是一竅不通。只以為把寒瓜從地上扯起來，就能將其順勢摘下。誰料用得力氣稍微大了一些，耳聽「喀嚓」一聲，竟然將瓜藤連同側蔓兒從地上整根拔起。

「啊——！」連續數天晝伏夜出亡命趕路，寧子明的體力和精神都早已透支，倉促間，根本來不及做出正確反應。被閃得「蹬、蹬、蹬」接連後退了六七步，一屁股坐在了瓜地中央。

這下，麻煩可就大了。寒瓜是多蔓植物，同一根秧上能結四五個。被寧子明扯得全都掉在地上。再加上他兩隻腳踩碎和屁股底下坐碎的，足足有十多個寒瓜，四分五裂！

「子明小心！」柴榮和趙匡胤各自捧著半塊紅色的壞瓜站了起來，目瞪口呆。

不告而取別人的一兩個寒瓜，他們還好意思說是太渴了，事急從權。轉眼間毀了別人小半分地的收成，一旦被瓜主當場捉獲，眼下身無錙銖的三兄弟，拿什麼去抵帳？

「我，我只是，只是想揀個小個的吃，免得糟蹋了瓜！」寧子明帶著半身的瓜汁瓜瓤子爬起來，尷尬得連連搓手。「我這就去找瓜田的主人，把，把鋼鞭抵了給他……」

「嗚——」話音未落，耳畔忽然傳來一聲呼嘯，有道寒光從臨近的樹上破空而至。

「啊！」寧子明滿腔的尷尬都化作一聲驚叫，一個箭步躲出半丈遠。雙腳還沒等落地，耳畔又傳來「噗」地一聲，回頭看去，只見一把七尺餘長的柴禾叉子正扎在自己原先站立位置，鐵製的叉子頭深入土地半尺，棗木的叉子柄餘勢未衰，朝南北兩個方向來回搖晃。

「你還敢躲？你嫌自己糟蹋得不夠多嗎？你屬刺蝟的，一邊吃一邊禍害？」緊跟著，有個尖利的質問聲在黑漆漆的樹梢上響起。寧子明尷尬地仰頭，只見一個身材修長的農家女子凌空飛落，雙手從地上拔起柴禾叉子，一個跨步刺向了自己的大腿根兒。

這要是被一叉子扎上，寧子明的大腿根處肯定得被刺出兩個透明窟窿。嚇得他一轉身，奪路狂奔。「我不是故意的。姑娘莫急，我不知道，我不知道寒瓜下面還連著那麼多的瓜藤兒。我，我剛才真的不是故意的，真的不是！」

叫喊的聲音很高，只可惜理由實在說不通。手持柴禾叉子的農家女，怎麼可能相信這世界上，居然還有人不知道西瓜蒂後連著瓜藤兒？紅著眼睛，繼續緊追不捨，「你還抵賴？你還抵賴？男子漢大丈夫，居然敢做不敢當！我今天若是不打斷你一條腿……」

「我，我以前沒見過瓜田！」寧子明自知理虧，哪裡敢停下來招架，只管叫嚷著撒腿逃命。這下，麻煩可就更大了。雙腳不是扯斷了瓜藤，就是踩中了瓜身，所過之處，紅紅綠綠一片狼藉。

「你，你是不是別人派來禍害我家的？站住，別跑！」眼瞅著馬上就要收穫的寒瓜被一個陌生人肆意糟蹋，農家女怎麼可能還忍得住？雙手握住柴禾叉子猛地向下一戳，整個人如鷂鷹般騰空而起，「站住，你有種衝我來。別故意糟蹋東西！」

「呀——！」寧子明也發現，自己在逃命的途中，又糟蹋了寒瓜無數。嚇得驚呼一聲，縱身衝上田埂，緊跟著，一溜小跑，直奔山路而去。

他的打算是，先避開對方的火頭，然後找個合適機會，再返回來跟此女商量賠償的問題。哪知道那看瓜女子，竟然練過傳聞中的輕身功夫。借助手中柴禾叉子的支撐，三縱兩縱，就飛到了他的背後，抖手一叉，再度戳向他的屁股。

「妳講不講道理？不就是弄壞了妳幾個瓜麼，總不能讓我償命！」寧子明聽到了來自背後的風聲，趕緊擰身閃避。隨即彎腰自路邊草叢裡撿了一根乾枯的樹杈在手，大聲抗議。

「道理是講給人聽的，不是講給野豬！」那女子一刺不中，楞了楞，旋即再度挺叉而來，「你如果光吃一個瓜，也就罷了。口渴的時候誰都禁不住，我剛才連錢都沒打算找你們要。你自己數數，你這一晚上糟蹋了多少寒瓜？那都是我阿爺跟我哥兩個辛辛苦苦種出來的，你憑什麼由著性子糟蹋！」一邊說，她一邊揮動柴禾叉子朝寧子明身上非要害處招呼，不讓眼前的「偷瓜賊」長個記性，誓不甘休。

若是正常沙場交鋒，寧子明還真就未必怕了誰。然而今夜他早已筋疲力竭，又心中有愧，身手難免就打了個巨大的折扣。十成武藝發揮不出一成，三招兩招，就被看瓜女子逼得險象環生。全憑著跟人交手的經驗豐富，才勉強保證不被戳成肉串！

「姑娘，住手，有話好好說。我們賠錢給你！」眼看著寧子明被打得只有招架之功，沒有還手之力。趙匡胤大急，三步併作兩步湊到戰團附近，大聲斷喝。

「呸，偷瓜的三個叫花子，胡吹什麼大氣？」手中的柴禾叉子遲遲扎不到目標，看瓜女子肚子裡的怒火越憋越旺，狠狠地瞪了了趙匡胤一眼，大聲奚落，「有錢賠，你們哥仨兒還用偷？一個個空長了這麼大的塊頭，有手有腳的，卻不務正業！你們爺娘真該生下來時就將你們摔死！」

「小娘皮，妳欺人太甚！」趙匡胤自小到大，跟不同的對手打架累計超過百次，卻從來未被人當作過乞丐侮辱，頓時氣得火冒三丈，從地上抄起一根枯樹枝，就準備給看瓜女一個教訓。

柴榮手疾眼快，趕緊一把將其拉住，「元朗，不要衝動，咱們理虧在先！」

「來啊，欺負我只有一個人是吧！你們三個臭不要臉的傢伙乾脆一起上，看姑奶奶怕是不怕！」看瓜女心裡，早把哥仨當成了遊手好閒的地痞流氓，根本沒注意聽柴榮在說什麼。眼角的餘光發現有人蠢蠢欲動，立刻破口大罵。

「妳才臭不要臉！子明，你下來，讓我給她個教訓！」趙匡胤越聽越來氣，掙扎著繼續向前撲。

柴榮見狀，少不得又騰出一隻濕漉漉的手來，扯住趙匡胤的另外一隻胳膊，「別胡鬧，這是人家的地盤兒！元朗，你要是再動了手，這事兒就徹底說不清楚了！」

話音剛落，耳畔就傳來一陣清脆的銅鑼聲，「鐺，鐺鐺，鐺鐺鐺鐺……」，緊跟著，數十點燈球火把在村子中央亮起，卻是值夜的更夫聽見了動靜，把全村子的老少爺們都用銅鑼給敲了起來。

這下，趙匡胤終於明白柴榮的良苦用心了。趕緊退開數步，丟下手裡的枯樹枝，轉身去找自己的棒杆。柴榮也迅速退開，找到兄弟三人剛剛蹲身撿西瓜的位置，將自己在逃命途中胡亂砍白蠟木拼湊起來的長槍和鄭子明的鋼鞭都抄在了手裡，與趙匡胤站在一處，全神戒備。

怕與村子裡的百姓產生誤會，他們兩個都不敢再距離戰團太近。豁出去賭以寧子明的身手，不至於被看瓜女傷得太慘。但是如果村民們不肯講道理，他們也打定主意，絕不束手就擒。否則，一旦被村民們當作偷瓜賊交到臨近的城池裡邊，誰知道地方官員會不會把大夥賣給契丹人？

「哼，算你們識相！」看到兩個衣衫破爛的「地痞」主動和自己拉開了距離，看瓜女還以為是自己先前的威懾話語起了效果，冷冷地奚落的一句，揮動柴禾叉子，繼續狂風暴雨般在寧子明身上非要害處招呼。

寧子明又累又餓，還不敢下狠手還擊，被逼得連連敗退。勉強又苦撐了七八個回合，忽然間，腳下踩到了一塊不知道是什麼人什麼時候丟下的寒瓜皮，「撲通」一聲，摔了個仰面朝天。

「哈哈哈，報應！」看瓜女大喜，立刻撲上前，俯身下刺。

她脾氣雖然火爆，心腸終究善良，不想把對手傷得太狠。因此刻意調整了柴禾叉子方向的力道，以給對手一個教訓為目的。然而，此時此刻，寧子明哪裡還有精力猜測到她的心思？見明晃晃的叉子尖兒直奔自己大腿側面而來，鼻樑上方，雙眉中央位置處頓時一麻，身體本能地向左側翻滾，雙手撐住地面，右腿貼著左腿橫掃，神龍擺尾，將老道士扶搖子傾囊傳授的搏命功夫發揮了個十足十。

「呀——」看瓜女猝不及防，大聲尖叫。雙腿縱起試圖躲閃，卻根本來不及。被寧子明的左腿恰恰掃在了腳踝位置，「怦！」地一聲，整個人在半空中瞬間由豎轉橫。

緊跟著，又是「噗！」地一聲悶響，卻是她搶在摔落之前，將柴禾叉子戳在了地面上。然而，身體的平衡卻依舊無法恢復，雙手握著棗木叉子桿緩緩下墜。不偏不倚，將正在試圖鯉魚打挺起身的寧子明壓了個正著。

「撲通！」這下，一男一女，雙雙摔的身軀交疊在一塊！

「子明小心！」「老三小心！」柴榮和趙匡胤兩人的提醒聲這才傳了過來，除了讓地面上的一對兒倍感尷尬之外，根本起不到任何作用。

看瓜女被羞得臉上幾乎要滴出血來，迅速一擰身，騎上寧子明的小腹。騰出左手死死壓住對手的肩窩，揮動右拳便朝臉上招呼。

寧子明的肚子被看瓜女壓住，肩頭也被看瓜女控制，從扶搖子那裡學來的近身搏鬥本事，徹底發揮不出作用。千鈞一髮之際微微側了下頭，保住了自己的鼻子，腮幫子上卻結結實實挨了一拳頭，「噗！」口水帶著血水噴出了半尺多遠。

雖然年齡不大，好歹他也是個男子漢，如何受得了被一個野蠻女子騎在身體下狠揍？直氣得哇哇大叫，伸出雙手，狠狠推向對方肩膀。

掌心所觸，卻是一團異樣的柔軟。看瓜女如遭電擊，高舉在半空中的右拳再也落不下去。楞楞地看著寧子明一眼，目光如刀。

寧子明瞬間也是目瞪口呆，迅速將雙手縮回，停在自己的兩隻耳朵側面，不知所措。禍闖大了，推到的不是對方肩膀。二人剛才都手忙腳亂，誰也顧不上仔細分辨目標。

事到如今，除了讓對方狠狠打幾下之外，他不知道該如何彌補？誰料看瓜女卻忽然尖叫著跳起來，雙手從地面拔起鋼叉，當胸便刺。

寧子明雙腿猛地一戳地面，身體迅速向後竄出了半丈遠。隨即以前所未有的敏捷從地上爬起來，撒腿便逃。

「小賊，流氓，拿命來！姑奶奶今天不戳死你，就姓你的姓！」看瓜女的怒罵聲裡，已經帶上了哭腔。追在寧子明身後，叉子尖兒朝著後心窩處不停地畫影兒。

寧子明既不願被人一叉子戳死，又沒勇氣回頭迎戰，只能順著山路亡命奔逃。柴榮和趙匡胤兩個，黑燈瞎火雖然沒看清楚到底發生了什麼事情，可從看瓜女的表現和哭喊聲裡頭，也猜出了幾絲端倪。頓時，誰也沒臉皮去出手拉架，大眼瞪著小眼兒，面面相覷。

不是柴榮和趙匡胤兩個不仗義，而是二人此刻誰也不知道該怎麼辦才好！想要讓看瓜女停止對寧子明的追殺，唯一的辦法就是雙雙衝上去將她放倒。而三個大男人欺負一個妙齡少女，傳揚開來實在有些太難聽。更何況被驚醒的村民們已經舉著燈籠火把越跑越近，一旦被他們親眼看到自家妹子被三個外來的男人圍著打，兄弟三人恐怕個個都長著一百張嘴，也無法將誤會解釋清楚。

屆時，想要擺脫麻煩，恐怕就只剩下了殺人滅口這一條路可走！

柴榮和趙匡胤都不姓曹，當然下不了把所有村民都殺光的狠心。所以哥倆只能眼睜睜地看著自家兄弟在柴禾叉子的威脅下狼奔豕突。除了啞著嗓子喊幾聲「誤會」之外，任何有用的事情都做不了。

好在村民們來得速度足夠快，趕在寧子明被穿在柴禾叉子上之前抵達了現場。先是微微一楞。隨即「呼啦啦」一擁而上，將看瓜女子拉住，將三個陌生人分兩組圍了個水泄不通。

「別攔我，我要殺了他，我今天非殺了他不可！」看瓜女哪肯善罷干休？隔著人群，朝著寧子明張牙舞爪。

「誤會，這都是誤會，大夥別生氣，且聽我從頭解釋！」唯恐雙方發生衝突，柴榮將長槍戳在身邊，揮舞著手臂大喊。

眾鄉民早就看到了他和趙匡胤兩個一直在袖手旁觀，而寧子明一直光逃命不還手的場景，心中便先入為主，沒把他們當成十惡不赦的歹人。然而看到種瓜女子那不死不休的模樣，卻又產生了幾分懷疑。努力用身體將雙方隔開，七嘴八舌地詢問：「春妹子，到底是怎麼一回事？他們三個怎麼招惹妳了！」

「三春姐，三春姐，別哭，別哭。妳先說清楚到底是怎麼回事？咱們陶家莊的人，無論如何也不能被外鄉來的給欺負了！」

「小妹，小妹，妳別哭啊，妳倒是說啊！」

……

「他們，他們三個，偷我的瓜！」看瓜女子陶三春又羞又氣，偏偏還無法當著這麼多人的面兒，說有人抓了自己的胸。兩隻眼睛流著淚，不停地咬牙跺腳。

「我們不是偷，我們在田邊上喊了，問是誰的瓜。但是沒人答應！」趙匡胤是個富貴公子哥兒，無論如何也不肯頂上一個偷竊的罪名，高舉著雙手，大聲反駁。「沒人答應，我們才摘了一個瓜吃。原本就打算給錢的，她，她根本沒給我們解釋的機會！」

他的話音剛落，柴榮立刻拱手朝四周行禮。「各位鄉親，今天的事情，的確是我們哥仨有錯在先。無論打碎了多少瓜，你們估個價，我們三個想辦法賠償就是！」

哥倆身上的衣服雖然破破爛爛，腳上的靴子也早就露出了指頭，可舉手投足之間流露出來的氣質，卻絕非尋常流浪漢所有。眾鄉親裡頭不乏「識貨」者，頓時對誤會的說法，又多相信了兩三分。緊握在手裡的長槍短刀，立刻就垂了下去。

看瓜女子陶三春見狀，急得兩眼通紅，轉過身，指著柴榮的鼻子罵道：「你胡說，你們事先根本就沒問。我就在樹上，一睜眼睛，就看到你們三個在偷瓜。不但偷，還連吃帶糟蹋！」

柴榮巴不得她把注意力都集中在瓜地裡，而不是當眾說出被寧子明碰了身體上不能碰的部位，立刻又端端正正地行了個禮，快速解釋道：「姑娘妳真的誤會了，我那三弟沒下過地，所以摘瓜時，才一不小心把自己閃了個跟頭，壓壞了周圍寒瓜和瓜秧。無論如何，此事錯在我們哥仨。妳先去數數損失到底有多大，我們一定分文不少地賠償！」

眾鄉親聞聽，愈發相信先前發生的是一場誤會。頓時心中的敵意消失得乾乾淨淨，圍在看瓜女子陶三春的四周，主動做起了和事佬，「春妹子，幾個瓜的事情，讓他們賠些錢算了。犯不著弄這麼大動靜！」

「是啊，三春姐，我看他們不像是故意在糟蹋東西的人。」

「三春，估計是妳剛才在樹上睡著了，沒聽見他們的喊聲。算了，算了，讓他們賠錢走人算了！」

「……」七嘴八舌，誰也不願意為了十幾個寒瓜去喊打喊殺。

「我，我……」到了此時此刻，陶三春哪怕有勇氣說出真相，也會被當成胡亂攀誣。一下子被憋得七竅冒煙，紅著臉，放聲大哭，「他們就是故意的，你們剛才都沒看見。他們，他們不但糟蹋西瓜，並且還合夥欺負我！他們，他們三個都無恥得很，滿嘴沒一句實話。」

剛才她持著柴禾叉子追得寧子明滿山跑的模樣，大夥都看在了眼裡，怎麼可能相信「三個合夥欺負一個」的瞎話。頓時覺得尷尬異常，站在周圍，管也不是，走也不是，進退兩難。

就在此刻，人群之外，忽然響起了一個蒼老且渾厚的男聲，「三春，這到底是怎麼回事！誰欺負妳了？跟阿爺說。我就不信，在陶家村，咱們爺倆還找不到說理的地方。」

「小妹，別哭，哥來了，阿爺也來了！」另外一個年輕男子的聲音緊跟著響起，話裡話外，帶著毫不掩飾的憤怒。

眾鄉親聽了，立刻紛紛側身打招呼，「里正大叔，您老怎麼也起來了！」

「大春，你怎麼如此胡鬧？里正大叔剛剛病好，這節骨眼上最怕風吹！」

「他叔，你先別生氣！我們大夥這不都在嗎？只要三春占理，沒人會胳膊肘往外拐！」

「嗯，我倒是要看看，到底哪個吃了豹子膽的，敢欺負到我家女兒頭上？」來人之中的老年男子被年輕男子攙扶著，氣哼哼地分開人群，大步來到陶三春面前，「三春，妳說，這到底是怎麼一回事？」

陶三春見了自己的父親和哥哥，憋在肚子裡的委屈頓時化作眼淚滾燙而出，「他們，他們故意糟蹋咱們家的寒瓜，還，還死不承認。我想給他們個教訓，他們，他們還，還跟我還手！」

終究是個妙齡少女，即便性子再粗豪，在如此多的人面前，也說不出受了對方輕薄的話來。

那老里正心思細膩，本能就察覺到自家女兒恐怕另有苦衷。單手從地上抄起柴禾叉子，朝著柴榮戟指，「狗賊，你們三個到底幹了什麼虧心事自己明白。今天如果不給老夫一個交代，休怪老夫……」

「老丈，這是誤會，真的是誤會！」柴榮趕緊橫槍在身前，大聲辯解。

「你居然還敢跟我阿爺動手！」陶三春的哥哥陶大春暴怒，舉起一根鐵棍，就準備給欺負自家妹妹者以教訓。誰料身體剛剛一動，卻又被自家父親用柴禾叉子給攔了回來。

「別動！你老實呆著！」老里正橫叉擋住了兒子，隨即向前快走了幾步，兩眼死死頂住柴榮的面孔，「是你？這位小哥，敢問你可是姓郭？」

「嗯，正是！在下郭榮，見過老人家！」柴榮被盯得心裡直發毛，後退半步，雙手搭在槍桿中央朝老人行禮。

聞聽此言，老人立刻就丟下柴禾叉子。轉身從鄉鄰手中搶了一隻火把，高舉著照亮趙匡胤的面孔，「你，你可是姓趙，還有你……」

他快速扭頭，借助火光認清寧子明的面孔，「你姓鄭，對不對？你，你們三個，春天時可曾路過易州？」

「這個……」柴榮不知道此人是敵是友，沉吟了一下，手握著長槍回應，「老丈說得對，我們三個，數月前的確曾經路過易州。您老……？」

「恩公在上，請受陶正一拜！」老丈「撲通」一聲跪倒於地，丟下火把，納頭便拜。

柴榮和趙匡胤兩個嚇了一大跳，趕緊側開身子閃避，隨即搶步上前，一左一右，攙扶住老人的兩條胳膊，「折殺了，折殺了，您老人家快起來，咱們有話好好說！」

「恩公，小老兒剛才眼拙，沒認出你們，真是該打，該打！」老丈陶正一邊掙扎著往下跪，一邊拚了命自責，「如果知道三位恩公駕臨，即便是把小老兒十幾畝的寒瓜全都給吃光了，小老兒也覺得心甘情願。剛才真是，真是恩將仇報，真是，真是喪了良心！」

「您老，您老千萬別這麼說。我們，我們哥仨剛才的確有錯在先！」柴榮和趙匡胤哪肯讓老人繼續向自己跪拜，死死拉住陶正的胳膊，絕不鬆手。

老丈陶正雖然也練過武藝，終究沒年輕人力氣大。接連跪了幾次沒如願跪下去，只好扭過頭，朝著自家兒女招呼，「還楞著幹什麼，你們兩個，還不趕緊過來叩謝恩公救命之恩。當日若不是他們三人聯手趕走了山賊，你阿爺和你姑姑、姑丈全家，就得死無葬身之地！」

「絕不——！」那陶三春萬萬沒想到，自家阿爺和哥哥來了，居然依舊報不了仇。相反，看情況，非禮自己的小賊還要被全家人待做上賓。頓時一顆心掉在地上摔了個粉碎，嘴裡發出一聲悲鳴，分開人群，瞬間逃了個無影無蹤。

「三春，妳去哪，半夜三更小心狼！」陶正的兒子關心自家妹妹，趕緊撒腿去追。半條腿兒已經衝出了人群之外，卻又猛然倒轉身體，一邊倒著飛奔，一邊朝柴榮等人拱手為禮，「三位恩公勿怪，我家妹子性子太急，我得先把她給找回來。待明日一早，再當面叩謝救父之恩！」

這一手倒行如飛卻絲毫不在乎地形變化的本事，頓時贏得了滿堂彩。眾鄉親們問都不問三位外來客的想法，大聲叫好之後，立刻七嘴八舌地越俎代庖，「快去，快去，別讓春妹子遇到什麼危險。」

「客人由我們幫助招呼，大春，你儘管去！」

「小心腳下，天黑路滑！」

……

柴榮、趙匡胤和鄭子明三兄弟，原本就沒求別人的報答，順勢也拱起了手，陸續回應：「你儘管去，不必多禮！當日之事，不過是路見不平而已！」

「是啊，我們三個如果不出頭的話，那群土匪也不會放過我們！」

「今夜之事，絕對是誤會。寧，鄭某實在抱歉了，請多向春妹子解釋一二！」

「一定一定！」陶大春則又向三兄弟拱了拱手，再度轉身，朝著自家妹子消失方向飛奔追去，幾個呼吸間，身影就被夜色徹底籠罩。

柴榮和趙匡胤二人目送他離開，然後將寧子明從人群中拉出來，一道向老漢陶正致歉。並且再次承諾，要按照市價賠償被損壞的寒瓜。

陶老漢哪裡肯要錢？後退著連連擺手：「幾個瓜而已，恩公千萬別往心裡頭去。如果沒有三位恩公，小老兒這把爛骨頭早就埋在易縣的荒郊野地裡了，哪還有機會回家種瓜？春妹子的娘去得早，小老兒平素沒時間管教她，把她給慣壞了。三位恩公，請千萬不要跟她一般見識！」

「哪裡，哪裡，是我們三個有錯在先！」知道寧子明不小心占了人家大姑娘的便宜，柴榮心中有鬼，紅著臉繼續客氣。

「恩公不要再說了，再說，小老兒就沒臉見人了。」老漢陶正其實也早就知道，自家女兒肯定不是為了二三十個寒瓜就會跟人拚命的主兒，然而對方於自己有救命之恩在先，再大的衝突，也只能暫時先放到一邊。「這三更半夜的，恩公想必也需要休息了。不妨先到小老兒家裡頭吃上碗熱乎飯，然後睡上一覺，明天一早再繼續趕路不遲？」

「這……」柴榮皺了皺眉，臉上露出幾分猶豫。

事實上，到現在為止，他腦海裡依舊找不到關於陶正老漢的半點兒印象。萬一對方跟當地的官府有什麼瓜葛，這一覺睡下去，兄弟三人明天可就插翅難飛了。

陶老漢雖然只是個尋常鄉間富戶，見識和對人心的把握卻一點兒也不差。目光上下一掃，就知道三位恩公恐怕此刻正在逃難的路上。立刻笑了笑，大聲補充：「敢叫三位恩公知曉，老漢姓陶，這個村子叫陶家村，大夥都算是五柳先生的後人。祖上不肯為了五斗米而折腰，我們這些做後人的雖然不爭氣，卻也斷然幹不出那趨炎附勢，為虎作倀的事情來。」注四一

「如此，就叨擾老丈了！」既然老漢把話都說到了這個份上，柴榮如果再猶豫下去，就等同於當眾打此地主人的臉。只好拱了下手，訕笑著答應。

老漢陶正聞聽，立刻眉開眼笑。轉過身，將一干同鄉的少年們指揮得團團轉！

「二牛，去你家抓隻公雞過來燉湯！」

「大壯，你家風乾的鹿腿還有沒有，先拿一條來給我用著。改天讓大春進山打了活鹿還你！」

「四柱子，你手藝好，麻煩去幫老漢準備一頓宵夜。照著城裡擺席面的模樣做，改天我賣了瓜給你酬勞！」

「五伢子……」

「放心吧，您老。包在我們身上！」眾少年們世居深山，心性裡帶著一股子外界罕見的樸實。紛紛答應一聲，各自去準備柴禾、食材、酒水，幫助老漢陶正招待貴客。

其他沒被點將的村民們則前呼後擁，將柴榮、趙匡胤、寧子明三兄弟迎進了村內。一直送到差不多村子正中央最敞亮的一座大院子門口，才笑呵呵地各自回家。

陶老漢則親手打開了正門，將三兄弟讓到用來招待貴客的大屋子內。然後點起家中所有油燈，擺上時鮮瓜果，一邊請貴客們品嘗，一邊招呼自家晚輩去烹茶煮飯。

到了此刻，柴榮才終於從記憶深處找到了一些關於老漢的印象。笑了笑，低聲致歉：「老丈，請恕晚輩先前眼拙，沒能及時認出您老來。如若不然……」

「三位恩公人生地不熟，警覺著一點兒是應該的！」老漢陶正擺了擺手，非常大氣的回應，「況且當日小老兒忙著保護自家妹子、妹夫和侄兒、侄女，方寸大亂，根本不知道該幹些什麼？待後來看到恩公們帶頭跟賊人戰到一處，再趕過去幫忙已經晚了。只來得及借恩公的勢痛打了一番落水狗，出力甚少，所以恩公不記得小老兒也是應該！」

「還是晚輩記性太差。」聽老漢說得實在，柴榮便不再多客氣，想了想，笑著提出了一個要求。「老丈，既然咱們有並肩殺賊之誼，您就別一口一個恩公了。否則，我們哥仨心裡頭真的很彆扭！」

注四一、五柳先生，是陶淵明的號。陶淵明不願意為了五斗米的俸祿折腰，辭官去當了隱士。書中陶正是他的後人，也不願意辱沒祖宗。

「那你也別一口一個晚輩。」老漢陶正原本就不是一個迂腐之人，立刻笑著「討價還價」。

「那，也罷，老丈，柴某和我的兩個兄弟，就不跟您老客氣了！」柴榮略做遲疑，大聲回應。

賓主相視而笑，轉眼間，屋子內的氣氛就變得無比融洽。趁著周圍暫時沒有外人，柴榮趕緊理了一下事由，從頭到尾，將今晚發生的事情解釋了一遍。包括陶三春找自家三弟拚命的緣由，也委婉地點明，是兩人棋逢對手，近距離搏鬥，不小心犯了些禁忌，絕非有意而為。

說罷，又拉過寧子明，讓他給老漢陶正當面賠禮道歉。

既然是誤會，陶正老漢怎敢讓救命恩人受委屈？搶先一步上前攙扶住寧子明的胳膊，大聲說道：「唉！黑燈瞎火的，難免的事情。鄭公子不必如此自責！老漢也是個練武之人，當然明白這到底是怎麼一回事兒。況且以你的身手，真的對小春有惡意的話，早把她給打暈在地上了，豈會等到鄉親們趕過來還分不出勝負！」

「老丈您可是過謙了。他們兩個何止不是沒分出勝負。後面半段，令愛把我家三弟打得滿山飛奔。」趙匡胤不願留下隱患，搶在柴榮和寧子明兩個接茬之前，笑著在一旁插嘴。

「啊，還有此事？」老漢大吃一驚，滿臉不可思議。

「您老不信，可以去問問鄉親們！」趙匡胤笑呵呵點頭，滿臉憨厚，人畜無害，「虧得鄉親們趕來得及時，否則，我三弟未必能逃得過令愛的鐵叉！」

「嘿，這孩子，這孩子！」陶正老漢聞聽，心中最後一絲芥蒂也蕩然無存。托著寧子明的胳膊，滿臉尷尬，「鄭公子，虧了您不肯跟她一般見識。您放心，等明天一早，我押著小春過來給你賠不是！」

「是我，是我的錯。老丈，這事兒說開了就行了！只要您老和，和令愛別再跟我計較，我就心滿意足。不，不用其他，真的不用其他！」寧子明只要一想起看瓜女今夜裡的兇殘表現，心裡頭就犯怵。趕緊快速後退了幾步，連連擺手。

見他如此謙遜厚道，陶正老漢愈發覺得自家女兒今夜做得有些過分。然而當父母的，卻又無法不愛惜自家兒女。想了想，訕笑著說道：「既然鄭公子如此大度，小老兒就多一事兒不如少一事兒了。三位公子都是做大事的人，今夜為何路過此處，小老兒不敢多問。但是三位公子儘管放心，陶家莊上下，絕不會洩漏三位的行蹤。你們只管放心地吃飽睡足，明天啟程之時，乾糧行李，全都包在小老兒身上！」

「那怎麼使得，無故前來叨擾您，已經很過分了，豈敢連吃帶拿？」柴榮聞聽，立即客氣地擺手。

「有什麼使不得的？小老兒家境雖然不寬裕，卻也不差幾套衣服和一包乾糧！恩公莫非還不放心我？怕我把你們三個灌醉了，然後送到仇人手裡頭去？」陶正存了心思要報答三人當日易縣殺賊之恩，把臉一板，佯怒著反問。

「那，那倒不是。老丈言重了。」柴榮被問得微微一楞，尷尬地搔頭。

「那就收下！」老漢陶正擺出一副長者姿態，大聲吩咐。

「如此，就多謝老丈！」柴榮、趙匡胤、寧子明三人互相看了看，感激地一塊兒躬身施禮。

「這就對了！出門在外，誰還沒有個為難的時候？」陶正立刻眉開眼笑，拱著手還了一禮，隨即大聲補充：「水差不多該燒好了，三位公子不妨先去沐浴更衣。我讓鄰居家的後生們抬幾個木桶來在旁邊伺候著，您三位可別嫌他們粗手笨腳！」

「我們自己來，自己來！你老讓人準備好熱水和木桶就行！」三兄弟接連逃了這麼長時間的命，身上早就冒出了酸臭味道。聽聞有熱水澡可洗，哪裡還會客氣？拱起手，異口同聲地說道。

那陶正也不多耽誤功夫，立刻找鄰居家的後生幫忙收拾出一間空屋權作浴室。片刻之後，三個臨時借來的巨大木桶，並排擺在了屋子內。左鄰右舍連夜幫忙燒好的熱水，也被後生們用盆子輪番倒入了桶內，轉眼就各自裝了大半。

柴榮、趙匡胤和寧子明三兄弟，再度向大夥道了謝。走到木桶旁，扒去早已餿掉的衣服和鞋襪，飛快地爬入桶內。熱水一跟皮膚接觸，立刻舒服得呻吟出了聲音。

好客的後生們扭頭偷笑，又紛紛遞上了乾淨的棉布手巾、絲瓜瓤子和皂角等物。然後打了聲招呼，各自退下。

三兄弟雖然有些不好意思，卻誰都知道機會難得，過了今晚，下次洗澡的機會，恐怕至少也得在小半個月之後。因此很快就收拾起心中的雜七雜八，認認真真地洗了個痛快。

待洗得差不多時，老漢陶正又派人送來了三套乾淨衣服。雖然是臨時拼湊出來的，算不得太新，卻也是裡衣外衣一樣不缺，鞋襪頭巾俱全。唯恐三人心中起疑，先前脫下來的衣服，也給他們留在了浴室裡，絲毫未動。只是旁邊多擺了一個粗麻布的包裹皮兒，以便三兄弟收拾起來更為容易。

既然陶正老漢已經細膩體貼到了如此地步，三兄弟如果還懷疑他別有用心的話，就未免太狐性多疑了。故而誰都不再客氣，非常俐落地換上了乾淨衣服和鞋襪，一道返回正房，向陶老漢當面兒致謝。

老漢陶正早已準備好了酒席，客氣了幾句，隨即安排三人入座。又臨時從村子裡請了幾個輩分較高，看起來頗有頭臉的長者在一旁相陪。大傢伙一邊談著外界的奇聞異事，一邊杯觥交錯，轉眼間，屋子裡的氣氛就變得其樂融融。

待到酒足飯飽之後，已經是後半夜寅時上下。老漢請鄰家少年幫忙收拾殘羹冷炙，親自將三個客人領到專門騰出來的屋子裡安歇。又是床榻、蚊帳、臉盆、燈燭樣樣俱全，枕頭、被褥無一不乾淨整齊。

三兄弟早就筋疲力盡，道了謝，送走了老漢陶正，立刻癱在各自的床榻上，輕易不願再動彈分毫。

然而，疲憊歸疲憊，驟然從逃命狀態成了別人家的座上賓，卻令人的神經很難迅速適應。因此，各自癱在了床榻上好半晌，都遲遲無法入眠。

趙匡胤想的，自然是晶娘的慘死，以及如何才能成功報仇。柴榮心中，則本能地開始規劃今後的安排。寧子明在三兄弟當中年紀最輕，按理說應該心事最少，入睡最快。然而，事實上卻恰恰相反。此時此刻，他雖然閉著眼睛一動不動，腦海裡，卻早已是萬馬奔騰。

「這裡是陶家莊，那個女子叫陶三春！我因為偷吃人家的瓜，被她打得抱頭鼠竄！」當天夜裡發生的事情，如梨園裡頭的大戲般，不停地在他眼前重播。「我沒告訴這裡的人我姓寧，大夥都以為我姓鄭，叫鄭子明……」

陶三春、鄭子明、柴榮、趙匡胤，幾個名字加在一起，讓他覺得好生熟悉。隱隱約約，剛剛發生的事情，也變得似曾相識。

今晚的事，我好像從前經歷過！

到底是什麼時候經歷過，我怎麼想不起來了？

這些事情以前肯定發生過！

這怎麼可能！

我一定是在做夢。

我到底是現在正在做夢，還是以前夢到過同樣的事情？

我怎麼可能重複睡夢中曾經發生過的事情！

莊周曉夢迷蝴蝶……

想著想著，他好像就看到另外一個自己站了起來，緩緩地走出了屋子。

屋子外，天光早已大亮。
陶三春微笑著看向鄭子明，雙目之中，秋波瀲灩。

這一夜剩下的時間裡，寧子明發覺自己一直都在做夢。

可到底都夢到了什麼，他卻始終都記不住。

結果一直睡到第二天將近正午，才勉強從昏昏沉沉狀態中醒了過來。剛要翻身下床，忽然間，又發現兩腿之間又涼又黏。內外各層衣物，不知道什麼時候，已經被濕了個通透。

「嗯！」少年人一下子就又坐了回去，面紅耳赤。

身上的衣服是昨天陶老漢給湊的，從裡到外就這麼一套。想要換都沒有備用品可換。而光天化日之下，外袍上那個濕漉漉的痕跡也忒地明顯，只要有人面對面經過，肯定能看得清清楚楚。

正尷尬得手足無措之時，屋門「吱呀」一聲被從外邊推開。卻是柴榮和趙匡胤兩個在院子中的空地上練完了一輪拳腳，滿頭大汗地走了回來。

「老三，你已經醒了！我和大哥剛才還商量，要不要叫你起床呢！」趙匡胤的精神恢復得不錯，看到寧子明正坐在床邊緣發呆，立刻大咧咧地湊上前打招呼。

寧子明卻打了個冷戰，彷彿被嚇到了一般，迅速將雙手按在了床沿上，兩條大腿一弓一提，隨時都可以給靠近自己的人奪命一擊。

「喂！子明，你怎麼了？」趙匡胤武藝高強，瞬間就覺察到了危險。立刻收住腳步，上身後傾，雙手同時交叉護住了自己的襠部和小腹。「莫非睡魔怔了？我是你二哥！」

「二哥？」寧子明如大夢初醒般抬起眼睛，雙目布滿了血絲。好一陣兒，才訕訕地笑了笑，全身上下緊繃起來的肌肉緩緩放鬆。「二哥，大哥，你們回來了？我……」

猛然間像偷雞被抓了現形般，他向後縮了縮身體，用被子蓋住自己的大腿根兒。趙匡胤卻手疾眼快，一把將被子扯開，大笑著奚落：「哈！我說你剛才怎麼凶得如同瘋狗一般呢，原來是要殺人滅口！老三，可真有你的，大夥都累得半死不活，你居然還有精力去做春夢！」

「二哥，你別鬧，別鬧！」寧子明一邊用手努力往回搶被子，一邊紅著臉抗議，「我，我只是昨晚水，水喝得有點兒多而已。不，不是，不是你想的那樣！」

「得了吧你！糊弄我？你嫩著呢！我跟大哥可都是過來人，不像你這個童子雞！」趙匡胤樂不可支，鬆開被子，極盡誇張之能事，「這年頭，像你這麼大年紀，居然還是童子雞的，可真不多見。你當皇子的時候，難道就沒個，沒個貼身宮女嗎？不對啊，即便大戶人家，在，在你這個年紀，也早就該安排通房丫頭，手把手教導男女之事了！唉，可憐，可憐……」

「我，我以前的事情不記得了。真的不記得了！」寧子明覺得自己腦袋裡亂糟糟的，如同一鍋粥在熬。臉色紅了又白，白了又紅，變化不定。

「行了，元朗，子明臉嫩，哪像你，老早就是汴梁城內有名的多情公子！」關鍵時刻，還是柴榮有做哥哥的範兒，不願讓寧子明繼續尷尬下去，笑著上前仗義執言。

「你就是護小頭！」趙匡胤笑著抱怨了一句，轉過身，從對面的床上拿來兩套全新的衣衫，用力丟在寧子明懷裡，「不用害臊了，換上這套吧！人家陶老丈早就看出來咱們哥仨眼下身無分文，這不，連夜請村子裡的大娘大嬸兒們，把路上換的衣服也給縫製出來了。每人兩套，不多不少。這兩套是你的，我剛才看你睡得香，就先幫你收了起來！」

「謝謝二哥！」寧子明有些不好意思地抬起頭，給了趙匡胤一個友善的笑臉。

「你趕緊換衣服吧，我跟大哥到外邊等你。換完了衣服，咱們去吃第二頓飯。早飯我們沒讓人給你留！」趙匡胤被他笑得心裡發毛，擺擺手，轉過身，與柴榮一道快步離開。

外邊的陽光很毒，但山風已經隱隱有了幾分清涼之意。兄弟兩個一邊在陰涼地裡吹著山風，一邊舉目四望。入眼的，除了連綿的遠山，就是茂密的樹林，不知不覺間，就已經心曠神怡。

「這地方不錯，山好，水好，人也好！」

「五柳先生的後人居住的地方，再差還能差到哪裡去？說實話，也就是我心中牽掛太多，否則，都想在此地隱居了！」

「那可不行！大哥，你還答應將我和子明兩個引薦給郭樞密呢！」

「我只是那麼一說，哪能真的這一輩子光陰都消耗在山水之間？況且這裡眼下看似寧靜，一旦遼人再度南侵，指不定會變成什麼模樣呢！五柳先生雖然志向高潔，其所作所為，於國於民，終究是沒有任何益處！」

「窮則獨善其身，達則兼濟天下！」趙匡胤想了想，臉色忽然帶上了幾分認真，「以前總覺得孟老夫子的說法過愚，天下怎麼樣，關我趙某人屁事兒！現在回想起來，我當時才是無知者無畏。」

「是啊，覆巢之下，焉有完卵？」柴榮輕輕嘆了口氣，緩緩點頭。

遼東一行，對二人的影響，不僅僅是眼界的拓寬和地形上的熟悉掌握。內在的精神層面，二人也被磨礪得趨近於成熟。考慮問題的角度，已經不再侷限於家族利益得失和個人生死榮辱，而是對於國家和族群，都有了一個全新的認識。

亂世到來，倒楣的可不止是平頭百姓。上自鳳子龍孫，下到販夫走卒，每個人都很難獨善其身。而國家的衰落，受影響的也不止是皇帝和王公大臣，所有子民，無論貧富貴賤，都將成為敵國潛在的欺凌目標。

就趙匡胤本人的遭遇來說，如果此刻大漢國有當年的大唐一半兒強盛，幽州韓氏恐怕巴不得跟大漢國的將門結成姻親。韓匡嗣根本不會死乞白賴將晶娘嫁給一個比他大了將近二十歲的契丹胡虜，更不會為了向遼皇展示忠心，而親手殺死自己的女兒。

在將羽箭射向自家女兒的剎那，韓匡嗣徹底割斷了其家族與中原的關聯。此後幽州韓氏將永遠不再是漢家兒女，而是契丹人最忠實的鷹犬。作為家主，韓匡嗣相信，即便給契丹人做鷹犬，其家族的未來，也遠比做中原王朝的柱石光明！

「大哥，二哥，讓你們兩個久等了！」寧子明的聲音從屋門口傳來，打斷了柴榮和趙匡胤二人沉重的思緒。

「不妨事！」二人齊齊擺手，隨即眼神俱是一亮。

只是短短一夜時間，寧子明給他們感覺，卻彷彿又長大了好幾歲一般。讓人無法再把他當成一個懵懂少年，而徹底視作了同齡人。

「看不出來，還有這種功效！」趙匡胤牙尖嘴利，隨即笑著調侃。

晶娘的死，對他的打擊，遠比表面上顯示出來的沉重。所以在不知不覺間，他的性子就變化了許多。最近總是採取這種頗具攻擊性的方式，來緩解自己內心的痛苦。

寧子明只是善良地笑了笑，沒有接這個茬，「走吧，吃飯去吧，吃飽了肚子好繼續趕路！」

趙匡胤的攻擊，全都落在了空處，心裡頓時覺得好生無聊。斜著眼睛掃了寧子明幾下，繼續笑著調侃，「這就想走？不給人家陶姑娘一個交代？人家可是待字閨中的妙齡少女，被你昨晚抱在懷裡……」

「元朗，你別亂說！」柴榮在旁邊聽不下去，皺了皺眉，小聲喝止，「咱們三兄弟怎麼開玩笑都可以，別牽扯他人。畢竟像你所說，人家還待字閨中。若是因為你的幾句玩笑話損了名聲，你我日後良心何安？」

「大哥說的是，兄弟我魯莽了！」趙匡胤本性並不差，反應也足夠快。聽了柴榮的話，立刻意識到自己的失禮。趕緊拱著手，低聲致歉，「子明，你別往心裡頭去。我這幾天也不知道自己怎麼了，說話做事都不走心！」

「沒事兒，二哥，這附近沒外人！」寧子明笑了笑，非常大氣的拱手還禮。「我剛才，不也差點兒給了你一記窩心腳嗎？咱們就算扯平了，誰也別怪誰！」

「那是，那是！」趙匡胤立刻意識到，不止自己一個人的表現怪異。楞了楞，笑呵呵地點頭。

寧子明的臉上，卻忽然再度浮起一抹微紅，迅速四下看了看，試探著問道：「大哥，二哥，你們倆個今天見到陶家，陶家那個春妹子了嗎？雖然，雖然昨天的事情出於無心，但，但我覺得，還是當面跟她賠個不是才好！」

「嘿！你這人挨打挨上癮了不是？」聞聽此言，趙匡胤立刻又管不住自己的嘴巴，上下打量了寧子明幾眼，促狹地質問。

「總，總不能讓她心裡一直誤會著，把我當成個登徒子看待！」寧子明彷彿沒聽出他話語裡的調侃之意，笑了笑，非常認真地補充。

既然他自己堅持要去賠罪，趙匡胤和柴榮兩個，也不能攔著。先笑著搖了搖頭，隨即便主動出起了主意，「春妹子我們沒看見，但是既然她家在這兒，咱們去找陶老丈問一聲，肯定就能知道她回來沒有。」

「嗯，賠禮的時候，最好陶老丈和陶大春兩個都在場。這樣的話，那女人即便還想揍你，當著自家父親和哥哥的面兒，也不好下死手！」

「應該不會，頂多罵上幾句。子明，你如果誠心道歉的話，就一言不發聽著。她自己罵夠了，火氣自然就消了！」

「嗯，大哥說的對。女人麼，通常都是刀子嘴，豆腐心！」

「我記下了，謝謝兩位哥哥！」無論是好主意，還是壞主意，寧子明都笑呵呵地照單全收。絲毫不以向一個女人當面賠罪為恥。相反，內心深處，他還隱隱有幾分期待。彷彿非常希望能再看上對方一眼，看昨天跟自己打得難解難分的陶家小妹，到底是怎樣一個女中英豪！

三人有一句，沒一句，邊走邊說。不多時，就又來到了陶家招待貴客的正堂。然而，出人預料的是，不但陶大春、陶三春兄妹都不在，就連一向對他們禮敬有加的陶正老丈，也不在家。隔著窗子望去，此刻空蕩蕩的正堂內，只擺著一張巨大的方桌。上面放滿餞行的酒菜，而此間主人和昨晚陪客的鄉老，卻都不知去向。

「出什麼事兒了？」柴榮的反應非常敏銳，幾乎本能地判斷出情況不妙。轉過頭，迅速朝周圍尋找可以用做兵器的物件。

「西廂房邊上有個兵器架子，我記得這家人平素都喜歡練武！」趙匡胤對危險的警惕性也不差，小聲叫嚷著跑向廂房，從背陰的位置找到兵器架子，先抽出一根齊眉鐵棍，隨即又挑了桿步朔，遠遠地擲到了柴榮手中。

寧子明這一年多來膂力始終在增加，尋常兵器用起來不順手。跟在趙匡胤身後四處張望了一番，很快，也從院牆下的石鎖旁，撿起了一把專門用來打熬力氣的大關刀，倒拎在手裡，快速返回。

三兄弟都拿到了兵刃，心中的底氣便又足了幾分。三步併作兩步走出大門之外，再度舉頭四下張望，很快，就發現村子前頭的打穀場上，好像有幾十顆人頭在湧動。

「應該不是衝著咱們來的！」柴榮又側著耳朵聽了聽動靜，隨即對形勢做出判斷。「有可能是村子裡的人遇到了麻煩，身為里正和鄉老，陶老丈他們必須出面！」

「別是，別是那個春妹子出了事情吧？黑燈瞎火的四處亂跑！」趙匡胤張開烏鴉嘴，哪壺不開提哪壺。

話音剛落，就見一個名叫二牛的後生，急匆匆跑了過來。遠遠地看到三兄弟，此人先是微微一楞。旋即，停住腳步，喘息著說道：「三位公子，三位公子勿怪，非我大爺爺故意慢待你們。他現在有事情脫不開身，特地命我回家來給三位傳口信兒。桌上的酒宴是專門給三位公子預備的，您三個儘管先湊合著用一些。等他安排好了手頭的事情，就立刻派人送你們離開！」

「吃飯不著急！到底發生什麼事情了？陶，陶家小妹呢，昨晚可曾平安回家？」寧子明關心則亂，一把拉住二牛，大聲追問。

「這……」二牛瞪圓了眼睛看著寧子明，滿臉驚詫。

見到此景，寧子明沒來由地就是一陣心慌。又用力扯了此人一把，惡狠狠地逼問：「別撒謊，實話實說。春，陶家小妹是不是出事兒了？快說，趁著我們三個還能幫上些忙！否則我們三個一走，天塌下來，都得你們自己頂著！」

「我，我大爺爺不讓說！」二牛被扯了一個趔趄，眼睛立刻開始發紅，「小春姑姑被李家寨的人抓去了，大春叔叔也被他們給打傷了。他們，他們前些日子在集市上，還打傷了大爺爺。他們看上了我們陶家村前頭那一大片水澆地，非要兩村合二為一……」

「去死！欺人太甚！」話還沒等說完，寧子明已經快步衝向了打穀場。手中大關刀倒拖在地上，「叮叮噹噹……」，濺出無數火星。

「子明，不要衝動！」柴榮和趙匡胤唯恐自己家兄弟吃虧，緊追了幾步，大聲勸阻。

「春妹子……，陶老丈對我等有一飯之恩！」寧子明如同肚子裡頭著了火般，脖子、面孔和眼睛都被燒得通紅一片。

昨夜雖然沒有看清楚陶家小妹的面孔，但是隱隱約約，他卻對此女產生了一種血脈相連的感覺。聽到對方有事，立刻疼得撕心裂肺。而為何會產生這種情況，他卻無法對任何人解釋清楚。

「那也不能衝動行事，咱們三個先問清楚了情況，然後再一起想辦法！」

「老三，聽大哥的。咱們哥仨人生地不熟，不能光憑藉武力硬拚！」

柴榮和趙匡胤兩個，並非無情無義之輩。雖然不太願意因為一頓飯和兩套衣服的交情，就去冒生命危險。卻也知道此刻不能一走了之。先後開口，大聲勸阻。

聽二人說得好像很有道理，寧子明眼睛裡的紅色漸漸消退。但是一顆心中，卻依舊急得火燒火燎。「陶老丈和陶大春都不是歹人的對手，咱們如果不出頭的話，還能指望誰去救春妹子？」

「你也是領兵之人，應當明白，知己知彼，方能百戰不殆！」柴榮詫異地看了寧子明一眼，心中好生奇怪自家三弟為何如此失態？「咱們先問清楚了李家莊在哪？莊子裡都有些什麼人，以及陶老丈他們的打算，然後再想辦法出手救人！」

「三弟，你不是真的看上那陶家春妹子了吧？如果是，做哥哥的無論如何，也得把人給你搶回來！」趙匡胤一直感覺寧子明今天的表現不太對勁兒，以己度人，推測出一個非常貼近真實的答案。

「那是你，見到一個就喜歡……」寧子明立刻反唇相稽，話說到一半兒，忽然意識到晶娘剛剛身死，此刻趙匡胤正處於傷心過度狀態，果斷閉上了嘴巴。

趙匡胤卻從半截子話中，聽出了他想表達的意思。心中頓時就是一陣刀扎。咬了咬牙，沉聲道：「無論如何，不平之事，必不能袖手旁觀。你放心，今天即便前面有刀山火海，做哥哥也陪著你走過去。」

「這種兩村相爭的事情，雖然不似刀山火海般兇險，處理起來卻非常麻煩。稍不留神，便是後患無窮！」作為三兄弟當中唯一一個頭腦還保持著冷靜者，柴榮迅速接過話頭，低聲分析，「河北這邊連年戰亂，荒郊野地越來越多，百姓丁口日漸稀少。李家寨既然叫了寨，想必是一夥地方有勇力之輩結寨自保。陶家莊跟李家寨離得近，村子裡的人丁也不算旺盛，難免就會被人盯上。我估計，對方看上的不光是村子前頭那片水澆地，把整個村子連人帶地一口吞下去，才是他們的真正圖謀！」

拜多年走南闖北的閱歷所賜，他對底層現實和人心的瞭解，都遠比趙匡胤和寧子明兩個清晰。雖然沒有親眼所見，卻也能將迷霧背後的真相推斷出個八九不離十。

趙、寧二人聽了，還有些將信將疑，那陶家村的後生二牛聽了，卻立刻佩服得五體投地。快速向前追了幾步，揮舞著胳膊說道：「對，柴公子說得一點兒都沒錯。他們不但想要我們的地，還想要人。要我們陶家莊的人全都給他們李家寨的人當長工。知道大爺爺是整個莊子的核心骨幹，所以趁著趕集的時候派人挑事兒，把大爺爺打得一個多月下不了床。如今又搶走的三春姑姑，逼著姑姑跟他家的傻兒子成親。只要拜了堂，就可以打著討要嫁妝的名義，對陶家莊下手！」

「嘡啷！」寧子明撿來的大關刀碰到了一塊石頭，將後者撞得四分五裂。「官府呢，地方官府不管嗎？」強壓住心中的煩躁，他大聲追問，緊握在刀柄上的手指關節處，隱隱發白。

「官府，官府對地方上的大姓，向來是睜一隻眼閉一隻眼。況且李家寨的人，跟太行山的呼延大當家有交情。官府怕得罪了他，惹得太行山的綠林好漢下來攻打縣城！」

「又是這臭不要臉的傢伙，他居然還沒死！」聽到了一個熟悉的名字，寧子明忍不住破口大罵。

「人都說賊怕見官，你們這地方可真有意思，情況剛好顛倒過來。官府怕賊！」趙匡胤不知道呼延大當家是哪座土地廟裡的毛神，撇起嘴，不屑地奚落。

「這地方的官府原本就是一夥強盜啊，沒招安之前，實力遠不如呼延大當家。」二牛絲毫不以為忤，反而像早就習以為常般，給出了一個平靜的答案。

「嗯……」這下，終於輪到趙匡胤尷尬了。他總以為自己交遊廣闊，閱歷豐富，卻沒想到，在自己平素不屑一顧的地方，還隱藏著如此荒誕的現實！

官亦是賊，賊亦是官，只要時機合適，把身上的衣服一換，就可以高坐明堂，前呼後擁。而像陶家莊這種善良本份，與世無爭的百姓，則是官府和賊人雙方共同的血食，什麼時候開吃，歸誰來吃，完全隨心所欲。

「如果這樣，事情解決起來反而容易得多！」不像趙匡胤和寧子明，柴榮是掌握的情報越詳細，頭腦就越冷靜，搶在自家兩個好兄弟暴走之前，大聲剖析。「李家寨不怕地方官府，是因為其背後有太行山的賊人在撐腰。地方官府如果有事兒，恐怕也不會勞煩李家寨。雙方彼此都不買帳，但雙方彼此卻都畏懼太行山賊。」

「對，就是這樣！」二牛越聽越佩服，看向柴榮的目光裡頭寫滿了崇拜。

受柴榮表現出來的鎮靜感染，趙匡胤和寧子明兩個，心思也不再像先前一樣混亂。互相看了看，異口同聲說道：「大哥的意思是，遼人的爪子，伸不到李家寨？」

柴榮笑了笑，繼續低聲補充：「大抵應該如此，韓匡嗣剛剛坐上南院樞密使的位置不久，不可能對河北這邊滲透得如此深。能讓地方官府暗中幫忙，已經是他的極限。若是能把一眾堡寨主們也全收買了，又何必拿拒馬河當做邊界。不用費一兵一卒，他早就拿下了大半個河北了！」

「那也倒是！」趙匡胤和寧子明齊齊點頭。

沒有了地方官府和追兵的威脅，三兄弟頓時覺得頭上的天空一亮。至於即將要去面對的李家寨土豪和太行綠林好漢，則被自動列入蟊賊級別。無論實力高低，對付起來都比前兩者要輕鬆許多。

四個人邊走便探討敵情，不知不覺間，就走進了村民們聚集的打穀場。陶老丈正與其他幾名村中長輩為是不是帶領全村青壯去李家寨救人而爭執，見到柴榮、趙匡胤和鄭子明三位恩公也被捲進來了，立刻眉頭緊皺。掃了二牛一眼，大聲質問：「不是讓你先請貴客吃飯麼，怎麼把人帶到了這裡來？他們仨都是萬金之軀，若是有個三長兩短……」

「老丈，您言重了！」不待他把話說完，柴榮就笑著出言打斷，「我們哥仨，不過是三個過路的商販而已，斷然稱不上什麼萬金之軀。況且昨晚若不是我們三個跟令愛之間發生了一些誤會，春妹子也不會落入惡人之手。所以，無論如何，這件事我們哥仨都沒有裝作看不見的道理！」

「是啊，大爺爺。柴公子見多識廣，剛才僅憑著我幾句話，就將情況推測得一清二楚，就像他曾經親眼看到了一般。有他在，咱們將春姑姑救回來的希望要增大許多！」不願無辜受責，二牛也緊跟著大聲說道。

「我們三兄弟別的本事沒有，論及逞勇鬥狠，卻也不懼尋常地痞流氓！」

「老丈，各位鄉親。鄭某昨夜落魄到那種地步，你們依舊不吝賜飯贈衣。如今村子遇到了麻煩，鄭某豈能袖手旁觀？該怎麼做，你們儘管安排。把鄭某當作自家人使喚便好，沒必要過多客氣！」

趙匡胤、寧子明兩個，陸續大聲表態。聲言要把陶家莊的事情，當作自己的事情來對待。

莊子裡的幾位鄉老原本擔心自家武力不足，已經起了犧牲掉陶三春一個，換取全村老少苟安的心思。此刻見到三個外鄉客，竟然主動請纓跟陶家莊共同進退，頓時慚愧得無地自容。先前那些丟人的話，從此再也說不出口來。

陶正老丈見此，知道再出言拒絕就是不識好歹了。想了想，對著三兄弟躬身施禮，「感謝恩公仗義援手，陶某力薄，不敢再辭。如果此番能救回女兒，我父子三人，今後但憑驅策！」

「老丈不必多禮！」柴榮擺擺手，上前攙扶住陶正的胳膊，「此事的前因後果，對方實力，以及咱們自家情況，還請老丈詳細告知。既然咱們決定救人，便想方設法一次救到底，把這件事徹底了結掉。免得我們兄弟走後，對方又起歹心！」

「對，對，一次把事情解決掉。趁著三位恩公在！」

「恩公說得是，大爺爺，咱們不能再忍耐下去了。祖上說與世無爭，卻不是要我等被人騎在頭上拉屎，卻吭都不敢吭一聲！」

「有三位恩公在，咱們還怕什麼。他們當初可是都以一敵百的主兒！」

……

眾鄉民早就從陶正嘴裡，聽聞過柴榮三兄弟的英雄事蹟。巴不得由他們替自己出頭討還公道，一個個七嘴八舌，大聲附和。

「唉，這事說來話長。」被大夥催促不過，老丈陶正嘆了口氣，臉上湧起團團苦澀：「小老兒跟那李家寨的寨主李有德，原本還是生死兄弟……」

原來陶家莊的莊主陶正，跟李家寨的寨主李有德，年輕時都是銀槍效節都的槍棒教習，彼此之間相交甚厚。也曾存過一番建功立業的心思。然而銀槍效節都戰鬥力雖然天下無雙，卻因為「過於驕悍」，引起後唐皇帝李嗣源的警覺。在天成二年，做皇帝的居然暗中與銀槍效節軍的臨時主帥勾結起來設下圈套，先派人煽動士兵們鬧事，然後以謀反的罪名，突然大軍合圍，將這支隊伍盡數繳械。隨即在永濟渠旁大開殺戒，將大部分將士連同其家眷盡數斬首。屠戮之慘，令「永濟渠為之變赤」。此後顯赫一時的銀槍軍徹底消失，曾經以一己之力便可以壓得契丹人不敢南下牧馬的魏博驕兵，於是消失殆盡！

事發前半個月，陶正和李有德兩人奉命前往友鄰部隊教導新兵練習槍棒，因而逃過了一場死劫。之後二人畏懼李嗣源斬草除根，都悄悄開了小差。在外邊做刀客為生隱姓埋名六七年，直到李嗣源的死訊傳來，才先後返回了故鄉。

回家之後，陶正心灰意冷，再也不想與官府產生任何瓜葛。無論是唐晉遼漢，俱當他們是一群過路神仙。而李有德，則念念不忘銀槍效節軍昔日的輝煌，總想著把逃難在外的老兄弟們都收歸自己帳下，然後尋找機會，東山再起。

雙方說不到一處，自然斷絕了來往。誰知李有德苦心積慮重建銀槍軍不成，竟又起了化家為國的心思。趁著遼軍大舉南下，後晉在地方上的力量被掃蕩一空的當口，發動青壯築起了堡寨，並且不斷向四周探出爪牙，通過威逼利誘等諸多手段，將臨近的數個村落，掌控在了自己的實際統治之下。

契丹人被迫北撤之後，河北各地的綠林豪傑紛紛趁機攻城掠地，自封官爵。大漢皇帝劉知遠忙著對付首惡杜重威，既騰不出手來肅清地方，又怕兵馬過於靠近燕雲十六州，引起遼軍的大舉反撲。乾脆捏著鼻子，將臨時邊境附近大部分自封的節度使、刺史和縣令們都認了下來。

李有德雖然因為得到訊息的時間太晚的緣故，沒來得及搶占縣城，做事卻愈發肆無忌憚。仗著自己跟太行山的大當家呼延琮有交情，居然開始截留臨近十數個村落的賦稅。並且以鄉規取代律法，跟地方官府分庭抗禮。那縣令孫山自身來路不正，又忌憚太行山群寇的實力，根本不敢去管，任由李家的氣焰越來越囂張。

數月之前，李有德忽然派媒人登門，想給自家小兒子娶陶三春為妻。陶正堅信李家的人如此折騰下去，早晚有一天會自取滅亡。因此毫不猶豫地就拒絕了聯姻的提議。隨即，李家寨便開始派說客來，要求陶家莊加入李家寨為首的聯莊會，一起結寨自保，共同進退。

這個提議，比雙方聯姻還不靠譜，當然再度遭到陶家莊的拒絕。因此，李家寨徹底懷恨在心。一個多月前，李有德在趕集的時候突然發難，聯合數名不知道從哪裡搜羅到的好手，以提親被拒絕受到羞辱為名，將陶正打得當場吐血，臥床不起。

昨晚陶三春賭氣，連夜跑出了莊子。原本準備跑到山上二十里外的尼姑庵湊合幾晚上，等到幾個客人離開後，再回家繼續侍奉老父。誰料黑燈瞎火中，卻與李家寨的一哨人馬碰了個正著，雙方一言不合便起了衝突，隨即寡不敵眾，被對方用繩索絆倒，抓了過去。

陶大春遲來一步，恰恰看到自家妹妹被擒。連忙出手相救，然而李家這回派出來的子弟不僅數量龐大，身手也非常了得。一番惡戰之後，陶大春非但未能如願救回自己的妹妹，反而被打得口吐鮮血，完全憑著腳下的騰挪功夫一流，才勉強逃出了生天。

那李家寨的人見他逃走，也不全力追趕。只是在背後大聲喊叫，要陶大春帶話給他老父，三天之後，作為娘家人到李家寨出席雙方兒女的婚禮。不管屆時肯不肯出席，都不會再改變婚期。聘禮和婚書會很快派人送上，陶家莊的嫁妝，也要準備充足，免得鬧出笑話來，雙方都沒有臺階可下。

「不是老夫不捨得一個女兒，而是那李家寨明顯不只是衝著小春一個人而來！」說到傷心處，陶正老淚縱橫，不斷搖頭長嘆，「今天搶了小春，明天就會把小冬、小梅、小霜她們紛紛搶走。然後就是零敲碎割，逼著陶家莊向其低頭。若是他家能安心做個地方豪強也罷，好歹大夥把女兒都送出去後，還能落下條活路。他家又存著裂土分茅的心思，萬一不成，恐怕就是舉族被誅，連帶著我們這些被脅裹進去的，也落不到好下場！」

「是啊，是啊，我們幾個老漢原本已經想忍了，但轉念一想，這樣忍下去，哪一天才是個頭啊！」

「可不是嗎？你也想當土皇上，我也想當刺史節度使，左近就巴掌大的地盤，能容下幾頭老虎啊！」

「唉，我們這些老實人，真是沒有活路啊！」

……

其餘幾個莊子上的頭面宿老，也紛紛流著淚搖頭。眼角的餘光，卻不斷在柴榮、趙匡胤和寧子明三兄弟臉上偷偷掃視，巴不得立刻能看到自己所希望的表情。

然而讓他們略感沮喪的是，柴榮、趙匡胤和寧子明三兄弟聽完了陶正的陳述，反而不像先前那樣義憤填膺了。相反，哥仨臉上都出現了一絲凝重，以目互視，相對輕輕搖頭。

「壞了，他們三個怕了，不敢管了！」眾鄉老們心裡頭一涼，有種無力的感覺，瞬間從腳底一直傳到了頭頂。想要給陶正使眼色，讓他多說幾句。後者卻故意把頭低下，目光對著地面，不肯對周圍的暗示做任何回應。

「老丈，此事，您老應該早些告訴我等！」就在眾鄉老們急得火燒火燎之時，三兄弟當中年紀最長的柴榮，忽然低聲說道：「李家寨在陶家莊又沒安插眼線，怎麼可能恰巧堵在了春妹子去尼姑庵借宿的路上？很顯然，他們昨夜的目標，就是貴莊。不小心被春妹子和大春兩個撞破了行藏，才臨時改變了主意，以婚禮為餌，引誘你們自投羅網！」

「啊——！」眾鄉老聞聽，個個大驚失色。如果柴公子的推測為真，大夥昨夜，豈不都睡在了刀尖兒？萬一被李家寨的人偷偷摸到村子裡，趁夜發起偷襲，倉促之下，恐怕村子裡人根本組織不起任何抵抗！而將陶家莊的男人全都殺光之後，李家寨只要把惡行朝土匪身上一推，以地方官員的得過且過，肯定沒有勇氣去揭開「土匪襲村」的幕後真相！

那陶正老漢，也聽得背後冷汗淋漓。瞪圓了眼睛，低聲驚呼，「他，他們怎麼敢如此狠毒？他們，他們就不怕報應？小老兒，小老兒自打退出行伍之後，半輩子都與人為善……」

「亂世當中，哪有什麼公道可言。那李家寨按你所說，既然所圖甚大。若連近在咫尺的陶家莊都拿不下，日後還憑什麼跟別人去爭？」看不慣陶老漢的迂闊，趙匡胤瞪了他一眼，大聲敲打，「怪就怪在你們自己，明明與虎狼為伴，卻一點防備都不做。我看大春兄弟的身手很不錯，您老更曾經是軍中一等一的好手，如果早日把莊子裡的年輕後生都組織起來，拿著兵器自保，他李家寨即便野心再大，牙齒還未長齊之前，又怎麼敢啃陶家莊這塊硬骨頭？哼，自己既然安心做一塊肥肉，就別怪虎狼惦記著！」

「這……」老陶正被他說得面紅耳赤，無言以對。周圍其他眾青壯男子，也瞬間都低著頭，恨不得找條地縫往裡頭鑽。

受祖訓所限，陶家的後人輕易都不願出去做官。更不願意為一些雞毛蒜皮的小事兒，跟鄰近其他村落起什麼爭執。故而雖然村子中大部分成年男子都曾經練過武，卻對外界沒任何什麼威懾力。在太平盛世之時，這樣的村落，當然是官府眼裡一等一的良善，不斷受到嘉獎照顧。而在亂世當中，這樣的村落，恐怕就正如趙公子所說，在任何有野心的人眼裡，都是塊大肥肉，誰都想撲上去狠狠咬幾大口。

「算了，現在說你們什麼，都已經晚了！」見周圍鄉親一個個被自己數落得不敢還嘴，趙匡胤心裡愈發怒其不爭。「我們哥仨能幫得了你們一次，幫不了你們一輩子。如果你們永遠是這副德行，還不如就認下了親事，然後去給李家寨做牛做馬，好歹等多活幾天，不會有人現在就死！」

眾鄉親聽他說話刺耳，個個心生怨氣，卻依舊不願出言相抗。唯獨老漢陶正，咬了咬牙，拱起手來說道：「趙公子所言甚是，陶家莊落到今天這般田地，著實怪不得別人。還請三位貴客出手，幫助我陶家莊平安度過此劫。若是能如願，我陶家子弟，肯定痛改前非，知恥而後勇。」

「廢話，我倒是想一走了之呢，奈何我家三弟不肯！」趙匡胤瞪了他一眼，沒好氣地回應。「但幫忙也不是沒有任何條件，從現在起，莊子裡的所有男丁，都聽我們三兄弟調遣。咱們把醜話說到前頭，你們若是答應，我們三兄弟即便是刀山火海，也絕不後退半步。你們若是不答應，咱們就一拍兩散。昨晚和今天吃你們的，穿你們的，咱們拿我家三弟那根鋼鞭來頂賬。仔細稱稱重量，你們肯定還有賺頭。」

知道寧子明此刻方寸大亂，柴榮又是個君子心腸。所以他乾脆主動做起了惡人，逼迫陶家莊交出指揮權，無條件聽從三兄弟的調遣。一番話說出來，陶正老漢和其餘宿老們雖然聽得刺耳，卻也知道，自家沒有帶領青壯們從李家寨手裡討還公道的實力。於是鬱悶歸鬱悶，幾番用目光交流之後，便紛紛點頭答應，「那是自然，昔日易縣殺賊之功在那擺著呢，今天的事情，當然任由三位做主！」

「三位貴客儘管下令，我等莫敢不從！」

「三位肯主動替我陶家莊出頭，我陶家莊子弟，焉有不服從調遣之理？若是誰敢造次，族規第一個饒不了他！」

……

「那就好，先安排人手去做飯。大夥吃飽了肚子，拿上兵器，若是有鎧甲、盾牌和弓箭，也儘量都帶上。然後回來，聽我大哥調遣！半個時辰，所有人只給半個時辰。若是半個時辰之後有人不到這裡應卯，我們哥仨拔腿就走！」趙匡胤索性惡人做到底，瞪圓了眼睛咆哮。

「遵命！」眾鄉老帶頭拱手施禮，然後小跑著離開。其餘青壯男子見鄉老們都低了頭，也紛紛快步離去。該填飽肚子的填飽肚子，該準備兵器鎧甲的準備兵器鎧甲，如螞蟻般，忙成了一鍋粥。

趁著眾人做準備的功夫，柴榮、趙匡胤和寧子明三人，也返回陶正家飽餐了一頓。隨即找了趁手的兵器，用生牛皮剪開臨時趕製了幾件坎肩兒，盡最大可能地將各自收拾了一番，氣勢昂揚地返回了打穀場。

趙匡胤是將門之後，柴榮和寧子明兩個，都有過指揮上千兵馬的經驗，三人收拾整齊了往鄉民們面前一站，立刻顯示出了彼此之間的巨大差別。不懂行的人，心中頓時暗暗喊了聲「好」。懂行的人，如老陶正、陶大春和極其少數的幾個鄉老，則對今天的救人行動，無端又多生出了數分信心。

在吃飯的時候，三兄弟已經制定出了一條切實可行策略。眼下趁著大夥心氣足，立刻開始調配人手，整理隊伍。先將青壯們以十人為隊，分做六隊。然後由鄉老們從每十人中，選拔出一個隊正。接著將任務細化分派到每個隊，將行動次序跟隊正反覆交代清楚，最後，則命所有人站在了一塊磨盤旁，準備啟程出發。

雖然只是粗略整理了一下，眾鄉民已經不再是先前那副亂哄哄模樣。所有人按著分隊排成縱列，六個縱列相鄰而站，槍在手，刀出鞘，隱隱約約，竟露出了幾分殺氣。

「廢話我就不多說了！」柴榮跳上磨盤，用力揮舞手中長槍，「此時此刻，若戰，你們當中肯定有人會死。不戰，你們可以多活幾年，但妻子兒女早晚就會像春妹子那樣被人搶走。眾位兄弟，爾等願意拚死一戰，還是願意把自己的妻子女兒雙手奉上？五柳先生的後人們，請告訴我你們的選擇！」

「戰！」「戰！」「戰！」眾老少爺們舉起兵器，對天高呼，剎那間，氣衝霄漢！

陶家莊與李家寨的直線距離還不到三十里，中間卻隔著一座不算太矮的山包，因此說起來沒多遠，不花上兩三個時辰，卻休想趕到目的地。

而只要在山頂上安置幾名斥候，山腳下的風吹草動，就能看得清清楚楚。所以陶家莊的隊伍剛剛離開村子沒多遠，消息已經及時地傳到了李家寨的寨主李有德耳朵裡。

「看來我那老哥哥還挺有血性的？」對於陶家莊的反應，李有德絲毫不覺得意外，揮揮手命令斥候退下，冷笑著點評。

「他要是真有血性，就不會做這麼多年的縮頭烏龜了！」高家梁的莊主高順，是最早追隨到李有德旗下的眾鄉賢之一，撇了撇嘴，冷笑著道。「既然他探了頭，這次就別再指望縮回去了。咱聯莊會成立這麼長時間，總得有個像樣的東西祭旗！」

「只可惜陶家莊的那些後生們了，裡邊有幾個身子骨相當結實。若是能收服下來，稍加打磨，就是一個種田的好手！」許家窩鋪的莊主許由，心腸相對和善，搖搖頭，帶著幾分不甘說道。

「三條腿的蛤蟆難找，兩條腿的人有的是！不殺他一個狠的，周圍的莊子難免有樣學樣！」高順最看不慣就是許由這種既想奪人錢財，又不願意見血的模樣，橫了他一眼，大聲反駁。「況且他們這些姓陶的，還同出於一個老祖宗，彼此之間打斷骨頭連著筋？萬一斬草不除根，難免會留下隱患！」

「那是，那是！」其餘幾個被李有德強行納入旗下的堡主、莊主們，紛紛點頭附和。誰也沒拿陶家莊的上百條男女老少的性命當作一回事兒。

「我不是想故意留下後患，我是擔心官府那邊，借此發難！」許由找不到任何支持者，臉色微紅，硬著頭皮提醒。

「那孫山自己原來就是個土匪，有什麼資格管咱們？」高順回過頭，繼續朝著他撇嘴冷笑，「況且往年各村子為了爭水爭地發生械鬥，官府從來就不聞不問。即便這次死得人稍多一些，那也是陶家莊先打上門來的，怪不得咱們手狠！」

「那，那……」許由還是覺得心裡不踏實，卻被高順笑得頭皮發麻，喃喃嘟囔了幾句，主動將頭低了下去。

「如果陶正肯投降，咱們也沒必要殺人太多！」身為會首，李有德不能讓高順替自己做決定，想了想，做出最後的調整，「如果陶正死了之後，其他人肯放下兵器為奴，也可以考慮留他們一條性命。但陶家莊裡的所有田地，無論山田還是水田，一畝都不能再給他們留。事後咱們幾個莊子按著出力多少分，誰家出力最多，誰拿大頭。」

「但憑李會首一言而決！」眾堡主寨主們心中一喜，躬下身體齊聲答應。

對他們來說，能把陶家莊的田產分掉，才是最重要的事情。其他都可以不列入考慮範圍之內。那當中的大多數可都是臨近河道的水澆地，一畝的產量跟大夥辛辛苦苦開出來的荒地，一個在天上一個在地下。即便是各村子原有的熟地，跟陶家莊的田產也比不上。畢竟距離河道越近，灌溉起來越方便，即使遇上旱災，至少也能保住一大半兒收成！

「那我就不客氣了！等會該怎麼打，誰擋在正面，誰側翼包抄，誰去封堵陶家莊的退路，老夫上午時已經安排得很清楚。大夥現在就帶領各自的手下去村子前的樹林埋伏，咱們等會兒趁著陶家莊的人遠道而來，累得半死的時候，打他個措手不及！」見士氣已經可用，李有德站起身，果斷地揮手。

「是！」眾堡主、寨主們領命而去，不一會兒功夫，就已經在進村的必經之路上，把陷阱布置停當。大夥人銜枚，馬綁嘴，悄無聲息地埋伏在道路兩側。只等陶家莊的青壯們趕到，就冷不防衝出去，一口氣結束戰鬥。

誰料從過午子時三刻，一直等到了太陽下山，早就該落入陷阱裡的獵物，卻遲遲未至。倒是成群的蚊子和牛虻，趁著傍晚天氣轉涼的機會，全都自草叢中鑽了出來。圍著伏兵的頭頂飛來飛去，抽冷子，就狠狠吸上一口血，留下一個又紅又癢的大包。

各堡主和莊主麾下的弟兄，都是些尋常農家兒郎。受過的訓練有限，怎麼可能長時間忍受得了如此折磨？不一會兒，就徹底支撐不住，紛紛從藏身處爬了起來，用野草做成蠅甩子四下亂抽。這下，再也甭指望獵物主動往陷阱裡頭鑽了，只要陶家莊的人不全都是聾子，肯定隔著二里地遠，就能聽出前路上的異常。

「二郎，你手下的斥候呢，怎麼還沒送回消息來？」整個事情的主謀李有德，也被蚊子在額頭上咬了好幾個大包，又癢又煩，命人叫過自家負責監視敵軍的小兒子，大聲質問。

「半，半個時辰之前不是剛回來過嗎？陶，陶家莊的人已經到了對面的山頂上了，當時，當時正，正在山頂上打尖！」二少爺李進被嚇了一跳，連忙低下頭，大聲提醒。

「那是半個時辰之前，這已經又過了半個時辰了！」李有德狠狠瞪了自家兒子幾眼，厲聲咆哮，「再派人去打探，有半個時辰，人早就走下山來了！」

「是！」李進不敢跟自家父親頂嘴，立刻小跑著去指派斥候。幾個呼吸的時間之後，卻又氣急敗壞地跑了回來，「阿爺，阿爺，不好，不好了，陶家莊，陶家莊的人停在山頂上不走了！」

「不走了？」李有德微微一楞，雙目之中射出刀子般的陰寒。「是斥候說的嗎？敢情他們這大半個多時辰，就在山頂上一動未動！」

「是斥候專門跑回來說的，我剛剛準備過去另行派人，咱們的斥候就把最新消息送回來了！」怕父親拿自己當出氣筒，李進向後退開數步，迫不及待地補充：「他們怕被陶家莊的人發現，下山時故意繞了一段路，所以才回來得稍微晚了些。他們，他們說，陶家莊的幾個鄉老和陶正之間忽然起了爭執，誰也說服不了誰，只能讓隊伍暫且停在了山頂！」

「嗯——」李有德眉頭緊鎖，對斥候打探回來的消息將信將疑。據他掌握到的情報，陶正這人雖然平素做事畏首畏腳，在陶家莊的威望卻相當高。無論如何，都不應該女兒被人家搶走了，卻連調動莊子裡的青壯前來要人這點事兒，都做不了主。

「大爺爺，大爺爺，二叔公請你回去！」正百思不解間，耳畔卻又傳來了自家侄兒李順的聲音，氣喘吁吁，透著如假包換的惶急，「呼延，呼延大當家派人來了。說是，說是想跟咱借點兒軍糧。二叔公才稍作猶豫，就被他們指著鼻子臭罵了一頓。您老要是再不回去，還指不定要鬧出什麼動靜來！」

俗話說，鹵水點豆腐，一物降一物。

壞事做盡的李有德不怕官府，不怕鬼神，對於太行山的綠林好漢，卻是敬畏有加。

官府雖然吃人不吐骨頭，但吃掉的通常都是普通人家，對他這種頭上長著角，嘴裡長著牙的地方豪強，向來是以安撫為主。鬼神雖然可怕，畢竟虛無縹緲，聽說的人多，見過的人少。然而太行山的綠林好漢，可是看得見摸得著，並且做事從來沒有任何忌憚。一不小心沒伺候周到，從此這世界上就不會再有什麼李家寨。並且在賊人沒主動撤走之前，地方兵馬保證連一個屁也不敢放！

不過當著一堆爪牙的面兒，李有德今晚也不能表現得太慫。否則眾莊主、堡主們一看，敢情你在呼延大當家眼裡就是塊隨時都能切上一刀的肥肉啊？那聯莊會還是趁早解散了為好！反正大夥的家都靠近太行山，找大佛去上香也多繞不了幾里地，又何必理會李家寨這座土地廟！

「你先回去，讓你二叔公好吃好喝好招待著，等我安排完了手頭上的事，再看看倉庫裡有沒有多餘的糧食！」故意將嗓門提高了數分，李有德對著前來報信兒的李順吩咐。無論臉上的表情還是揮手的動作，都好似沒把前來「借」糧的綠林好漢放在眼裡。

他江湖經驗豐富，咬碎牙齒也能撐出幾分底氣。而他的侄子李順，卻不明白自家長輩的良苦用心。嚇得激靈靈打了個哆嗦，哀求的話立刻脫口而出，「不是，不是呼延大當家的人，是孟二當家的手下，兩個陌生面孔，難說話得很！」

「那也讓他們給老子等著！」李有德大聲斷喝，灰白色的頭髮根根發乍。

綠林道這兩年有一句很著名的話，寧挨呼延的打，不吃孟二的席。大當家呼延琮即便跟你動了拳頭，也未必會將你當場打死。而招惹了二當家孟凡潤，卻根本無法預測自己什麼時候就會大禍臨頭。所以話說得雖然極為響亮，李有德卻不敢再多做半分耽擱，隨便跟眾堡主們交代一下暫且收兵十一，便飛一般返回了自家老宅。

一見了客人的面兒，李有德的心情頓時更加忐忑。他在當地黑白兩道通吃，這輩子算是見過不少風雲人物。所以平素粗略看一眼別人的舉止打扮，就能將對方的身份地位判斷個八九不離十。而今天，他這一套觀人之術卻徹底失去了效果。兩位太行山上下來的好漢，論氣質要多高貴有多高貴，可身上的衣服和腳下的鞋子，卻是普通到無法再普通的貨色，給李家的管事兒穿，都略顯寒酸。

「兩位貴客蒞臨，老朽一時有事兒未能遠迎，恕罪，恕罪！」心中越是忐忑，李有德的表現越為恭謹。腳剛一踏過大堂的門檻兒，就立刻躬身拱手，大聲招呼。

「嗯！」貴客中年紀稍長的那個卻連屁股都沒抬一下，掃了他一眼，低聲冷哼。

年紀稍幼的客人，則相對禮貌一些。笑呵呵地坐直了身體，輕輕擺手，「李寨主不必客氣，您家大業大，難免事情多一些。反正我們哥倆只是奉命前來籌集糧食，您即便不露面兒，只要糧食能準備好了給我弟兄裝車帶走，也沒關係！」

「這——」李有德的老臉，頓時如同被人來回抽了七八個耳光一樣，紅中透紫。這根本不是失禮不失禮的問題，而是對方根本就沒拿他李有德，拿他的聯莊會當成角色看。否則，即便是佃戶到地主家交租子，地主也會給個笑臉，順帶管頓飽飯吃！

然而無論內心裡頭有多惱怒，李有德卻不敢跟對方當場翻臉。他的聯莊會到目前為止只具備了個雛形，沒有三到五年的磨合整訓，根本不可能擁有跟太行山群雄分庭抗禮的實力。而在回到自家大宅的路上，他已經摸清楚了來人的情況，就孤零零哥倆騎著兩匹高頭大馬，身邊沒帶著任何隨從。

這年頭，敢不帶上三五十名弟兄就穿州過縣的，要麼是有恃無恐，要麼就是被仇家逼得走投無路，不得不提著腦袋冒險。而在座的那兩位貴客，無論怎麼看都不像是後一種。那他們所依仗的，毫無疑問就是呼延琮這個金字招牌。只有呼延琮麾下的殺星，才敢不在乎沿途的各路蟊賊，招搖過市。如果哪個蟊賊招子不夠亮，膽敢打他們的主意。用不了多久，老窩就會被連根拔起，從此徹底於江湖上銷聲匿跡。

「匡義，把大當家的綠林令給李寨主驗上一驗，以免人家拿咱們兄弟當騙子！」唯恐李有德心裡的顧忌不夠沉重，客人當中年紀稍長的那個，忽然笑了笑，將一面木製的權杖放在了身邊的矮几上。

「好！」年輕的客人答應一聲，將木牌拿起來，遙遙地遞給李有德，「家兄趙元朗，晚輩趙匡義，奉孟二當家的命，問候李寨主！」

「不敢，不敢！」李有德向前快跑幾步，雙手接過權杖，半躬著身體觀摩。

權杖是常見的棗木所製，算不上珍貴。正面刻著替天行道四個大字，背後，則刻著一輪初升旭日。正是北方綠林總瓢把子呼延琮派手下出來辦事兒的信物，李有德雖然見過的次數有限，卻印象無比深刻。

不敢驗看得時間太長，引起對方的惡感。迅速檢查了一下新舊程度之後，他雙手將權杖舉過頭頂，「李家寨寨主李有德，參見兩位趙統領。遙祝呼延大當家身體安康，威震四海，早日分茅裂土！」

「你倒是甚會說話！」聽李有德祝賀呼延琮早日成為一方諸侯，年長的客人趙元朗臉上，終於有了幾分笑模樣，抬起頭掃了此人一眼，低聲誇讚。

「我家大統領，將來豈止會裂土分茅？」年少的「趙匡義」志向卻有些高遠，伸出一隻手將權杖接過，撇著嘴道。

「嘿嘿，嘿嘿，那是自然，那是自然，在下看得短了！」李有德先是微微一楞，隨即乾笑著捧場。

「有多大的飯量吃多大碗，也不算錯！」那趙元朗忽然笑呵呵又補了一句，話語如同刀子一樣戳進了人的心窩。

「嗯——！」李有德的幾個弟子和晚輩氣得兩眼發黑，手不由自主朝腰間刀柄上摸。太欺負人了，即便你是呼延琮的心腹，也不能一而再，再而三地當面打李家寨所有人的臉。況且呼延琮只不過是個大強盜頭兒，有什麼資格來瞧不起李家寨？

李有德卻搶在手下人控制不住心中怒火之前，向四周橫了幾眼。隨即再度主動低頭，絲毫不覺得趙元朗剛才的說辭有多盛氣凌人。「趙統領說得是，小老兒這輩子，能托庇於呼延大當家羽翼下，已經心滿意足！」

「這是你的真心話？」趙元朗收起笑容，用手指輕輕敲打面前矮几。

「如有半句虛假，天打雷劈！」李有德一退再退，索性服軟服到底。

「那我先前說的糧食……？」趙元朗又輕輕敲了下矮几，抬頭看著他的眼睛，似笑非笑。

「剛才屬下不在家，沒聽到趙統領的要求。但承蒙呼延大當家和孟二當家看得起，李家寨必竭盡所能滿足兩位當家人的要求！」李有德彷彿一隻待宰的羊羔般，逆來順受。

這年頭，綠林響馬成為一方諸侯，並不罕見。但綠林響馬當皇帝坐天下，卻至今還未曾有過先例。所以呼延琮如果起了問鼎逐鹿之心，他絕不會去潑涼水。相反，他寧願暗中再推上一把，讓呼延琮帶著綠林好漢們，跟各路官軍打個兩敗俱傷！

水混了，才好趁機渾水摸魚。世道亂起來，英雄才能有所作為。若是局勢始終像目前這樣不冷不熱，李某人不知道還要等上多久，才能一飛沖天。

只是他的想法雖然完美，現實卻多少有些殘酷。聽他答應得如此痛快，那趙元朗稍作斟酌，隨即報出了一連串驚人的數字：「麥子一萬石，粟七千，各類豆子五千，兩個月之內，解到老鴨子嶺。路上損耗你們自己承擔！」

「啊，這……？」李家寨的一眾豪傑，面孔瞬間都變得如同雪一樣蒼白，大大小小的眼睛裡頭，殺氣瀰漫。

這年頭，即便是上等的水澆地，每畝收兩石麥子已經是頂天，粟和豆類的產量，更是少得可憐。姓趙的一張口就是兩萬二千石，甭說把李家寨倉庫清空了都拿不出來，即便將隸屬於聯莊會下的所有倉庫全部都掃過一遍，也很難湊出如此多糧食。

「怎麼，諸位想殺了我兄弟兩個滅口，然後跟呼延大當家裝傻充楞嗎？」那趙元朗對危險的感覺極為敏銳，立刻將手按在了腰間橫刀上，冷笑著質問。

他旁邊的「趙匡義」乾脆連話都懶得說，直接從地上撿起了一根閃著藍光的鋼鞭。

「趙統領，兩位趙統領不要誤會，千萬不要誤會！」李有德嚇得亡魂大冒，立刻張開雙臂護住「趙匡義」，同時大聲叫嚷，「爾等，休得無禮。呼延大當家找咱們要糧食，是看得起咱們，咱們不能不識好歹！」

李家寨一眾豪傑們不敢忤逆自己的寨主，咬著牙忍氣吞聲。李有德放下胳膊，將自己手心朝衣服上狠狠搓了幾下，朝著「趙匡義」深深俯首，「啟稟兩位統領，兩萬二千石糧食，著實有些多了。小老兒不敢辜負呼延大當家信任，但寨子裡，的確拿不出如此多的糧食。即便是立刻派人去買，沒有三兩個月，也肯定湊不齊。還請兩位統領寬宥一二，看看能不能，能不能稍微降低些份額，或者讓屬下弄些別的物資來，以充軍糧！」

「是啊，兩位統領開恩！」

「兩位統領高抬貴手，我等定然這輩子不忘大恩大德！」

「兩位……」

眾李家寨的豪傑陸續朝「趙匡義」躬身，頂著一腦門兒冷汗苦苦哀求。先前大夥只顧得看表面，拿年齡較大且沉穩有加的趙元朗當成了太行山裡下來的大人物，直到發覺自家寨主李有德關鍵時刻先護住了另外一個，才注意到該人手裡的那根鋼鞭！

鋼鞭，可是呼延琮的成名兵器。得了他真傳者，即便不是他的親生兒子，也是座下弟子。大夥剛才如果真的暴起傷到了他，那呼延琮豈能善罷甘休？

假冒太行山強盜的趙匡胤，卻不知寧子明手裡的一根鋼鞭，在關鍵時刻能起到事先誰也未曾預料的威懾效果。見李家寨的豪傑們主動服軟，笑了笑，冷冷地反問：「爾等這是什麼意思？莫非覺得呼延大當家的要求是強人所難嗎？不如這樣好了，我們兄弟倆這就回去，跟大當家和孟軍師兩個彙報，你們手中沒有餘糧。他們兩個大人大量，想必也不會跟爾等一般見識！」

「不可！」

「趙統領饒命！」

「兩位大人高抬貴手！」

「兩位大人，請給我等一條活路。我等，我等萬萬不敢，質疑呼延大當家的決定！」

「饒命……」

既然承擔不起殺人滅口的後果，李家寨的人只好繼續奴顏婢膝。圍著趙元朗和「趙匡義」二人面前苦苦哀求，請對方不要動怒，多給自己一點時間去想辦法。

那手持鋼鞭的「趙匡義」果然比趙元朗權力更大，見眾人說得可憐，竟然有些於心不忍。皺著眉頭想了想，無奈地擺手，「行了，不要說了，你們的意思我們哥倆聽清楚了。不就是一時半會兒湊不齊兩萬二千石糧食嗎？好辦，糧食和豆子，你們都按照先前說的三成交，自己派人押到老鴉嶺，沿途損耗自負。剩下的七成，你們可以按照眼下定州的時價，用銅錢頂賬！」

「要足色開元通寶，不要後梁和後唐的劣錢！」趙元朗阻攔不及，皺著眉頭快速補充。

「謝兩位統領開恩！」

「謝兩位統領開恩！」

「兩位統領大恩大德，我等沒齒……」

李家寨的豪傑們如蒙大赦，立刻紛紛躬身行禮。

眼下雖然是亂世，但夏收剛過，糧價正賤。一石粟只能折合四百文銅錢，麥子比粟略貴，市價也不過賣到五百文。至於豆子，則每石通常在一貫上下浮動，短時間內無法攀得太高。以李家寨目前的實力，雖然會傷筋動骨，卻未必因為湊不出這批銅錢，惹來被太行山土匪滅門的慘禍。

只是清一色用開元通寶抵帳，難度卻依舊有些大。畢竟大唐已經正式宣告滅亡四十餘年，開元通寶因為成色好，份量足，在市面上日益稀缺。倉促之間，李家寨即便派出所有人手，找遍易、定兩州，恐怕也很難如期兌換到一萬貫之巨額。

抱著試試看的心情，李有德再度躬身，小聲說道：「敢叫兩位統領知曉，河北民間向來疲敝，開元通寶在市面上很少見。若是能用金銀珠玉……」

「你這人怎麼踩著鼻子上臉呢！如今山裡頭，最不缺的，便是金銀珠玉。」趙元朗把眼睛一瞪，大聲打斷，「那些玩意看著值錢，卻既沒法直接花出去，又不能掰碎了打賞給弟兄們。價格還老是變來變去。我們兄弟兩個如果今天敢答應了你，回到山中，即便大當家和軍師不怪罪，也得被弟兄們當成傻子笑話！」

「是，屬下想錯了，想錯了！」李有德被數落得面紅耳赤，汗水再度淌了滿臉。

「無妨，不知者無罪！」趙元朗卻又做起了好人，微笑著輕輕擺手，「你明白我們兄弟倆剛才已經盡力在幫忙就行了。至於你們李家寨的難處，也不是徹底沒辦法解決……」

說到這兒，他故意把後半句話吞了下去，兩隻眼睛直勾勾看著李有德，臉上的表情似笑非笑。

李有德瞬間心領神會，做了揖，大聲道：「請兩位統領不吝指點，李家寨上下，過後必有重謝！」

「謝什麼謝，幾句話的事情。你聽說過山寨缺乏過金銀細軟！往外低價脫手還脫不盡呢，怎麼可能再收。但是其他貨物麼，缺的可就多了。」趙元朗揮揮手，笑呵呵地給出半個答案。

土匪每次下山打劫，肯定是揀貴重的往回拿。可回到山中之後，這些貴重物品，卻換不來生活必須物資。所以，道理很簡單，明白和不明白的人，就隔著一層窗紙而已。

「具體哪些貨物，還請趙統領示下！」李有德大喜，立刻順著杆子往上爬。趙元朗卻不肯再繼續指點，打了個哈欠，滿臉疲憊，「那麼多貨物，一時半會兒哪裡說得清楚。況且哪種貨物多，哪種貨物少，我們哥倆也得商量一下才能給出具體數量。改天再說吧，今天太晚了，我們兄弟倆接連趕了好幾天的路，連頓熱乎飯都沒顧得上吃，真的已經筋疲力盡了！」

「小老兒，小老兒太心急了，抱歉，抱歉！」李有德肚子內，早把趙元朗的祖宗八代問候了個遍。表面上，卻不得不裝出一副熱情模樣，躬著身子發出邀請，「二位貴客遠道而來，李家寨蓬華生輝。小老兒特地命人準備了一桌酒水，還請兩位統領賞光！」

「那就叨擾李寨主了！」趙元朗眉開眼笑，終於起身給他還了個半禮。「唉，趙某入山之前，也曾經錦衣玉食過一陣子。這口腹之欲啊，在山裡可真難滿足。」

他不吹噓，李有德也早就認定了，這位大爺是曾經闊過的公子哥兒。這種情況一點兒都不罕見，特別是在改朝換代的時候，公卿將相一死一大堆，家中的後代為了活命，少不得會隱姓埋名，四處漂流。而他們通常又沒有什麼謀生技能，加入某個山寨變成打家劫舍的強盜頭目，幾乎是唯一的出路。

而落魄公子，心中最放不下的，恐怕就是昔日那種前呼後擁的滋味。李有德自問早已洞徹人心，故而在酒宴間，使出了全部伺候人本事，帶領家族中的翹楚，不停地敬酒，恭維，馬屁滾滾，將兩位趙統領，都捧得飄飄欲仙。

然而飄飄欲仙歸飄飄欲仙，關於用貨物頂軍糧的事情，兩位趙統領卻都將嘴巴閉得嚴嚴實實。即便李有德命人借著鑑賞的名義，向他們手裡硬塞了寶石珠翠之類，二人也只是粗略把玩了一下，就又將鑑賞物放回了桌面上，目光一點兒都不多做流連。

「到底是見過大世面的，根本不拿些許珠寶當一回事兒！」李有德心中好生佩服，忍不住悄悄點頭。

然而他卻堅信，天下不可能有拒絕收受賄賂之人。自己碰壁的原因，只是賄賂不夠份量，或者不能投其所好而已。舉著酒杯偷偷觀察了一會兒，想到兩位貴客的年齡，忽然靈機一動，站起身，笑著說道：「兩位統領在山中跟著呼延大當家，想必是逍遙快活得很。但是山外，卻也有山外的好處。別的方面小老兒不敢誇口，咱們燕趙舊地，可是自古以來就出美人兒。」

「真的？」趙元朗精神大振，眼睛裡瞬間冒出了兩道炙熱的光芒。「我還以為，燕趙自古只出荊軻、高漸離之類的豪傑呢！」

「英雄豪傑身邊，怎麼能缺了美人兒相伴。不瞞您說，傳聞中的羅敷，便出自此處。還有紅拂、紅線，亦曾經在附近留有遺跡！」李有德想都不想，笑著給出一個個實例。

這些實例，都是些江湖傳聞，歷史上未必曾經有過真人。然而越是這樣，對讀過書的公子哥來說，可能就越具吸引力。聽到一個個熟悉的名字，非但趙元朗滿眼桃花，始終淡然自若的「趙匡義」，也開始目醉神迷，「真的，有空一定去城裡見識一番。唉，山中什麼都好，就是，就是太缺女人了。再這樣下去，看到隻母猴子，在大夥眼裡都是傾國傾城的絕色！」

「哈哈哈……」話音剛落，滿座哄然。誰也未曾想到，一晚上寡言少語的「趙匡義」不開口則已，開口就一鳴驚人。

正所謂，飽暖思淫欲。只要是正常男人，吃飽喝足之外，就少不得會想女人。而好人家的女兒，誰肯嫁給山裡頭的土匪？不幸被搶到土匪窩裡頭的女人，又有幾個能活得長？成千上萬大男人蹲在山裡頭，除了訓練與吃飯之外，什麼都幹不了，怎地可能不憋得厲害？冷不防有個女人在他們面前出現，恐怕大夥立刻就會「嗷嗷」大叫著圍攏上去，恨不能立刻抱入房中據為己有，哪裡還會在乎什麼長相不長相？

笑過之後，接下來賓主之間的氣氛就立刻變融洽了許多。山裡缺女人，但李家寨不缺。非但不缺，李有德父子叔侄為了撐場面，還學著傳聞中的豪門，特地買了十幾名歌姬養在了家裡。平素非重要場合不用，關鍵時刻只要一拉出來，保證能讓賓客們對李家寨的實力刮目相看。

帶著七分討好，三分炫耀的念頭，李有德朝左右吩咐了幾句，命人去領歌姬來向貴客獻藝。不多時，一隊身披薄紗的妙齡少女魚貫而入。先是朝堂上盈盈下拜，隨即，在樂師的伴奏下，載歌載舞。

這道「硬菜」，果然很對趙元朗的脾氣。第一支曲子未盡，他的目光已經完全被一名豐胸細腰的歌姬給吸引了過去，無論對方走到哪裡，眼睛都緊追不捨。偶爾在李有德的恭維下吃上一口菜餚，也是味同嚼蠟。

然而另外一個小趙統領，就比趙元朗難伺候得多。只是粗略掃了幾眼，便對歌姬們失去了興趣。此後無論對方如何展露柳腰雪膚，歌喉如何婉轉嫵媚，都絲毫不為所動。

「這小趙統領，眼界還挺高！他不會是沒經歷過這種場合，臉嫩抹不開面子吧？」眼看著眾歌姬們已經使出了全身解術，卻依舊沒有收到預期的奇效，李有德皺了皺眉，偷眼將「趙匡義」反覆打量。

八尺半的個頭兒，勻稱的身材，乾淨的面孔，外加一口整齊雪白的牙齒，這模樣，根本不可能是出身於普通小門小戶。而殷實的家庭，像此人這種年齡的男子即便沒有成親，也早就與貼身丫鬟對著偷偷買來的春宮圖揣摩男女之事了，怎麼可能抹不開面子欣賞幾段歌舞？況且他自己也曾經說過，山中最缺的就是女人。如今有這麼多只穿一件薄紗蔽體的美女在面前扭腰弄胯，數月未嘗「葷腥」的他，為何又會視而不見？

正百思不解間，那趙元朗卻忽然懶懶地打了個哈欠，搖著頭道：「哈——！累了，累了！李寨主，多謝你的盛情款待。我們兄弟明早還得趕回去向孟軍師彙報，就不再過多叨擾了。麻煩您給安排個住處，我們兄弟倆也好養精蓄銳一番！」

「這，這菜都沒上齊呢，趙統領何必如此心急？」李有德激靈靈打了個哆嗦，趕緊將目光從「趙匡義」身上收回來，乾笑著拱手。

「是啊，是啊，入夜尚早，趙統領何必急著去休息。來，來，來，大夥敬兩位趙統領，飲盛！」

「飲盛！」

「我們先乾為敬，兩位……」

其他李家精英也紛紛端起了酒盞，替自家寨主招呼客人。

盛情難卻，趙元朗和「趙匡義」兩兄弟，只好又坐正了身體，與大夥繼續舉杯暢飲。李有德知道「捨不得孩子套不住狼」的道理，偷偷向下面使了個眼色。眾歌姬訓練有素，立即停止了扭動，紛紛走上前，坐在兩位客人和眾位精英身邊幫忙斟酒布菜。

趙元朗頓時又來了精神，摟起先前自己看好的那位歌姬，一邊上下其手，一邊跟大夥談笑言言，無論葷素，都應對得輕車熟路。很顯然，在走上綠林道之前，此人是個如假包換的風流公子。

與他一道來李家寨的「趙匡義」，卻再度將席間眾人弄了個滿頭霧水。只見他被今晚最為美豔的兩名歌姬夾在了中間，卻依舊面色冰冷。有人上前敬酒，只是小小地抿上一抿；有人故意拿葷段子逗他，他也是微微一笑，便再度神色如常。還有人故意想試探他的定力，煽動歌姬輪流用嘴巴含了酒水相餵，他也是淺淺嘗上一口，便將送上門的朱唇推開，根本不在乎歌姬眼睛裡流動的秋波。

這下，李有德愈發感覺困惑了。趁著趙元朗起身如廁的功夫，偷偷追了上去，低聲試探：「趙統領，今晚酒菜可否要得？屬下觀另外一位……」

「吃過山珍海味的，誰還吃得下薺菜蘿蔔！」趙元朗明顯喝得有些高了，轉過頭，用力拍打李有德肩膀，「你手中這些庸脂俗粉，糊弄我還湊合。往我家兄弟面前擺，根本就是玷污人的眼睛！」

「啊？居然是這樣！」李有德大吃一驚，愈發覺得「小趙統領」的出身神秘莫測。手裡那隊歌姬，在他看來已經算得上人間絕色。誰料別人看了第一眼之後，卻連第二眼的興趣都沒有。

那趙元朗唯恐他還不夠迷糊，又在手掌心處微微用了些力，壓低了聲音，快速補充，「看見他那支捨不得放遠的鋼鞭了沒？他若是尋常之輩，呼延大當家怎麼會將壓箱底絕技傾囊相授？實話跟你說吧，我即便再有心幫你，頂多也就是告訴你山裡最缺的幾樣物資，偶爾在價錢和份量上馬虎一些。可如果你討好了那位，甭說總量減半，就是幫你全抹了去，也不過是動動嘴巴的事情！」

「啊！多謝，多謝趙統領指點！」李有德終於恍然大悟，朝著趙元朗長揖及地。趙元朗這次卻沒有避開，而是心安理得地受了他一拜，隨即留下一神秘的笑容，轉過頭，搖搖晃晃直奔五穀輪迴之所。

他一泡尿撒得無比痛快，等在遠處的李有德，卻被一股突如其來的野火燒得六神無主。不用說將被太行山群匪勒索的那兩萬兩千石糧食全都省下，即便能省下三成，李家寨後半年的日子，也會好過許多。而若是能省下五成以上，李家寨就除了保持目前的實力之外，還能百尺竿頭更進一步。用不了五年，再面對呼延大當家的「借糧」要求時，就有了討價還價的底氣。

可想要省下這三成到五成的糧食，又談何容易？送金銀珠玉，古玩字畫，人家趙元朗已經拒絕過了，山裡頭最不缺的就是這東西。直接送銅錢，卻不知道要多少才能填滿兩位趙統領的好胃口。送女人倒是不錯的主意，偏偏小趙統領眼光甚高，今晚歌姬一個都沒看上。而李家寨連縣城都不是，這黑燈瞎火的，讓人到哪去找絕世美女？

「寨主，喝得差不多了，二叔問您，等會要不要提前把歌姬送到客人的房間裡頭去？」正愁得連牙齜都開始疼的時候，他的侄兒李順又湊上前，低聲請示。

「胡鬧！」心中想得全是如何才能省下一萬石糧食，李有德被嚇了一跳，回過頭，朝著李順的脖子就是一巴掌，「送什麼送，你還不嫌今天不夠丟臉嗎？那群伺候過不知道多少人的貨色，怎麼可能入得了小趙統領的眼睛！」

「啊！大，大爺爺……」李順措手不及，被抽得捂著腮幫子原地轉圈兒。

「小聲！」李有德怕趙元朗聽見，抬起腳，又將李順給踹了個趔趄，「叫喚什麼？老夫又沒用多少力氣。若是耽誤了寨子的大事，老夫直接剮了你！」

「是，是！您老息怒，息怒！」李順不敢強嘴，捂著紅腫的臉頰點頭哈腰。

「沒用的東西！」李有德又低低罵了一句，迅速四下看了看，確信趙元朗還沒從五穀輪迴之所出來，又低聲吩咐，「想一想，誰家還有合適的女子。不限於咱們李家寨，整個聯莊會，只要是沒伺候過人的，長得好看的，都可以。你先拿錢去商量，如果他家人不答應，你就直接給我去搶！」

「哎！哎！」李順彎著腰，連聲答應。一張臉，卻瞬間皺成了苦瓜。

自古趙地出好女，定州雖然比不上邯鄲，美貌女子卻也不算稀缺。可這些女子只要進入了李家寨方圓五十里範圍之內，用不了多久，就得被李有德父子給糟蹋掉。所以無論李家寨還是其他臨近的莊子，長得還像樣的女子，早就逃命的逃命，嫁人的嫁人，哪個還敢冒險養在家裡給父母招災星上門？除非他父親實力足夠強悍，能嚇住李有德父子不敢輕易動色心！

想到「實力強悍」四個字，他眼睛瞬間就是一亮，轉過身，將頭儘量湊向李有德的耳朵，低聲提醒：「大爺爺，何必捨近求遠！柴房裡頭就捆著一個呢！那陶家小娘子，不就是現成的嗎？」

「陶家小娘子？」李有德眉頭緊鎖，舉棋不定。

陶家小娘子的確是個少見的美人胚子，可那脾氣和身手，尋常人絕對無福消受。昨夜李家派出的死士以三十打一，還被她硬生生給弄殘了四個。若是不小心把「小趙統領」給傷到，惹得呼延大當家領兵前來報復，聯莊會雖然實力不俗，卻未必禁得起人家一巴掌。

「您老是擔心陶家小娘子的身手嗎？」李順素來懂得揣摩上意，稍做斟酌便猜出了自家寨主在為什麼事情而擔心。笑了笑，低聲道：「餓了一整天的人了，哪還使得出什麼力氣。您老只要安排幾個力氣大的婆子，將她洗乾淨了往床頭一捆。還怕小趙統領收拾不了她？況且那小趙統領畢竟是呼延琮的弟子，如果連一個捆著手腳的女人都搞不定，他又怎麼配得上手裡那條鋼鞭！」

「嗯？」李有德眉毛上挑，低聲沉吟。

呼延琮的權杖應該是真的，方圓幾百里內，也的確找不到大趙和小趙統領這樣的倜儻人物。但二人的身份來歷，卻並非一點兒需要推敲的地方都沒有。只是兩位趙統領指定的交接物資地點的確在太行群賊的勢力範圍之內，而那太行孟二當家又是出了名的疑心病重，令人不敢在使者的身份問題上過多糾纏而已。若是能以犧牲一個仇家的女兒為代價，徹底辨明使者的真偽，這筆買賣無疑非常合算。況且那小趙將軍號稱閱盡人間絕色，臨時搜羅到的風塵女子，未必能入得了他的法眼。倒是像陶家小妹這樣的山間幽草，說不定反倒正對了他的胃口。

想到這兒，李有德只有迅速朝周圍看了看，搶在趙元朗如廁返回之前，低聲向李順吩咐：「行，就按你說的去辦！記住，不要給她吃飯，光餵水就行了。如果她還掙扎得厲害，就在水裡頭加一些蒙汗藥！」

「大爺爺英明！」李順低低拍了一聲馬屁，轉身飛奔而去。

「這樣也省事兒！等兩位趙統領走了，老子就把殘花敗柳還給陶家莊，看那老陶正會不會活活氣死！」將目光從他的背影上收回，李有德看著黑漆漆的夜空，嘴角浮現一絲得意的冷笑。「想跟老子拚個魚死網破是吧？老子偏偏不讓你們如願！老子禍水西引，有種你們去找呼延琮討還公道？老子就不信，你們陶家莊的人，在呼延琮的家門口，也敢如此囂張！」

心裡頭打著一石數鳥的算盤，酒宴的後半段，他吃得極為痛快。非但令兩位趙統領覺得賓至如歸，在場的鄉賢和精英們，也覺得李大寨主今天的表現如同脫胎換骨了一般，裡裡外外透著一種陌生的大氣。

一頓飯，直吃到了下半夜，才終於宣告結束。聯莊會的鄉賢和李家寨的精英們，都不勝酒力，踉蹌著退去。趙元朗和「趙匡義」哥倆，則在僕人和歌姬的簇擁下，被領到後寨的一個單獨院落歇息。

「兩位貴客遠道而來，我們李家寨地處偏僻，拿不出什麼好東西來招待，真是慚愧。除了今晚的酒水之外，在屋子裡還有些小禮物，不成敬意，請二位統領笑納！」先給二人分好了房子，李有德朝著正堂和東跨院兒各指了指，滿臉神秘地說道。

「那，那怎麼好意思？我們哥倆已經給您添了許多麻煩！」趙匡胤心領神會，淫笑著客套。

「應該的，應該的！唉，窮鄉僻壤拿不出太好的東西來！只能盡最大努力了！如果兩位對禮物不滿意的話，隨時可以更換！屬下讓順子在西跨院候著。您二位儘管讓婢女過來招呼他！」唯恐對方感覺不到自己的「誠意」，李有德又小心翼翼地補充。

「那我們哥倆就恭敬不如從命了！」趙元朗輕輕推了「趙匡義」一把，眼睛中露出了幾分迫不及待。

「有勞李寨主。」另外一位趙統領依舊如先前一樣高傲，淡然的拱了下手，轉身走向正房。一步，兩步，三步……，從院子門口一直走到正房門口，每一步，他都走得不疾不徐。絲毫不像自家同伴趙元朗那樣，恨不得插翅飛進屋子裡去，「檢驗」禮物的成色。

李有德等人在院門口看到了，愈發覺得小趙將軍的身份和地位非比尋常，今晚無論花多少代價討好他，從長遠角度看，都有賺無賠。

正堂內，專門安排有兩名姿色不俗的丫鬟負責伺候貴客。見小趙統領長得高大英俊，氣宇軒昂，兩名黿婢的眼睛裡頭立刻就秋波盈盈。只可惜無論她們如何投懷送抱，小趙頭領都毫無反應。僅僅在她們的伺候下隨便梳洗了一番，就揮揮手，將二人如同蒼蠅般趕出了房子外。

「裝什麼假正經，你要真是個正經人，又怎麼會禍害人家黃花大閨女！」

「可不就是嗎？咱們又沒指望一輩子跟著他！」

兩位黿婢受了冷遇，氣得在門外咬牙切齒。然而，終究沒膽子繼續進去糾纏。帶著幾分期盼又多等了片刻，最終還是怏怏去西跨院候命。

聽到他們的腳步聲去遠，背靠著門板的「趙匡義」長長吐了口氣，腿一軟，緩緩坐在了地上。

太危險了，今晚的行動，簡直就是在懸崖邊上耍拳腳，稍不小心，就得摔下去粉身碎骨！好在趙二哥江湖經驗豐富，臨來前已經做足了準備。也好在李家寨眾人目光短淺，居然把自己的拙劣表現當成了心高氣傲。

「寧子明啊寧子明，你以後可少幹點兒類似的事情。你根本不是這塊料，如果不是趙匡胤兜得好，你有多少條命，今晚都不夠往外搭！」背靠著門板呆坐了一會兒之後，抬手擦了把額頭上的冷汗，化名為「趙匡義」的寧子明低聲嘟囔。

憑著七十幾名未經過嚴格訓練的陶家莊青壯，主動向李家寨發起進攻，無疑是飛蛾撲火。所以從一開始，柴榮和他們哥倆就沒打算與李家寨正面交手。停在山坡上那群漢子，目的只是吸引李家寨上下的注意力。真正的救人重任，卻壓在了趙匡胤和他兩個肩膀上。

打著呼延琮的旗號，混入李家寨，取得李有德的信任，是行動的第一步。找到陶三春，將其帶到安全處藏起來，則是行動的第二步。如果能偷偷在李家寨放起一把大火，令全寨老少陷入混亂，則更好不過。見到火光之後，山頂上的那群疑兵就會立刻變成正兵，趁著李家寨起火的機會一撲而下，徹底拔掉這夥無惡不作的鄉間豪強。

第一步到現在已走得非常成功，李家寨從上到下，都已經相信了兩兄弟是來自太行山。而第二步，寧子明心裡頭卻覺得有點兒懸。雖然在酒席宴間，他已經盡自己最大努力去按照趙匡胤的要求，裝成一個風流公子。可「實戰經驗」方面差得太多，明眼人應該一望便知。

整個宴會期間，他都沒機會跟趙匡胤做仔細溝通，所以根本不知道，自己的生澀，落在一眾花叢老手眼睛裡，居然被當成了高冷。一邊想著今晚表現上的疏漏，一邊心不在焉地朝臥室走。來到床邊，信手扯開大紅色的幔帳，耳畔忽然聽到「嗖」地一聲，有條長腿鞭子一樣朝著腦袋抽將過來！

這一下如果抽實了，寧子明肯定會當場斷頸而死。好在他去年曾經在戰場上與人廝殺數月，對某些危險情況的處理方式，在身體中已經成為了本能。兩眼之間位置只是微微一麻，腰部就快速挑起，身體後仰，雙腿同時交替向下發力，整個人如一根蓄滿了力的竹篾般向後彈開。

「狗嗚——！」床榻上傳來一聲模糊的喝罵，緊跟著，又是「怦」地一聲，有重物落下，砸得床身搖搖晃晃。

寧子明雙手交叉護住身前，確定偷襲者沒有追過來。定睛再看，才發現有個修身長腿的美麗少女，被人像長臂猿般捆在了床上。兩隻胳膊和半邊身體因為先前用力過猛，已經擰成了麻花型，唯一一條不知道什麼時候掙脫出來的左腿，卻耷拉在床沿旁，痛苦地不斷哆嗦。

「陶……，怎麼是妳？」寧子明又驚又喜，飛身躥到床前，試圖去解開繩索。誰料對方根本不肯領情，咬著牙，忍著痛，屈起膝蓋上下亂踢，「滾嗚嗚，狗嗚嗚，嗚嗚，嗚嗚……」

「我真是來救妳的！」寧子明用只有彼此二人能聽見的聲音，快速解釋了一句。隨即，躲開對方踢過來的長腿，繼續去解繩子。沒等他來得及去接觸另外一隻腳踝，耳畔卻又聽見「呼」地一聲，碗口大的膝蓋直接撞向了他的軟肋。

「瘋婆娘，妳找死啊！」寧子明躲無可躲，右臂下垂，硬生生擋了一記膝錘，疼得眼前金星亂冒。不敢再給陶三春拚命機會，他身體快速下伏，用身體壓住對方身體，大腿壓住對方大腿，雙手拉住綁在對方左手腕上的繩索，「別動，聽話，我是來救妳的，妳再亂動，咱們兩個都得死在這兒！」

「嗚嗚嗚，嗚嗚，嗚嗚！」陶三春嘴巴裡堵著布，聲音模糊不清。但是雙眼當中，卻寫滿了仇恨與懷疑。沒等寧子明做更多解釋，屋門外，已經響起了一大串七嘴八舌的聲音，「趙統領，小人等在此恭候差遣！」

「趙公子，需要幫忙嗎？婢子可以幫忙勸勸小春姑娘！」

「趙公子，小人在這兒，那丫頭野，您可小心別被她給傷到！」

「小春姑娘，妳就別裝了，趙公子那麼英俊……」

「滾！都給我滾遠遠的！老子該怎麼做，還需要你們來教？」寧子明氣得臉色鐵青，扭過頭，衝著屋子外破口大罵。「滾，全給老子滾！誰要是再敢聽窗戶根兒，老子明天一早，定然去李寨主面前，感謝他的盛情！」

「是！小的這就走，這就走！」李順和眾婢女僕人齊齊答應了一聲，吐著舌頭轉身。一個臉上的笑容，無比地淫賤。

「跟你家李寨主去彙報一聲，說他今晚的禮物，本公子滿意得很。回去之後，自然不會讓他白忙活一場！」一邊控制住陶三春不准她繼續掙扎，寧子明一邊繼續對著外邊胡扯。短短幾個呼吸時間，已經忙碌得滿頭大汗。

「是，公子爺您先忙著，小人這就去！」李順如願以償，興高采烈地答應了一聲，飛奔出去覆命。眾奴僕婢女捂住嘴，一邊偷笑著搖頭，一邊返回西跨院兒休息。

外邊的反應，無形中幫了寧子明一個大忙。陶三春聽在了耳朵裡，眉頭輕皺，眼睛中仇恨和絕望，迅速變成了羞澀和茫然。寧子明壓根兒沒有注意到她的變化，側著耳朵傾聽了片刻，終於確定外邊腳步聲去遠。偷偷喘了幾口粗氣，低下頭，用蚊蚋般的聲音繼續解釋：「我是奉妳阿爺和哥哥之托，前來救妳的。我叫寧子明，上次跟你阿爺相遇時，報的名字是鄭子明。妳阿爺跟妳說過我的事情，我不是壞人，否則也不會站出來跟強盜拚命。昨天的事情，是一場誤會。妳要打我出氣，也得挑個時候。眼下妳我都在龍潭虎穴，先想辦法脫身才是正經！」

身下的人既沒有回應，也早就不再掙扎，半閉著眼睛，臉色紅得幾乎要滴出血來。

寧子明唯恐對方是在用故意示弱的方法迷惑自己，積蓄力量準備下一輪偷襲。想了想，繼續補充，「我可以給妳先把堵嘴的布拿開，但是妳得保證別亂喊。李家寨有兩三百青壯，李家寨的周邊，還有其他幾個莊子派來的數百兵馬。咱們倆稍有不慎，就會功虧一簣。咱們倆先前的舊賬，回去後妳隨便算。現在，我拿開布子時，妳千萬不要叫，否則我就只得再給妳堵上了。妳明白不明白我的意思，如果明白的話，妳就眨一下眼睛！」

話音剛落，陶三春的眼睛迅速睜開，拚命上下眨動。寧子明心中大喜，趕緊騰出一隻手來，抽出她嘴裡的破布。

「狗賊，姑奶奶做鬼也不會放過你……」陶三春的嘴巴剛剛獲得自由，立刻大聲尖叫。寧子明驚得魂飛天外，正欲再用破布堵上她的嘴，卻見對方又迅速將眼睛眨巴了數下，聲音幅度一落千丈，「嗚……。偷瓜賊，你快起來，別壓著我！」

最後一句，聲音比蚊子嗡嗡高不了多少。寧子明聽在了耳朵裡，卻頓時明白了此女的意思。迅速翻身下床，臉、脖子和露在衣服外的雙手，都紅得如同煮熟的螃蟹。

「我剛才不是故意的！」他壓低了嗓子，快速解釋，額頭上汗珠一粒粒往外冒。「夠勁兒，過癮，妳倒是叫啊，妳叫破喉嚨也沒有用！」第二句話，卻又高又尖，荒淫透骨。

「事急從權，我知道！」陶三春用極低的聲音回應，隨即聲音也陡然轉至最高，透著痛苦與絕望，「啊，狗賊，狗賊，你放開我，放開我。救命啊，救命啊，娘——！」

「小娘子，妳就別裝模做樣了。妳從了本公子，今後有享受不完的福氣。妳要是再叫，我就只好再把妳的嘴巴堵上！」寧子明一邊說著荒淫無恥的話，一邊手腳麻利替陶三春去解繩索。

陶三春羞得無地自容，卻不得不故意叫喊著求饒，「饒命啊，公子爺。你饒了奴家，奴家今後做牛做馬也會報答您。您，嗚……」

「別叫，煩，真煩，妳這個蠢女人！」寧子明獰笑大罵，手上動作，卻與嘴裡發出的聲音南轅北轍。

「嗚嗚，嗚嗚，嗚嗚……」陶三春裝不下去了，只能假作嘴巴被堵，叫罵聲越來越模糊，越來越無力。

「啪」桌子上的香燭芯猛地炸開，跳起一團耀眼的火花，將屋子照得宛若白晝般明亮。單薄的衣服，橫七豎八的繩索，還有少女玲瓏修長的身材，在寧子明眼睛裡頭組合到一處，瞬間構成了一幅妖異的圖畫。有股濕熱的衝動，瞬間在寧子明的脈搏深處湧起。他的身體僵了僵，兩眼頓時開始發直。然而很快，這股衝動就被他的理智強行壓服。抬起手，狠狠給了自己一個耳光，「啪！」熱辣辣的感覺，瞬間驅逐了心中的一切。

「你，你怎麼了？」陶三春被嚇了一跳，睜開眼，用只有彼此兩個人能聽見的幅度快速追問。

「沒事，沒事兒！」寧子明搖了搖頭，目光瞬間恢復了應有的明澈。雙手動作加快，他解開綁在少女手腕上的繩索，隨即向對方的右腿指了指，低聲吩咐，「剩下的，妳自己來。我去門口替妳把風！」說罷，又扯開嗓子，對著窗外淫笑數聲。一縱身，挑開門簾兒，逃一般返回了大堂。

陶三春楞了楞，滿臉困惑。寧子明今晚沒有惡意，她已經分辨得清清楚楚。但寧子明的行為卻充滿了古怪，特別是剛才他自己給自己那巴掌，讓人百思不得其解。

然而此刻，卻不是糾纏於細節的時候。迅速活動了一下已經被捆得有些發木的手腕，陶三春乾淨俐落地解開綁在自己右腳踝處的繩索。雙足落地後立即發力，整個人如同樹葉般悄然飄向臥室門口。手剛剛與門簾接觸，她卻又快速倒退而回。紅著臉，四下搜索可以穿的衣服和鞋子。然而，將她綁在床上的那些人，哪曾考慮過「禮物」的需求？除了厚厚的被褥和薄紗幔帳之外，一無所獲。

正焦急間，耳畔卻又傳來了寧子明的聲音，很低，卻讓人心裡感到踏實，「繩子解開沒有？解開之後，妳就先在床上坐一坐，舒緩一下筋骨。別著急，先把燈熄了！等一會兒，外邊的人睡下了，我就帶著妳一起離開！」

「嗯！」陶三春沒有更好的主意，低低答應了一聲，隨即用手搧滅油燈。臥室裡，瞬間變得一片漆黑。隔著門簾，正堂的燈光卻愈發顯得明亮。有個清晰的背影，就倒映在門簾上，高大挺拔，沉靜如山。

「如此一副好皮囊，卻長在了偷瓜賊的身上，真是可惜了！」陶三春朝著門簾上的半截背影搖搖頭，迅速把眼睛挪開。

敢冒死前來相救的人，肯定不應該是連吃帶糟蹋西瓜的小賊。只過了短短兩個呼吸時間，她又主動在心裡替寧子明平反昭雪。可他昨晚即便是被冤枉了，也不該用手亂抓……

猛然想起昨晚二人交手之時，對方的無恥招數，陶三春瞬間又窘得滿臉通紅。兩眼恨恨地朝著門口的背影剜了幾下，銀牙緊咬，用力搖頭，「不原諒，無論如何都不能原諒。這種無恥行為，剁了他兩隻爪子都是輕的。可此人今晚捨命相救，過後再去剁他的爪子，是不是有些恩將仇報……」

原諒？不原諒？不原諒？原諒……不知不覺間，她就瞪了門簾上的背影無數眼，心中一會兒惱怒，一會兒感激，還有一些說不清道不明的滋味，彼此交織，糾纏，越來越亂，越來越亂。

「咕嚕嚕……」打破紛亂思緒的，是一聲發自小腹處的低鳴。用力捂住肚子，陶三春瞪圓雙眼，死死盯住門簾兒上的背影，唯恐對方聽見。門外的背影卻動都沒有動一下，岩石般繼續豎在那裡，沉穩巍峨。

又過了許久之後，那個身影終於緩緩離開。陶三春如蒙大赦，捂著飢腸轆轆的肚子，皺眉嘆氣。一口氣還沒等嘆完，寧子明的身影卻又在門口閃現，緊跟著，門被輕輕推開，門簾掀起，一股淡淡的甜香湧了滿屋。

「這裡有點心，妳要不要吃一些。我餓了，今晚光顧著應付他們，沒顧上吃東西！」寧子明的聲音從門口傳來，聽起來無比的溫暖。有個裝滿點心的朱漆盤子，被他躡手躡腳地端了進來，輕輕放於床頭。

陶三春尷尬得不敢回應，手卻不受控制地伸過去，拿了一塊自己平素最愛吃的綠豆糕，一寸寸遞到自己嘴邊，小口小口地吃了起來。她儘量吃得斯文，怎奈綠豆糕實在乾得太厲害。轉眼間，嗓子眼兒就被堵了滿滿，偏偏卻又不敢當著對方的面兒跳起來活動身體，直憋得小臉通紅，雙手在身側不停地擺動。

一個小小的茶盞，迅速塞進了她的手裡。水是溫熱的，正如她此刻的心情。迅速低頭喝了一小口，她用茶水衝開被堵住的嗓子眼兒。正準備跟寧子明道一聲謝，眼角的餘光卻發現，對方的雙腳，正在悄悄地向外挪動。

「他怕我尷尬，所以剛才故意裝沒聽見！他在避嫌！他怕孤男寡女共處一室，毀了我的名聲！」彷彿心有靈犀，剎那間，陶三春就明白了寧子明心中的全部想法。握著茶盞的左手抖了抖，小半盞茶水，都潑在了自己大腿上。

然而，她卻根本顧不上去擦。壓低了嗓子，急促地喊道：「寧，寧大哥，你，你不用走！這只有咱們倆，你不用避諱任何人的看法！」

正在偷偷向外移動的雙腿顫了顫，緩緩停在了原地。寧子明沒有回應，粗重呼吸聲音卻清晰可聞。

陶三春的呼吸聲，也忽然變得沉重了起來。一雙漂亮的大眼睛裡頭，緩緩湧起了晶瑩的渴望，「寧，寧大哥，你，你為什麼要來救我？」

答案其實對方先前就說過一次，是受了她父親和哥哥之托。然而，少女的心內深處，卻期盼著，這不是唯一的理由。

抬起頭，她認認真真地看著寧子明，看著對方那稜角清晰的面孔和挺拔魁梧的身軀，鼓起勇氣，準備接受任何答案。

「我，我……」寧子明被看得心裡一陣陣發虛，雙腿不受控制地向後退去。一步，一步，一步接著一步，轉瞬就已經臨近臥室的門檻兒。然而，少女的目光卻牢牢地盯著他，讓他的靈魂和身體都無法遁形。

終於，在雙腿退出臥室的一剎那，他用盡全身力氣讓停了下來，然後，又一步一步緩緩走回。

他不知道該如何解釋自己的行為，也不知道該如何解釋發生在自己身上，那些稀奇古怪的事情。

然而，他卻不想逃避，也不想欺騙。看著陶三春的眼睛，他最後決定實話實說：

「我的夢裡，曾經有妳！」

「謔謔，謔謔，謔謔……」，蟬鳴聲中，有無數對螢火蟲兒，提著燈籠，翩翩起舞。

【第八章】三生

「呀——！」陶三春發出一聲低低的尖叫，唯恐驚動外人，自己用手緊緊捂住自己的嘴巴，雙目圓睜，面紅耳赤。

她原本幻想，能聽到一些委婉斯文的暗示。如同戲文中唱的那樣，王孫公子路遇採茶女，以花喻人，托物傳情。誰料眼前這個大高個張口就來了一句，「我的夢裡，曾經有妳」。

直白到無法再直白，簡潔到了無法再簡潔。卻令人猝不及防，避無可避。

瞪圓了眼睛，她試圖讓對方看到自己無聲的抗議，然而寧子明卻一點兒也不知道害羞，繼續用目光鎖著她，低低的補充，「我去年後腦勺上被契丹人用鐵鐧砸了個窟窿，僥倖活過來之後，身上就發生了許多怪異的事情。我忘記了自己是誰，也忘記了自己家住在哪，以前都幹過什麼。但是我卻總是會夢到一些支離破碎的畫面。其中一個，是昨晚才剛剛夢到的。裡邊有妳，有我，有趙二哥和柴大哥。在夢裡我被妳捉住狠狠打了一頓，然後，然後就跟妳兩情相悅……」

「我呸！」陶三春聽得又羞又氣，衝著地上輕輕啐了一口，低聲打斷，「你做夢，鬼才跟你兩情相悅！」話音落下，又快速捂住了自己的臉，轉過身去對著牆壁，咬牙切齒。

對方的確是在做夢，對方事先已經說明過，兩情相悅發生於夢中。那自己剛才的話還有什麼意義？管天管地，誰還能管到別人夢見了什麼？即便在睡夢裡做了皇帝，現實中，誰又好意思去抄他的九族？斥責和反駁，都沒有任何意義。先前的話題，也完全變了味道。羞惱之餘，陶三春霍然發現，自己落入了一個極為荒唐古怪的圈套內。除了裝聾作啞之外，無論說什麼，都不是一個正確選擇。

寧子明早就預料到自己的理由說不通，然而，他卻不打算用謊言來欺騙對方。夢境中，涉及到他和陶三春二人的部分其實很少，只有短短兩三個碎片。但是卻好像曾經真實發生過一般，令他很是懷疑，現在的自己，到底是活在現實世界，還是活在自己的夢中。

「我知道妳不信，說實話，我也知道那些事情根本沒發生過。可那種感覺，卻跟真的一模一樣。」語言有些淩亂，邏輯也未必順暢。但是，他卻盡最大努力，將夢中的所有細節描述清楚。那個夢裡，他是個賣油的黑大漢。大字不識幾個，武藝也稀鬆平常。路過陶家的瓜園，偷瓜止渴，結果，後面發生的事情，就和昨晚的經過大致差不多……。他自知理虧，打架時也下不去狠手，被夢境裡的陶三春打得鼻青臉腫。陶三春的父親陶正趕來，看上了他的爽直，於是，趙匡胤做媒，二人喜結良緣。

「呸！想得美，你連我都打不過，我憑什麼要嫁給你這窩囊廢？」原本打定了主意不聽，不看，不說。然而陶三春卻再度被寧子明的「夢話」氣得忍無可忍，轉過頭，紅著臉朝著地上猛啐。

寧子明卻一點兒也不生氣，搖搖頭，苦笑著補充：「我也知道這很荒唐，但我保證，剛才說的不是瞎話。夢裡的事情就是這樣，如果編瞎話，我肯定不會如此埋汰自己！」

「埋汰自己？你覺得你武藝比我高？還是娶了我很虧得慌？」陶三春的關注點，瞬間發生了巨大的改變。抬起頭，憤怒地看著寧子明，滿臉不屑。

「不，不，不是，我不是那個意思！」寧子明被問了個猝不及防，退開數步，後背倚著牆壁連連擺手，「我是，我不是，我是，唉，我只是實話實說！不，不，不，我不是實話……，唉，我不知道該怎麼解釋給妳聽！」

「噗！」雖然看不見他的面孔，陶三春卻能想像出他此刻的窘迫。被逗得忍耐不住，捂著嘴巴，肩膀上下亂顫。

笑過之後，先前的羞惱也被拋棄到了九霄雲外。歪著頭上下打量寧子明的輪廓，用極低的聲音調侃，「其實也對，你長得一點兒都不黑，武藝也還湊合。說你是賣油的黑大漢，的確有些埋汰了你。不過，你別以為你身手真的比我強。我昨天在樹上睡得迷迷糊糊，血脈根本沒活動開。如果準備好了之後各自憑真本事交手，還說不定真的能打你個鼻青臉腫！」

「所以，無論夢裡的事情，是不是真的。我必須把妳救出去。」寧子明有點兒跟不上陶三春的跳躍思維，想了想，繼續實話實說。

「所以，你就來了？」陶三春楞了楞，臉上的笑容慢慢凝結。

臥室裡沒點油燈，二人相隔的距離也有些遠。寧子明看不見少女臉上的表情，又苦笑著咧了下嘴巴，低聲回應：「嗯，所以我就來了。就這些，妳可以不信。但我今夜無論如何都會救妳離開！」

「哦！」陶三春在黑暗中，展顏而笑，如同一株靜靜的曇花。

她知道對方看不見自己的臉，也知道對方剛才的話，應該屬於真實。然而，她卻感覺到自己的胸口，有種悶悶的痛。

這種痛楚毫無來由，卻令她不再想說話。伸出手去，從盤子裡拿起另外一塊綠豆糕，緩緩遞向自己的嘴巴。卻又發覺自己的嘴唇和牙齒都顫抖得厲害，好半晌，都無法將柔軟的綠豆糕咬下分毫。

房間裡，剎那間除了呼吸聲，再也沒有其他任何嘈雜。

寧子明背靠著牆壁，手指在身體兩側曲曲伸伸。

他今夜沒說一句假話，然而，他也沒說出事實的全部。

夢裡的事情不是真的，但夢裡的那種相濡以沫、血脈相連的感覺，卻始終留存在他心底，無比的真實。這種感覺，眼下他不方便對任何人說起。包括陶三春也是一樣。

畢竟對方還是個荳蔻少女，畢竟對方今後還要嫁人，生子，伺候父母公婆，與丈夫過小日子。

他沒有資格去撩撥人家，耽誤人家一生。他眼下所能做的，就是將陶三春從李家寨救出去，還她一個平靜安寧的生活。至於二人今後還會不會見面？還會不會像夢境裡一樣產生喜結良緣？平心而論，他現在還沒來得及去想，也沒勇氣去想。

也不知道過了多久，房間裡又響起了細細的咀嚼聲。

彷彿跟盤子裡的點心有仇一般，陶三春一塊接一塊的大吃特吃，連水都顧不上再多喝一口。

寧子明整晚上都在心情緊張地裝落魄王孫，根本沒顧上吃多少菜。此刻聽陶三春越吃越香，忍不住也向前走了幾步，抓起一塊點心丟在了口裡，狼吞虎嚥。

「我的！」陶三春用手迅速蓋住整個托盤，抬起紅紅的眼睛看著她，低聲抗議。

寧子明微微一楞，旋即笑著回應，「外邊還有一盤子點心，兩盤子水果。我去拿過來，咱們慢慢吃。總得到周圍的人都睡下，才好放手施為！」

看著他乾淨英俊的笑臉，陶三春心中又是微微一黯。想了想，強笑著奚落：「就知道吃，也不怕撐死！昨天晚上偷西瓜，今天夜裡偷點心，虧得我阿爺還說你是個英雄！」

「餓著肚子，誰也英雄不起來！」寧子明笑著搖頭，決定不跟女人一般見識。須臾之後，將外邊所有招待客人的食物全都搬了進來。

二人此刻都藏著重重的心事，偏偏誰也沒有說出來的欲望。相對著笑了笑，乾脆抓起點心和水果，吃了個爭先恐後。直到四個托盤裡頭的食物都見了底兒，陶三春才又想起自己的淑女形象。紅著臉偷偷看了寧子明一眼，訕訕地解釋道：「李家寨的人很壞，從昨天夜裡到現在，一直沒給我吃飯。所以，所以我才……」

寧子明知道她有些害羞，就儘量順著她的口風說道：「餓肚子的感覺的確很難受。我以前也餓過，才兩天就頭暈眼花。到了第三天，別人無論要求我幹什麼，我都願意答應！」

「瞧你那點兒出息！」陶三春橫了他一眼，不屑地數落。隨即，又忍不住心中的好奇，歪著頭，低聲追問，「誰那麼缺德，居然連續三天都不給你東西吃？」

「一個姓郭的傢伙！」寧子明笑了笑，眼前迅速閃過郭允明的身影。時隔年餘，他至今還經常在惡夢中看到郭允明那張白淨秀氣的面孔。每次，都讓他汗流浹背地醒來，痛苦異常。

然而，在很多時候，他卻又覺得郭允明這個人很可憐。總是不遺餘力地去討好別人，總是過份依賴於別人的支持才能活得下去。自己真正喜歡什麼，想要什麼，卻絲毫不在乎。

「你們三個原來不是做大生意的嗎，怎麼落魄到如此地步？」敏銳地察覺到寧子明的呼吸沉重，陶三春起身倒了兩杯茶。一杯擺在對方手邊，一杯自己端著，笑呵呵地岔開話題。

「從遼國回來的時候，招惹了契丹人，不得不與商隊分開了！」寧子明端起茶水，用力喝了一大口，低聲解釋。

「眼下已經進入了大漢國的境內啊！」陶三春不太明白他此時所遇到的情況，大眼睛在黑暗中忽閃忽閃。

「遼國人的細作，也跟著過來了。地方上的有些文武官員，跟遼國那邊卻不清不楚！」寧子明對著她，總不願意說瞎話，想了想，低聲補充。

「該死！」陶三春低低的罵了一句，隨即將目光轉向窗簾兒，「李家寨如此囂張，也是當地官府給慣出來的。他們除了收稅之外，就沒幹過一件正經事！」

「官府麼，還不是一直都這樣？欺軟怕硬，能少一事兒就少一事兒！」寧子明也緊跟著朝窗簾方向看了幾眼，順口回應。

秋天馬上就要到了，窗外的夜色很濃。隔著窗簾，依舊可以看見，無數螢火蟲提著小小的燈籠，在夜空中飛來飛去，就像一顆顆含羞的眼睛。

陶三春靜靜地看了一會兒，忽然嘆了口氣，低聲道：「我們家這邊螢火蟲很多，特別是夏天快結束的時候。飛得漫天都是！我晚上替我哥看瓜的時候，最喜歡做的事情就是坐在樹上，看螢火蟲在天上飛，一閃一閃的，就像星星飄到了自己眼前。」

「的確很好看！」寧子明用耳朵聽著外邊的動靜，臉上露出了一絲淡淡的溫柔。

夢境的碎片裡，鄭子明和陶三春成親之後的某一天晚上，也曾經相伴著看夜空裡的螢火蟲。只不過夢境裡的鄭子明和陶三春兩個都無憂無慮，而此刻的他和陶三春卻身在虎穴，隨時都有性命危險。

「你呢，你們老家在哪？也有螢火蟲嗎？」陶三春用眼角的餘光偷偷看了看少年稜角分明的面孔，信口追問。

「我不知道！」寧子明也輕輕嘆了口氣，繼續實話實說。「我只記得醒來之後的事情，醒來之前的事情都不記得了。」

「抱歉，我忘了這件事！」

「沒事兒，我已經不在乎了！」

話音落下，屋子裡頭又一片寂靜。陶三春覺得自己不該揭別人的瘡疤，寧子明卻是不知道自己該說些什麼。不約而同，而將目光都落在了窗簾上。簾外，螢火蟲卻越來越多了，成雙成對，翩翩飛舞。

自打從昏迷中醒來之後，還是第一次長時間地做一件原本很無聊的事情。雖然此刻身在虎穴。看著看著，寧子明的心神就變得安寧了起來，隱隱約約，竟有了幾分「歸去來兮」之意。覺得這輩子找個小山村隱居，從此不管外邊風雨也是一個非常不錯的選擇。

聽著身側平靜悠長的呼吸聲，感覺著從那個魁梧偉岸的身軀上傳過來的熱度，陶三春心中也是一片平安喜樂。彷彿自己跟對方真的認識了很久一般，彼此都放心對方的存在。哪怕是孤男寡女相處於黑暗中的陋室，彼此間也不會有任何傷害。

少女強行趕走心中的遺憾，忽然衝著夜空笑了笑，「你將來還，你將來還會再到我家做客嗎？我是說，你以後做生意路過這兒的時候？」

「也許吧！」寧子明心中微微一緊，有股淡淡的痛楚，瞬間湧遍全身，「我不知道，忘了告訴妳，我不是做生意的，也不是刀客。所謂生意，只是個幌子。我前一段時間去遼東找我的父親，所以才把自己裝扮成刀客模樣！」

「你的父親？你不是記不清自己是誰？」陶三春迅速回過頭，眼睛與夜空中的螢火蟲一樣明亮。

「我的確記不得了，但別人說，我可能是前朝皇帝的兒子！」寧子明咧了下嘴，臉上湧起了一絲無奈的苦笑，「我想弄清楚自己到底是誰，就跑去遼東找他！」

「前朝皇帝？」這個消息實在有些驚人，陶三春的聲音陡然轉高。迅速捂住自己的嘴巴，她用極低的聲音繼續追問：「你是皇子？你弄清楚了嗎？天啊，這到底是怎麼一回事兒！前朝皇子，你還不如賣油呢！」

「我也不想是！」寧子明繼續苦笑著搖頭，整理了一下思路，儘量簡明扼要地將自己醒來後的經歷慢慢述說。從頭到尾，不做任何曲筆和隱瞞。這，又是昏迷中醒來之後的第一次。他卻沒有意識到絲毫不妥。彷彿原本就該告訴對方知道一般，或者潛意識裡覺得對方應該知道。

陶三春回過頭，靜靜地聽著，一雙丹鳳眼不知不覺間瞪得滾圓。居然還有如此離奇的事情。這個男人的身世真的很可憐！好在他還能遇到常婉瑩！好在常家父女都還有良心！好在……

當聽到契丹人在山區拿過往商販和漢家農夫當作獵物，她忍不住雙拳緊握，咬牙切齒。當聽到晶娘在拒馬河上，被她的父親韓匡嗣親手射死，她又忍不住淚流滿面。

屋子裡依舊非常黑暗，透過窗簾照進來的螢火蟲微光，卻將寧子明的身影，變得越來越清晰。不知不覺間，陶三春就發現自己對這個男人其實很熟悉，熟悉他的長相，熟悉他的聲音，熟悉他跳動著的心臟和沸騰著的血脈！就像彼此在一起曾經生活過很久，熟悉對方的每一寸身體和靈魂。

她心裡忽然湧起一種衝動，走過去，將這個男人抱在自己懷裡，從此永遠不放他離開。然而，少女的矜持和羞澀，卻令她無法將自己的腳步挪動分毫。鼓了半天勇氣，最終只是抬了下胳膊，將手掌輕輕抓在了寧子明的手腕上。

「發現官府在給契丹人幫忙之後，我們三個就不敢再走大路，繞著……」寧子明自己的往事也即將說完，忽然感覺到了手腕處的溫潤，身體僵了僵，快速退開。

虛握著的手瞬間落在了空處，陶三春立刻意識到了自己的失態，臉孔漲得嬌豔欲滴。寧子明卻忽然又覺得自己這樣做好生無禮，拱起手，結結巴巴地解釋：「我，我不是，不是故意的。我，我沒想到，想到妳，妳會拉我。我，我……」

「我只是想提醒你，時候不早了！」陶三春心中好生慌亂，轉過頭對著窗簾，快速說道。

「時候？哎呀，時候不早了，差不多可以走了！妳稍等，我去找趙二哥！」寧子明如蒙大赦，轉身飛奔而去。所過之處，夜風流動，將床頭粉紅色的幔帳吹得震顫不停。

「是啊，不早了！」陶三春看著他的背影消失，笑了笑，抬起手，擦掉眼角的淚痕。銀牙輕咬，目光如秋月般堅定。

再度返回時，寧子明手裡捧著一整套婢女穿的衣服，還有一雙半新的靴子。「妳先湊合著換上，趙二哥和我在外邊等妳。」

「好！」陶三春毫不猶豫地用力點頭。

衣服還帶著體溫，很顯然是剛從別人身上扒下來的。靴子表面濺著幾個紅點，隱隱透出一股血腥味道。但是陶三春卻沒有表現出絲毫的不適應，相反，在她內心深處，此時此刻，卻湧起了幾分雀躍。彷彿即將面對的危險，是一次輕鬆愜意的春遊一般。

「我和趙二哥在正房等妳！」很驚異於少女的鎮定，寧子明又強調了一句，倒退著走出了門外。

「嗯！」陶三春又乾脆地回答了一個字，三下兩下將衣服和鞋子換好。當她欣欣然推開臥室的門，一眼就看到寧子明手裡握著那把明晃晃的鋼鞭。鋼鞭正下方，則壓著一個鼻青臉腫的莊客，正是李有德的堂侄李順。

「春妹子，救命——！」李順看到陶三春，眼睛裡立刻露出了兩道期盼的光芒，雙手扶著地面兒，用力磕頭，「春妹子，求求妳救我一救。我，我只是個打雜跑腿的，什麼壞事都沒幹過。我，我今晚還給妳餵過水喝！」

「閉嘴！」寧子明與陶三春兩個異口同聲地呵斥，隨即迅速互相看了看，彼此的眼睛中都湧現了一絲詫異。

「哎！哎！」李順不敢再大聲討饒，跪在地上，不停地磕頭，「怦怦」幾下，就把額頭處磕破，鮮血瞬間流了滿臉。

陶三春性子裡雖然有幾分男兒氣，終究沒親手殺過人。見李順的模樣實在可憐，心腸立刻開始發軟。拉了一下寧子明的胳膊，低聲祈求：「他，他的確就是個小跑腿兒的，寧大哥，要不然……」

「我原本就沒想殺他。但是如果他撒謊騙人，就不能怪我心腸狠了！」寧子明悄悄向她使了個眼色，故意裝作一副兇神惡煞模樣。

「沒有，小人沒有執迷不悟。小人剛才說的全是實話，小人可以對天發誓！」李順嚇得身體打了個哆嗦，抬起頭，啞著嗓子低聲賭咒，「如果剛才對兩位趙爺所說的話有半個字是糊弄，就要小人被天打雷劈！」

「閉嘴！」寧子明將手中鋼鞭向下壓了壓，低聲喝斥，「糊弄沒糊弄，等會兒就能知曉。如果趙二哥能平安回來，我自然會給你一條生路。如果他發現你在撒謊，哼哼……」

「不敢，不敢！小人真的沒有撒謊，真的沒有啊！」李順被鋼鞭壓得脊樑骨發寒，哭泣著回應。「小人剛才把知道的全都說了，我，我家大爺爺如果知道小人剛才做的事情，非扒了小人的皮不可。小人，小人已經沒退路了，趙統領，求求您，就放過小人一回吧！」

「沒退路了就老實等著！」寧子明低低的補充了一句，隨即，將目光轉向陶三春，「桌子上那把刀是給妳的。妳幫我看著這小子，如果他敢逃走或者呼救，妳就一刀結果了他，千萬不要手軟。」

說罷，將鋼鞭一抬，整個箭一樣竄出了門外。

「你，你去哪——？」陶三春毫無準備，追問的話脫口而出。卻又不敢喊得太大聲，眼睜睜地看著寧子明的身影三縱兩縱，就徹底融入了夜色之中。

「汪汪汪，汪汪汪，汪汪汪……」不知道是誰家的狗兒，突然狂吠了起來。在無邊無盡的黑暗裡，顯得格外刺耳。

「可別驚動了寨子裡的莊丁！可千萬別與巡夜的更夫碰上！即便碰上了，也千萬不要硬拚，留得青山在不愁沒柴燒！如果打不過，就趕緊逃走，當機立斷，千萬別想著再回來救我……」少女的心臟，瞬間提到了嗓子眼兒。手中的鋼刀顫顫巍巍，顫顫巍巍，隨著身體的抖動上下打晃。

「春妹子，他們去糧倉放火了！您，您手抬高點兒，抬高點兒，小人，小人不跑就是！」李順被脖子上不斷移動的刀刃，折磨得欲仙欲死。雙手扣緊地面上的磚縫，抽泣著哀求，「他們先前問的，就是糧倉、馬廄和草料庫的位置。這會兒肯定是去放火了。春妹子，您，您可千萬把刀拿穩了，求您了！」

「放心，砍不死你！」陶三春的三魂六魄，瞬間又返回了自己的身體。冷冷地朝著刀下匍匐的李順看了一眼，低聲承諾。然而，手臂卻不聽話地又是微微一抖，刀鋒在對方的後脖頸上蹭出了一道血絲。

「咯——！」李順嚇得魂飛天外，雙眼一翻，當即暈死了過去。陶三春被他的表現給嚇了一大跳，舉起鋼刀就要痛下殺手，刀落到一半兒，才發現對方不是在耍什麼花招，趕緊又將刀刃歪了歪，「叮」地一聲，緊貼著對方的肩膀位置，在地上砍出了一串淒厲的火星。

「笨死了！」她低聲怒罵，不知道是罵李順，還是罵自己。蹲下身，用手指在對方的人中位置狠狠掐了數下，隨即，又將刀刃緊緊地壓在了此人的脖子上，「醒過來沒有，醒過來就別繼續裝死。否則，姑奶奶只能成全了你！」

「嗚嗚，嗚嗚——」李順緩緩睜開眼睛，無聲地痛哭。

太倒楣了，今夜老天爺沒長眼睛。好好睡著覺，屋子裡頭卻忽然摸進來了趙大這個殺星。將屋子裡的男性護院一刀一個，悄無聲息地就給全都了賬。自己因為跟兩個豔婢滾在同一張床上，僥倖成了漏網之魚。誰料從窗子口又翻進來了趙二，先用繩子將女人們綁了個結結實實，然後又逼著自己，將莊子裡的要害場所，全都吐了個乾淨。

可以想像，如果趙氏兄弟放火失敗，陷落在莊子裡，將會落到什麼下場。而自己，此番恐怕也要在劫難逃。追隨寨主李有德鞍前馬後這麼多年，李順親眼看到過自家伯父是如何對付跟他不是一條心的人。說實話，能痛快的死去，已經無比的是幸運。最可怕的是被折磨上幾天幾夜還沒斷氣兒，整個人像一隻被活剝了皮的水貂般，去了閻王爺那裡恐怕都沒鬼差願意收！

正哭得肝腸寸斷之際，背心處，卻又傳來了一陣刺痛。卻是陶三春忽然改了主意，將原本脖子上的鋼刀轉移到了後背上，捅破衣服，貼著皮肉，低聲逼迫：「閉嘴，不准哭！瞧你那熊樣，當初欺負別人時怎沒見你掉過一滴眼淚？給我滾起來，帶著我去找他們。快點，別逼著姑奶奶零碎剮了你！」

「呀！」李順激靈靈打了個冷戰，壓抑的哭聲嘎然而止。「使不得啊，春妹子，春姑奶奶！他們兩個都是一等一的好手，即便被發現，也有辦法殺出去。您，您以前根本沒幹過殺人放火的勾當……」

「別囉嗦！姑奶奶幹什麼不用你教！」陶三春皺了皺眉，握著刀柄的右手微微加力。

「別，別，饒命！」李順死死趴在地上，側著臉，身體不敢挪動分毫，「姑奶奶，饒命啊！我去，我帶妳去還不行嗎？我這就帶妳去！」

「那就趕緊！」

「姑奶奶，您，您還用刀尖兒頂著我的後心呢，我，我起不來啊！」

「啊？該死，你怎麼不早說！」陶三春迅速意識到自己的錯誤，將刀提起，橫在距離目標兩尺左右的位置，低聲命令，「起來，別耍花樣！姑奶奶的身手也許不如別人，可幹掉你卻綽綽有餘！」

「哎！哎！」李順不敢怠慢，慌慌張張地從地上爬起身。兩隻賊溜溜的眼睛，卻悄悄地落在了不遠處的椅子腿兒上。

「只有一尺半距離，只要一撲，一拉，然後橫著一掃……」他迅速判斷著，謀劃著，準備拿下陶三春，「將功贖罪」。誰料還沒等做出具體動作，背心處卻又是一痛。陶三春手中的鋼刀，已經再度刺破了他的皮膚。

「別耍花樣，今天我們三個如果平安脫身，你也能留下一條小命兒。如果我們三個死了任何一個，你就得陪葬！」陶三春的聲音緊跟著從腦後傳來，帶著幾分戰慄，更多的卻是決然。完全不像一個沒見過多少世面的農家少女。

的確，在今晚之前，她的確只是一個單純質樸的農家少女。但在今晚之後，她卻已經徹底脫胎換骨。人到底有沒有前世？她無法確定。寧子明身上到底發生了什麼？她也解釋不清楚。但是，她卻清楚地看到了自己的內心，也清楚地看見了寧子明身體內那個善良、誠實、堅韌而又孤獨的靈魂。

她沒有做節度使的父親，也沒有執掌天下道門的師父。沒有人能替她做主，也沒有人會將幸福打成包裹送到她手裡。然而，她卻知道自己想要的是什麼，知道自己想要的東西必須努力去爭。哪怕這份幸福已經陰差陽錯地打上了別人的印記，不到最後一刻，她卻絕不會輕易放棄。

「如果真有前世的話，你才是後來者。」

彷彿冥冥中有人看著自己般，陶三春仰起頭，對著簾外的天空嘟囔了一句。手中刀柄同時微微用力，「帶路，不想現在就死的話，就別耍花樣！」

「哎！哎——！」李順連聲答應著，兩條腿兒挪得卻比出嫁的新娘子還慢。

這黑燈瞎火的哪裡是出去找人？出去找死還差不多！萬一跟那兩位趙爺走岔了，待火頭燒起來，人家趁亂跑得沒了影兒，陶三春這個傻姑娘和自己這倒楣鬼就剛好拿來填坑！

然而，刀尖兒就頂在後心上，此刻他想得再多，也半個拒絕的字都不敢說。只能磨磨蹭蹭，磨磨蹭蹭，一尺一尺往外挪。跟在他背後的陶三春看了，立刻柳眉倒豎，手上的力道陡然增大，「快一些，別逼著我捅你！姑奶奶從小就殺雞宰鵝，手上的性命不差你這一條！」

「哎！哎，姑奶奶，我，我不是不快，我，我走不動路了！」李順後背吃痛，向前踉蹌數步，一個跟頭栽到了臺階底下，「姑奶奶，我真的走不動了啊。我，我尿褲子了啊。」

「你，你這人也忒地無恥！快滾起來，否則我現在就宰了你！」陶三春沒想到對方居然如此疲懶，直氣得兩隻眼睛一起「冒煙兒」。然而，畢竟以前沒殺過人，嘴上說得雖凶，手中的鋼刀卻始終不忍朝對方脖子上剁。

這下，李順可看穿了她的老底兒。靈機一動，立刻雙手抱著腦袋，開始滿地打滾兒，「姑奶奶，姑奶奶妳殺了我吧，我真的走不動了。我死不打緊，我家裡老婆和孩子，馬上就要活活餓死嘍！老天爺，你不長眼睛啊！他們娘倆平素吃齋禮佛……」

怕把陶三春逼急了當場殺人，他故意將哭聲壓得很低。然而，身體卻在地上扭來滾去，任少女怎麼催促踢打都不肯再爬起來。正僵持不下之時，院門口忽然閃進倆個身影。當先一個大高個見李順居然敢耍死狗，立刻勃然大怒：「春妹子，把刀子給我。這種人，妳殺了髒手！」

說著話，從陶三春手裡奪過鋼刀，朝著李順的身體奮力下剁。

「啊——，你？」陶三春認得此人是寧子明嘴裡的趙二哥，楞了楞，本能地用手去捂自己的眼睛。

預料中的慘叫聲卻遲遲沒有傳來，將手指悄悄鬆開一道縫隙，她看見寧子明的左胳膊，攔在了趙二哥的右手腕子下。「二哥，這人留著還有用！」

「火頭已經點起來了，還留著他何用？老三，這會兒可不是心存婦人之仁的時候。」趙匡胤必殺一擊被中途阻斷，皺了皺眉，聲音裡隱隱帶上了幾分不耐煩。

「二哥莫非忘記了，我可是瓦崗山上下來的！」寧子明調轉胳膊，推開趙匡胤持刀的手臂，同時輕笑著回應，「論別的能耐沒有，殺人放火，還真是我的老本行！」說著話，抬腳朝李順大腿根處用力一點，「死了沒有，沒死就趕緊滾起來。我數三個數，一，二——」

「沒，沒有，趙爺饒命——！」短短幾個呼吸時間內，在鬼門關前打了個來回兒，李順嚇得尿了一地。手提著濕漉漉的褲子爬了起來，哭泣著求饒，「趙爺饒命，小的，小的不是在耍心眼兒，小的真沒耍心眼兒啊。剛剛，剛才真的是尿褲子了，尿褲子了！」

「老子不管你真尿還是假尿，速速帶我們去議事堂！快點兒！」寧子明把眼睛一豎，低聲斷喝。

「哎，哎！」這回兒，李順是真的不敢再耍任何花招了。抬起頭朝四周瞭望了一下，快速向李家寨正中央偏北位置走去。

「走快點兒，但是別想著逃跑。老子手中的刀子，肯定比你跑得快！」趙匡胤看得滿頭霧水，一邊用刀尖指著李順後腰眼兒，一邊低聲向寧子明詢問：「老三，這會不趕緊往外逃，去議事堂做什麼？我剛才雖然故意壓住了火頭兒，可咱們也沒太長時間耽擱！」

「燈下黑，這會兒向外逃，反而容易被人堵個正著。等大哥帶人從外邊殺進來時，咱們才好裡應外合！」寧子明知道趙匡胤骨子裡心高氣傲，也壓低了聲音，非常仔細地解釋給他聽，「這些都是雞鳴狗盜的伎倆，二哥你平時想必接觸不到。而我當年在瓦崗寨白馬寺時，卻有七個師父手把手地教導。」

聽他如此一說，趙匡胤心裡頭立刻就舒坦了許多。想了想，笑著搖頭，「本事沒貴賤，雞鳴狗盜的伎倆學好了，關鍵時刻照樣能救孟嘗君的命！咱們走快點兒，早知道你不想立刻往外衝，我剛才該再多點幾個火頭來著！」

「已經足夠了！我剛才找你的時候，順手用油燈做了幾個機關。等會東邊一個火頭兒，西邊一個火頭，肯定能讓他們顧此失彼。」寧子明笑了笑，自信滿滿。

「那我就放心了，看不出來，你居然是個行家！」趙匡胤挑起大拇指，低聲誇讚。平素總覺得寧子明做事稚嫩，今晚卻忽然發現，自己這個結拜兄弟，在某一方面的天份和手段，還真不是一般的高。

「是二哥帶的好頭兒！」寧子明咧了下嘴，擺著手不肯居功。

兄弟兩個嘴上你一句，我一句地逗著，腳下的速度卻一點兒都沒慢下來。由怕死鬼李順帶路，三繞兩繞，就來到了李有德平素處理寨務兼擺譜專用的議事堂前。

議事堂大門口的臺階上，幾個當值的莊丁正背靠著脊背睡得迷迷糊糊。猛然間聽到有腳步聲靠近，將眼睛睜開一條小縫兒，梗著脖子罵罵咧咧：「找死呀？大半夜往這裡跑。沒事兒不在被窩裡抱著婆娘，到處亂鑽個卵子！」

「瞎……」李順把眼睛一瞪，本能地想逞一下威風。誰料剛剛開了個頭兒，卻被陶三春一記掌刀切在了後脖子上。

寧子明向陶三春投去讚賞的一瞥，邁開雙腿，大步前衝，左手鋼鞭，右手解刀，速度快逾奔馬，「瞎叫喚什麼？寨主說後半夜天涼，派我們前來送熱湯！」

「熱湯，有熱湯，在哪？」莊丁們聞言大喜，揉著眼睛起身準備喝湯暖肚子。沒等他們看到湯桶擺在什麼地方，寧子明的身影已經到了近前。明晃晃的解刀左右迅速抹動，「噗！噗！」兩聲，紅光四射。

「咯咯，咯咯，咯咯……」兩名喉嚨被切斷的莊丁瞪著圓鼓鼓的眼睛原地打轉兒，嘴裡卻發不出任何叫喊。其餘莊丁嚇得魂飛魄散，倉促之間，根本來不及敲響手中的銅鑼，只能一邊撒腿逃命，一邊扯開嗓子，大聲示警，「敵——」

「噗！噗！噗！噗……」又是數聲悶響，趙匡胤提著鋼刀衝至，與寧子明一道，將剩下的幾名莊丁全部殺死在臺階上。

示警聲剛剛響起，就戛然而止。除了引發一陣劇烈的犬吠之外，沒有任何其他效果。莊子中的幾處存放糧草、物資的關鍵所在，卻猛然騰起了一團團耀眼的紅。濃煙伴著烈火，轉瞬就照亮了半邊天空。

「別動屍體，也別開正門兒。咱們繞到側面去，跳窗子進屋，守株待兔！」寧子明非常老練，就像從娘胎生出來就開始做強盜一般，迅速調整策略。隨即將滴著血的解刀朝腰間一插，大步走向陶三春。

第一次見到這麼多人死在面前，陶三春嚇得臉色慘白，胳膊和大小腿兒不停地哆嗦。然而，看到寧子明走過來攙扶自己，她艱難地笑了笑，輕輕擺手，「我自己來，沒事兒！」說罷，也不管寧子明和趙匡胤二人的目光有多困惑。閉緊嘴巴，強壓住已經快湧出嗓子眼兒的五臟六腑一步一步朝屋子側面的窗戶走去。

既然心中已經做出了選擇，有些坎兒，她就必須自己過。哪怕是最開始時再難受，再不適應，也要咬著牙死撐到底。寒瓜和葫蘆也長不到一處，麻雀和蒼鷹飛不到一起。有些事情，書上未必寫。但站在田野間，卻能看得清清楚楚。

「行！」趙匡胤看著看著，就高高挑起了大拇指。隨即迅速轉過頭，上下打量同樣滿臉佩服寧子明，一抹令人玩味的笑意，迅速湧上了眉梢眼角。

「二哥，幫我把這小子也拎進去！」寧子明被看得老臉微紅，用腳踢了踢昏死過去的李順，果斷「禍水東引」。

「還不如一刀殺了乾淨，剛才差一點兒就被他壞了事兒！」趙匡胤的眉頭迅速皺起，對寧子明的婦人之仁依舊難以釋懷。他先前的確答應過李順，只要此人在指點寨子裡的關鍵位置時不撒謊，就會饒其不死。但那不過是權宜之計，沒有必要信守承諾。自古以來成大事者皆不拘小節，連楚漢之盟都能說推翻就推翻，更何況自己當時只是隨口一說。

「咱們不可能把整個李家寨的人都給屠了！」寧子明快步繞向議事堂的側面，頭也不回，「這小子只要挺過了今晚，就是最好的寨主人選。否則，死了一個李有德，還會換個李有財、李有志上來，相當於換湯不換藥。而咱們兄弟三個，又不可能一輩子都盯在這兒！」

「嗯——？此言有理！」趙匡胤眉頭猛地向上一跳，看向寧子明的目光充滿了詫異。雖然古人有云，士別三日當刮目相看！可自家三弟的成長速度也忒快了些！僅僅一個晚上的光景，便與先前判若兩人。若不是自己這些日子幾乎跟他形影不離，自己真的會懷疑他此刻被一個千年老鬼給上了身。

不過，老三能快速成長起來，無論如何都不是一件壞事。所以趙匡胤驚詫歸驚詫，心裡頭倒沒任何抵觸情緒。迅速彎下腰，像拖死狗一般單手將李順拖起，快步追向寧子明和陶三春。轉眼間來到議事堂的側面窗子口，他微微吸了口氣，胳膊和腰桿同時發力，「怦！」地一聲，將李順丟進了屋子內。

兄弟兩人先目送陶三春跳進了屋子，隨後也相繼翻窗入內。找到木製的插銷，迅速從裡邊將窗子全部鎖死。緊跟著，又借助窗口透進來的火光，檢視整個議事堂的格局，為下一步行動做切實準備。

待一切都忙碌停當，外邊已經被火光照得亮如白晝。糧倉、馬廄、草料場、輜重庫，還有幾處臨近草料場的鋪面兒，都變成了巨大的火把。無數人從睡夢中被驚醒，無數牲畜遭受了池魚之殃，無數看家狗被嚇得魂飛膽喪。哭喊聲，悲鳴聲，咆哮聲，此起彼伏，將絕望和恐懼，以最快的速度四下蔓延。

即便是訓練有素的軍隊，半夜裡忽然受到刺激，也有發生「營嘯」的風險，更何況是沒經過任何嚴格訓練的李家寨百姓？大多數男女被火光驚醒之後，第一反應，就是收拾家中的細軟，扶老攜幼準備逃命，根本沒有勇氣去查看糧倉、草料場和輜重庫等關鍵位置，今夜究竟發生了什麼事情？更沒有勇氣去考慮，此刻還存在不存在將火頭撲滅的可能。

極少數寨子裡的「鄉賢」，倒是遠比普通人鎮定。然而他們在倉促之間，能組織起來的，只有各自的家僕。帶著這點兒人手去救火，等同於去看熱鬧。十幾桶好不容易才打來的冷水潑到火堆上，非但未能令火勢變小，反而濺得紅星亂竄。落到人衣服上，就是一個紅彤彤的窟窿。落到人的手和臉上，就是一大串水泡。將救火的「勇士」們燒得焦頭爛額，鬼哭狼嚎。

還有些被冷水激起的火星，則被夜風帶走，落上了臨近民房屋頂。有錢有勢的鄉賢們講究風水，不會住在糧倉、草料場和庫房附近。沒錢沒勢的普通百姓，自然也住不起瓦房。屋頂上多年未換的茅草，早就乾得通透。被飛濺而來的火星一點，立刻東一處，西一處冒起了青煙。

茅草屋的男女主人，立刻哭喊著將家中的老人和孩子趕出院子外，自己則拎著水桶試圖保住僅有的棲身之所。然而，更多的火星卻被夜風送了過來，在屋頂上點起更多的青煙。茅草屋的男女主人們，幾乎是眼睜睜地看著，自家房頂上的青煙，迅速變成了一處又一處暗紅色的火苗，跳躍，翻滾，轉瞬不可收拾。無可奈何之下，他們嘴裡發出一聲絕望的悲鳴，丟掉水桶，衝進屋子裡撿出最值錢的家什，倉皇逃命。

當火場周圍的十幾棟茅草屋，都變成了「火炬」之後。帶領家僕努力控制火勢的鄉賢們，只能果斷選擇放棄。水火無情，如果再不走，他們就會被烈火困住，徹底變成一團焦炭。他們追隨李有德是為了榮華富貴，可不是為了稀裡糊塗地去做「壯士」！

「去議事堂，去議事堂，這場火來得太蹊蹺！」鄉賢當中，從來不乏頭腦清醒者，放棄了無效的救火努力之後，立刻察覺到了李家寨眼前所面臨的巨大危機。

「去議事堂，議事堂。請李會主立刻調兵遣將，以免被賊人所乘！」臨近的巷子裡，剛剛從睡夢中驚醒的幾個聯莊會下屬莊主跌跌撞撞地跑出來，衣衫不整。

無論火頭因何而起，如今最要緊的事情，是把幾個莊子的莊丁都組織起來，統一調遣，以備不測。否則，大夥群龍無首，各自為戰，即便人數再多也不頂用。

「李寨主有令，放棄救火，去議事堂，去議事堂！」數名精英弟子，敲著銅鑼，在街巷中大聲叫喊，每個人的面孔，都被火光照得分外猙獰。

他們都是李有德的心腹，彼此間生死榮辱早就牢牢鏈在一起。李有德如果能占據一州一郡，位列諸侯，他們也跟著一道雞犬升天。李有德如果不幸身敗名裂，他們當中每個人都必將死無葬身之地！

幾夥人彙聚成一團，如暴風雨之前的螞蟻般，熙熙攘攘朝議事堂跑。每個帶頭者，都把最後的希望，押在了聯莊會的會首李家寨寨主李有德身上。只有後者，曾經當過軍隊的教頭，知道怎麼應付眼前的危機。也只有後者，才有資格把各位鄉賢、精英和莊主們召集到一起，對著他們發號施令。

被寄予厚望的李有德，吩咐心腹弟子們四下傳令的同時，就趕往了議事堂。糧食被燒光了，可以再去周圍的莊子裡「借」。草料被燒沒了，可以逼迫莊稼漢們去割。錢財被燒成灰，可以向臨近那些不肯加盟的莊子去收！唯獨聯莊會的控制權不能丟，否則，他和他周圍親近的人，都必然會粉身碎骨。

還沒等跑到議事堂的門口，借著火光，李有德重金請來的四名護衛，就發現了臺階上的屍體。「有刺客！」其中一個腦門上點著香疤的男子大聲示警，迅速從腰間拔出了軍中專用的橫刀。另外三個帶著金箍的頭陀，則默契地排成一個品字型，將李有德牢牢地護在了身後。

拿人錢財，與人消災！憑藉多年江湖上摸爬滾打的經驗，他們及時且老練地，為李有德提供了保護。然而，令他們非常失望的是，預料中的偷襲，遲遲未至。議事堂附近的安靜，與周圍的混亂嘈雜，形成了鮮明的對比。彷彿有一道看不見的屏障，將此地與李家寨的其他地方格開了一般，熊熊大火，未能對這裡造成任何影響。

「刺客來過這兒，但是又走了，大門上的鎖還好好的，沒有人動過！」借助熊熊的火光，腦門上點著香疤的假和尚迅速做出判斷。

幾名在議事堂門口值夜的家丁，都是被一刀奪命。報警專用的銅鑼都在臺階上擺得整整齊齊，他們腰間的鋼刀，也都未曾離開過刀鞘。刺客可能不止一個，並且都是殺人的行家。並且極有可能出身於軍旅，出手便是殺招，不給對方留任何反擊的可能。

「從他們腰間找到鑰匙，把門打開！」李有德畢竟早年曾經在銀槍軍中做過教頭，無論是膽氣，還是眼力，都不比他花重金請來的四名家將差。抬手推開三個頭陀，沉聲吩咐。

「大人稍待！」假和尚答應一聲，隨即邁步奔向臺階。左手持刀繼續戒備，右手迅速在幾個屍體的腰間摸索。很快，就把一串銅鑰匙翻了出來，朝著李有德高高地舉起。

「最大的那個，開門！」李有德悄悄鬆了口氣，繼續大聲吩咐，從頭到腳，看不出任何緊張。

見到他如此鎮定自若，三名頭陀打扮的家將，也紛紛放鬆了精神，緩緩收回舉刀的手臂。無論刺客是一個還是幾個，殺人放火之後，也早該趁亂逃之夭夭了。斷然沒有留在作案現場，準備硬扛整個聯莊會，數百名青壯的道理。

作為所有家將的領軍人物，假和尚比其他三名同行又多了幾分謹慎。大聲答應著走向議事堂，先用鑰匙開了鎖，拔出外邊的鐵門閂。隨即，迅速後退數步，彎腰撿起一具屍體，狠狠地砸向了門板。

「咚！」門板被砸得向內四敞大開，屍體上的餘力未衰，繼續向內飛了半丈遠，才落在了議事堂正中央，汙血到處飛濺。

天空中的火光，瞬間將整個議事堂照得通亮。沒有人，桌案和交椅都在遠處，擺得整整齊齊。整個屋子乾淨整潔得可怕，除了剛剛被丟進來的屍體之外，什麼異常都沒有。

「胡鬧！」李有德心中最後一絲警惕徹底放鬆，狠狠地瞪了假頭陀一眼，低聲呵斥。「趕緊把屍體拖出來，把血跡擦乾淨了。等會兒其他幾個莊主趕到，看見這血肉淋漓的模樣，成何體統！」

「是！」假頭陀像狗一樣抽動著鼻子聞了一圈兒，確定沒有危險，俯下身，倒拖著屍體退出門外。

「你們幾個，把臺階也順手收拾一下！」李有德擺出一副大將風度，朝周圍緩緩揮手。不能亂，哪怕心裡再緊張，此刻他也不能表現出來。當家的不能哭窮，如果這個節骨眼兒上他先被嚇懵了，聯莊會就徹底完蛋了，這輩子都別想再翻盤。

邁步走上淌滿鮮血的臺階，走過高高的門檻兒，他倒背著手，緩緩走向擺在屋子最裡頭正中央位置的那把金交椅。那是屬於他一個人的位置，此刻雖然還不起眼，但早晚會萬眾矚目。天子者，兵強馬壯者為之。七十餘年來，草莽中英雄出了無數，他李有德未必不是其中之一！

眼看著金交椅距離自己越來越近，越來越近，他的心裡頭就越來越安寧，越來越安寧。坐上去，擺出點兒天子氣度來，今天這點兒挫折不算什麼！漢高祖被人追得掉過褲子，劉備未入川前，不止一次被殺得單騎逃命……啊！忽然間，他感覺到頭頂上好像有一道閃電落下。「喀嚓！」眼前的金交椅和心中的美夢，同時四分五裂！

「有刺客！」四名護衛當中，以假和尚反應最為迅捷。丟下拖在手裡的屍體，抽刀撲上。

沒等他撲到李有德身邊，半空中，又是一道寒光劈落。假和尚果斷地舉起橫刀去格擋，耳畔卻聽見「噹啷！」一聲，手中的百煉横刀崩做了兩段。而那道寒光卻借著餘勢繼續下劈，「噗」！正打在了他的天靈蓋上，將光溜溜的大腦袋砸了個稀爛。

「大哥——！」三名頭陀打扮的護衛這才做出了反應，哭喊著上前欲替假和尚報仇。手持鋼鞭的寧子明冷冷一笑，邁動雙腿，挺身迎戰。先是一記野馬分鬃，將兩把砍向自己的横刀磕歪到一邊，緊跟著又是一記泰山壓頂，將第三名頭陀連人帶兵器打得倒飛出去，趴在臺階上大口大口地吐血。

「小子，你有種就留下名姓！」

「敢殺我們三爺寺的人，天下佛門跟你沒完！」

兩名兵器被磕歪的頭陀自知遇到了硬茬兒，一邊轉身逃命，一邊大聲出言威脅。

若是換做尋常江湖漢子，聽了這兩句狠話，肯定會猶豫是否該跟佛門結仇。然而對於曾經在兩軍陣前走過無數回的寧子明來說，這兩句狠話連耳旁風都不頂。虎吼一聲追了上去，搶在對方逃出議事堂大門之前，將其中一名頭陀從背後打了個筋斷骨折。

最後一名頭陀不敢救助同伴，慘叫著加速逃命。然而他的速度，卻比不上提著刀追上來的陶三春。雙腿才邁到第二個臺階，刀鋒已經近在咫尺。

「呀——！」最後一名沒受傷的頭陀不得已轉身迎戰，才鬥了一個回合，寧子明的鋼鞭卻又呼嘯而至。先砸爛了他手中的兵器，又一鞭砸在了他的肩胛骨上，將整個人砸得瞬間矮下去了一大截。

「不要留活口！」趙匡胤提著血淋淋的鋼刀追出來，一刀一個，將兩名滾地吐血的頭陀送回了老家，「這夥人是從大雪山上被趕下來的，性情最是惡毒。你今天若是手下留情，他們那一派的所有花和尚就會盯上你，不死不休！」

「嗯？」寧子明不明就裡，看著趙匡胤，滿臉困惑。

作為一名衝鋒陷陣的武將，他不在乎殺死那兩名頭陀。然而，他卻不明白趙匡胤所給出的殺人理由。在他看來，無論佛門還是道門，都應該屬於出家人範疇。出家人大部分都應該與世無爭才對，怎麼會因為幾個助紂為虐的逆徒，舉派上下都跟自己糾纏不清？

「全天下現在有七八萬座寺院，其中大部分，幹得是包娼庇賭，坑蒙拐騙的勾當。眼睛之中都只有錢，哪裡認得什麼佛經！」趙匡胤知道他對紅塵俗世缺乏基本瞭解，一邊轉身返回議事堂內，一邊快速解釋。「他們這一派，所行尤甚。只要給錢，什麼都肯幹，包括下毒行刺，殺人放火！」注四二

「二哥說得沒錯，定縣的前一任縣令，就是被兩個和尚當街刺殺的。原因不過是他上任之後，阻止了寺廟強買別人家的口糧田！」陶三春強壓住心中的煩惡，低聲替趙匡胤幫腔。

如果剛才趙匡胤動手再慢些，她就是拚著過後大吐特吐，也要替寧子明把兩個頭陀殺掉滅口。這種打著出家人旗號招搖撞騙的惡棍最為難纏，如果被他們記恨上了，寧子明這輩子就得活在惡夢當中，無論是居家還是外出，行走還是坐臥，無時無刻都得防著刺客的暗殺。

「原來是這樣，我還以為他們只是誤入歧途！」寧子明迅速轉身，朝陶三春投去感激的一瞥。

陶三春的臉孔頓時又漲得通紅，慌亂地將目光避開，快步跑向議事堂內側正中央的金交椅，「我，我也是道聽塗說，反正，打蛇不死，必受其害。我，我去看看，李有德死了沒有！」

「還剩一口氣！我沒殺他，只是卸掉了他兩條胳膊，割掉了他的舌頭而已！」趙匡胤迅速接過話頭，聲音裡帶著幾分自傲，「這個先不忙著補刀，留著他威懾其他人。若是死了，反而是個麻煩！」

話音剛落，門外已經響起了一片喧囂。卻是先前李有德派出去傳令的弟子們匆匆忙忙返回，看到臺階上的屍體，一個個嚇得不知所措，高舉著兵器在外邊大聲叫嚷。

「奉呼延大當家令，捉拿叛逆李有德。閒雜人等切莫自誤！」鄭子明迅速轉身，橫鋼鞭擋住門口，

一夫當關萬夫莫開。

陶三春晃晃腦袋，迅速趕走心中的羞澀。拎著刀衝到了寧子明身側，與他並肩而戰。

趙匡胤此刻距離門口最遠，反應稍慢，按照先前跟寧子明兩個商量好的策略，先將李有德從地上拎起來，丟在了金交椅上，讓外邊的每一個人都能看得清清楚楚，然後才大聲補充：「太行山豪傑辦事，不想死的，就給老子躲遠一些！」

「寨主，你們，你們把寨主怎麼了？」

「你們，你們為何要害寨主，他，他老人家整晚上都對你們畢恭畢敬！」

「賊子，趕緊把我家寨主還來，否則，大夥就玉石俱焚！」

「還我師父，還我師父——！」

議事堂外，哭喊聲立刻響成了一片。李有德的弟子、心腹們跳著腳，揮舞著長槍短刀，卻誰也不敢帶頭朝議事堂裡闖。

今晚的酒宴，他們當中有一小半兒人都曾經在末座列席。雖然沒資格當場向兩位貴客敬酒，卻從李有德和眾位莊主們的嘴巴中，得知兩位姓趙的貴客，是從太行山上下來的。是奉了呼延大當家和孟師爺的令，向李家寨索要糧草。

按道理，即便李寨主沒有立刻就答應將糧草如數奉上，雙方之間也不至於刀兵相向才對。更何況，李寨主在酒桌上給足了兩位「趙統領」面子，過後，還專門安排了美女去替他們暖床？

注四二、五代時期，中原戰亂不休。佛教各種流派趁機大肆擴張。而恰逢這一時期吐蕃嚴禁佛教傳播，導致佛教一些野蠻分支，也竄入了中原。這些人搶占良田，裝神弄鬼，高價賣符水行騙，將佛門弄得烏煙瘴氣。直到周世宗柴榮即位後，強行整頓，才將這股歪風煞了下去。史載，「二年停廢寺院三萬零三百三十六所。還俗僧尼百萬。」

「莫非，莫非是那兩個暖床的美女暖出了麻煩？」有人目光獨到，瞬間就認出了站在寧子明身側的陶三春，頓時汗流浹背。

「趙，兩位趙統領，糧草的事情，好說好商量。只要你們先把我家寨主送出來！」也有人轉著眼珠子，打算先用言語將趙元朗和「趙匡義」兩人穩住，然後再徐徐圖之。

無論他們內心裡如何盤算，卻是誰也沒把兩位「趙統領」的身份，往「假冒」二字上想。自家寨主今晚酒宴間奴顏婢膝的模樣，給他們的印象太深刻了。如果不是畏懼太行山群賊的威名，他們想不出這世間還有誰，能令自家寨主如此低三下四？

正進退兩難之時，背後忽然傳來了一聲斷喝：「還楞著做什麼，一起殺進去，把寨主給搶出來！」

眾人錯愕地回頭，恰恰看見李有德的親弟弟李有善夥同七八個聯莊會的莊主們趕了過來，將手中鋼刀一擺，就要帶頭朝議事堂裡頭衝。

「救寨主！」「救寨主！」「殺！」「殺了他們！」眾精英們立刻有了主事，揮舞著兵器就一窩蜂向前湧。然而兩腿剛剛向前邁了四五步，耳畔卻又傳來了「噹啷！」「噹啷！」兩聲脆響。卻是李有善和另外一名劉姓莊主，被「趙匡義」一人一鋼鞭給打得倒退而回。手中鋼刀全都飛上半空，將議事堂的天花板硬生生戳了兩個窟窿。

眾人這才意識到，手持鋼鞭的小趙頭領，是個如假包換的「萬人敵」。非但膂力過人，一身武藝也精熟無比。即便是寨子身手最好的家將，跟他單打獨鬥，都等同於找死。而偏偏議事堂的大門只有半丈寬窄，大傢伙根本不可能一窩蜂地上前圍攻。

「我再說一遍，此番奉命下山，只懲處李有德一個人。爾等若是不想承受呼延大當家的怒火，就切莫自誤！」一招逼退了兩名寨子裡膽子最大的人，寧子明信心大增，將鋼鞭在手裡一橫，厲聲斷喝。

「冤枉！」

「我們大當家冤枉！」

「你們休要把會主帶走！」

「我們大當家沒說不給糧食！」

……

眾鄉賢和精英們，立刻注意到了臺階上那幾具腦門兒被打得稀爛的屍體，士氣頓時大降。卻又不甘心眼睜睜地看著李有德被人帶走，七嘴八舌地叫冤。

唯有李有德的親弟弟李有善，頭腦依舊保持著幾分清醒。甩了甩被震裂的虎口，大聲向周圍提醒，「大傢伙不要上當！他們怎麼可能是呼延大當家的人？他們一來，寨子裡就立刻起了大火，轉頭我大哥就落在了他們手裡！」

「是啊！」「這火有可能就是他們放的！」「今天的事情怎麼如此巧？」眾鄉賢和精英們交頭接耳，望著議事堂中生死未卜的李有德，眼神又開始飄忽不定。

「你放屁！我們兩個初來乍到，連東南西北都分不清，怎麼可能去放火？」沒等眾人達成一致意見，趙匡胤猛地將鋼刀朝李有德的脖頸上一架，大聲反駁。「不信你們問李順，他整晚上都跟我們住在一個院子裡頭！」

說著話，腳尖踩在蹲在旁邊的李順手指上，微微發力。

「啊——！」李順疼得淒聲慘叫，張開嘴，迫不及待地哭喊：「是，是這樣！我，我今晚一直跟兩位趙統領在一起。火不是他們放的，肯定不是他們放的！剛才大當家見火燒了糧食，不肯再答應上交，雙方才起來衝突。二叔，您不要冤枉好人！」

「李順——！」李有善氣得火冒三丈，抬起手，遠遠地指向李順的鼻子，「你個吃裡扒外的狗賊，等過了今晚，老定然要你後悔托生為人！」

「二叔，二叔，你——！」李順被嚇得激靈靈打了個哆嗦，額頭鬢角冷汗滾滾。然而，想到李有德兄弟平素的狠辣，再想想自己的父母妻兒，他把心一橫，大聲補充：「二叔，你不要血口噴人。大寨主還活著呢，輪不到你來發落我。除非，除非你今晚就把大寨主給害死了，然後自己上位。哈，我明白了！你就是想借刀殺人，害死大寨主。二叔，你好狠的心腸！」

「你，你，你放屁，放狗屁！」李有善氣得眼前陣陣發黑，渾身顫抖。他先前一心鼓動眾人往裡頭衝，的確存了將自家哥哥送上絕路，然後取而代之的念頭。本以為可以做得神不知鬼不覺，卻沒想到被李順這個吃糠的孬貨當場給點了出來！

這下，他即便想抖擻精神，再次組織人手朝議事堂進攻，也沒任何可能了。寨子裡的精英都是李有德一手訓練出來的門生弟子，無論如何都不肯陷自家師父於死地。而聯莊會的其他莊主、堡主們，平素也只畏懼李有德一個人，對他這個副會主，根本就未曾朝眼睛裡頭放。

如今之際，唯一能夠解決麻煩的辦法，就是他親自帶領僅有的十幾名心腹，冒死強攻。只要能殺掉不知真假的兩個趙統領，再以武力逼迫半死不活的大哥傳位，他便依舊有希望將在場眾人盡數收服。但是，右掌虎口處傳來的刺痛，卻清晰地告訴他，那是一個怎樣不切實際的夢想。「趙匡義」的武力太強了，區區十幾個人，根本不可能將其拿下。趙元朗雖然沒向大夥展示過他的身手，但從臺階前屍體上的傷痕來看，他的武藝，有可能還在「趙匡義」之上。

「各位莊主，各位兄弟，各位叔叔大爺！」唯恐李有善能靜下心來想對策，蹲在趙匡胤腳邊上的李順舉起一隻胳膊，用力揮舞，「咱們聯莊自保圖的是什麼？不就是在亂世中求個活路嗎？可如果跟太行山群雄開戰，咱們有幾條命可供人家殺？大寨主雖然受了冤枉，可如果咱們派人跟著去見呼延大當家，當面替他老人家分辯，總還有機會還他老人家一個清白。如果按照我二叔的辦法，把兩位趙統領給殺了，這天底下可沒有不透風的牆！」

「對啊！」

「唉——！」

「那呼延大當家手下，可是有數萬弟兄。咱們這幾個莊子的青壯全加起來，才多少人？」

「既然是冤枉，總有說清楚的可能。倘若殺了太行山的人……」

眾莊主們一個個搖頭嘆氣，議論紛紛。

大夥加入聯莊會，一部分原因是惹不起李有德，另外一部分原因，則是為了在亂世當中抱團兒取暖。若是抱起了團兒，卻取不到暖，反倒招來了一場「雪災」，那繼續抱團兒下去，還有什麼意義？

當即，有人就開始用眼角的餘光掃視四周，打起了自尋出路的主意。還有人則主動丟下兵器，朝著議事堂方向拱手施禮，「趙統領，兩位趙統領，麻煩您二位替我等向呼延大當家稟明，我等並沒有故意拖欠山寨糧草的心思。以前種種，想必是哪裡出了誤會，絕非我等故意跟他老人家做對！」

「是啊，是啊，這都是誤會，誤會！」另外幾個實力相對弱小的莊主，立刻出言附和。

「你們，你們這群忘恩負義的狗賊！」李有善氣得大罵，一時間，卻也拿這幾個莊主毫無辦法。

他自己的嫡系爪牙根本不夠用，寨子裡的精英們又不肯聽從他的號令，此時此刻，肚子裡頭縱然有千條妙計，卻沒有任何實力去執行。

「好了，李二寨主，莫非你要整個李家寨，都為你們哥倆殉葬不成？」趙元朗的聲音再度從議事堂裡傳出來，將李有善徹底推上絕望的懸崖。「你哥以前打的什麼主意？別以為我們呼延大當家毫無察覺。以前他老人家是忙著對付山那邊的官軍，沒功夫搭理你們兄弟而已。如今山那邊的官軍都趕著去河中平叛了，呼延大當家自然就騰出了手來。念在爾等今晚態度還算恭敬的份上，我們哥倆回去後，會盡力給諸位說情。若是你一意孤行，非要拖著大夥一起死，呵呵，我們哥倆倒是也願意稱稱，你們這個聯莊會的份量！」

呼啦——！話音落下，李有善身邊立刻空出了一大片。除了他自己的鐵桿心腹之外，其他莊主、堡主還有寨子裡的精英們，紛紛主動跟他劃清楚了界線。

「你，你，你們這些……」李有善又是憤怒，又是絕望，瞪著通紅的眼睛，淚水大顆大顆地往下掉。

他本以為，聯莊會已經成了氣候，自家兄弟早晚會一飛沖霄。現在才終於發現，以往的雄圖霸業，全都是白日做夢！即便沒有「趙氏兄弟」的突然發難，即便沒有今夜的大火，自己弟兄兩個，依舊是兩個竹篾紮出來的神像。平素看上去光鮮無比，真的遇到大風大雨，立刻就會被打個稀巴爛。

想到絕望處，他禁不住兩腿發軟。緩緩蹲了下去，用雙手抱住了腦袋，引頸待戮。就在此時，寨子外忽然傳來一陣激烈的吶喊聲，「殺啊！殺李有德，救春妹子！殺啊，殺李有德，替鄉親們報仇！」一聲接一聲，無比地驚心動魄。而與之相伴的，則是一陣陣絕望哭喊，「饒命啊，饒命！我們也是被逼的。我們真的是奉命行事！」

「大寨主，大寨主，不，不好了，陶家莊，陶家莊的人趁亂殺進來了！」沒等眾人來得及做出反應，一名焦頭爛額的家將已經跑到了議事堂口。根本沒顧上細看此刻裡邊主事的人是哪個，趴在臺階前，結結巴巴地彙報。

「啊——！」眾鄉賢和精英們相顧失色，誰都不知道該怎麼辦才好。

「哈哈，哈哈哈，哈哈哈，哈哈哈哈！」一陣歡暢的笑聲，給了他們最後的答案。趙元朗收起架在李有德脖頸後邊的橫刀，大步走到門口，與寧子明並肩而立，「告訴你們的手下，打開寨門，放他們進來。陶家莊上下早就投靠了呼延大當家，等的就是這一天！」

三天後，定縣。

縣尉劉省匆匆忙忙地跑進縣衙後花園，氣急敗壞地大聲叫嚷：「大人，師爺，你們兩個居然還有閒心在這裡下棋？姓郭的、姓趙的，還有那個姓鄭的，大前天借著呼延琮的名號奪了李家寨。如今李家寨那個聯莊會，徹底便宜了他們哥仨。韓家派過來的人，咱們的人，被聯莊會的土匪們給一勺燴了，腦袋瓜子如今全都掛在了路邊上！」

「急什麼，不就是損失了十幾號人嗎？以前咱們跟著大當家占山為王時，哪一仗不比這兒死得人多？」縣令孫山根本不為他的話語所動，放下棋子，用手指敲了敲棋稱，笑著反問。

「這？這不一樣啊，我的縣太老爺！」縣尉劉省被堵的氣息一滯，緊皺著眉頭，繼續大聲嚷嚷，「以前咱們幹的是綠林行，無論死多少弟兄，都能想辦法從流民和乞丐裡頭招攬。如今咱們是官兒，衙役、鄉勇都算是吃皇糧的，一下子少了十幾號，萬一有人捅到上頭……」

「上頭？」縣令孫山抬起頭，翻起兩顆白眼珠，「哪個上頭？節度使是咱們原來的大當家，他會找咱們的麻煩？再往上，再往上就得去找高行周、或者到汴梁告御狀，你說高行周和汴梁城裡頭的皇上，會不會冒著把大當家逼到遼國那邊去的風險，派人徹查幾個衙役無緣無故消失的事情？」

「這……」縣尉劉省被問得語塞，擦著腦門上的汗水，滿臉灰敗。

被聯莊會給殺掉的衙役和鄉勇，都是他原來的嫡系。這些人給遼國細作帶路去追殺郭榮、趙匡胤和鄭子明三兄弟，也是奉了他的密令。如今這些人都被殺掉了，他卻連任何報仇的舉動都沒有，今後還有什麼臉面去指揮其他弟兄？

「坐下吧，天塌不了！」看了他氣急敗壞模樣，縣令孫山手指棋稱旁的石墩子，笑呵呵地吩咐。

「唉——」劉省嘆了口氣，重重落座。一雙血絲密布的眼睛裡頭，寫滿了不甘。

自打跟著孫方諫兄弟兩個接受了朝廷的招安之後，他的日子就沒一天自在過。原本明火執仗的事情輕易不能再做不算，連說話的聲音大小和方式，都受了很多限制。若不是心裡頭還念著大當家孫方諫的好處，他早就脫了身上的九品狗皮，獨自上山逍遙去了。反正這裡距離遼國沒多遠，即便是官兵前來征剿，大夥只要朝拒馬河北邊一躲，立刻就逃離生天。即便借給官兵一萬個膽子，他們也不敢冒著與遼國開戰的風險越境追殺。

「你也老大不小了，別老想著打打殺殺！」縣令孫山親手倒了一盞熱茶，遞給他，笑著開解，「以前世道太亂，咱們占山為王，也是沒辦法的事情。如今漢遼兩國各安一方，各路諸侯也被郭家雀和史熊兩人逼得不敢輕舉妄動，咱們這些人，也該替兒孫們謀條安穩出路了！」

「話雖然是這麼說——」劉省聞聽，立刻梗起脖子，大聲反駁，「但事實上，大漢朝廷，幾曾把咱們當作過自己人？眼下遼強漢弱，朝廷無力向北用兵，所以不惜代價拉攏咱們，好讓咱們替他看守地方。等大漢國緩過這口元氣來，肯定會卸磨殺驢！」

「卸磨殺驢，哪那麼容易的事情？」縣令孫山笑了笑，信手端起面前的茶盞，學做斯文人的模樣，細飲慢品，「從這裡到滄州，多少地方官員都跟咱們當初一樣的出身？朝廷難道一口氣把大夥全給當驢子給宰了？真那麼幹的話，他就不怕地方上一窩蜂全都倒向遼國那邊去？」

「這……」劉省說不過孫山，氣得端起茶盞，一口給悶了乾淨。隨即，用衣服袖子抹了抹嘴巴，大聲補充：「當然不會一股腦全殺了！但想挑咱們的毛病，一個挨一個慢慢收拾，還不簡單？您就拿這次咱們幫幽州韓家追殺郭榮他們三個的事情來說吧，那郭家雀雖然不方便立刻報復，怎麼可能不懷恨在心。萬一哪天他領了兵馬來河北坐鎮，大當家豈能不給他個交代？」

「交代肯定得給，但是與現在的事情有什麼關係？」孫山聽得眉頭輕皺，說話的語氣漸漸加重。

「怎地沒關係，咱們今後還得指望幽州韓家啊！」劉省急得直跺腳，「如果您不把事情辦利索了，就同時得罪了郭家雀和幽州韓家。哪天郭家雀動手報復，咱們少不得還要倒向北邊，屆時，韓家又怎麼可能替咱們出頭？」

「嗯，你說得未必沒道理！」孫山聞聽，不由得輕輕點頭。隨即，又看了一眼被劉省喝得空空的茶盞，繼續詢問：「可眼下咱們該怎麼辦呢？那郭榮兄弟三個身邊沒有任何爪牙之時，咱們偷偷派人幫助契丹細作去對付他，勉強還能做得神不知鬼不覺。如今他們三個把聯莊會給抓在了手裡，咱們若是還想幫韓家的忙，得派多少弟兄出馬才成？一旦動靜弄得太大了，就已經跟扯旗造反差不多，過後除了棄官逃亡之外，哪裡還有其他活路在？」

「可，可以學他們，冒充是太行山下來的強盜，把聯莊會拔起來，雞犬不留！」劉省被問得微微一楞，隨即握緊拳頭，狠狠砸在面前的石製桌案上。「反正那聯莊會，一直就想跟大人您扳手腕，這次正好徹底解決了麻煩！」

石頭桌案發出「咚」地一聲，上面的木製棋稱被震得高高跳起，白子黑子落得滿地都是。縣令孫山和師爺兩個互相看了看，輕輕搖頭。隨即，相繼俯下身，一邊撿地上的棋子，一邊斷斷續續地說道：「太複雜了，這辦法！」

「縣令大人說得對，太複雜了，風險也太大。那郭榮、趙匡胤兩個，可是都有將門虎子。鄉勇們未必拿他們得下！」

「效果還不一定好。」

「嗯，幽州韓家算是滿意了，咱們自己卻得不償失！」

劉省原本就是個急脾氣，見一個外來的師爺也敢說自己的不是，頓時火冒三丈。蹲下身，一把揪住對方脖領子，厲聲咆哮：「這也不行，那也不行，你這窮酸倒是說個行的辦法出來？趕緊著，否則就別怪爺爺的拳頭硬！」

「辦法，辦法有，有，有現成的！」師爺被勒得喘不過來氣，滿臉通紅，「劉爺，劉爺您放手，放手我就說給你聽！」

「劉省，放肆！」縣令孫山一拍桌案，大聲呵斥。

「哼！」縣尉劉省用力將師爺朝地上一摔，站起身，七個不服八個不忿。「你說，爺爺聽著。大人，我可不是針對您！」

「唉吆，唉吆！」師爺被摔了個屁股敦，慢吞吞地爬起來，齜牙咧嘴地呻吟，「縣尉大人，您著什麼急啊。不就是怕郭威知道後追究嗎？多簡單的事情，找個替死鬼一刀砍掉，說是他瞞著縣令大人做得好事，不就成了。至於幽州那邊，他韓家自己派來的人本事不濟，怎麼有臉怪在咱們頭上？」

「嘶——！」劉省倒吸一口冷氣，看著滿臉怒容的縣令孫山和老神在在的師爺，低聲追問：「找替死鬼？找誰做替死鬼？在這定縣城裡，誰還有本事將縣令和我一起瞞住？」

「不是瞞住縣令大人和您，而是瞞住了縣令大人，私下與遼國韓家勾結！」師爺冷笑著看了他一眼，將身體迅速後挪。

「光瞞住了縣令大人？你，你這話什麼意思？」劉省再度倒吸了口冷氣，手指師爺，滿臉不解。

「我，那我又成了什麼？」

「當然是那個勾結遼國，吃裡扒外的傢伙！劉縣尉，難道你有膽子做下如此勾當，卻沒膽子承認嗎？」師爺加快腳步後退，同時冷笑著大聲反問。

「你，你這狗賊！」縣尉劉省的眼睛頓時徹底紅透，抽出鋼刀，就想將師爺當場砍死。誰料雙腿剛剛向前邁動了兩步，小腹處突然一疼，有股熱辣辣的東西，順著鼻子和嘴巴同時噴湧而出。

「你，你……」用鋼刀撐住身體，他將頭艱難地轉向縣令孫山，「你，你在茶裡頭下，下毒？」

「嗯，是啊！否則，誰來承擔郭家雀的怒火？」縣令孫山施施然在桌案邊落座，點頭承認。

「你，你，你……」小腹中痛得宛若刀絞，劉省用左手指著自己曾經的結義兄弟，定縣令孫山，身體前後搖搖晃晃，「你，你居然下毒？你，你怎麼如此狠的心？你，你，你……」

「當賊，哪如做官？」縣令孫山捏起一粒棋子，緩緩按在了棋稱上。

第三卷·點絳唇　卷終

亂世宏圖

卷三・點絳唇

作　者　酒徒
編　輯　黃煜智
校　對　魏秋綢
企　劃　廖婉婷　李昀修
封面設計　莊謹銘
總編輯　曾文娟
發行人　趙政岷
出版者　時報文化出版企業股份有限公司
一〇八〇三台北市和平西路三段二四〇號四樓
發行專線　(〇二)二三〇六-六八四二
讀者服務專線　〇八〇〇-二三一-七〇五、(〇二)二三〇四-七一〇三
讀者服務傳眞　(〇二)二三〇四-六八五八
郵撥　一九三四-四七二四時報文化出版公司
信箱　台北郵政七九-九九信箱
時報悅讀網　www.readingtimes.com.tw
電子郵件信箱　ctliving@readingtimes.com.tw
法律顧問　理律法律事務所　陳長文律師、李念祖律師
印　刷　盈昌印刷有限公司
初版一刷　二〇一六年十一月十一日
初版三刷　二〇一七年十二月六日
定　價　新台幣三三〇元
(缺頁或破損的書，請寄回更換)

時報文化出版公司成立於一九七五年，
並於一九九九年股票上櫃公開發行，於二〇〇八年脫離中時集團非屬旺中，
以「尊重智慧與創意的文化事業」爲信念。

Printed in Taiwan
本書《亂世宏圖》繁體中文版　版權提供　中文在線　李方鋒

亂世宏圖　卷三・點絳唇／酒徒作
－初版. －臺北市：時報文化，2016.11
面；　公分
ISBN 978-957-13-6808-5（平裝）
857.7　　105019148